三國風雲之

曹賊

第二部

卷之肆

榮耀即吾命也

庚新（風回）著
超合金叉雞飯 繪

二部 卷肆

目錄

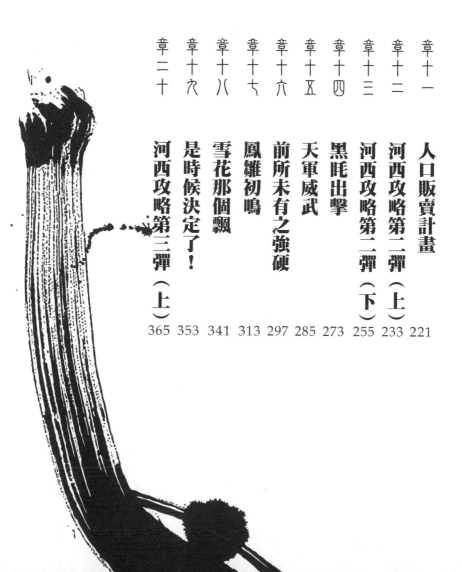

人物

曹朋

曹朋

甘寧

龐統

曹操

魏延

典韋

許褚

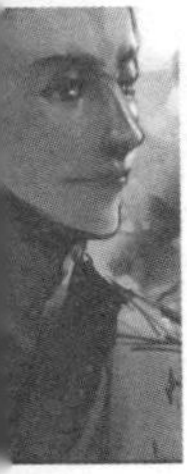
陳群

劉備

諸葛亮

呂布

貂蟬

袁紹

章一

叼羊

匈奴人的叼羊，使用兩歲左右的羔羊，割去頭和蹄後，緊紮食道，有的還會放在水中浸泡，或者往羊肚裡灌水。這樣一來，羊就會變得非常堅韌，不容易被撕破扯爛。

韓德談起叼羊，倒是頭頭是道。他早年曾生活在西北，見過羌狄人的叼羊之法，所以對匈奴人的叼羊大會也非常清楚。當曹朋決定參戰之後，便把韓德找來，詳細的詢問匈奴人的叼羊習俗。

韓德說：「匈奴人叼羊，大都是群體叼羊，參加者少則數十，多則數百，都是匈奴各部落之中的勇士，而且彼此間相互合作，配合的非常默契。有的負責衝群叼奪，有的負責掩護，有的負責馱遁，還有的是負責追趕阻擋……公子當知，匈奴人常年在馬上生活，牧游塞上，所以相互間早已有了默契。這裡面的講究，可是不少。」

「不過，除了相互間的配合之外，叼羊還有一個極為重要的要求，那就是馬匹。一匹好馬，可以事半功倍。匈奴人不缺好馬，可咱們這邊……如果公子的照夜白在，說不定勝算能更多一些。」

馬匹？

曹朋聽聞之後，不由得眉頭緊蹙。這還真是一樁麻煩事！

中原不產馬，寶馬良駒更是千金難求。這次曹朋出使塞上，一開始打著秘密行事的念頭，所以自然不可能帶著照夜白前來，如今要參加叼羊，這馬匹就成了一個大麻煩。十天的時間，他必須要找到一匹好馬，而且還要找到幾個合作的夥伴才行。

「信之，你可會叼羊？」

韓德一怔，想了想道：「德少時曾參加過一次羌人叼羊，但算不得特別精通，只是瞭解其中的規矩而已。」

「那算你一個！」曹朋言語中，帶著不容置疑的語氣。

韓德連忙躬身搭手，「德敢不效死！」

效死？那倒不至於！不過韓德懂得規矩，至少能多一分底氣。只是單一個韓德還不行，還要有更多的人手參與。

曹朋想了想，接著說：「香虎他們從今天起隨你練習，能學多少就學習多少，你盡力輔導他們就是。我估計，這護軍之中騎術能高於他們的人，也不會太多。」

香虎，是飛眊騎軍。

此次曹朋來朔方，只帶了六名飛眊。其中兩人在渡河時，為阻擋冷飛刺殺曹朋而戰死，如今只剩下四個人而已。

「公子，可否讓卑下尋馬？」王雙突然站出來，大聲與曹朋請命。

「你，尋馬？」

「公子若無好馬，只怕勝算不多。雙祖上頗通相馬之法，到了我這一代，雖比不得祖上那般神通，但也算繼承下來。卑下之前一直訓犬，所以也沒有機會。若公子信我，雙願為公子尋一匹好馬。即便不是寶馬良駒，也勝似如今的坐騎。」

曹朋詫異的看著王雙，倒是沒想到王雙還有這種本事。「既然如此，那就交給你來解決。」

曹朋讓韓德取來兩支龍雀，交給了王雙。同時，他還給了王雙百金，令他買馬。

所謂皇帝不差餓兵，曹朋也不會小氣。兩支龍雀，是曹汲早年間的作品，比之曹汲現在打造出來的兵器，差距甚遠；但若是比起河一工坊出品的制式龍雀，又高出許多。匈奴人不擅鑄造兵器，一把好刀，有時候甚至價值千金。既然讓王雙買馬，當然要給他足夠的資本，而在草原上，寶刀勝似黃金。

王雙接過龍雀和黃金，旋即離開軍帳。

當韓德也告辭離去之後，一直在一旁沉默無語的龐統，突然開了腔：「友學，這件事有古怪。」

「古怪？」

「匈奴人正在和咱們商談，而劉豹此前表現的態度也非常溫和。咱們在這邊已有十日，匈奴人很少前來尋釁，可偏偏這一次，匈奴人主動生事，還造成了死傷，這與劉豹平日裡的表現似乎有些不太一樣。我覺得，這件事必有古怪。」龐統說罷，抬頭凝視曹朋。

曹朋沉吟片刻後，「士元這麼一提醒，似乎確有一些怪異。」

「我覺得，匈奴人是故意尋釁，為的就是逼友學你現身。」

「哦？」

「那禿瑰來之死，想必是個意外。恐怕劉豹也沒有想到，你會全然不顧殺了他的手下。除此之外，所有的事情都好像是被安排好的一樣。咱們的人在市集上被人尋釁，造成了死傷；而後荀校尉站出來，討回了公道，接著禿瑰來又命人來駐地生事……」

「友學可曾留意，禿瑰來明明知道左賢王劉豹就在駐地，卻不去找劉豹，反而打上門來……之後，友學你命韓德出手，劉豹就迅速帶著人趕到。而在這之前，劉豹一直沒有露面！還有臨沂侯的表現，也有些不尋常……我剛才就在想，這會不會是一個陰謀呢？」

「陰謀？士元的意思是……」

「有人在逼你站出來。」

曹朋閉上眼睛，陷入了沉思之中。

龐統輕輕咳嗽了一聲之後，接著說：「剛才信之也說了，匈奴叼羊，大多是群叼，聚集了匈奴各部落中的好漢。群叼之時，出現死傷也極為正常……這麼多人混在一起，友學你到時候恐怕根本無法分清楚敵友，到時候萬一有暗箭傷人，你防不勝防啊！」

曹朋倒吸一口涼氣，手指急促的敲擊長案，推測道：「如此說來，劉豹是要殺我？」

「劉豹未必敢殺你，而且也沒有殺你的理由。我倒是以為，這件事和臨沂侯有關。只怕臨沂侯如今已視你如眼中釘、肉中刺……此前在河上行刺未果，已說明了臨沂侯欲除你而後快的決心。上一次他雖然沒有成功，卻未必會就此罷手。你也知道，上次殺你的刺客，未必死了。」

如果有那麼一個神出鬼沒的刺客，當叼羊大會開始之後便混入人群，還真不太好防範。

可曹朋也知道，今天劉光用話把他堵死了！

這次的叼羊大會即便他不想參加，也必須要參加，沒有其他選擇。

「不過，友學也不必太緊張。」龐統展顏一笑，「依我看，這件事未必就是壞事。友學你既然會參加叼羊，那麼必然會吸引劉豹的注意力。而且，因為你的參加，匈奴人勢必會把注意力都集中在叼羊大會上，如此一來……」

「明修棧道，暗渡陳倉？」

曹朋發現，他和龐統之間的默契，似乎越來越好。往往是龐統一句話出口，就正中了他的心思。

「洪都已經走了嗎？」

「嗯，已經離開了。」

曹賊

章一 叼羊

「士元，你說……檀柘會不會出面？」

「以洪都所言，檀柘此人……嘿嘿，他此次尋軻比能求助未果，又險些被劉豹所殺，必不會嚥下這口惡氣。以我之見，檀柘一定會出手，他絕不會放過這個機會。而且，檀柘如今的情況也不太好，若能得曹公幫助，他怎可能輕易放過。」

曹朋聽聞，也不禁笑了！

曹朋將參加叼羊大賽，而且還是群叼大賽。

田豫得知消息時，已經是第二天了。昨日他去秘密拜會了去卑，收穫頗豐。去卑對劉豹的咄咄逼人非常不滿，同時更對呼廚泉的不作為，懷著幾分怨念。

當初呼廚泉之所以能坐穩單于之位，多虧了去卑的支持。按照去卑的想法，如果呼廚泉在最初時能壓制劉豹，則劉豹必不可能迅速崛起，哪怕于夫羅給劉豹留下了極為豐厚的遺產。可呼廚泉是匈奴單于，而劉豹也不是當年的冒頓，只要呼廚泉那時候能強硬一些，說不定去卑現在已當上了左賢王。

呼廚泉的想法，去卑又怎可能不明白？

平衡，該死的平衡……

呼廚泉用自己壓制劉豹，同時又用劉豹來牽制自己。這些年來，劉豹占據朔方最為肥美的申屠澤牧原，而去卑卻只能留守受降城，直面軻比能鮮卑人的威脅。一來二去之下，去卑從最初能穩穩壓制劉豹，到現在已被劉豹反過來壓制住。

自己越弱，必然就越依附於呼廚泉。去卑明白呼廚泉的心思，卻又無可奈何……

而這個時候，田豫代表了曹操與去卑私下裡接觸，頓時令去卑的心思活絡起來。

曹操何人？

乃當世梟雄也！

他擊敗了袁紹，總攬朝綱，可謂是漢家第一權臣。如果能得到曹操的支持……

去卑可不是呼廚泉，考慮事情必須要周詳。他就是一個匈奴人，骨子裡的蠻性，令他迅速做出了決定。

田豫招攬去卑成功之後，也格外高興。他興致勃勃返回駐地，卻聽到了曹朋要參加叼羊大賽的消息……

「友學，何故如此衝動？」田豫把事情詢問清楚之後，便立刻覺察到了其中濃濃的陰謀氣息，忍不住責怪曹朋道：「此事頗有古怪，分明是臨沂侯故意設計，令你出賽，說不定他……」

說實話，曹朋對田豫的瞭解並不多。畢竟，他對田豫的認識很模糊，記憶裡也似乎沒有這個人的出處。和田豫接觸，也僅僅是在瀆亭短暫的合作而已，如何能做到真正的瞭解？但是，田豫能迅速覺察到這其中的陰謀氣息，似乎也說明了他的能力和謀略絕對非同凡響。

至少，田豫未必會輸給龐統太多。

曹朋笑道：「我知道，臨沂侯想藉此機會將我除掉。」

「你知道還答應？」

「國讓，我若不答應，臨沂侯也會有第二次、第三次設計。況且，那刺客如今生死不明，早晚都會出手。與其讓他藏在暗處默默的設計陷害，倒不如我主動出擊，一勞永逸的解決此人。臨沂侯手中，怕也只有這一後招。如果我能幹掉此人，則臨沂侯定然再無念想，還可以趁機斬斷他一隻手臂。」

田豫沉默了！

他倒不是沒有考慮這『引蛇出洞』的事情，只是覺得曹朋實在有些冒險。

「友學，匈奴群叼大賽，頗為凶險。你的身手我倒是清楚，可叼羊大賽不僅對個人身手要求甚高，而且還得對馬匹和騎術頗有講究。你現在的坐騎實在太差，根本不足以參加叼羊。不如換上我的坐騎，雖然比不得你在許都那匹照夜白，但也算得上一匹好馬，你看如何？」

曹朋搖搖頭，「馬匹，我已命人去挑選。國讓你的坐騎雖好，但也未必就能獲勝……不如這樣，你把你的坐騎先送過來，我也會命人繼續尋馬。若是尋不到好馬，就用你的坐騎；若是找到好馬……呵呵，說不定還要用你的坐騎掩人耳目。還有，我打聽過了，群叼大賽，每隊十人。我手邊如今只有七人，還請國讓你設法調過來三個心腹，如何？」

田豫笑道：「此事容易，護軍之中你看中誰，只管帶走就是。」

「如此，我就不客氣了！」

曹朋和田豫客套完畢，便告辭離去。他從護軍之中，選出三名騎術精湛、體格健壯、身手矯健的銳士，而後返回自家住所。

「王雙，可曾買到好馬？」

回到住處，曹朋就看到王雙一臉抑鬱的站在帳中。

「卑下今日在市集中走了一圈，倒是發現了兩匹好馬。可那匈奴人一見我是漢人，便立刻拒絕，還說左賢王有令，不許賣一匹馬與漢人，這分明是想要斷了咱們的路。我實在氣不過，但那些匈奴人根本就不理我，所以也只能回來……」

曹朋一怔，旋即冷笑不迭。

「看起來，這臨沂侯還真是和劉豹走得近啊……居然把我坐騎不行的事情都說了出去。不過，這也沒什麼，我早就預料到了。好在國讓把他的坐騎送給我，也算是有些底氣。王雙，你繼續在外面尋找，能找到固然好，找不到也就罷了。」

王雙只好點點頭，算是鬆了口氣。

不過，曹朋越是不責怪他，他就越是下定決心，要為曹朋選一匹好馬回來不可。

第二天，王雙便獨自離開了駐地，向申屠澤深處行進。他不信這申屠澤所有的牧民都拒絕賣馬，只要有一點可能，他也不願意輕易放過。

王雙自去尋馬，而曹朋則領著人，在韓德的帶領下，熟悉叼羊大賽的規則。

時間一點點過去，眨眼間距離叼羊大賽，只剩下兩天時間。

隨著叼羊大賽的臨近，從各部選來的匈奴勇士紛紛向申屠澤聚集過來。一時間，在左賢王王帳的周圍彩旗招展，旌旗獵獵。

此次來參加叼羊大賽的，共有二十個部落，近二百名匈奴勇士。當他們聽說漢家使團也要參賽，不由得一個個仰天大笑。

別的不說，這騎馬叼羊，可是匈奴人最擅長的事情。這些從各部落中百裡挑一選出的勇士，從小在馬上長大，騎術高明自然無須多講，閒來無事時，就是以叼羊來取樂……在馬背上，和在陸地上，對他們而言分別不大。

至於漢家人，想要和他們比騎術、比叼羊？

勇士們雖然什麼都沒說，可表情裡流露出來的那種嘲諷之意，卻沒有半點掩飾。

據說，那傢伙連匹好馬都沒有！

曹朋並不在意匈奴人的嘲諷，他大部分時間都待在駐地當中，和其他人進行練習。有好幾次，田豫過來找他，曹朋也是含糊應付過去。

至於劉光，雖然沒有出現，但曹朋知道，他一定在旁邊默默的關注……

章一
叼羊

叼羊大賽日益臨近，王雙終於披著一身的風塵，返回駐地。

「王雙，可曾找到好馬？」韓德拉住王雙，急切的詢問。

王雙則一臉笑容，連連點頭道：「找到了，找到了！」

「在哪兒？」

韓德朝王雙身後看去，只看到一匹瘦骨嶙峋、毛色暗淡，且遍體鱗傷的瘦馬。至於王雙的坐騎，還是他當初離開時的那匹馬，並沒有什麼變化。

韓德嚥了口唾沫，忍不住問道：「你不會是想要告訴我，你身後這匹瘦馬就是……」

「你不懂的！」王雙笑嘻嘻下馬，牽著那匹瘦馬，便向軍帳行去。

此時，曹朋正和田豫在帳中說話，聽聞王雙回來，連忙和田豫一起走出軍帳。

「這就是你說的寶馬良駒？」田豫看著那匹瘦馬，忍不住詫異問道。

王雙用力點點頭，一本正經的回答：「回田副使，這真是一匹寶馬。」

曹朋在一旁沒有說話，圍著那匹瘦馬轉了兩圈，卻怎麼也看不出來有寶馬良駒的血統。只不過，田豫在旁邊，他也不好斥責王雙，扭頭便往軍帳裡行去。

「公子，這真是一匹好馬。」

曹朋停下腳步，疑惑的看著王雙。以他對王雙的瞭解，這小子並不是一個喜歡信口開河的人。

「友學，算了……你還是用我那匹馬參賽吧。呵呵，這分明是一匹駑馬，怎可能算得上寶馬良駒？王雙，你定是被人給騙了……友學，你繼續練習吧，我還有事，先告辭了。」田豫忍著笑，大步離去。

而曹朋的眉頭緊蹙，看了看王雙，又看了一眼那匹癩頭馬，輕輕搖了搖頭。

「王雙，你在何處買來的馬？」

「公子，我這幾日，幾乎橫穿了中屠澤。期間倒是看中了幾匹馬，可那些人都不肯賣給我。這匹馬是我在偶然間路過一個小部落時看到，當時那些匈奴人正用牠來引車，於是我用一錠金便買了回來。公子，你可別小看牠，牠雖然外表看上去很差，但卻是一匹罕見龍駒。」

「我早年聽父親說，在西域有一種馬，據說是狻猊與龍獸雜交產下，形容極為醜陋，但性情暴烈，能與虎豹搏殺。故而，在西域這種馬被稱之為『獅虎獸』，極為罕見。很多人不識獅虎獸，以至於把牠當成駑馬豢養，用來牽引車馬……卑下也是偶然間發現了牠身上獅虎獸的特徵。」

「當時牠的主人正抽打牠，讓牠引車，許是抽打的狠了，此馬發出獅吼之音，險些讓我的坐騎驚嚇跪地。我就覺得，這匹馬有些不一般，於是上前和那匈奴人商量……那匈奴人顯然不曉得牠的厲害，所以才會以一錠金賣給我，否則的話，這獅虎獸即便萬金，也休想把牠買到手。」

曹朋只覺得好像小說一般。

他疑惑的看了一眼王雙，走到那匹獅虎獸跟前，伸出手摟住了牠的脖子。

獅虎獸的骨頭架子，明顯要比普通的馬匹大，甚至連照夜白也要比獅虎獸低上十公分左右。從蹄到項，大約有一米九的樣子，比赤兔馬要高出五、六公分；體長大約在兩米六左右，比赤兔長了二十公分。鼻息悠長，說明了牠的肺極為強大。牠蹄子也很大，周圍長著一圈黑毛，顯得格外怪異。而那雙眸子黯淡無光，讓人感覺有氣無力。牠身上的鞭痕無數，還有許多傷疤層層疊摞。

「獅虎獸的食量，是普通馬匹的一倍還多。只可惜那匈奴人認不得寶，所以用普通馬匹的食量來餵牠，自然無法讓牠飽腹。」

王雙一邊介紹，同時顯得有些可惜：「如果早一個月被我發現，這匹獅虎獸絕對可以獨占鰲頭。匈奴人有什麼寶馬良駒我不知道，可要想超過獅虎獸，絕無可能。可惜了，時間有些不太充足。」

曹朋回頭道：「取上等草料餵牠。」

韓德在一旁聽得也是半信半疑，於是命人取來了草料。

這獅虎獸果然食量驚人，在吃了尋常一匹馬足夠的草料之後，竟仍不滿足，搖頭擺尾，似乎在請求曹朋，再給牠一些草料。曹朋又讓人取來一份草料，依舊無法令獅虎獸滿足。等第三份草料送上來之後，曹朋也是暗自心驚……

是不是寶馬良駒，還在兩可之間。

可單以食量論，這傢伙的食量，幾乎是照夜白的一點五倍，如此巨大的食量，換個普通人家，還真養活不起，怪不得牠看上去瘦骨嶙峋，原來是沒有吃飽。讓一匹沒有吃飽的馬奔跑，自然無法發揮出牠的優勢。

不過這獅虎獸的體型巨大，如果能保證牠的草料，體重恐怕會超過一噸，甚至重於赤兔馬。曹朋看著獅虎獸把第三份草料吃完之後，也忍不住感到幾分可惜。

若好好調養一番，這匹馬絕對是馬中之王。可惜了，時間太短，難以讓牠達到最佳狀態……萬一在叼羊大賽時發生意外，豈不是可惜？

「王雙，這馬叫什麼名字？」

「卑下見牠毛色發黃，且體格寬大，所以便喚牠大黃。」

「那好吧，你且好生照顧大黃，給牠打上馬掌。至於這次大賽，就別讓牠參加了。」說著話，曹朋伸出手拍打大黃的脖頸。

那獅虎獸似乎感受到了曹朋對牠的喜愛之意，頓時把腦袋貼過來，往曹朋的懷裡鑽去。

這，還真是一匹通曉人性的寶馬良駒。

曹朋忍不住拍了拍牠的腦袋，這才轉身離開。

大黃是不是好馬？韓德沒看出來。但就只是以食量而言，韓德覺得，大黃絕對是馬中的翹楚。

可是，就算牠是一匹好馬，以牠現在的狀態，即便是參加叼羊大賽，恐怕也難以派上大用場。想到這裡，韓德忍不住輕輕搖頭，頗有些責怪的說：「王雙，馬是好馬，但後天便是大賽，你就算把牠買回來，只怕也幫不上公子的忙啊……」

王雙愧疚的低下頭，不知道該怎麼說。

只見那匹獅虎獸搖頭擺尾，噴出重重的鼻息，似乎是在抒發著牠內心中的不滿。

夜深沉，自稽落山方向，緩緩行來一支鐵騎。人數大約在三千人左右，在夜色之中，朝著受降城方向逼去。

這支騎軍，沒有顯示任何旗號。不過從他們的衣著裝飾來看，卻是鮮卑族人。

為首一員大將，名叫沙末汗。此人是鮮卑中部大人軻比能帳下大將，其父厥機，則是軻比能帳下部落大人，實力不俗。

「小大人，再往前，穿過這個牧原，就可以看到受降城了。」

沙末汗點點頭，露出沉思之態。片刻後，他突然道：「去卑如今是在申屠澤，對嗎？」

「正是。」

沙末汗說：「去卑這個人，做事很小心。他敢渡河去申屠澤，勢必會在受降城部下重兵。我們雖說是偷襲，但未必能占到什麼便宜，倒不如奔襲彈汗山，你們以為如何？」

「可是……軻比能大人說，要咱們設法破壞漢家人和南匈奴結盟。」

「我當然知道……可問題是，咱們如何破壞？」沙末汗微微一笑，向身邊幾名小帥解釋道：「申屠澤是劉豹的地盤，如今馬上就要舉行叼羊，咱們很難尋到破綻。破壞他們結盟，有很多辦法。打受降城，意義不是太大，倒不如直奔彈汗山。」

「可彈汗山那邊，同樣防衛嚴密啊！」

「我的意思是，打而不打。」

沙末汗的一番言語，令身邊小帥露出迷茫之色。

「咱們只有三千勇士，無論是偷襲受降城和彈汗山，都會損失慘重。我的意思是，咱們佯攻彈汗山。如此一來，呼廚泉必然會趕回彈汗山救援……而後，咱們在中途伏擊呼廚泉。即便是呼廚泉和漢家人達成盟約，可呼廚泉一死，這盟約必然不攻自破。我曾聽人說，在很久以前，漢家人就用過這種辦法。咱們這次就仿效漢家人的招數，於半途伏擊……呼廚泉一死，去卑和劉豹必然發生衝突。如此一來，南匈奴在十年之內，絕無法威脅到軻比能大人的事情。」

小帥們有些不太理解沙末汗的計畫，不過聽上去，似乎很有意思。

而且，沙末汗是厥機之子，未來的部落大人。他們身為小帥，自然不可能違背沙末汗的心意，於是齊刷刷點頭，表示願意服從沙末汗的計畫。

沙末汗嘿嘿一笑，旋即下令道：「傳令下去，兒郎們立刻轉向東方，務必在兩天內，抵達彈汗山。」

鮮卑鐵騎在行進中，驟然變向。雖然命令發出的有些突然，可是在行進之間卻有條不紊，絲毫沒有露出混亂跡象。

舉目遙望受降城，沙末汗微微一笑：「去卑，這次就放過你，莫令我失望……」

陽光明媚，是一個大好的日子。

五月的朔方，氣溫正好，不冷也不熱，令人感到極為舒適。鬱鬱牧原，一望無際。朝遠方眺望去，但見一片蒼鬱之色，恍如天地一色般。

天很高，很藍；地很大，鬱鬱蔥蔥……行進在天地間，只讓人感到心曠神怡，心胸陡然寬廣許多。

在中屠澤牧原上，彩旗招展，人聲鼎沸。

一年一度的叼羊大賽，在這個陽光明媚的好日子拉開了序幕。

星羅密布的帳篷，散落在申屠澤牧原上。牧民們紛紛走出來，為自己所喜愛的團隊吶喊助威。過一會兒，叼羊大賽會在這裡展開。獲勝者將會把帶血的羔羊甩到帳篷頂上，羔羊落在哪一頂帳篷上，就代表著好運降臨，是牧民們最喜歡的禮物。

一座高臺，在牧原上拔地而起。匈奴各個部落大人，紛紛前來觀戰。

酒水，自然不可能缺少。在這一天，草原上的酒水完全是免費供應。一個個裝滿美酒的缸子，就那麼隨意的擺放在露天裡，任由過路之人享用，分享匈奴人的快樂。

呼廚泉、去卑、劉豹，還有劉光、田豫，早早登上高臺。

在不遠處，一群群匈奴勇士聚在一起說話，不時傳來爽朗笑聲。

「臨沂侯，聽說你們漢家勇士也會參加叼羊大賽，卻不知是哪位勇士？」生著一臉濃密的絡腮鬍，臉圓圓胖胖的呼廚泉開口詢問。

劉光微微一欠身，笑呵呵回答道：「此次參加叼羊的勇士，乃我大漢一位猛將。他是曹司空的姪子，更是此次使團護軍主將。此前因為身體的緣故，所以一直沒有露面。這次聽說大單于舉辦叼羊大賽，曹校尉自然也來了興致，提出參加……還請大單于切莫怪罪曹校尉才是。」

「哪裡哪裡……」呼廚泉眉頭微微一蹙，旋即綻露笑容。

一旁劉豹眼中閃過一抹戾芒，心中冷冷一笑，卻沒有開口說話。

反倒是去卑提醒道：「大單于，群叼兇險，萬一漢家使者受了傷，豈不是不美？」

「誒，右賢王未免太小覷了我漢家猛士。我漢家兒郎，不會輸不起。再者說了，叼羊大賽本就難免有磕磕碰碰，這一點曹校尉早已知曉，大單于可切莫要讓我……呵呵，若是大單于輸了，面子上會不好看哦。」劉光笑容滿面，卻句句懷著機鋒。他很擔心呼廚泉會下令相讓，索性把話堵死。

呼廚泉看了劉光一眼，不免露出訕訕然之色。

「既然臨沂侯這麼說，待會兒若出了意外，還請臨沂侯勿怪。」

田豫在一旁冷冷觀察，他看了劉光一眼，嘴角一挑，露出一抹嘲諷之色。而劉光呢，也注意到了田豫的表情。他心裡面固然有些慚愧，但轉念一想，又心安理得。

這可是置曹朋於死地的最佳時機。

曹朋若死了，至少也能斬斷老賊一臂。而他死在叼羊大賽上，就算老賊有心為他報仇，也必須要考慮一下匈奴人的力量。最好，老賊和匈奴人就此反目，這樣一來，匈奴人才會為我所用。

想到這裡，劉光也就變得坦然了。

「大單于，可以開始了嗎？」

「啊，可以，當然可以開始。」

按照匈奴人的習俗，叼羊大賽開始之前，參賽的勇士會徒步到高臺之下，接受大單于的祝福。

曹朋作為漢室代表，第一個走到高臺下。在他身後，韓德和王雙緊緊跟隨，而後則是七名參賽勇士。

「曹校尉，勇氣可嘉！」呼廚泉和曹朋是第一次面對面相見，臉上露出一抹笑容，沉聲道：「不過群叼大賽凶險，曹校尉須多加小心。若形勢不好，還須早早退出，以免受到傷害。」

呼廚泉是好意，他擔心曹朋受傷。

去年，他剛和曹操幹了一架，自然清楚曹操的實力。萬一曹朋在比賽時遇到了危險，那可能會激怒曹操，這絕非呼廚泉所希望看到的結果，可他又不能強行阻止曹朋參賽，只好在言語中，給曹朋一點提醒。

而一旁劉光則低聲道：「友學，按照匈奴人的規矩，中途退出，是懦夫的表現。我知你勇猛，但還是要多留意自己的安全，莫受了傷，我可不好向司空交代。」

表面上，劉光透出濃濃的關懷之意，可實際卻藏著殺機！

他瞭解曹朋，那絕不是一個會輕易退出的人。如果曹朋退出了，他萬般算計豈不是要付之東流？所以，劉光說什麼也不能讓曹朋退出。他這番話與其說是關心，倒不如說是斷了曹朋的退路。

中途退出？那怎麼可以！那是懦夫的表現……你曹朋是懦夫嗎？

曹朋凝視劉光，良久後輕聲道：「臨沂侯，你是高祖後裔？」

劉光先是一怔，旋即反應過來，臉變得通紅。

曹朋這句話分明是諷刺他，不配當劉邦的後代，愧對『漢室宗親』四個字。他想要辯解，卻不知道該如何開口。而且曹朋也不給他開口的機會，逕自轉身離去。

即便你不逼我，我也不會輕易退出……

接下來，是各部的勇士上前，接受大單于的祝福。

而曹朋回到本陣，剛準備上馬，卻聽龐統在一旁大聲呼喊：「你這痞賴貨，怎地在這裡喝酒！」

曹朋順著聲音看去，卻見一匹瘦骨嶙峋、體型巨大的黃馬，把大半個腦袋探進酒缸裡，龐統抓著轡頭，拚命想要把牠拽過來。

「大黃怎會在這裡？」曹朋愕然，回頭向王雙看去。

那匹獅虎獸，在經過了兩天的調養後，已變得大不一樣。每頓飽食精料，又有專人照拂，皮毛的色彩看上去比之當初要光亮許多。那雙發黃的眸子裡，也顯得頗有精神，與曹朋第一次見到牠時，已是模樣大變。

直到此時，曹朋才有些相信，這大黃真的是一匹寶馬良駒，但看上去似乎有些瘦弱，與真正的寶馬良駒還不能畫上等號。

曹朋和王雙連忙跑過去，把獅虎獸從酒缸旁邊拽過來。只是這獅虎獸看上去似乎醉了，顯得有些步履蹣跚。

曹朋招手，示意軍卒看住大黃。

而這個時候，二十部勇士已紛紛接受祝福完畢，各自回到本陣之中，上馬準備。

曹朋也急著上馬，顧不得去詢問大黃怎麼會跑出來喝酒。可就在他準備離開的時候，獅虎獸卻突然從後面一口咬住了他的衣帶，死也不肯鬆口。

「大黃，快鬆口！」

獅虎獸噴出滾燙的鼻息，搖頭擺尾。

王雙輕聲道：「公子，大黃這是要你騎著牠去參賽。」

「我騎著牠參賽？」曹朋伸出手，輕輕拍了拍獅虎獸的脖頸，「你想和我並肩作戰？」

天曉得這獅虎獸是聽懂了，還是沒有聽懂，碩大的腦袋不停探過來摩挲曹朋的臉。

看樣子，牠是想參賽！

曹朋猶豫了一下，突然道：「來人，給牠配上鞍鐙。」

「公子，你真要……」

曹朋笑了笑，「牠可是神馬獅虎獸，既然牠這麼要求，我若是不同意，豈不是寒了牠的心？再者說了，我也想看看這獅虎獸究竟有什麼樣的本事，敢號稱獅虎。韓德，你換乘我那匹馬，把鞍鐙取來，給大黃配上就是。」

曹朋說得斬釘截鐵，令韓德等人也不敢再說什麼。

當鞍鐙裝配好後，曹朋上前緊了緊大帶，而後翻身上馬。

「大黃，今天可就要看你的了！」他伸手，輕輕拍打了一下獅虎獸的脖子。

卻聽那獅虎獸仰天一聲長嘶，噴出火熱鼻息，噠噠噠走上前來。

「咦？」一個匈奴人看到獅虎獸，忍不住大笑起來，「曹校尉，你漢家莫非無馬乎？若是沒有馬，可以找我們買馬，何苦騎著這麼一匹駑馬，難道想要輸給我們嗎？」

曹朋認得這匈奴人，他名叫劉靖。

說起來，他也是欒提冒頓的子孫，還是劉豹的兄弟。

只不過曹朋並不知道，這劉靖在歷史上，也是個有名有姓的人物。歷史上，呼廚泉後來被曹操扣押，曹操旋即把南匈奴劃分為五部，劉靖便是其中的中部大帥。

但在此時，劉靖只不過是劉豹帳下的豪帥，也是此次代表劉豹出賽的勇士。

此人個頭不高，但體格極為健碩。短項，脖子很粗，也顯得他的腦袋很小。手臂比普通人長不少，一雙大手上疊摞著一層層老繭，給人一種力的感受。

曹朋沒有理睬劉靖，只是淡淡一笑。隨後伏下身子，他輕聲道：「大黃，聽到了沒有？人家看你不起啊……待會兒比賽的時候，可千萬別給我面子，該怎麼教訓這傢伙，你就只管教訓他便是。」

曹朋不知道獅虎獸是否聽懂了他的話語，但是看獅虎獸的反應，他心中大定。

那雙黃濁的眸子，掃了劉靖一眼，而後打了一個響鼻，噴出了濃濃酒氣。

二百勇士分佇列在場地中央站好，隨著呼廚泉一聲令下，就見一個匈奴人縱馬而來，手中拎著一隻沉甸甸的羔羊，眨眼間來到場地中央，甩手將羔羊扔出。

羔羊在空中畫出一道拋物線，吸引了所有人的注意力。

當羊身砰的一聲落在地面的剎那，連帶曹朋在內，二十一支隊伍同時發出了吶喊聲。二十個匈奴勇士縱馬衝出，朝著那隻羔羊衝去。

可大黃卻原地不動，似乎睡著了一樣。

曹朋一下子急了，「大黃……」

不等他喊完，就見獅虎獸仰頭發出一聲猶若龍吟獅吼般的長嘶，只驚得周圍戰馬希聿聿暴嘶不止。就連那二十匹已經衝到羔羊近前的馬匹，也出現一陣陣騷亂。獅虎獸猛然長身而起，馱著曹朋，猶如一道閃電，朝著人群衝了過去……

獅虎獸的咆哮，令萬馬悲鳴。這種傳說是狻猊和龍駒交媾而出的神馬，一旦發飆，就展現出了無與倫比的霸氣。

遠處高臺上，呼廚泉和劉豹等人臉色大變。

「獅虎獸？」劉豹驚呼一聲，眼中頓時流露出一抹貪婪之色。

誰不想有一匹好馬？可好馬難尋啊！

大宛良駒，汗血寶馬，在普通人眼中也許是神馬，可是對劉豹、呼廚泉這樣的人而言，一匹獅虎獸，更能體現出他們的身分和地位。但可惜，獅虎獸百年難得一見，根本找不到。就像剛才，劉豹還在笑話獅虎獸的醜陋模樣，可轉眼間，便被獅虎獸嚇了一跳。

這傢伙，從哪兒找來的這匹獅虎獸？

「左賢王，獅虎獸是什麼？」

「天馬……那是天神賜予匈奴人的不世財富！」

劉光聽聞，不由得一撇嘴。

你就胡說八道吧……如果是天神賜給你們的東西，怎麼又成了曹友學的坐騎？

而一旁的田豫，臉上露出了淡淡的笑容。他突然對去卑道：「右賢王，此上蒼賜福，匈奴與我大漢，實兄弟之邦啊。」

「正是，正是！」去卑眉頭蹙了蹙，旋即笑了。

不就是一匹馬嗎？這曹校尉能得獅虎獸，也是他的運氣。看起來，我的選擇沒有錯，曹司空是個有大氣運的人，只看他這姪兒，便可管中窺豹。

想到這裡，去卑輕輕點頭。

二十四爭叼的戰馬，希聿聿悲鳴，四蹄發軟。

獅虎獸如同流星般衝了出去，曹朋端坐馬背上，與幾名正拚命安撫坐騎的匈奴人擦肩而過，來到那羔羊的跟前，一隻腳掛在馬鐙裡，身體極為柔韌的向一邊傾倒，探手一把抓起了羔羊，撥馬就走。

周圍的匈奴人這時候才算是穩住了坐騎，見曹朋爭到了羔羊，頓時勃然大怒，催馬就朝著曹朋追過去，想要將羔羊奪回來。也難怪，對他們而言，叼羊大賽不能有失……如果被一個漢家人獲取勝利，無疑是對匈奴人的一大羞辱。所以，二十匹戰馬如離弦之箭，撲向了曹朋。為首的匈奴人，正是左賢王劉豹的堂弟，那位後世的中部大帥劉靖。

「漢家兒，把羊交出來！」劉靖嘶聲吼叫，同時又用匈奴語大聲發令。

周圍近二百名匈奴人立刻催馬迎上前來，韓德和王雙一見形勢不妙，立刻趕過去。

「信之，你來阻擊，我掩護公子。」

「多加小心。」

韓德說著話，催馬就衝過去，雙手緊抓馬鞍，身體猛然暴起，探手一把抓住一個匈奴騎士，反手把對方從馬上扯了下來。匈奴人沒有馬鞍和馬鐙，騎在馬上，完全是靠雙腿來保持在馬上的平衡。如果是與人搏殺，或者控弦殺人時，則會用繩索來固定身子。但是在叼羊大賽中，他們更多的是憑藉自身高超的騎術。

匈奴騎士從馬上滑落，蕩起一蓬塵埃。沒等他站起來，只見鐵蹄迎面而來，砰的就踩在他的腿上。騎士慘叫一聲，拖著斷腿想要閃躲，可四面都是馬匹，又能往何處躲閃？只聽得一聲聲慘叫過後，馬群從騎士的身體上踏踩而過，那匈奴騎士血肉模糊的倒在草地上，已沒了氣息。

遠處觀戰的劉豹，不禁眉頭一皺。

「漢家兒，好身手。」

倒是劉光沉默無語，臉上露出猶豫之色。

己方能在馬上騰挪躲閃的原因，劉光心裡再清楚不過。他有些猶豫，是不是該把這件事告訴匈奴人呢？可如果把馬鐙和馬鞍的秘密告訴匈奴人，只怕是如虎添翼。劉光忍了又忍，最終還是決定把此事藏在心裡。

沒錯，劉光是要依靠匈奴人，卻不代表他要出賣漢室。養虎為患的道理，他同樣清楚，即便明知道匈奴人早晚會得到馬鞍和馬鐙的秘密，可是能隱瞞一時，且先隱瞞一時吧。

一想到這馬中三寶，也是出自曹朋父子之手，劉光這心裡還是有些不太舒服。

冷宮說得沒錯，此人不除，必成大患！

就在劉光沉吟不語之際，忽聽遠處傳來一連串的呼喝聲。匈奴人口中發出『嗷——嗷——嗷——』的聲響，如同一頭頭野狼在草原上咆哮。

他們，是在為參賽的匈奴勇士加油。

大黃奔行如風，曹朋坐在獅虎獸的背上，感覺顛簸甚巨。畢竟和獅虎獸配合的時間短，曹朋還無法完全適應獅虎獸奔跑的特點。他雙腿微微彎曲，整個人好像伏在馬背上。身後，馬蹄聲轟鳴，伴隨著匈奴人那如同野狼嚎叫一樣的呼喝聲，令人心情煩躁。

迎面，十餘騎衝向曹朋。

王雙帶著三名飛眊，從左右竄出。

「公子，我來掩護，速走！」

四個人在奔跑中，突然一個打橫，迎面衝來的匈奴人在倉促間勒馬，戰馬希聿聿長嘶，兩個匈奴人一不小心，從馬背上摔落下來。就在這一眨眼的工夫，曹朋繞過王雙，衝出了包圍圈。身後，忽聽一聲慘叫，曹朋在馬上扭頭看去，只見一名飛眊從馬背上摔落下來，被兩名匈奴人夾擊，一下子衝撞個正著，身體凌空飛起，口中噴吐鮮血，落地時已是氣息微弱，眼見著是活不成了……

叼羊大賽，分明是殺人比賽！

王雙和另外兩人被包圍在中間，也顯得岌岌可危。

曹朋一咬牙，撥轉馬頭，朝著那些匈奴人就衝過去。

「王雙休要驚慌，我來救你！」

他要獲勝，但並不是要不計後果的獲勝。如果王雙他們都死了，他即便取得了勝利，又有什麼用處？

匈奴人顯然也預料到了曹朋會返回來，立刻有數騎衝出，想要把曹朋攔住。曹朋在馬上，突然掄起那沉甸甸的羔羊，砰的將一個匈奴人砸翻馬下，而後探出一隻手，一把攫住了一個匈奴人的胳膊，只見他在馬上氣沉丹田，雙足一用力，扭腰猛然向後一拽。

那匈奴人至少也有百斤分量，卻被曹朋一下子從馬上提起來，順著那股勁兒，曹朋猛然撒手，將匈奴人扔飛出去。三名匈奴人沒有提防曹朋這種招數，躲閃不及，被砸了個正著，四個人一同摔落在地上，包圍圈也隨即露出了一個破綻。

「王雙，走！」曹朋大喝一聲，撥馬就走。

王雙和另一個飛眊則趁機衝了出去，一左一右，保護著曹朋往終點跑去。在他身後，劉靖等百餘人緊追不捨。

田豫眯起了眼睛，突然道：「右賢王，如此傷亡，會不會有麻煩？」

從爭叼到現在，已有二十餘人落馬，其中更有六人當場斃命。原本，叼羊是匈奴人一個慶祝的節日，很少會出現死傷，可不成想，這次叼羊居然發生了這麼多事情。先是獅虎獸出現，而後又是大量的傷亡，即便是在高臺上觀戰的眾人，也不由得心中生出一陣陣惶恐。田豫擔心，如果繼續傷亡下去，會產生波折。

去卑朝一旁的劉豹看了一眼，微笑道：「叼羊大賽，本就是生死由命，富貴在天。往年叼羊雖沒有今天這般慘烈，但也會出現一些意外狀況……田副使放心，我匈奴人還沒有到那種輸不起的地步。大單于，我沒說錯吧？」

「那是自然，那是自然。」呼廚泉笑著，連連點頭。

遠處，叼羊已到了如火如荼的地步，各方爭奪越發慘烈。

彼此間不但有合作，同時又有爭鬥。隨著各部匈奴騎士追上來，曹朋開始感到了壓力。

獅虎獸藉著酒勁兒，奔走如風，可身體畢竟還沒有調整過來，漸漸滲出了汗水。

曹朋見所有人都針對他，己方參賽十人，已有三人重傷，一人斃命。韓德和王雙雖然竭力保護，可畢竟對方人多，有些招架不住。見此狀況，曹朋眼珠子一轉，突然將手中的羔羊向側方甩了出去。

劉靖就在他的側方跟隨，正竭力想要突破王雙的阻撓，靠近曹朋。哪曉得曹朋突然把羔羊扔出來，劉靖措不及防之下，被那羔羊砸在身上。曹朋這一甩，可是用了巧勁兒，劉靖就覺得好像被一柄巨錘轟在了身上，大叫一聲，便從馬上摔落下來。身後，戰馬疾馳而來……

劉靖畢竟是在草原上長大，對叼羊大賽瞭解頗深。

身體落地的一剎那，他就意識到情況不妙，連忙就地滾動，這才算堪堪躲過了飛馳而來的戰馬，但胳膊被羔羊砸了一下，已經折斷。他剛想要站起身來，卻聽馬蹄聲響，一抹黃色飛奔而來，劉靖再想躲閃已來不及了，就聽喀嚓一聲……

劉靖發出淒厲的慘叫聲，一隻腿在剎那間被獅虎獸踩成了兩段，小腿呈一個誇張的彎度扭曲著，那劇烈的疼痛，直欲讓劉靖昏死過去。剛才，他還恥笑獅虎獸，這眨眼間，獅虎獸的報復就來。獅虎獸雖然瘦骨嶙峋，但骨頭架子甚大，這一蹄子，足以令劉靖的腿徹底殘廢。

劉豹呼的站起來，臉上流露出憤怒的表情。

「臨沂侯，我兄弟已經落馬，何故還要趕盡殺絕？」

「這個……」

「左賢王，你這話就不對了。叼羊時，各種意外都會發生，要說曹校尉趕盡殺絕，恐怕有些不妥。這種情況下，若是換成是曹校尉，只怕你會開心得不得了吧？」

「胡說！我……」

「好了，都給我閉嘴！」呼廚泉感覺顏面無光，忍不住厲聲喝罵，「漢使尚在，你們兩個爭吵什麼？也不怕被人笑話！剛才，依我看曹校尉未必是有心，叼羊嘛，本就會有各種意外發生，總不成受了點傷，就說人家是有意為之……曹校尉那邊也死了一個人，難不成他回來也要追究？左賢王，你這倒是有些小氣了。」

呼廚泉這一番話出口，劉豹心中就算再有不滿，也只能閉上嘴巴。

畢竟，呼廚泉才是大單于！

大單于已經把這件事定下了性質，你一個劉豹再跑出來爭辯，豈不是對大單于不敬？

劉豹素來不服呼廚泉，但不代表他會當面頂撞。至少，當著漢家使團的面，劉豹不會做出這樣的事情。

劉靖退出之後，也代表著一個部落的退出。從叼羊開始到現在，陸陸續續已有五個部落因傷亡而退出比賽，可是這叼羊大賽，卻變得越發激烈起來。特別是當曹朋把羔羊丟出來，先前還精誠合作的匈奴人立刻四分五裂，各自為戰。

韓德的身上傷痕累累，他衝過來問道：「公子，何故放棄？」

曹朋微微一笑，「不急，讓他們先爭鬥一會兒！」

那隻代表著勝利的『羊』，不斷的變換著主人。受之前的一番較量影響，匈奴人的爭搶也變得格外慘烈，出手不再留有任何餘地，眨眼間又有十餘人因傷亡而退出。

曹朋縱馬在周邊奔行，警戒的觀察著場中的變化。

他不僅是要奪取那隻『羊』更要釣出那條『魚』！曹朋相信，在這百餘人當中，冷飛一定隱藏在裡面。只是，人太多了，冷飛肯定經過變裝，想要辨認，並不容易。

剛才他沒有出手，一定是在等待機會。

只是曹朋不想等待太久，因為等得越久，就越發危險。

想了想，他猛然催馬，朝著人群中衝去。那隻羔羊被兩個匈奴人一人抓著一邊，正在馬上拚命爭奪。曹朋加入其中，獅虎獸似是覺察到了曹朋的心意，猛然間橫裡一個衝撞，恰巧撞在其中一名匈奴人的坐騎上。

獅虎獸體型巨大，衝擊力極強，那匈奴人一個措不及防，被撞得從馬上摔下來，緊抓著羔羊的那隻手也隨即鬆開。另一邊的匈奴人沒想到對方會突然撒手，順著那股力道也摔落馬下。而羔羊一下子被扔出去老遠，曹朋縱馬上前，彎腰取羔羊。

就在這時，只聽王雙驚恐的呼喊道：「公子，小心身後！」

一道寒光乍現，刷的刺向了曹朋。

曹朋在馬上，猛然間一個鐙裡藏身，那細劍幾乎是貼著曹朋的後背掠過。曹朋順勢將羔羊抓在手中，翻身坐在了馬上。可沒等他坐穩身形，一騎迎面而來。

馬上一個匈奴人，髡髮結辮，頷下一副絡腮鬍子，手中一柄細劍，如毒蛇般刺來。

如果只看長相，曹朋還真不好辨認，但是那雙眼睛，森冷中帶著一抹殺意，曹朋可謂再熟悉不過。

原來如此，怪不得我找不到你！

曹朋冷笑一聲，手中沉甸甸的『羊』呼的脫手飛出，惡狠狠砸向了來人。

「冷宮，我候你多時了！」

章二 宿命相逢

冷飛只覺得眼前一黑。

羔羊的身體向他砸來，夾帶著萬鈞之力。冷飛知道，如果被這頭羔羊砸中了身體，即便是殺了曹朋，自己也難以活命。再者說了，他也不肯定這一劍就能殺了曹朋。

手中細劍滴溜溜一轉，變刺為挑。

細劍斜撩而起，劍尖刺中羔羊的同時，手腕猛然一抖，那巨大的羔羊頓時被挑飛出去。

不得不說，冷飛的確是一把好手。那羔羊身體之上夾帶著萬鈞之力，卻被他輕而易舉的化解於無形。只是，羔羊被挑飛了，冷飛的臉色也頓時變得格外難看。只見曹朋一隻手抬起，遙遙指著他，臉上露出一抹詭異的笑容，綳簧一響，八枝鋼弩刷刷刷連珠射出。

冷飛知道曹朋手中有這麼一支手弩炮，所以早有提防。只不過，這次曹朋發射的距離，遠比上次在船上的距離更近。冷飛手舞長劍，只聽叮叮聲響不斷，八枝鋼弩被他磕飛了六枝，剩下兩枝鋼弩，一枝是貼著他的臉頰掠過，留下了一道傷口，頓時令冷飛血流滿面；而另一枝，則正中他胯下坐騎。

戰馬悲嘶一聲，撲通翻倒在地。

冷飛在馬上猛然騰身而起，剛要出手，卻看到數騎飛馳而來。

韓德、王雙和飛毦衛士香虎，三人手上都拿著一支手弩炮，人藉馬勢，馬藉人威，如同風一般撲來。

冷飛人還未落地，二十四枝鋼弩如暴雨梨花般在空中炸開。

冷飛手中的細劍雖然舞得很急，卻也沒辦法在同一時間擋住二十四枝鋼弩的襲擊。蓬蓬蓬，鋼弩沒入肉中，發出一連串的悶響。冷飛的身體接連顫抖，中了六枝鋼弩，每一枝鋼弩都帶著巨大的力道，直直沒入軀體。冷飛悶哼一聲，雙腳落地的一剎那，腿一軟，險些跪在了地上，好在他反應機敏，順勢一個懶驢打滾，向後翻滾數周後，剛準備站起來，卻感覺身體好像不受控制了一樣。

中箭的地方沒有痛感，反而有一種麻癢的感受。

有毒！

冷飛激靈靈打了個寒顫，抬頭向曹朋看去。「卑鄙……」

他話未說完，獅虎獸已然衝到他的跟前。巨大的衝擊力如同一把千斤大錘，狠狠撞擊到冷飛的身上。冷飛由於中毒的關係，身體機能退化了許多，根本來不及閃躲。這一次撞擊，把冷飛撞得慘叫一聲，身體一下子飛了起來，口中噴出血霧，當身體落地的一剎那，全身的骨頭都好像被撞散了似的。

「卑鄙嗎？」曹朋清冷的回答：「許你刺殺，就不許我用毒？冷飛，我就知道你不會善罷甘休，可你卻不想想，我若不殺了你，日後豈非寢食難安？」

「你……」

「早死早托生，下輩子別再想著當太監了！」曹朋說著話，催馬向前。

獅虎獸的鐵蹄，凶狠的踏踩在冷飛的胸口上，嘎巴一連串的聲響，冷飛胸骨被踏踩粉碎，眼睛瞪得溜圓，整個人如同死不瞑目一般的看著曹朋，抽搐兩下後，再也沒了聲息。

這位漢帝身邊的第一刺殺高手，就這樣橫死在朔方草原之上。

而對於曹朋來說，活著的冷飛或許能令他感到幾分顧忌，可死去的太監……那也僅只是一個太監而已。當獅虎獸的鐵蹄踩碎了冷飛胸骨的一剎那，冷飛這個名字，再也沒有任何意義。

他還有更重要的事情要去做……

比如，叼羊！

冷飛的刺殺，從開始到結束，不過數息時間。當劍光消失不見的一剎那，劉光驀地站起身來，雙手緊握成拳頭，身子微微顫抖。

旋即，遠處傳來了獅虎獸那龍吟獅吼般的長嘶，引得萬馬悲鳴。

一道淡淡的黃影衝出，馬上的騎士從地上撿起『羊』，朝著遠方，急行而去……

劉光知道——冷飛，失敗了！

心中的憤怒一閃即逝，但他並沒有太多的憤怒，更多的是一種悲哀。

天亡漢室？莫非是天亡漢室？

一個小小的曹朋，居然在冷飛這樣的高手刺殺下，連續三次活下來，並且將冷飛擊殺。曹氏的氣運，難道就這麼強悍，強悍到自己這邊已盡出高手，也奈何不得曹朋？冷飛這一死，陛下當斷一臂。當然了，以劉光對漢帝的瞭解，冷飛死了，他未必會有太多傷悲。那是個寡恩之人，當年司徒王允對他何等忠心，可王允死後，漢帝也沒有表示出太多悲傷。今天是冷飛，那麼下一個，會是誰？

劉光心中，感到了一絲絕望……

劉豹那雙三角眼瞇起來，看著曹朋遠去的背影，同樣有些迷茫。

選擇漢室，真的對嗎？他現在也說不準了……

當初劉光找到他，許以他大單于之位。劉豹也認為，不管怎麼說，這天下還是漢室的天下，即便曹操奉天子以令諸侯，也終究是漢家臣子。此時投奔曹操，不過是錦上添花，倒不如協助漢帝，可以換取更多利益。然而，漢帝的力量似乎……花費了許多心思，結果卻殺不死一個曹朋，漢家天下，真的還有希望嗎？至少在劉豹看來，有點看不清楚。

或許，他應該和曹操的人接觸一下才是。

遠處，燃起了篝火。

曹朋把『羊』帶到了終點之後，將『羊』奮力擲出，扔在了一座帳篷的頂上。

剎那間牧民們發出一陣陣歡呼聲，也使得劉豹頓時下定了決心。

他剛要走下高臺，忽見遠處一騎飛馳。一名匈奴將領趕到了高臺下，翻身下馬，單膝跪在地上，氣喘吁吁的喊道：「左賢王，大事不好了。」

劉豹一怔，連忙上前幾步，疑惑問道：「發生了什麼事情？」

「就在剛才，就在剛才……檀柘領一千鮮卑鐵騎，突然殺進王帳。王妃母子三人被檀柘擄走，王帳損失慘重，留守王帳的兒郎幾乎全軍覆沒，被檀柘殺死。」

劉豹只覺得腦袋嗡的一聲響。

「檀柘竟然敢出兵打我！他今在何處？」

「左賢王，檀柘襲擊了王帳之後便帶人離開……估計是朝石嘴山方向撤離。」

「哇呀呀……」劉豹暴跳如雷，厲聲吼道：「不殺檀柘，我誓不為人！」

說著話，他也顧不上和呼廚泉打招呼，站在高臺上厲聲喝道：「兒郎們，立刻上馬，隨我追擊檀柘！」

呼廚泉臉色一沉，但並未阻攔。

而劉光的心裡也不由得一動，隱隱約約感覺到，此事應該和曹朋有關。

檀柘是誰？名義上的鮮卑西部大人，可實際上已淪落成為一個普通的部落大人。他的實力，遠不是劉豹的對手，卻突然千里奔襲，如果說這裡面沒人挑撥，劉光絕對不信。

劉光可記得，此前出石嘴山時，曹朋曾救下了一個檀柘的部曲。但這件事要不要和劉豹說呢？

劉光舉目向臺下眺望，遠處曹朋策馬馳騁，雙手高舉過頭頂……

罷了罷了，就算這件事和曹朋有關，我也沒有證據。再說了，劉豹現在，敢去招惹他嗎？

想到這裡，劉光心中，不禁有些黯然。

叼羊大賽，由於檀柘的突然襲擊，匆忙收場。

暴怒的劉豹點起兵馬，準備向檀柘開戰。而呼廚泉則加快了和劉光、田豫的談判。

不管怎麼說，此時的漢室，因為曹操的存在，對胡人始終保持著一絲威脅。也正因為這個原因，雙方很快達成了一致，決定由南匈奴在北面牽著蹋頓的烏丸，使其無法繼續給予袁氏兄弟幫助。相應的，曹操在平定河北之後，將開放龜茲屬國集市，向匈奴提供所需的兵械等物資，而匈奴則需提供戰馬，供應曹操。

所有的障礙，似乎在一夜間都消失殆盡。

就在這時，從彈汗山突然傳來消息，發現軻比能的人馬蹤跡。

軻比能想要和南匈奴開戰嗎？

聯繫到之前檀柘對左賢王劉豹的襲擊，所有人都產生了這樣一個念頭……

甚至連劉光在內，也認為檀柘襲擊劉豹似乎和曹朋無關了。這更像是鮮卑人的一次聯合行動，他是為配合軻比能所以才會出擊。要知道，之前檀柘還跑去王庭請求軻比能的幫助，雖然傳言說軻比能最終沒有同意，可真相……恐怕只有他們自己清楚。

畢竟，軻比能和檀柘都是鮮卑人，檀石槐活著的時候，他們曾是一體……

檀石槐死後，和連繼位。只可惜，和連為人即貪婪又好色，遠不如檀石槐的英明神武，繼位後沒過幾年，和連便被人殺死。和連膝下有一子，名叫騫曼。和連死後，騫曼年紀還小，與從兄魁頭相爭失敗後，不知所蹤，而鮮卑旋即分裂。

誰敢說，軻比能不會因為這同族之誼，而出手幫助檀柘？

誰又能肯定，檀柘不是為了配合軻比能的行動，而突然間率部偷襲了劉豹的營地？

只不過，劉光有點想不明白：軻比能如今正在和鮮卑東部大人燕荔游交戰，勝負尚未分曉，為何會如此急不可耐的要和匈奴開戰？難道，軻比能也看中了朔方？

總之，劉光有些百思不得其解。

由於匈奴即將開戰，所以這會盟持續的時間並不長。

呼廚泉因為老窩發現了鮮卑人的蹤跡，心中焦慮，所以匆匆結束會盟，率部離去。

去卑也必須要儘快趕回受降城，以免遭受鮮卑人的襲擊。不過臨行之前，去卑把麾下的部落大人瑣奴留下，負責保護使團一行平安返回中原。

用去卑的話說，當年他曾保護漢帝東歸，如今自當為漢家使團的安全盡心盡力。

劉光在一旁默默觀察，心中冷笑不止。他可以肯定，去卑已投向了田豫。

去卑臨走的那天，前來使團駐地道別。他命人取來了一個錦匣，笑呵呵的遞給了曹朋。

「曹校尉，此次去卑走的匆忙，也沒帶什麼好東西。這匣子裡面，是去卑贈與曹校尉的禮物，還望曹校尉喜歡。」

冷飛死後，曹朋的心裡好像卸下了一塊大石。

他之前隱忍不出，裝病誘出冷飛。現在，冷飛死了，劉光等於失去了他手中最大的利器。而且在冷飛死後，劉光也表現出心灰意冷之態，最後幾次磋商結盟，幾乎都是由田豫出面，而劉光則藉口身體不適，沒有再參與會盟。反倒是曹朋，重又接掌了護軍的指揮權。

他重掌護軍後的第一個命令，就是徹查禁軍。用他的話說，冷飛可以一而再、再而三的刺殺自己，說明他在使團之中一定有同黨。護軍方面，曹朋可以放心，但禁軍……為臨沂侯的安全著想，所以必須要對禁軍進行徹查。所謂的徹查，就是把禁軍的指揮權直接搶走，置於曹朋的治下。

劉光也沒有表示拒絕，竟默認了曹朋的舉動。

隨後，曹朋把禁軍打散，編入護軍之中，等於是將劉光徹底架空……

聽罷去卑的言語，曹朋不由得笑了。他伸手接過了錦匣，見大帳中除了去卑之外，無論田豫還是副使周良，全都是自己人，便很大方的打開了匣子。

匣子裡，鋪著一層生石灰，擺放著一顆血淋淋的人頭。

曹朋眼睛不由得一瞇，抬起頭看向去卑。

伏均！

這竟然是伏均的人頭……

此前，田豫已經把伏均在去卑身邊臥底的消息告訴了去卑，而今去卑用伏均的人頭，向曹操表示了效忠之意。伏均，是劉光的人，更是伏皇后的親弟弟……去卑殺了伏均，也代表著他和漢室之間的關聯將會徹底斷掉。

曹朋不由得笑了，「右賢王這個禮物，我非常喜歡……不過我漢家有一句話，叫做來而不往非禮也。既然右賢王贈我如此貴重的禮物，我焉能沒有表示？」

說著，他命王雙取來一柄龍雀大環，贈與去卑。這支龍雀大環，是曹汲親手所造，鋒利無比。

匈奴人生平有三好：好馬、好酒、好兵器。與這三好相比，美色甚至也有所不如。去卑接過了龍雀大環，也是無比高興。

去卑離開後，使團便準備撤離朔方。

由於呼廚泉和去卑都走了，而劉豹則忙於對檀柘的備戰，所以使團的撤離頗有些冷清，幾乎是悄無聲息的離開了申屠澤。

匈奴部落大人瑣奴，領一千人護送使團離開。

一路上倒也平靜，沒有遇到什麼波折。只不過，所有人都能感受到瀰漫在空中，那濃濃的火藥味。劉豹與檀柘之間的戰鬥一觸即發，令許多人感到不安。

從申屠澤到石嘴山，一路時常看到向河西逃亡的百姓。

在離開朔方的第三天，使團在一個廢棄的集市中留駐。曹朋巡查了營地之後，剛要回軍帳休息，就見田紹急匆匆跑來，遠遠的就招呼曹朋：「曹校尉，田副使有緊急軍情，命校尉即刻前去。」

曹朋聽聞，連忙和田紹趕去軍帳，一進大帳，曹朋就問道：「國讓，出了什麼事？」

田豫怔怔看著曹朋，輕聲道：「剛得到消息，呼廚泉在返回彈汗山的途中，遭遇鮮卑人伏擊，隨行八百人全部遇難，呼廚泉也被鮮卑大將沙末汗所殺……」

「呼廚泉死了！」

曹朋看著龐統，露出苦澀笑容道：「他這一死，我們此前幾十天的努力，付之東流！」

時已六月，暮夏時節。

雖是夜晚，但仍舊是熱浪滾滾。

曹朋深吸一口氣，頗有些無奈的搖了搖頭。本希望藉助呼廚泉之手，來牽制烏丸突騎。哪知道呼廚泉突然被殺，使得此前的種種算計都成了一場空。不過，比起田豫的鬱悶，曹朋明顯透著幾分輕鬆。

想必，呼廚泉一死，最快活的就是劉光吧。

曹賊

章二 宿命相逢

他看向龐統，卻意外的發現，龐統臉上露出了淡淡的笑容。

「士元，你難道就不覺得憋屈嗎？」

「憋屈？為何憋屈？」龐統忍不住笑道：「呼廚泉一死，於公子而言，河西唾手可得。」

「此話怎講？」

「呼廚泉被殺，南匈奴勢必出現混亂。無論是去卑還是劉豹，對大單于之位都虎視眈眈。此前，呼廚泉活著，二人尚可以隱忍。但呼廚泉死了，他二人又怎可能善罷甘休？」

「你是說……」

龐統站起來，來到曹朋身旁，「友學，你此前不是向曹公稟報，希望鎮守河西嗎？」

「正是！」

「若呼廚泉未死，以南匈奴之力，你想要坐鎮河西，並非一件易事。可現在呼廚泉死了，劉豹也好，去卑也罷，誰又有精力顧及河西之地？這正是你坐穩河西的最佳時機。他二人非但不會阻止，甚至會討好於你。如此一來，河西北方無虞。」

去卑有野心，劉豹同樣有野心。兩人的實力相當，只看誰能消化呼廚泉手中的力量更多一些。

曹朋頓時明白了龐統的意思，這是要待價而沽啊！誰弱，他就幫誰……再加上一個檀柘，曹朋足以將漠北攪得天翻地覆，至少在數年之內，保證河西無虞。

去掉了南匈奴的威脅，河西就等於減少了三分之一的壓力。

剩下的西涼馬騰，以及河西羌狄，當不足為懼。至於並州高幹，如今自顧不暇，恐怕也沒工夫來顧及河西地區。想到這裡，曹朋的信心陡然間增加了許多。

他看著龐統，輕聲道：「當年我曾在家師面前言，為天地立心，為生民立命，為往聖繼絕學，為萬世開太平。此四種，路途艱難，我至今仍未能做到一項……不過，若我能立足河西，便可完成其中一項。

雖未必能令萬世太平，卻可以使我中原生民百年不受胡人之患。士元，我需要你幫我，用你所有的力量幫我，在河西築起一道屏障，佑我中原不受胡亂……士元，你可願意助我一臂之力？」

龐統自投靠曹朋以來，表現的四平八穩。他雖然留在曹朋的身邊，卻未曾說出過臣服的言語。如今，曹朋與他敞開心聲，卻使得龐統心中波瀾頓生。

他沉吟片刻後，問道：「友學，若你得河西，當如何為之？」

「屯田，在河西推廣屯田。」

「單憑屯田，未必能坐穩河西。想當初漢武帝也曾在河西屯田，但最終還是廢棄。想要在河西築起中原屏障，必須有幾個關鍵因素。首先，你要有人，有足夠的人口，才可以穩住陣腳，單憑從中原移民，非長久之計，你準備如何解決這個問題？」

曹朋不由得瞇起眼睛，陷入沉思。

半晌後，他抬起頭，冷聲道：「匈奴和鮮卑屢屢犯境寇邊，從中原擄掠人口。他們做得初一，我就能做得十五……我可以從塞上掠奪人口，令他們進行勞作。同時，我可以向西、向南，甚至向東跨海掠奪人口，以增加河西人口基數。」

「我若督鎮河西，司空必會給予大力協助。至少首批三萬戶人口，當不成問題……士元，你說的很對，想要坐穩河西，我們要做的事情實在太多，兵事、農事、政事……我需要更多的幫手才行。」

龐統道：「徐元直可為幫手。」

「他如今在東郡甚得滿寵所重，會來這苦寒之地嗎？」

龐統一笑，「只要友學你書信一封，元直必然同意。」

曹朋想了想，點頭答應。呼廚泉的生死，就目前而言，與他關係並不是太大，自有田豫等人為此發愁。而曹朋在做出決定之後，便向田豫提出先行一步的請求，他要去找檀柘，把蔡琰母子三人要回來，畢竟這是曹操託付給他的一項重要事情，他必須要完成才行。

田豫旋即答應。

建安八年六月，南匈奴大單于呼廚泉於美稷被殺，匈奴隨之大亂……

右賢王去卑最先做出了反應，率部奔襲彈汗山。而鮮卑大將沙末汗在擊殺了呼廚泉之後，便立刻退回鮮卑。去卑沒有追擊沙末汗，抵達彈汗山後，立刻吞併了原本隸屬於呼廚泉在彈汗山的勢力，勢力頓時大增。

然則，好景不長，劉豹雖然比去卑晚得到消息，但動作卻很迅速。他放棄了對檀柘的攻擊，率領三萬控弦之士，連夜渡過黃河，占領了沃野、臨戎兩縣之後，令其部曲迅速攻占河陰，斷絕了去卑自五原郡渡河進入朔方的渡口。而後，劉豹領一萬鐵騎北上，奪取單于庭，搶占平定關，直接占領了大半個朔方郡，併吞下了呼廚泉在南單于庭的部落。

呼廚泉坐擁彈汗山，但妻兒皆在南單于庭。劉豹占領了南單于庭之後，便把他的孀子，也就是呼廚泉的老婆娶過來，並冊立閼氏，自封大單于。

而去卑雖然吞併了呼廚泉在彈汗山的部族，卻因為地理上的原因，晚了劉豹一步。

呼廚泉活著的時候，將劉豹置於大河以西的申屠澤，讓去卑坐鎮大河以北的受降城。由此可以看出，他對劉豹和去卑懷有幾分戒心。去卑想要渡河進入朔方，就必須要通過五原郡，由臨沃渡河；而想要奪取五原郡，就必須拿下陰山。

這也使得去卑雖然最先出手，但結果卻是落後了劉豹半步的主要原因。

所以，當劉豹自立為大單于後，去卑又豈能善罷甘休？七月，去卑率三萬控弦企圖強渡河陰，卻被劉豹阻攔，雙方鏖戰月餘，最終去卑因氣候原因，不得不收兵返回受降城。經此一戰，劉豹聲威大震，在朔方頗有自立為王的趨勢。

無奈之下，去卑命麾下部落大人欒提護留出使許都，求取曹操的幫助。

此時，曹操正率領大軍渡河而擊，兵鋒直指黎陽！

荊州，襄陽——

諸葛亮一襲白衣，漫步於大街上。他此次來襄陽，是為了散心。好友接二連三的離去，繼孟建和龐林北上之後，崔州平也因為接到了兄長崔均的書信，踏上返家之路。

崔州平是博陵崔氏子弟，出身豪門世家，遠非徐庶、石韜等人可以相提並論。水鏡山莊二賢四友當中，諸葛亮和崔州平的關係最好，究其原因，諸葛亮也是琅琊世族出身，雖比不得博陵崔氏這等豪門，但也算得上是青州世族。

世家子弟，總是容易和世家子弟交往，哪怕如今的琅琊諸葛氏已非當年可比，但這世族的底蘊，依舊有著巨大影響。

君不見，荊州蔡氏想要把女兒嫁給諸葛亮，不也有門當戶對的因素？

若諸葛亮只是一個普通的寒門子弟，和徐庶、石韜他們相同，蔡氏也未必能看得上諸葛。

崔州平的父親，便是前太尉崔烈，其兄長崔均，原本是袁紹手下的謀臣。但是袁紹死後，崔氏大不如前，所以把崔州平召回，就是為了給崔氏尋一個更好的出路。崔州平雖非長子，但畢竟嫡支，有著舉足輕重的影響力。崔均要想做出決定，也必須要爭取到崔州平的同意。

諸葛亮有一種預感，崔州平這一去，恐怕是再也不會返回水鏡山莊，心中不免感到了幾分失落，總覺得空落落。眼看著身邊的好友一個個走出去，為前途奔波，而自己呢，卻留在荊州，無所事事。

蔡家女中上之姿，是蔡夫人的姪女。才華算不得有多麼高明，但熟讀《女誡》，精通女紅，是一個持家型的賢妻良母。

對諸葛亮而言，蔡氏女倒也不錯。

只是當他去相親的時候，蔡家人曾有意無意的提出，希望諸葛亮能為劉表效力。

若說諸葛亮不心動，那是假的！畢竟在荊州，他依附著劉表，能為劉表效力，無疑是一個最好的出路。

但諸葛亮對劉表也頗為瞭解，深知劉表只是一個守成之人，恐怕難以做出大事。

可以肯定的是，如果歸附劉表，必然能得重用。畢竟諸葛亮和蔡氏女的親事，已成定局。而荊襄如今被蔡家掌控，且不說蔡夫人這一層關係，單就說水軍都督蔡瑁，也是手握兵權，有著極為巨大的影響力。此外，蔡家和荊州世族盤根錯節，關係極其親密。有這些人，諸葛亮又豈能受委屈？

偏偏，諸葛亮並不看好劉表……

前面有一座酒樓，諸葛亮邁步走進，在夥計的領引下，登上二樓。

與樓下喧鬧嘈雜的環境不同，二樓顯得極為幽靜。諸葛亮在臨窗的桌子坐下，點了些酒菜，自斟自飲。

「孔明何故在此獨飲？」

諸葛亮抬頭看去，卻見一個三句男子，笑呵呵的看著他。

「啊，是大兄啊！」

來人名叫龐山民，是龐德公的姪子。

諸葛亮連忙起身讓座，請龐山民坐下同飲。

龐山民笑著擺手道：「家叔喚我前去，我此來只是為買些家叔喜愛的瓊漿罷了。對了，聽說你婚事已經定下，不知定在何時？」

諸葛亮道：「婚期已定下，仲秋行大禮。」

「嗯，成家了，終歸是一樁好事，從此可以定下心來……孔明，我還要恭喜你才是。」

「到時候，必請大兄赴宴。」

「呃……中秋的話，我怕是不能返回。」

「大兄要出門？」

龐山民點點頭，笑道：「士元來信，說他被拜為護羌校尉，故而我要把他的家眷送過去。」

諸葛亮聽聞一怔，「護羌校尉？士元怎會做到如此官位？」

龐山民搔搔頭，「據說是北中郎將曹朋舉薦，故而士元才得此官位。看他信中的意思，似乎是想要在河西立足。故而讓我把他妻子送過去，也免得心中牽掛。」

「如此，真要恭喜士元了……那孟建和石韜他們？」

「士元倒是沒說，只說了他的事情。龐林此前來信，說他在許都，不日將前往河西。想必孟建會和他一同過去吧。」

諸葛亮的心裡，頓生波瀾。

護羌校尉！

想當年，龐統離開時還不如自己，而今卻已做到了護羌校尉。

諸葛亮的心裡，又怎能舒服？他倒不是妒忌，但終究感覺不太舒服。

和龐山民又聊了幾句之後，龐山民拎著酒告辭離去。諸葛亮一個人獨坐於窗旁喝著悶酒，越喝就越覺得難受。

「步出齊城門，遙望蕩陰里。里中有三墓，累累正相似。問是誰家墓，田疆古冶子。力能排南山，文能絕地紀。一朝被讒言，二桃殺三士。誰能為此謀，國相齊晏子。」

章二 宿命相逢

諸葛亮本算是齊人，對於春秋時的齊國國相晏子，素來崇敬。他自覺才華不遜色晏子，卻苦於報國無門。而今，漢室衰頹，而曹操大肆採用寒士，令諸葛亮心中多有不喜，偏偏劉表又是個沒大志的人，即便投奔了他，又能有什麼用處？

自己這一身才學，該為何人效力？

他越想越覺得鬱悶，歌聲漸漸高亢起來……

不遠處，一個白面長鬚的中年男子，身穿一件尋常的便裝，正和一個英武的男子對酌。聽到歌聲，那中年男子不由得抬起頭來。

「仲業，那歌者何人？」

英武男子扭頭看去，旋即笑道：「我當誰在放歌，原來是孔明。」

「可是那水鏡山莊，有臥龍之稱的諸葛孔明？」

「正是！」

中年男子聽聞大喜，執著英武男子的手臂道：「不知仲業，可否代為引見？」

「這有何難？」

英武男子起身，和中年男子邁步走了過去。

「孔明，何故在此獨酌？」

「啊，是文聘將軍。」諸葛亮一見那英武男子，趕忙站起來，拱手一揖。

文聘呵呵一笑，拉著中年男子在旁邊坐下，「孔明，我來為你引介……此乃大漢皇叔，左將軍，豫州牧劉備劉玄德。方才聽你放歌，故而前來打攪，還望孔明勿怪。」

劉備？

諸葛亮疑惑的向那中年男子看去。

劉備面帶笑容，「久聞臥龍之名，今日一見，乃備之幸！」

檀柘個頭不高，雖然髡髮結辮，卻是一身漢人壯碩。從他的眼中，曹朋看到了一種強烈的欲望，即便檀柘竭力隱藏，但曹朋依然能感受到，他內心中那頭蠢蠢欲動的野獸。這傢伙，也不會是一個太安分的主兒！

「此次檀大人親率兵馬，為我解決麻煩，朋感激不盡。」

曹朋在軍帳中，拱手向檀柘道謝。

大帳裡，除了曹朋和檀柘之外，蔡琰母子三人也坐在位子上。阿迪拐和阿眉拐兄妹倆的臉色還有些蒼白，眼中透著淡淡的恐懼之色，他們躲在蔡琰的懷中，不時的偷偷打量曹朋。而蔡琰則顯得很冷靜，坐在一旁，只是緊緊的抱著那一雙兄妹。經歷了太多的是是非非，蔡琰早已不是當年那個從衛家離開的懵懂少女。

她知道曹朋要帶她回中原，但卻沒想到，曹朋會用這樣一種暴烈的手段。

洪都則立於檀柘身後，一副恭敬模樣。

檀柘連忙上前，攙扶住了曹朋：「檀柘只是一個未開化的粗魯之人，能得北中郎將看重，焉能不從？再說了，北中郎將與洪都有救命之恩，洪都是我的兄弟，我自當盡心竭力。不過，左賢王劉豹勢力很大，檀柘這次得罪了他，日後恐怕……」

曹朋笑道：「檀大人休要擔心，劉豹一時半會兒間，恐怕也抽不出手來對付檀大人。」

「此話怎講？」

「檀大人難道還不知道？」

「願聞其詳。」

章二

宿命相逢

曹朋道：「呼廚泉死了！」

五個字，令檀柘臉色頓時大變，而蔡琰更露出驚訝之色。

「檀大人莫要誤會，呼廚泉之死非我所為，與我並沒有關係。他是死在軻比能大人麾下大將沙末汗之手，我實不敢居功。呼廚泉一死，劉豹和去卑必然會為單于之位爭個你死我活。所以，就目前而言，檀大人的黑水部沒有任何危險。」

檀柘心中不由得一動，「有這種事……」

軻比能竟然殺了呼廚泉？這著實令檀柘有些吃驚。不過，他也不是傻子，很快便弄明白了軻比能的真實想法。

漢室與匈奴結盟，勢必會對軻比能造成巨大的威脅。

南匈奴凶蠻好戰，有控弦之士近二十萬，若得到漢室的支持，獲得大量的輜重兵械，勢必會對草原上的鮮卑人進行報復。當年檀石槐在的時候，可是對匈奴人打壓的很嚴重。匈奴人現在得了勢，而鮮卑也大不如從前，又豈能不來報復？

軻比能現在正忙於和燕荔游的爭鬥，斷然不希望匈奴發展壯大，所以，破壞南匈奴與漢人的結盟，是一個最佳的手段。而殺死了呼廚泉，匈奴必將陷入內鬥。就如同曹朋所言的那樣，至少在目前，他檀柘還算是安全……

眼角餘光，在一旁的蔡琰身上掃過，檀柘的目光中透出幾分貪婪。

蔡琰心裡不由得一顫，下意識的縮了縮身子。顛沛流離多年，她對檀柘的這種目光，再熟悉不過，雙手緊緊的抱著阿迪拐和阿眉拐兄妹，心裡暗自責怪曹朋：怎麼這麼快就把底牌交出？難道你不知道，胡人素來言而無信？

曹朋的目光陡然一寒。越過檀柘，他看了一眼洪都。

就見洪都好似在不經意間，輕輕搖了搖頭。

曹朋突然笑道：「剛才檀大人喚我北中郎將？」

「哦，莫非曹中郎還不知道嗎？」

「知道什麼？」

「你們漢家朝廷已派人重修廉縣，並拜公子為北中郎將，出鎮河西地區。此事已經傳開了，據說你們漢家朝廷的官員，不日將抵達廉縣……呵呵，說起來，北中郎將出鎮廉縣，日後我黑水鮮卑，少不得還要多多麻煩曹中郎呢。」

如果說，最初檀柘的態度有些卑謙，那麼聽說劉豹已難以構成威脅後，態度旋即發生了變化。

曹朋和龐統相視一眼。曹朋從龐統的眼中，看出了他內心中那一絲不屑，於是輕輕點點頭，示意龐統說話。

龐統冷笑道：「檀大人，雖說劉豹一時間抽不出手來，可依我看，黑水鮮卑的情況，也就變得更加危險。」

檀柘愕然，「這位先生是……」

「此我中原名士，荊州水鏡山莊水鏡先生司馬徽的弟子，鹿門山龐季之子，龐統龐士元，號鳳雛，有大才幹。他如今為我書記，他既然這麼說，必不是危言聳聽。」

一直以來，胡人對漢人，既敵視，又尊重。

匈奴人的崛起，與漢人的扶持有不可分割的聯繫。從戰國時，因戰亂而逃亡匈奴的漢人不計其數，其中不乏有大才能之人。特別是秦滅六國，六國貴冑或逃亡南方，或流離塞北，將漢家文化傳播與匈奴人……包括匈奴人那位最具聲名的大單于冒頓，手下也有許多漢人謀臣。

這也使得胡人對漢人的文士，極為尊敬。

檀柘雖對漢人不屑，卻同時又非常敬重漢人的名士。雖然他沒有聽說過司馬徽和龐季的名字，但聽上去，似乎非常厲害。

檀柘連忙道：「還請先生指教，我黑水鮮卑，如何更加危險？」

龐統冷笑道：「若單以左賢王之力，黑水鮮卑可能抵擋？」

「無法抵擋！」檀柘倒是實話實說，沒有任何隱瞞。

龐統說：「單只是一個左賢王，黑水鮮卑就抵擋不住。不過，劉豹若只是左賢王，想來敗黑水鮮卑容易，滅黑水鮮卑卻難。可如果劉豹為大單于，傾匈奴之力，黑水鮮卑只怕有滅頂之災。而且，以我來看，左賢王繼任大單于，最有可能。」

「啊？」檀柘嚇了一跳，半晌後期期艾艾道：「可是右賢王，似乎實力不弱啊。」

「右賢王實力雖然不弱，但卻有一個先天的劣勢。想當初呼廚泉為了平衡去卑和左賢王的力量，於是把左賢王劉豹置於申屠澤，而命右賢王去卑鎮守受降城……乍看，右賢王手中有精兵悍將，但呼廚泉一死，他想要進入朔方卻極難。」

「而劉豹在申屠澤，可以輕而易舉的渡過河水，占領沃野等地，並乘勢攻取南單于庭。他只需要把精兵置於河陰，就可以將右賢王的兵馬阻於大河之北。劉豹呢，只要拿下南單于庭，便能輕而易舉的獲得呼廚泉在朔方以內的所有力量……去卑即便是得了彈汗山的部落，但卻被阻於大河以北地區，東有烏丸，北有鮮卑，勉力生存或許容易，可要想問鼎大單于之位，我以為斷無可能……」

龐統的一番分析，令檀柘不由得冷汗淋漓。他咬著嘴唇，半晌後抬起頭，輕聲道：「還請先生救我。」

曹朋閉上了眼睛，而龐統則笑而不語。

檀柘一咬牙，「曹中郎受命出鎮河西，檀柘願效犬馬之勞。」

「當真？」

「絕不食言。」

曹朋目光灼灼，凝視檀柘。那銳利的目光，直令檀柘心中慌亂不已。

半晌後，曹朋突然道：「其實要想對付劉豹，並不難，我有八個字，可令檀大人不但不會受劉豹之威脅，還能壯大黑水鮮卑的力量。」

檀柘也顧不得矜持，連忙問道：「敢問哪八個字？」

「很簡單，出兵漠北，聯手相爭。」

「出兵漠北？聯手相爭？」

這時候，龐統又一次開口：「劉豹此前，雄踞漠北，實力強橫。但如今呼廚泉一死，他勢必會調兵馬返回朔方，以爭取單于之位，抵抗去卑的攻擊。如此一來，劉豹在漠北的力量勢必大減……漠北兵力空虛，正是檀大人重回草原，建立大業的最佳時機。在這方面，曹公子可以給予檀大人最大程度的支持，比如兵器、糧草……」

「檀大人當知道，曹公子甚得曹公看重。我去年就聽人說，曹公如今正在給軍中更換兵械。那些被換下的兵械，經過修補，雖比不得新發放的兵械，卻也能算得上難得……更重要的是，這批兵械的數量很多，若檀大人得了這些兵械，便可輕鬆立足於漠北。」

自漢武帝以來，鹽鐵論頒布。

鹽鐵藉由官方買賣，對胡人的輸出控制極為嚴格。

南匈奴屬於半歸化胡人，相對還好一些。可黑水鮮卑一直沒有臣服漢室，而他們自行打造兵器的能力又薄弱，大多數是依靠走私的途徑來進行買賣。

可走私，如何能保證品質？

黑水鮮卑的兵械一直都比較落後，所以每每和匈奴交鋒，都會吃很大的虧。

雖說是漢軍淘汰的兵器，可勝在數量龐大。檀柘頓時動了心，如果能得到曹操在兵器上的支持，他立足漠北，還真就有可能實現。

眼中透出炙熱，檀柘看著曹朋。

曹朋笑道：「家父尚兼武庫令一職，若黑水鮮卑給得起價錢，區區兵械，何足掛齒？」

檀柘聽聞，大聲道：「曹中郎，我黑水鮮卑別的不成，卻最擅長牧馬。當年檀石槐大王在時，我黑水鮮卑的戰馬，在整個大鮮卑都算得上出類拔萃。不瞞曹中郎，當年檀石槐大王王庭親軍的坐騎，全都是我黑水鮮卑一手提供……若曹中郎能給予檀柘方便，檀柘可以用馬匹和牛羊，與曹中郎交換，你看如何？」

曹朋聽聞，不由得笑了：「此事，我可以稟報曹公。」

「那聯手相爭，又是何意？」

龐統接著說：「檀大人，若劉豹為大單于，去卑可會低頭？」

「不會！」

「不僅不會，而且還會與劉豹相爭。單憑去卑一人之力，想要和劉豹相爭頗有困難。他的處境也算不得好，若檀大人能與去卑聯手，至少能與那劉豹相持。與去卑聯手，有諸多好處。去卑對朔方的興趣，遠甚於漠北。而且他實力不如劉豹，檀大人豈不是可以要求更多好處？」

曹朋說：「錦上添花易，雪中送炭難。劉豹得了朔方，即便你願意臣服，也只是錦上添花罷了；而去卑實力較弱，你與他聯手，才能獲得更多好處。檀大人想要在漠北立足，去卑的支持至關重要。不瞞檀大人說，在下與去卑也算有些交情，若檀大人願意，我可從中引薦。」

檀柘這一次，是真的心動了！

曹朋和龐統相視一笑，心知這檀柘已經搞定。

他本不知道自己已出任北中郎將一職，而今從檀柘口中得知，也算是意外之喜。

看起來，曹操對河西同樣看重，所以才會這麼痛快的答應下來。只是這北中郎將，的確是出乎曹朋的意料之外。原以為能得個護羌校尉的職務便已足夠，哪知道曹操居然直接委任他為北中郎將。這北中郎將說起來也只是一個雜號將軍，可是，曹朋由此便正式回歸仕途，並且又獲得了升遷。

從職位上而言，北中郎將和越騎校尉差不多。但北中郎將的權力，卻比越騎校尉大許多……整個河西，當以北中郎將為尊。

而今，曹朋雖然還沒有得到印綬，但已經為他在河西的統治打下了堅實基礎。把黑水鮮卑趕出河西，令其在漠北與匈奴爭鋒，一方面可以牽制匈奴的力量，另一方面也能減少他在河西的危害。畢竟這麼一支人馬留在河西，總是一樁麻煩。

曹朋暗自慶幸，這檀柘不過中下之才，當不得大用。

與檀柘商議完畢之後，曹朋領著蔡琰母女踏上了回程之路。

「娘，我們要去哪兒？」阿眉拐倚在蔡琰懷中，有些畏懼的詢問。

蔡琰猶豫了一下，挑起車簾，「曹公子，你欲將我母子三人，如何處置？」

曹朋一怔，「蔡大家不必擔心。朋奉司空之命，迎蔡大家回家。等到了廉縣之後，我們等候使團到來。待使團人馬抵達後，蔡大家可隨田副使他們一同返還許都。有田副使照拂，斷無凶險。」

「曹公子不回許都嗎？」蔡琰詫異的問道。

「不，我會留在廉縣……剛才檀柘說的話，想來蔡大家也聽得明白。朋已拜為北中郎將，奉命出鎮河西。如此大好江山，若棄之不理，實在是有愧先賢。我將留在這裡，令河西騰飛……也許十年之後蔡大家再來，河西已成為塞上江南。」

「塞上江南？」蔡琰咬著紅唇，目光中透出迷離。

許久，她突然道：「曹公子可知，家父亦曾為北中郎將。」

「啊？」曹朋愕然看著蔡琰，有些不太明白她這話語中的涵義。

可蔡琰似乎已失去了談興，車簾落下，從車中傳來一聲幽幽的嘆息之聲……

「冰霜凜凜兮身苦寒，飢對肉酪兮不能餐。夜聞隴水兮聲嗚咽，朝見長城兮路杳漫。追思往日兮行李難，六拍悲來兮欲罷彈。」

車中，傳來胡笳聲。

曹朋疑惑的看著那低垂的車簾，忍不住扭頭問道：「士元，蔡大家這是怎麼了？」

根據《漢書．地理志》記載：廉縣，卑移山在西北。

這裡的卑移山，也就是賀蘭山脈。在西漢時，廉縣曾經作為北地郡十九縣之一。西漢末年，王莽將廉縣改名為西河亭，到了東漢時期，又把名字恢復過來，成為北地郡六城之一。同時，也是兩漢時期管理屯田殖谷，移民實邊的中心城市。

東漢以來，廉縣又是賀蘭山東麓的邊防要塞，有著極為重要的軍事地位。

曾幾何時，河西有屯民百萬，繁華而興盛。然則羌人作亂，徹底摧毀了河西地區的繁華面貌，接連不停的戰事，連續不斷的犯境，迫使漢朝廷不得不把包括北地郡在內的沿邊郡縣內遷，廉縣旋即荒廢。

早在出使塞北的時候，曹朋曾經過廉縣。當時只看到了殘敗的城垣，野草茂盛，完全成了一個廢墟之地，周邊數十里不見人煙。

廉縣，早已成為羌狄、匈奴、鮮卑人的牧場。

初秋的朝陽升起，氣溫不高不低，令人感到舒適。

曹朋一行車馬，披朝露而來，遠遠可以看到廉縣縣城的輪廓。

只是這一看，卻讓曹朋感到吃驚！在那片破敗的城垣上空，一面大漢赤龍旗迎風飄揚，晨光照耀下，那赤龍旗上的描金走銀，閃爍光亮。一個大約可容納三千兵馬的軍營，盤踞在廢墟之上。軍營守衛森嚴，軍容整肅，隱隱透出一股令人窒息的威壓……

「韓德，是咱們的人？」

「看上去應該是。」

「過去看看。」

曹朋用腳後跟輕輕一磕馬腹，胯下大黃希聿聿一聲暴嘶，如龍吟獅吼，迴盪於天地。

經過這段時間的調養，獅虎獸似已回復了那神獸的雄風。一頓飯能吃掉三、四匹馬的草料，奔馳如風，爆發力奇強。如今的大黃，再也沒有早先那瘦骨嶙峋的模樣，精壯的身軀給人一種強猛的、爆炸似的力感，那四肢上隱隱的肌肉，顯示出牠強大的力量。

用王雙的話說：現在的獅虎獸，還沒有完全恢復。牠的身體還在不斷強壯，只有當牠完全恢復後，才可以看出牠真正的力量！

也許，日行千里夜走八百顯得有些誇張。但從廉縣到石嘴山山口，往返只須一日時間。

對此，曹朋將信將疑，不過他也知道，獅虎獸明珠蒙塵多年，的確是需要一個恢復的過程。試想，牠原來的主人不識寶馬，把牠當成馱馬來對待，身體自然受到許多傷害，想要恢復，可不是短時間就能做到……幸好，曹朋有這個時間。

王雙領人前往軍營探查，不多時，只聽那軍營之中，傳來一陣嘹亮的號角聲。

那是漢軍獨有的角號，曹朋一下子便能分辨出來。

正在疑惑究竟是誰領兵馬，卻聽從軍營方向傳來一陣隆隆鐵蹄聲，好像有千軍萬馬奔騰而來，令曹朋臉色微微一變。大地，似乎在輕輕顫抖，那些戰馬，也透出焦躁和不安的模樣。坐在馬車裡的蔡琰也從車中走出，舉目向遠處眺望。

一隊鐵騎，約三、四百之多，從遠處急行而來。

一員大將，身高八尺三寸左右。一身黑色鐵甲，胯下一匹鐵驊騮，衝在最前面。

「阿福，你終於回來了！」

「大熊？」曹朋看清楚來人，也不禁萬分驚奇。

鄧範，居然是鄧範……

自白馬之戰後，鄧範隨徐晃征戰河北，先後參加了蒼亭等戰事，立下了不小的功勳，官拜參軍校尉，配享兩千石俸祿，在軍中也算是穩住了陣腳。曹朋出使匈奴之前，鄧範還在河東征戰。所以，當鄧範出現的一剎那，曹朋著實有些發懵。

「五哥，你怎麼會在這裡？」二人馬打盤旋，曹朋勒住韁繩，疑惑的問道。

鄧範笑道：「我聽說主公要重啟河西屯防，你為北中郎將，督鎮河西。我便向公明將軍請求，把我調過來。如今虎頭到了隴西，你也要留在河西，我怎能不來？」

曹朋深吸一口氣，露出了一絲笑容。

關鍵時候，果然還是自家兄弟給力啊！

「主公這次在河西布防，為了你方便行事，所以抽調過來的大都是老弟兄。潘文珪拜綏集都尉，負責協助於你，不過由於他在徐州尚需與人交接，故而還要過些時日才能前來；子山也受命前來，如今可能已從許都動身。我是直接從河東過來，故而先行抵達，準備先修繕廉縣。年前，主公會遷八千戶前來河西。」

曹操果然是雷厲風行！僅僅兩個月的時間，便把事情安排妥當。

曹朋忍不住問道：「子山不是剛到許都，怎麼會過來這邊？」

「我聽說，司空本想命子山為司空辭曹，但聽說你要督鎮河西之後，子山便向司空懇請過來。司空覺得，子山也是你的老部下，既然他請求，也就沒有拒絕。」

曹朋不禁蹙起了眉頭。

步騭要過來，著實出乎他的意料。在他看來，步騭留在司空府，才更有利於他施展才華。

步騭不是統兵之將，而河西苦寒，他來這裡豈不是受罪？但是，步騭最終還是來了，這讓曹朋心裡也頗感溫暖。

「阿福，我們營中敘話。」鄧範說著，撥馬讓出道路。

曹朋也不客氣，示意車馬行進，在三百鐵騎的護衛下，緩緩駛進了廉縣軍營。

先命人把蔡琰母子三人安排妥當，而後曹朋在營中和鄧範正式交接虎符，接掌兵馬。鄧範這次帶來了約四千人，其中騎軍八百，其餘則是步車混合。

四千兵馬，聽上去數量不少，但對於整個河西而言，這個數量也算不得太多。

東漢以來，河西屯兵數萬乃至十萬，才有了陳湯揚威異域、橫掃漠北的豐功偉績。當時的河西，人口眾多，遠非如今可以比擬。

曹朋等人在落坐之後，經過短暫寒暄，便引入了正題。

龐統說：「友學欲治廉縣？」

曹朋點點頭，「廉縣，古之河西所治。如今司空欲重振河西，自然當治廉縣。」

龐統露出沉吟之色，半晌後輕輕搖頭。

「治所，乃友學你在河西的根基，一旦定下，不可輕變。今時不同於當年，昔日朝廷將河西治所置於廉縣，是因為整個河西皆在朝廷治下。北地六城可以相依持，三輔之地隨時能夠給予支援，加之河西

章二 宿命相逢

數十萬屯民，更有精兵悍將，所以治廉縣並無問題。而今，河西荒蕪，百里不見人煙……司空雖決定遷八千戶於河西，但於友學你來說，這八千戶根本就是杯水車薪。」

「一旦，我是說一旦，匈奴或者鮮卑翻過石嘴山，廉縣將首當其衝，全無半點轉圜餘地。而且，你把治所放在廉縣，也必然會令胡人產生危機，甚至會出兵攻打。所以，我認為廉縣固然不可以廢，但是卻不能把廉縣作為你督鎮河西的根基。」

曹朋一怔，旋即陷入沉思。

龐統說的似乎也有道理，廉縣這座城池，的確太靠近胡人。一旦發生戰事，廉縣必然首當其衝；而廉縣一旦出現危險，則河西必然隨之動盪。

他抬頭向鄧範看去，卻見鄧範一聳肩膀。

「阿福莫要看我，我也不太清楚這邊的狀況。」

「你不清楚就跑過來，簡直是找死。」

曹朋忍不住笑罵一聲，而鄧範渾然不在意。

「士元，你接著說。」

龐統想了想，沉聲道：「友學督鎮河西，不能治於廉縣的第二個原因，是這地理位置。當年朝廷治廉縣，是為了出征漠北；而今你治廉縣，則是要在河西豎起一道屏障。一攻一守，雖則最終目的也是為了出征漠北，可以目前而言，廉縣並非是最佳選擇。」

「匈奴人，可以暫不用考慮。檀柘既然願意出河西、取漠北，大可以讓他在漠北和匈奴人僵持，我們只需要給予適當的幫助，令他在短時期內可以立足漠北就是。檀柘一走，河西尚有兩害。其一，羌王唐蹄，以及他手下各部落羌人……自永平開始，羌人便為禍河西，與朝廷頗有恩怨。友學要督鎮河西，這些羌人，是你必須面對的對手。」

「而這第二害，西涼馬騰。此人雖表面上臣服於司空，但是……我敢說，友學你督鎮河西，最不高興的應該就是馬壽成。而且，我也能肯定，馬騰一定不會讓你安安穩穩的在這裡發展。他與羌人往來密切，小心他暗中使詐。」

曹朋聽罷，連連點頭，不得不承認龐統考慮的遠比他周全。

曹朋最多也就是給一個方向，但這下面如何安排、如何籌謀、形勢優劣的分析，遠非龐統可比。鳳雛之名，果然名不虛傳。他這一番話讓曹朋意識到，在自己面前的這條道路，將會是何等艱難。想要立足河西？絕不是一件容易的事情。

「那士元以為，我當治於何處？」

龐統有些赧然的搖頭，「友學，你這可真難住我了！說實話，我對河西並沒有太多瞭解，只是見你要治廉縣，才有了這想法。從廉縣往西千里皆屬於河西治下，這麼大的地方，一下子也不可能想出合適之地……這件事，倒也不急於一時。」

「可是，這移民年前就會抵達啊。」

「這樣吧，我明天帶人出去走走，先觀察一下，再做決定，如何？」

想了想，似乎也只有如此。

事實上，不僅是龐統對河西不太瞭解，包括曹朋自己，對河西也沒有一個完整的概念。

準確的說，曹朋所要治理的地區，屬於河西走廊的東面。

從休屠澤以西，便無法約束，那裡是馬騰的地盤，也是羌胡最為活躍的地區。後世，這裡有騰格里沙漠作為阻隔。而現在，從廉縣到武威，是一望無垠的草原。

在經過簡單的商議之後，曹朋決意，先把廉縣修整一下再說。

龐統打算第二天一早，將與韓德一同離開，查看地理環境。而曹朋則在鄧範的陪同下，一邊巡視軍營，一邊訴說著離別之情。

一晃近四年，兩兄弟幾乎沒有機會見面。

曹真，如今依然留在虎豹騎，地位日益高漲。典滿和許儀，跟隨各自的父親，在軍中站穩了腳跟。

「我從河東來的時候，途經長安時，見到了老六。」

「嗯？」

「他身子似乎很差，聽說不日要去職返回許都養病。衛覬將軍對他很看重，頗不捨他離開。不過，我看老六也是強撐著，所以便派人到許都通知了大哥，估計大哥已經派人去長安了。」

曹遵要去職了？

這倒是出乎曹朋的預料之外。

之前他也曾路過長安，但由於種種原因，沒有去拜會曹遵。

其實，曹朋心裡一直覺得有些奇怪，曹遵能力不錯啊！或許比不得那些大牛人，但絲毫不遜色於一些小牛人。但也不知是什麼原因，歷史上的曹遵，曹朋一點印象都沒有。

以曹朋對曹遵的瞭解，曹遵是個很重情義的人……當初自己出事，曹遵曾假借司隸校尉鍾繇之名，在西京地區搜索伏均的下落。如果衛覬真要留他，那麼曹遵說不定會留在長安……如果鄧範沒有通知曹真，結果還真不好說。

當年的小八義，如今只餘七人，曹朋實在不希望，曹遵再出什麼事情。於是，在聽罷鄧範說完後，他輕輕點頭道：「大熊，你這件事做得不錯。」

當有外人的時候，曹朋稱鄧範五哥。不過私下裡，特別是只有曹朋、鄧範、王買三人的時候，他們還是更喜歡稱呼對方的乳名，這樣比較親切。

「這次來河西，恐怕少不得一番龍爭虎鬥。」

「那正好，咱兄弟在一起，又怕過誰呢？本來，我聽說興霸大哥也想過來，只是主公即將要對河北用兵，興霸大哥將有重任，所以未能成行。呵呵，如果周大叔和馮超他們也能過來，當年咱們在海西的人，可就算是又湊足了……」

「是啊！」

曹朋抬起頭，仰望漆黑夜空。但見夜幕上繁星閃閃，格外明亮。

這算不算是一個輪迴呢？

曹朋不禁胡思亂想起來……七年前，他初至許都，隨姐夫鄧稷，還有鄧範和王買，一同去了海西，闖出了一片基業；七年後，他已聲名鵲起，又要和老兄弟、老朋友一起，在河西重新開創基業！

他腦海中突然閃現出一個奇怪的念頭來：海西，我可以交出去，因為那裡已經沒有太多潛力；如果將來有一天，老曹要我再交出河西，我是否還能像交出海西一樣的淡然呢？

忽然間，曹朋打了一個寒顫。

若讓我交出河西，斷無可能！可我，又該如何做，才能將河西牢牢掌控於我手中？

他停下腳步，站在轅門前，舉目眺望漆黑的原野……初秋的草原，顯得格外寂寥！

「母親，我們這是要去哪兒？」寬敞的大帳中，阿眉拐依偎在蔡琰的懷中，輕聲問道。

「我們……回家。」

「母親，我們的家在哪兒？」

阿眉拐稚嫩的聲音，頓時勾起了蔡琰滿腹心事。

初聞將要回家的時候，她心裡極為振奮，甚至可以用喜極而泣來形容。但是，當蔡琰冷靜下來後，卻又陷入了彷徨和迷茫之中。是啊，她的家，在哪裡？

河東衛家，基本上不需要考慮，蔡琰甚至連想都沒有想過。早在當年衛仲道病故，她離開河東，她和衛家就再也沒有半點關聯……

而那個疼她、愛她、寵她的父親，也已魂歸九泉。只剩下一個妹妹，卻已多年未曾聯繫，甚至沒有半點音訊。蔡琰只記得，妹妹嫁給了上黨豪族，但彼此間卻未通過書信……不是她和妹妹關係不好，而是看到妹妹幸福的生活，她會感到難過。

除此之外，她在中原似乎再也沒有親人。

曹操或許會念及當年那一段師生之誼、朋友之情把她安頓下來，卻終究不是長久之計。

自幼在中原生活的蔡琰，對中原的習氣再瞭解不過。

她倒是無所謂，可是……阿迪拐和阿眉拐有匈奴人的血統，兩個孩子在匈奴或許還沒什麼大礙，可如果回到中原，勢必會受到同齡人的歧視。中原人對胡人的敵視，可稱得上刻骨銘心。這一點，從曹朋和她幾次並不算特別深刻的談話中，蔡琰就能感覺出端倪。

當然了，曹朋對阿迪拐和阿眉拐倒沒有惡意，只是對塞北的匈奴人極為警戒。

若兩個孩子到了許都，會不會受委屈呢？

若他們在中原受了委屈，豈不是害了他們……

蔡琰越想，越感覺茫然。她突然有一個古怪的念頭：之前拋棄一切的帶著孩子逃離匈奴，也許並不是一個好辦法。

軍帳外，刁斗聲聲。不知不覺，已經過了二更天。

蔡琰看了看熟睡的兩個孩子，為他們蓋好被褥，輕手輕腳走出大帳。

兵營裡很安靜，但又戒備森嚴……不時可以看到行走於軍帳之間，營地當中的巡兵。

「蔡大家，還未休息？」

蔡琰才走了幾步，就聽有人問道。扭頭看去，只見一個少年從軍帳旁邊的暗影中走出，畢恭畢敬的向她行禮。蔡琰認得出，這少年就是追隨曹朋的副將，好像是叫王雙。

「王將軍，還沒有休息？」

「哦，蔡大家切莫喚我將軍，我哪是什麼將軍，不過是我家公子身邊的小廝。公子吩咐，讓我好生保護蔡大家母子，所以我就在隔壁小帳中值守。」

蔡琰聽聞一笑，輕輕頷首。

「蔡大家，妳早點歇息吧。軍營不比其他地方，到處行走，會惹來麻煩。若是有什麼需要，可以告訴我……等過兩天使團抵達，到時候蔡大家就可以隨使團返回許都了。」

「怎麼，你們不走嗎？」

「我家公子受命督鎮河西，恐怕暫時不會返家。」

「王……」

「我叫王雙，蔡大家喚我小王即可。」

蔡琰笑了，輕輕點頭，「既然如此，我便不客氣了……小王，你家公子看上去也不大，而且出身甚高，位居北中郎將，何故要留在這河西之地受朔風之苦呢？我聽說，北中郎將似乎也是個有故事的人。我睡不著，卻不知小王你能否為我說一說，你家公子的事蹟？」

章二 河西攻略第一彈

這一夜，曹朋沒有在兵營留宿。

他騎著獅虎獸，擎方天畫戟，領著兩名飛眊，信馬由韁於蒼茫的草原之上，感受著夜風中的一絲絲寒意。忽而，他縱馬奔行，揮戟虛空舞動；忽而勒馬橫戟，猶如一尊古佛，矗立在草原之上。

這一夜，他的思緒顯得極為混亂……

河西的未來究竟是什麼樣子？

或者說，他的未來，究竟是什麼樣子？

曹朋自己也說不清楚，更多時候是一種迷茫和無緒的感受充斥在他的胸中。

河西，他斷然不會交出。但如果曹操像收回海西一樣，將來要收回河西，他又該如何是好？

夜風習習，搖曳牧草沙沙作響。

月光下，河西牧原猶如碧波蕩漾，在夜風的吹拂下，泛起碧綠波瀾。好靜謐的夜，總令人心曠神怡。

曹朋猛然催馬，衝上了一座山丘，舉目向遠處眺望……

他似乎想要看清楚自己的未來，但在夜色中，未來卻顯得迷濛而不可見！

不知不覺，天亮了……

曹朋返回兵營時，龐統在韓德的陪伴下，率百騎正要離開。

「友學，有心事嗎？」看曹朋精神有些憔悴，龐統忍不住問道。

曹朋笑了笑，「沒什麼，士元只管行事，我休息一下就好。」

「那……我告辭了！」龐統在馬上拱手道：「多則月餘，少則二十日，我必返回。」

「如此，我恭候士元佳音。」

兩人在馬上拱手而別，曹朋便逕自進入大營。

鄧範在軍帳裡，正在和兩名檢驗校尉商議事情，見曹朋走進大帳，紛紛起身相迎。這兩個校尉，是隨鄧範而來的部曲，曹朋昨天已經見過，所以也不算陌生。

身材瘦高、臉色蒼白的男子，名叫賈逵，字梁道，河東襄陵人。據說是家學淵源，其祖父賈習曾為兵法大家，口授賈逵兵法數萬言。賈逵少孤家貧，初為河東郡吏，後守絳邑。建安七年，郭援奉高幹之命，聯合呼廚泉出兵河東，賈逵堅守十餘日，但最終還是被郭援攻破城池，被郭援俘虜。郭援本想要他投降，但賈逵堅決不同意，後絳邑百姓協助，在一高人的幫助之下，從絳邑逃脫。

逃離絳邑之後，賈逵遇徐晃。又因他善於用兵，所以被派到了鄧範手下協助，拜皮氏統兵校尉。鄧範要來河西，於是邀請賈逵同行。而賈逵也欣然應允，隨同鄧範一起到了廉縣。

而另一個高個，名叫尹奉。他個頭比賈逵高，大約在八尺六寸左右，體態魁梧壯碩。此人是雍州漢陽人，在鍾繇入關中之後，舉族前來投奔，如今和賈逵一樣，也是統兵校尉。不過，他長於北疆，騎術精湛，故而目前在軍中統領騎軍。

曹朋擺手，示意三人落坐，而後詢問道：「怎樣，可商議好了章程？」

鄧範看了一眼賈逵，賈逵便立刻明白過來，忙起身拱手道：「回曹中郎，鄧校尉剛才說，您不欲治

章三 河西攻略第一彈

於廉縣，梁道也深以為然。不過，中郎不治廉縣，廉縣亦不可棄。所以剛才梁道與鄧校尉商議，廉縣必須修繕，而且還要盡力修繕穩固。畢竟河西與漠北相連，一個石嘴山不足以保證河西周全。」

「而廉縣的位置，又極其重要，且有靈武谷可為掎角之勢，形成河西北面第一道防線。梁道以為，廉縣無須全部修復，只需要保證足夠兵馬即可。所以這規模也不用太大，但一定要堅固……梁道剛才建議，可將廉縣縮小一半。」

曹朋詫異的看了賈逵一眼，輕輕點頭：「梁道所言極是，就這麼辦。」

他沉吟一下，又問道：「若我不治廉縣，梁道以為，我需要在這裡留多少兵馬？」

賈逵想了想，輕聲道：「梁道覺得，不需要太多兵馬。中郎大可仿效在海西的兵屯模式，兵農合一，兵牧合一。閒時為農，戰時從軍。中郎將不但可以獲得大量兵源，還能夠加強對河西的控制。廉縣若縮小一半規模，倒不如變為軍鎮。中郎將擇一地治河西，而後在河西各緊要之地設立軍鎮，如此一來，羌胡的活動範圍必然可慢慢縮小，最終為中郎將完全掌控手中。」

曹朋驀地一驚，他覺得賈逵所說的這種方式，似乎和他在海西推行兵屯的形式大不一樣。

兵農合一，兵牧合一……好像是借鑑了胡人的募兵方式。不過讓曹朋吃驚的，並不是賈逵所說的這種方式，而是因為這種方式隱隱有一種熟悉的感覺。

好像在後世，的確有這麼一種兵制存在，並持續了很長時間……叫什麼來著？

對了，府兵制！

賈逵所說的這種軍鎮兵農合一，豈不就是府兵制的雛形？

細想起來，曹操如今推行的兵屯政策，和府兵制頗為相似。所以，如果曹朋真的在河西推行府兵制，也不會觸犯了曹操的忌諱。畢竟，擅自修改兵制，那是殺頭的大罪。曹朋感覺以河西目前的情況，倒也適合把府兵制逐步推廣起來。

當然了，這還需要更加詳細的斟酌和籌謀。

曹朋也記不太清楚府兵制的具體內容，只是隱隱有一個大概的瞭解。所以，真要是想推廣府兵制的話，倒也不急於一時。當務之急，還是要先站穩腳跟。

「梁道所言，倒也不失為一個好辦法。不過這需要一個漫長的時間去執行，梁道可以先完善這個構想，待時機成熟時推廣。以目前而言，我還是會在廉縣留下一校兵馬，先把廉縣軍鎮營造起來……梁道也曾為政一方，想必對政務也極為清楚，就由你協助嚴法，你可願意？」

賈逵聽聞曹朋認可了他的主意，心中頓時興奮起來。

他從來沒有懷疑過自己的才能，但由於家境不好，背後又沒什麼靠山，故而在絳邑為政多年，卻遲遲不得重視。建安七年，他又丟失了絳邑，使得賈逵心中感到無比悲苦。他希望能有人賞識，但卻找不到門路，鄧範雖然對他極為尊重，背景卻仍略顯不足。所以，當賈逵聽說曹朋出任北中郎將，而鄧範要前往河西的時候，也是主動隨行。

開疆擴土，是所有大漢男兒夢寐以求的功績；而最讓賈逵心動的，還是曹朋的名聲和背景。若得曹朋看重，他也就算有了出頭之日。

君不見，昔年追隨曹朋的人，最差如今也是一個都尉。更不要說甘寧這等人物，已獨領一軍，漸漸成為軍中的悍將。

甘寧有真才實學不假，但如果他沒有跟隨曹朋的兩載光陰，恐怕也難得曹操重視。

曹朋說得很有道理，他現在所要做的，是站穩腳跟。

在河西推廣屯田，並不是一件困難的事情。這裡沒有盤根錯節的豪族，而是羌胡肆虐之地。許多地方都屬於無主田地，早已經荒蕪。只要能站住腳跟，才可以進行下一步計畫。對付那些羌胡，既簡單又複雜……胡人無信義，單純的懷柔不可取；胡人性剽悍，一味的打壓也不是辦法。軟的一手要有，硬的

河西攻略第一彈

一手也不可或缺。總之，這剛柔之間的平衡點並不好掌握，需要仔細的揣摩。

賈逵所要做的，就是先在曹朋心裡留下印記。他也知道，曹朋的大隊人馬還沒有過來……一俟曹朋那些親隨親信到達河西，他再想上前，可沒那麼容易。

曹朋看著賈逵，也無法掩飾的露出欣賞之色。

只是曹朋並不知道，他眼前的這個年輕人，也是個歷史上頗有名氣的角色。賈逵自身在曹魏最後做到了關內侯的爵位，政績和戰功都極為不俗。而他的兒子，則是篡魏的幫凶，賈充。同時，他還有一個極為有名的孫女，便是那一代皇后，賈南風。

不過，賈逵如今方二十四歲，比曹朋也僅僅大了兩、三歲而已。加之他少孤家貧，所以至今仍未娶妻。現在，他到了曹朋手裡，未來會如何？只怕誰也無法說清。

「中郎將，卑職有一言，不知當不當講。」

「次曾但說無妨。」

尹奉站起身，插手行禮道：「卑職幼年時，曾隨先父來過河西。當時我們到過一地，名為紅澤，距此地約三百里，至休屠澤也不過兩日一夜便可到達，那裡土地肥沃，適合耕種。據先父後來說，那本是河西屯軍重地，只因後來羌狄造反，才使得紅澤隨之荒蕪。當年在紅澤的屯民，已大部分離開河西，返回故里，不過尚有一些遺民留在那裡，而且與當地的休屠各人相處的極為融洽。」

「休屠各人？」曹朋聽罷，眼睛不由得一亮。

東漢時，並州、涼州、幽州號稱苦寒之地，但同時也是盛產精騎之地。休屠各又稱屠各，是漢末極為著名的一支騎軍，號屠各胡騎。休屠各人被稱之為雜種胡騎，世居休屠澤。

西漢初年，武威本是休屠各王的屬地，所以在後來，便以休屠各而呼之。不過，休屠各匈奴雖然也是匈奴人，但是和南匈奴人並無關聯。後世曾有人言及五胡十六國之一的匈奴皇帝劉淵屬於休屠各匈奴，但並無任何記載。休屠各匈奴自西漢以來，便屬於歸化匈奴，與漢室頗有聯絡。

當年董卓入雒陽，身邊就有屠各精騎跟隨。

曹朋對河西的瞭解不算多，卻也聽說過屠各精騎的名號。據說，在這河西地區，頗有幾支精騎能征慣戰，屠各精騎、燒雜種羌（也就是燒羌）、武山狄……等等，這都是河西極為有名的騎軍銳士。曹朋疑惑的看著尹奉，有些不太明白他為何單獨提起這休屠各人。

尹奉說：「休屠各人一直仰慕我大漢朝廷，故而與漢人相處非常融洽。紅澤休屠各人的首領，名叫梁元碧，與我漢人極為友善。卑職剛才聽中郎將說要另尋治所，所以卑職覺得，與其四處尋找，倒不如把治所就置於紅澤。當年朝廷曾在紅澤建紅水城，只是後來由於種種原因沒有完工，但根基猶存，中郎將在紅澤設治，不但可事半功倍，更能在河西迅速站穩。」

「有這種事？」曹朋心中大喜，「那紅澤有多少漢人？」

尹奉想了想，搖頭苦笑道：「這個卑職就不是很清楚了。不過若按當年我所見到的規模，紅澤地區的漢人應該也有數萬人之多，或行商塞北，或耕種當地。」

數萬人嗎？倒也頗令人心動！

要知道，曹操雖遷八千戶於河西，也不過三、四萬而已。若算上紅澤這數萬人，倒也勉強可以行事……不過，曹朋還有一個疑問。

「我聽說，休屠各人因休屠澤而名，本不在紅澤，何故又離開家園？」

「這個……」尹奉也說不太清楚。

一旁的賈逵道：「說起休屠各，我倒是聽說過一些事情。」

「哦？」

河西攻略第一彈

「如中郎將所言，休屠各本世居休屠澤。不過，自初平以來，羌胡勢力日漸增強。特別是現今的羌王唐蹄，極為好戰，吞併了許多羌胡，迫使休屠各人不得不離開家園。唐蹄麾下，有雅丹、徹里吉、越吉、蛾遮塞、燒戈等一干悍將豪帥，氣焰囂張。休屠澤如今好像就是唐蹄帳下六大豪帥之一的蛾遮塞所盤踞……」

也是個沒落部族！

反正在曹朋的印象裡，五胡十六國中，似乎沒有休屠各人出現。也就是說，當五胡亂華之際，休屠各很有可能已經被羌人或者匈奴人、鮮卑人所吞併。

「若是這樣，卻可以和休屠各人接觸一下。對了，那休屠各王叫梁什麼來著？」曹朋問道。

「回中郎將，梁元碧。」

「嗯，次曾與休屠各胡人當中，可有能在梁元碧帳下說得上話的人呢？」

尹奉連忙道：「休屠各人最敬重勇猛豪士。我有兩個朋友，都是涼州人，常年與這些胡人接觸，倒是和休屠各人有些交情。」

曹朋心裡一動，似乎明白了尹奉的真實意圖。

「你那兩個朋友叫什麼？」

「一個是安定郡人，名叫梁寬；另一個與我是同鄉，名叫姜敘。此二人有萬夫不擋之勇，更精擅騎射。中郎將若同意，我可立刻與他們取得聯繫。」

「立刻？」曹朋一笑，看著尹奉。

尹奉的臉一紅，輕聲道：「梁寬和姜敘，如今就在紅澤。」

曹朋不由得哈哈大笑，「次曾，我就知道是如此。不過，若你那兩個朋友有真本事，你大可將他們帶來便是，何必如此拐彎抹角？你去告訴你的朋友，讓他們與梁元碧聯繫，就說我三日之內必前往紅澤，拜訪休屠各王。若紅澤果真如你所言適合設立治所，那我就治紅澤又有何妨？」

紅澤！休屠各！

曹朋腦子裡，幾乎被這兩個詞塞滿了。

如果真的和尹奉說的一樣，那麼紅澤無疑是目前最佳的治所所在。但距離武威太近，而且處於羌胡領地的中心區域。一旦發生衝突，紅澤必然會是首當其衝。

河西的局面不似當年海西糜爛，但更加複雜。

如何與河西的羌胡相處，是擺在曹朋面前的一大難題。所以，不管怎樣，他都必須走一趟紅澤。只有親眼見到，他才能真正的瞭解這河西目前的局勢……

「大熊，我要馬上動身。」

「啊？」鄧範疑惑的看著曹朋，輕聲道：「過兩日，使團就要抵達，你不等使團來了再走？」

「不了，使團那邊也沒什麼大事，不需要我費心招待……而且，我也沒能力招待。你到時候命人護送田副使他們安全渡河即可，其他事情不需要費心。田副使不是不明白輕重的人，斷然不會怪罪。對了，我離開之後，你代我照顧好蔡大家母子。等田副使他們到了，你把蔡大家母子託付給田副使，就算是完成了任務。」

鄧範點點頭：「我明白。」

「另外，廉堡修繕不可懈怠，同時在靈武谷那邊設一小寨，加強對石嘴山山口的警戒。天涼了，也是邊塞最為繁忙的時節。雖說匈奴如今正處於混亂，也不可不加以提防。而且，鮮卑人敢襲擊呼廚泉，也就同樣敢穿越漠北，襲擊河西。你的任務很艱巨，務必要在移民抵達之前，將防禦事務妥善安排。我看那賈梁道確實是一個人才，你不妨多與他商議，如此你肩上的任務也能輕鬆一些。」

曹賊

章三 河西攻略第一彈

「喏！」鄧範插手應命，表示明白。

而曹朋，則下令命人準備，前往紅澤。

此次前往紅澤，曹朋並不打算帶太多人，只是命鄧範點起三百騎軍，隨行前往。兵營之中，軍令如山。曹朋這邊剛下了命令，整個軍營迅速行動起來。

為保障曹朋的安全，鄧範親自去挑選騎射精湛、身手不凡的銳士；而曹朋呢，則在帳中收拾行李。一應武器必須攜帶齊全，同時還有各類雜物，滿滿當當湊了一大包。為此，鄧範還專門從軍中選出了兩匹駑馬，專門供曹朋用來馱運雜物。

帳簾輕輕撩起，一個嬌柔的身影閃進了軍帳。

「曹公子，要離開嗎？」

曹朋抬頭看去，不由得一怔：「蔡大家，妳怎麼來了？」

他連忙起身，迎蔡琰在軍帳中坐下。

「我正要派人過去通知，我這就要前往紅澤……蔡大家無須擔心，留守廉縣的人，是我結義兄長，他會照拂好妳母子。過兩日田副使一到，妳便可以回家了。」

「回家？」蔡琰慘然一笑，「只怕中原，已無我立錐之地。」

「蔡大家，此話怎講？」

蔡琰苦澀笑了，但卻沒有接口。她把話鋒一轉，輕聲問道：「曹中郎，我來，其實是有一件事情想要求你幫忙。」

曹朋愕然道：「什麼事？」

「聽說曹中郎才學過人，尤其是蒙學方面，少有人及，曾寫了三篇文章，被稱之為奇文，可是？」

「呃……確有其事。」曹朋笑著點頭，這種事反正也瞞不過去，所以倒不如爽快應下。

「我來，就是想求曹中郎，可否賜奇文與我？」

原來是這件事情！

曹朋微微一笑，「這有何難？」說著話，他從隨行的包裹裡，取出三本拓印並裝訂成冊的書，遞到了蔡琰手中。

才女嘛，對這種東西的興趣總是多一些，所以曹朋倒也不覺得奇怪。

蔡琰起身，恭恭敬敬的接過了三本書冊，而後便向曹朋告辭。曹朋也非常客氣的送蔡琰往外走，兩人一前一後，誰也沒說話。眼見快要走出大帳，蔡琰突然轉身，而曹朋也來不及停下腳步，頓時撞在了一處。蔡琰輕呼一聲，向後一退，哪知腳下一個趔趄，身子就朝著地下倒去。曹朋連忙伸手，一把攙扶住了蔡琰。

時值初秋，衣衫尚單薄。曹朋一手握著蔡琰的手臂，一手托住了她的身體，四目相視，頓時僵住了……

好在蔡琰的反應快，連忙站直了身子。只是那如粉玉般的嬌靨，透過一抹羞紅，口中道了聲謝，如逃難似的跑出大帳。

曹朋沒有追出去，只是覺得有些尷尬。

說起來，蔡琰的年歲雖說已大，卻正是風韻奪人的好年紀。

歷經過無數次磨難的蔡琰，有著許多女人不曾具有的風華……而她自幼所受的良好家教，又使她平添一份知性之美。曹朋兩世為人，對女色並沒有那種如饑似渴的追求，況且他家中也有嬌妻美妾，所以蔡琰即使美麗，也難以令他生出太多綺念。

但不得不說，蔡琰的美，比之黃月英和夏侯真，又多出一分飽經滄桑的成熟之韻。

輕輕揉了揉太陽穴，曹朋旋即便把此事拋開。

章三

河西攻略第一彈

午飯過後，曹朋領三百騎軍，在尹奉的引領下，離開廉縣兵營。

王雙隨曹朋一同前往。他自認是曹朋的親隨，如今韓德不在，他自然需要跟隨曹朋才行。本來，曹朋是讓他負責保護蔡琰母子。可如今在廉縣的兵營中，又有鄧範和賈逵在，蔡琰母子的安全自然不成太大問題。所以，王雙在請求之後，曹朋也就立刻同意了。

尹奉已命人前往紅澤，通知梁寬和姜敘。

他在前面領路，朝著紅澤方向行進。一路上，不時可以看到草原上游牧的牧民。在這草肥水美的時節，悠然自得的牧馬草原上，不時傳來嘹亮的歌聲。

紅澤，距離廉縣三百里。

曹朋等人也不急於趕路，所以行進速度並不算太快。

日出而行，日落而宿。若途中遇到當地的牧民，曹朋還會下馬過去討上一碗酒水，順便探一探那些牧民的口風。

這一路下來，倒也確實瞭解到不少關於河西的狀況。

按照那些牧民的說法，在這河西地區，聚集了許多異族。除了羌胡，還有匈奴、鮮卑、狄胡、丁零胡、呼揭胡以及大月氏人，和從西域而來的移支、鄯善、車師等異族人。但若說實力最強橫者，卻不是這些胡人異族人。河西最強的一支勢力，便是西涼馬騰所部。曹朋一路下來，時常從那些牧民口中聽到一個極為熟悉的名字——馬超！

西涼錦馬超，年二十八歲，正處於一個極為巔峰的狀態。

他是馬騰的長子，據說有萬夫不擋之勇。胯下馬，掌中槍，在羌胡地區極有名氣。

除了馬超之外，還有馬超的堂弟馬岱，以及馬鐵、馬休，連同馬騰，並稱五虎。馬家在河西的聲望很高，同時和羌胡往來密切，甚至羌胡發生矛盾時，馬家也會出面調解。

對曹朋而言，聽人說起馬超並不算驚奇，真正讓他感到奇怪的是，許多人對馬家的另一位悍將——龐德，似乎一無所知。

一路走下來，曹朋還特意提起了龐德，竟沒有一個人知曉。要知道，龐德可是馬超手下第一悍將，以他的本事，即便沒有馬超的名氣大，也不該無人知曉才是，偏偏這一路問過來，沒有一個人聽說過龐德的名字，讓曹朋心中疑惑。

「公子，這龐德究竟是什麼人？」

看著一臉茫然的王雙，曹朋笑了笑，「龐德，西涼悍將，為人忠義無雙。人言錦馬超，但在我看來，十個馬超，未必抵得上一個龐德。此人，乃真英雄。」

尹奉一旁道：「中郎所說的龐德，可是龐令明嗎？」

「哦，你知道他？」

尹奉搔搔頭，「只聽說過這個人。早些年，此人倒是有些名氣，不過後來就沒了消息……好像，是在五年前吧，我依稀記得我兄弟姜敘說過，當時白馬雜種羌在賜支河曲作亂，金城太守韓遂向馬騰求救，龐德被派去了大榆谷……」

「大榆谷？在哪兒？」

「好像是在金城郡西南面，靠近白馬羌的治下。」

金城郡西南面？那豈不是屬於青海地區？

按照尹奉的說法，那裡似乎並非馬騰的地盤，而是西涼韓遂的治下。對韓遂，曹朋倒也不算陌生，那也算是涼州有數的人物。《演義》中曾與馬超一同起兵攻打曹操，不過最終被曹操的離間計所敗，韓遂此後便歸順了曹操。把這麼一個悍將扔到了金城郡，而且據尹奉所說，那大榆谷幾乎算是邊荒，被派

河西攻略第一彈

去那裡，可視作是被流放。也就是說，龐德被馬騰流放了？龐德又如何招惹了馬騰呢？

「次曾，姜敘認識龐德？」

「聽他說好像見過，但具體的……等到了紅澤，中郎可詢問姜敘便是。」

「也好！」

「不過說起來，馬孟起的確悍勇，我也曾聽說過此人。但若說是西涼第一好漢，卻有些不識……錦馬超是羌胡對馬超的尊稱。要說西涼第一悍將，卻不是那馬家五虎。公子，可曾聽說過閻行閻彥明？此人才算得上是西涼第一悍將。我聽說，馬超當初曾與閻行較量，結果卻險些被閻行所殺。」

閻行？

曹朋還真不知道這個人！

西涼錦馬超，在後世何等名氣。堂堂蜀國五虎上將之一，曾與許褚、張飛不分伯仲。而這閻行，又是哪個？

曹朋眉頭一蹙，不禁好奇的向尹奉看去……

紅澤，位於河西中部。

有一座小集鎮，面積不算太大，昔日漢軍曾在此屯田，營建兵營。羌人造反之後，朝廷放棄了河西，留在這裡的漢民便在昔日漢軍兵營的基礎上，營建起一座小小的城鎮。當時留下來的漢民，一部分依舊保持著漢民農耕的習俗，還有一部分人與當地羌胡混居一處，漸漸改變了生活習慣，開始游牧生活。

不過，對於土地的眷戀，使他們並沒有遠離紅澤。而是以紅澤集鎮為中心，形成了一個個小部落，星羅密布的散落於紅澤牧原上。

建安八年七月，一支漢軍走進了紅澤……

「你看清楚了，真是漢家騎軍？」

位於紅澤邊緣一個漢家部落帳篷裡，白髮蒼蒼的李其站起身來，神色激動的問道。

在他面前，是一個漢家青年。雖然一身羌胡打扮，可那漢家人的樣貌卻透出了他的身分。

「爺爺，絕對是漢家騎軍……那赤龍旗和當年段熲留下的赤龍旗，一模一樣，他們的盔甲裝束，也和您那套甲冑沒有太大區別。不過人數並不多，只幾百人而已，所以孫兒也不敢肯定他們的來歷，只是遠遠看到，便急匆匆的回來報信。」

「只有幾百騎嗎？」李其露出失落之色。不過，他還是很快的振奮起來，邁步向帳篷外走去。

「立刻點起族中兒郎，隨我前去查探。」

「爺爺，孫兒帶人去即可，您又何必……」

青年話未說完，卻見李其眼睛一瞪，那到了嘴邊的話語又生生嚥了回去，插手道：「孫兒遵命。」

「四十年了……未曾想，又見漢家騎軍！」

李其在帳篷外立足良久，猛然仰天大笑，令周圍的牧民露出疑惑之色。

曹朋一行人進入紅澤後，便感覺到有些不太對勁。

「次曾，我怎麼覺得，好像被人盯上了？」

遠處，有幾個牧民看到曹朋一行人，立刻撥馬離去。

尹奉搖搖頭，「卑職也不太清楚。」

「姜敘他們可曾聯繫上了？」

「尚未有回信，不過估計他們已經得到消息……從紅水集過來，需一日光景，估計他們會在紅水集迎接，甚至有可能梁寬已經去聯繫休屠各人，到了紅水集便能知曉。」

章三 河西攻略第一彈

「也好，傳令下去，讓大家都警惕一點，莫要掉以輕心。」

即便曹朋對紅澤的情況已經有了大致的瞭解，卻還是非常謹慎。畢竟這紅澤雖說漢人居多，可這麼多年過去，天曉得是什麼情況。

自永初元年，也就是西元一〇七年，朝廷為撤回西域都護和屯田官兵，派遣騎都尉王宏徵發金城、隴西、涵養三郡羌人擔任隨軍護衛和雜役，使得羌胡心存恨怨，最終引發了一場暴亂後，朝廷便逐漸失去了對河西的控制……羌胡之亂，自永初以後，便一直沒有停息。先後有先零羌、湟中義從，以及燒當羌不斷作亂。到熹平年間，又爆發了邊章、北宮伯玉的暴亂，使得整個涼州都處於一片混亂中。

當時的暴亂裡，也有不少漢人加入。

這紅澤漢民如今究竟是怎樣的一個狀態，曹朋心裡也不是很清楚，畢竟這裡淪陷為羌胡區已有幾十年，甚至近百年的時間。漢民心裡又是如何看待朝廷？尹奉說，這裡的漢民心向朝廷，可是沒有親眼看到，曹朋心裡還是沒有決斷。

忽然，胯下獅虎獸停下來，略顯躁動的打了一個響鼻。

曹朋一怔，立刻抬起手，「傳令，準備迎敵！」

話音剛落下，三百騎軍立刻組成了錐行陣，在草原上列開陣勢。曹朋伸出手去，王雙立刻從一匹馬上取下方天畫戟，遞到了曹朋手中，而後翻身上馬，擎出一口大刀。

尹奉也是露出緊張之色，抬腿摘下大槍。

遠處，傳來隆隆鐵蹄聲。一隊羌胡裝束的騎軍風馳電掣般衝來，看人數，大約有五、六百人，隊形極其整齊。

曹朋瞇起了眼睛！

因為他發現，對方騎軍在奔行中所列出的陣型，赫然是漢軍騎陣常用的偃月陣法。

是漢家軍？

曹朋心裡正疑惑著，那支騎軍已到了跟前。

為首一員老將，白髮蒼蒼。那張布滿了歲月溝壑的面容，透出沉靜之色。他身穿羌胡裝束，斜襟短孺，外罩一件鑌鐵劄甲。頭髮盤髻，濃眉虎目……掌中一口大刀，身上背負一張鐵胎弓，馬背上掛著四個胡祿，裡面裝滿了箭矢。

「對面，何方兵馬？」

曹朋看了尹奉一眼，尹奉立刻躍馬而出，「某家河西統兵校尉尹奉，來者何人？」

「我不是問你，那伢子，何不出來說話！」老人的目光極為毒辣，一下子便看出尹奉並非主將。

曹朋不由得笑了，催馬上前。

「獅虎獸？」老人看到曹朋胯下的馬，又是一驚。

而曹朋則橫戟身前，搭手一禮道：「北中郎將曹朋，奉朝廷敕令，重鎮河西。老人家，敢問你是何人？」

北中郎將？

老人倒吸一口涼氣，臉色頓時大變。

只見他翻身下馬，快走幾步，猛然單膝跪地，顫聲道：「奉義軍校尉李其，拜見北中郎將。」

「奉義軍？」曹朋也不由得變了臉色，忙把大戟交給王雙，甩蹬下馬。

這奉義軍，就是當年太尉段熲手下的精銳，又喚作奉義武卒，曾參加過從逢義山追擊羌胡至靈武谷的大戰。只是後來段熲投靠了王甫，奉義軍便隨之解散。到段熲死後，再也沒有聽說過奉義軍的消息。

曹朋上前兩步，「李其，你說你是奉義武卒？」

「正是！」

「那你為何會在河西？我記得，奉義軍當年隨段熲一同返回雒陽，隨後便解散了。」

李其苦笑抬頭，「回北中郎將，卑職確是奉義軍校尉。當年逢義山之戰，卑職隨段將軍追擊先零羌，不想在途中遭遇先零雜種羌伏擊，身受重傷，被本地漢家牧民所救。待我養傷之後，靈武谷之戰已經結束，段將軍率奉義軍返回雒陽。卑職因一些事故，所以沒有急於返回……待卑職準備回雒陽時，卻聽說奉義軍已經被解散。無奈之下，卑職便留在了這河西紅澤。」

「你為何不回家？」

李其沉默了。

良久，他輕聲道：「北中郎將，哪裡還有家啊！卑職的父母早就死了，家裡的田地也被人奪走。若非如此，卑職又焉能從軍？」

東漢末年，土地兼併的風氣極為嚴重。也正是因為大量的土地被豪強占據，造成了各地方出現大量流民，有的從軍討個出身，有的則成了山賊盜匪，為禍地方。

曹朋倒也聽人說過這些情況，但具體是什麼狀況，卻不太清楚。他上前兩步，伸手將李其攙扶起來，上上下下打量。

半晌，他沉聲道：「曹某奉朝廷之名，重治河西。李其，過往的事情我不想再說，我只問你，可願重為朝廷效力？」

「卑職做夢，都期盼著朝廷大軍重回河西。」李其神情激動，緊握著曹朋的手，顫聲回答。接著又道：「北中郎將，你們遠途而來，何不到我部落中休息一下？」

「這個……我正欲前往紅水集。」

「紅水集？」李其不由得笑道：「將軍欲往紅水集容易，待用過了酒水，卑職願隨將軍同行。」

有這麼一個嚮導在，曹朋自然願意。

然而，就在他準備點頭答應的時候，李其身後的青年突然開口道：「將軍，你此來紅澤，有多少兵馬？」

「嗯？」曹朋一怔，向那青年看去。

李其怒喝道：「李丁，休得胡言亂語！此軍機大事，你怎能擅自開口詢問？」

「爺爺，孫兒當然要問清楚。這些年來，漢家朝廷總說要收復河西，從前的董卓，後來又有李傕、郭汜，可一個個得了好處之後，便再也沒有聲息。為了這漢家朝廷，我紅澤三十六部落損失何等慘重？當年漢家朝廷說走就走，把咱們拋在紅澤不聞不問；有需要時，便喊著要收復河西的口號，得了好處便不見蹤影，可咱們還要在這裡和那些羌胡打交道啊！」

「李丁，你再不住嘴，就給我滾回去！」

李其厲聲喝罵，卻見李丁惡狠狠看了曹朋一眼後，撥馬就走。

他這一走，幾十個青年猶豫一下，也隨著李丁走了。曹朋負手而立，看著那些遠去的青年，不由得眉頭緊蹙。

尹奉說，紅澤漢民心向朝廷。可看這情況，似乎並不是尹奉所說的那麼簡單……

李其有些尷尬的說：「北中郎將休怪，我這孫兒……」

「李校尉，你是入贅來的？」

「這個……倒也不是入贅，只是當年我在這裡養傷時，丈人看我勇武，便把女兒許配給我。本來我想帶著妻兒前往雒陽，哪知奉義軍……我便留在了族中。」

「那李丁剛才說的紅澤三十六部落，又是怎麼回事？」

李其苦笑一聲道：「永初年間，朝廷撤離紅澤，留守在紅澤的漢家兒郎，為了抵抗那些羌人和鮮卑人，自行組成了部落。大家根據遠近親疏，形成了一個個部落，相互間彼此扶持，與那些胡人相爭……

若非如此，這紅澤恐怕已歸了羌胡。」

紅澤三十六部落？似乎有些複雜啊……

曹朋突然覺得，他有必要留下來，再詳細的瞭解一下紅澤的狀況。否則，見到梁元碧時，他若是連紅澤的情況都不清楚，豈不是被梁元碧占了上風？

「北中郎將，請到我帳篷中歇息。」

曹朋微微欠身，一手攬住了李其的手臂，「李校尉，請！」

紅澤，以紅水集為中心，共有三十六個漢家部落。

這三十六個部落，是依照當初漢軍編制所建，以留在河西的漢軍為主體，招攬屯民，形成了一個獨立的王國。平日裡農耕游牧，自給自足；若遇到羌胡挑釁，三十六個部落齊出，共同抵禦。從某種程度上說，紅澤漢民的生活方式，已經很接近賈逵所言的軍鎮雛形。一旦遭遇危險，三十六部落漢民，全民皆兵。

如果不是這樣的一種生活方式，也許河西漢民早已經被羌胡吞併消滅。

曹朋喝著馬奶酒，聽著李其的介紹，對紅澤的狀況又有了一個全新的認識……

「其實也怪不得那些孩子們，從永初元年開始，至今幾近百年，紅澤三十六部從最初心向漢室朝廷，到如今……我聽說，一開始，三十六部屯民期盼著朝廷大軍重歸河西。然而這一等，就是百年，到現在已經是第四代人了。」

「這百年來，朝廷一遇到麻煩，就會從紅澤三十六部抽調兵員。當年的奉義軍中，就有三千人來自紅澤；可是先零羌被滅之後，奉義軍隨之解散。三千子弟死傷殆盡，能活著回來的不過寥寥。朝廷，著實寒了紅澤人的心啊。」

李其說出這番話的時候，眼中流露著一絲悲傷。

似他們這些人，才是真的有家不能回，有國不能報，流離於邊塞，胡人不願意接受，朝廷甚至已經忘懷，是一群實實在在的可憐蟲。

「當年，段將軍曾建議朝廷，徵發十萬大軍，河西可定。那時候紅澤人何等的歡欣鼓舞，期盼著漢軍重歸，但到頭來……先零羌雖然被消滅，卻也使得紅澤人受到了所有羌胡的敵視。從熹平年間到光和初年，紅澤人與羌胡打了幾十次，死傷極為慘重。再往後，邊章和北宮伯玉造反，官軍進駐涼州，才使得羌胡和紅澤人休戰……種暠走了，張溫來了……這一來一去，每一次朝廷大軍到來，都讓紅澤人看到了希望，但到了最後，還不是留下一片狼籍？」

「說句心裡話，這第四代紅澤人，對朝廷究竟有多少歸屬感，只怕連我們都說不清楚。他們害怕啊！北中郎將，你這次來，帶了多少兵馬？是不是和那些人一樣，來了……又走了？」

曹朋沉默了。

李其的這一番話，讓他頗受感觸。他也說不清楚這究竟是怎樣一種感情，只是覺得心裡面，好一陣難言的刺痛。

「李校尉，我也不瞞你。我這次來河西，若不能平靖河西，絕不會離開。只是，我手中的兵馬並不算太多，只有四千人而已。年末，朝廷還會遷八千戶屯民前來河西……你可能還不知道，如今中原混戰，諸侯林立。曹司空奉天子以令不臣，如今正在河北征戰，能抽調這許多人已實屬不易……我這次來紅澤，目的就是想要在紅澤建城。」

「四千人，八千戶？」李其露出一抹失望之色。

毫無疑問，在李其看來，朝廷依舊沒有決心收回河西。

他沉吟片刻後輕聲道：「北中郎將，恕我直言……若朝廷只這些兵馬，想要平靖河西，非常困難。

別的不說，紅澤三十六部就不一定會願意歸附於北中郎將。」

「我知道……所以我來了！」

李其嘆了口氣，「若北中郎將想要憑三寸不爛之舌說服紅澤人，難度很大。紅澤人如今可沒有那麼容易哄弄。若北中郎將沒有令他們感到敬服的力量，他們萬萬不可能低頭。特別是那些兒郎們，從出生便在河西長大，所接觸的都是羌胡鮮卑。他們重的是勇士，幾乎與那些羌胡沒有區別……他們若不願意歸附，即便是做父母的，也無法令他們低頭。北中郎將，這件事情，真的是很難。」

曹朋何嘗不知道這事情的難度？

此前，他就考慮的很周詳，只是沒想到，這紅澤竟然比他想像的更加複雜。

「紅澤，今以何人為首？」

「紅水集部落大人，竇蘭。」

「此人是何來歷？」

李其輕輕咳嗽一聲，「這竇蘭……實不相瞞，此人祖上原本是輸作戍邊的刑徒，對朝廷素來仇視。我曾聽人說，這竇蘭乃是當年大將軍竇憲的後裔。大將軍竇憲北征匈奴，大獲全勝，不想後來被朝廷賜死，竇家從此勢弱……竇蘭的祖上就是因為這個原因，被流放河西。但沒多久，羌胡作亂，朝廷大軍退出河西，竇蘭的祖父趁機崛起，憑竇大將軍之名雄霸紅水集，成為這三十六部落大人之首。」

「到竇蘭這一代，更是厲害。竇蘭本就勇武，且性情豪爽，極有威望。北中郎將想要治紅水集，竇蘭若肯歸附，則三十六部落大人七成都會為將軍效力。」

曹朋的眼睛，不由得瞇成了一條線。

到了河西，他才發現這局勢似乎已超出了他的控制範圍。太多陌生的人物登場，太多陌生的事情發生……有許多，從未在史書中出現過。

「李校尉，休屠各人，你可瞭解？」

「休屠各？」李其一怔，旋即笑了。「將軍是不是想要招攬休屠各人？」

「招攬倒說不上，只是……希望能與休屠各人達成同盟。」

這李其不愧是做過奉義軍校尉的人，眼界和智慧都有。曹朋也知道，想要隱瞞不太可能，倒不如把姿態放低一些，說不定能得到更多有用的資訊。畢竟，謊話說的再多，終有被揭穿的時候。李其很明顯，對朝廷還有幾分歸屬……他如今也算是一部大人，如果糊弄了他，搞不好會使這局面變得更加複雜。

「休屠各如今大不如前，和當年相比，算是衰頽不少。梁元碧嘛……一勇夫耳，否則以休屠各的力量，何至於落到今日的地步，連家園都保不住？這個人貪婪好貨，而且極為莽撞。但是，他和竇蘭的關係非常好，當初他休屠各被蛾遮塞打得無容身處所，幸得竇蘭收留，才有了一個安身之處。」

竇蘭，又是竇蘭！

這個在歷史上從未出現過的人物，竟然有如此能量？

曹朋發現，西涼雖說是一處苦寒之地，卻臥虎藏龍……此前，尹奉所說的閻行，據說是韓遂的女婿，曾險些殺了馬超，此人武力可見一斑，但是曹朋卻沒聽說過這個名字。而今，又有一個竇蘭，雄霸紅澤，連休屠各人也對他言聽計從。

有這些人在，還真是一樁麻煩。如果不能夠與竇蘭達成協議，恐怕這紅澤之行困難重重。

李其提起銅壺，滿上了一碗馬奶酒。曹朋雖然不太習慣這馬奶酒中酸澀腥膻的味道，卻還是接過來，恭恭敬敬的飲下。

「還有一樁事，可能對將軍有用處。」

「願聞其詳。」

李其坐下來，沉吟片刻後道：「我早前聽人說，武威的馬騰，似乎也在拉攏休屠各。據說，馬騰向梁元碧保證，若休屠各願意歸附，他可以透過唐蹄，讓蛾遮塞讓出半個休屠澤，供休屠各人居住。但這件事情被竇蘭所阻，以至於馬騰頗為不滿。不久前，馬騰長子馬超，曾率部突襲紅澤，並向竇蘭發出警告……竇蘭如今也正在為此事而頭疼，似乎頗有些想要向馬家低頭之意，但具體的我卻不清楚。」

馬騰？

曹朋心裡咯登一下。他敏銳的覺察到這其中的玄妙，馬騰這是想要擴張啊……

馬騰盤踞河西走廊，與羌胡結交，頗有威望。而他的盟友韓遂，則雄霸涼州西南，使得涼州刺史韋康如今幾乎被架空。涼州三分之二，被馬騰、韓遂所居，韋康只能治於隴西一郡。當初曹操命王猛父子出鎮隴西，怕也就是為了這個原因。

歷史上，馬超攻打隴西，甚至兵臨長安。

這傢伙也是個有野心的，而且極難對付……如果馬家得了河西，必然是如虎添翼。

「那豈不是說，竇蘭正在兩難中？」

「不錯！」

「李校尉和竇蘭的關係如何？」

李其一笑，「我與竇蘭嘛……呵呵，說不上關係有多好，但當年竇蘭的父親與我恩若兄弟，竇蘭見我，還須喚一聲伯父。若將軍想要見他，我可代為引介。」

曹朋聽聞大喜，「如此，就拜託李校尉。若我能鎮河西，則李校尉當為首功。到時候，我必會向朝廷，為李校尉請功。」

李其淡然一笑，「請不請功不重要，我只是希望，朝廷這一次，莫要再寒了漢家兒郎的心啊。」

曹朋正色道：「李校尉放心，不定河西，曹某絕不離開。」

「但願如此！」

李其的言語中，透著淡淡的懷疑。也許，朝廷一次次令他失望，使得他已經對朝廷失去了信心。他如今還願意幫助曹朋，是因為他對朝廷還有一些期盼。所以，絕不能再使他失望。如果連李其這樣的人也徹底失去了對漢室的歸屬感，那麼問題可就大了。

「大言不慚……區區四千兵馬，就要平靖河西。爺爺，我早就說過，朝廷已經忘記了我們，您又何必再留戀牽掛？依我看，曹將軍能度過這個冬天，就算是了不得了。爺爺，我先說明白，我絕不為朝廷效力。」厚重的帳簾一挑，李丁走進來，大聲說道。

李其臉色一變，怒聲喝道：「李丁，這裡哪有你說話的分兒，還不給我滾出去！」

「滾就滾……不過我還是要說。姓曹的，你騙得了我爺爺，卻休想騙得了我。我紅澤三十六部的男兒，絕不會再為朝廷效力。你想要憑三寸不爛之舌，說服我們為你賣命？我告訴你，休想！」李丁衝著曹朋喊罷，扭頭便走了。

李其透出尷尬之色，想要開口解釋，卻又不知該從何說起。

曹朋笑了笑，擺手示意無事。可這心裡，卻沒來由的有一種沉甸甸的感受……

章四

病虎與惡狼

紅水集，約六平方公里，有人口六百二十三戶，共四千七百人。

在紅澤三十六部落中，紅水集的人口最多。其餘三十五個部落，大的也就是兩、三千人，小的不足千人，七、八百人左右。李其所在的部落，屬於中等，約一千多人。

聽上去，這每一個部落的人都不算太多。可紅澤人貴在心齊，一旦發生事情，三十六部齊上陣，絕不會有一個部落躊躇不前，這也是他們能立足紅澤的根本原因。三十六個部落，加起來也有三、四萬人，而且學習了胡人的生活方式，可謂全民皆兵。即便是強橫如羌王唐蹄，也不敢輕易率兵來招惹紅澤人。

紅水集是在兵營的廢墟上建立，有高聳的城牆，遠看恰似一個堡壘。

這裡不單單是一個漢人居住的集鎮，同時也是河西一處極為重要的商貿場所。

往來的行商坐賈，管你是做正經生意，還是幹那掉頭的買賣，都可以在紅水集交易。當然了，這需要付出一些小代價……而這些代價，就是維持紅水集正常運轉的根本。至於紅水集鎮民，依舊保持農耕習俗，頗有些兵農合一的架式。

此時，紅水集的府衙中，竇蘭正招待遠方而來的朋友。

他看著面前身著胡服的男子，沉聲問道：「你剛才說，朝廷派人和你家大人聯絡？」

「正是。」

「哪兒來的朝廷？」

「據說……」胡服男子搔搔頭，「好像是什麼北中郎將。我家大人也沒有說的太清楚，不過聽他話中語氣，似乎是朝廷那邊派了兵馬進入河西，想要重鎮河西。我家大人有點猶豫，無法拿定主意，所以命我前來，向竇大人請教。」

不管是竇蘭，還是那胡服男子口中的『大人』，並不是漢語中『大人』的意思，而是特指部落大人。這胡服男子，赫然正是休屠各王梁元碧派來的信使。看他對竇蘭的言談舉止，都顯得極為恭敬，也顯示出竇蘭在紅澤地區的威望不俗。

竇蘭身高八尺，膀闊腰圓。他今年約四十歲出頭，但也許是因為久居河西，受朔風洗禮的緣故，整個人看上去極為蒼老，差不多有五十歲的模樣。那一頭花白的頭髮披散肩頭，襯托出雄壯體魄。

他沒有學匈奴人那樣髡髮結辮，也沒有像李其那樣保持漢人裝束、挽髮盤髻，頭髮就那麼散著，活脫脫一副野人的樣子。一雙濃眉，虎目中閃爍著精亮光芒；鼻子看上去有點鷹勾鼻的樣子，一張闊嘴，頷下生著一副恰似鋼針似的濃密鬍鬚。

「朝廷什麼時候派來了人馬，我怎麼一點消息都不知道？」

「這個嘛……我家大人也不是很清楚，只說是兩個漢家勇士找上門去，他才知曉。」

「居然有這種事？」竇蘭露出沉思之態。

而坐在他下首的一個青年則緊蹙眉頭，表情顯得有些凝重。

「說起來，我倒是聽說了一樁事……前些時候，曾有一些兵馬進入河西，直奔廉縣而去。之前不是說，漢家朝廷派了使團出使朔方？我以為那些人是去迎接使團的兵馬，所以也就沒有太在意。除此之外，關中再也沒有兵馬派出。倒是漆縣那邊有消息，說是加強了對邊關的封鎖，搞得頗有些聲色……」

「漆縣令名叫曹丕，屁大的孩子。據說是朝廷大司空曹操長子，和關中幾大世族間的關係也是非常的密切！如果梁元碧大人說的漢軍兵馬就是早先進入河西的那些兵馬，恐怕也沒多少人……父親，馬壽成如今也在拉攏您。那馬家在武威頗有威望，而且與河西那些雜種羌的關係又密切。與其歸附朝廷，倒不如投靠馬超，說不定對咱們更有好處呢。」

說話的青年名叫竇虎，是竇蘭的長子。

竇蘭閉上眼睛，並沒有急於答覆。他想了想，許久後睜開眼睛道：「什麼好處？」

「馬家毗鄰河西，馬騰震懾三輔，而馬超勇武無敵，在羌人中名聲響亮。如果咱們投靠了馬家，說不定能把咱們的勢力擴張出紅澤，到時候可以進一步發展實力。而朝廷……」

青年一聲冷笑：「中原諸侯林立，戰事不絕。那位曹司空如今自顧不暇，估計也無法在關中投注太多精力。如果歸附了朝廷，祖宗和朝廷之間的仇恨先拋開不說，萬一我們遭遇攻擊，朝廷會理睬我們嗎？我估計，這次朝廷派人也只是心血來潮。他們得罪了馬騰和羌胡倒沒什麼，大不了一走了之，可咱們還要生活在這裡，等於和整個河西的羌胡為敵。到時候，萬一馬家尋釁，咱們豈不是要吃大虧嗎？」

竇虎名虎，人卻不虎。

他話語清晰，條理清楚，令那休屠各使者也是連連點頭，表示贊同。

竇蘭的眸光一凝，看著竇虎，許久後嘆了口氣說：「竇虎，你還是沒看清楚啊！」

竇虎一怔，「還請父親指點。」

「朝廷是一頭病虎，如你所言，中原諸侯林立，戰事不絕，無暇顧及到河西……所以，即便投靠了朝廷，哪怕什麼好處都沒有，但至少可保證不會有害處。可你知道馬騰是什麼？那馬騰，就是一頭惡狼，一頭養不熟，極為凶殘的惡狼。」

竇蘭盯著竇虎，「那馬騰當年也是漢臣，卻勾結羌胡，自立為王，才有了今日成就。還有他的好友韓遂，也是如此……人們比喻那韓遂心腸，若黃河九曲，其人可見一斑。如果我們歸附了馬騰，你以為他會坐視我們壯大而不聞不問？我告訴你，如果咱們真的投靠了馬騰的話，不出三載，紅澤之上再無一個紅澤人……」

竇虎聽聞，臉色頓時大變。

「立刻派人打聽一下，那漢軍的主帥是什麼人，還有他們的具體情況，以及他們的行蹤。你回去之後，告訴梁元碧大人，就說目前局勢並不明朗，最好不要輕易做出決斷。既然漢家朝廷的人與他接觸，那不妨接觸一下，順便還可以探聽一下他們的虛實，但僅此而已……過些時日，我會前去拜會梁元碧大人，到時候再做商議。」

休屠各使者聽聞，連忙拱手答應，匆匆離去。而竇蘭則負手在花廳中徘徊，顯得有些猶疑不定。

「父親，還有一件事須告父親知曉。」

「什麼事？」

「據細作打探回來的消息，紅沙崗一帶的黑水鮮卑，近來動作頻繁，似乎要有大規模的行動。孩兒擔心，檀柘是不是有大動作？那傢伙對紅澤，可一直是虎視眈眈。」

「有這回事？」竇蘭一驚，臉上的憂色更濃。

他沉吟半晌後，輕聲道：「繼續命人監視黑水鮮卑的動靜，再想辦法和漢軍接觸一下，探探他們的虛實。紅澤平靜了許多年，看起來，馬上就要發生大事了。」

竇虎聽罷，應命而去。

竇蘭一個人坐在花廳中，看著花廳外那一叢燦爛的野菊花，不由得瞇起了眼睛……

曹朋思忖良久，最終決定暫時停止行進。李其的那番言語，讓他不得不小心謹慎起來。紅澤目前的狀況令他有些拿不定主意，他也不清楚那位竇蘭究竟是怎樣的想法，而紅水集又會是怎樣一種狀況。單憑尹奉和李其的介紹，再加上之前的道聽塗說，明顯有些不太準確。有些事情，還是要親眼看看，才能有決斷。

只是，曹朋這個念頭一說出來，尹奉便立刻表示反對。

「將軍督鎮河西，豈能輕身涉險？」

曹朋頓時笑了，「什麼涉險，不過是到我治下觀察一番而已。再說了，李校尉不也介紹過了嗎？那竇蘭雖然仇視朝廷，但是對漢室始終懷有幾分掛念。否則，以竇蘭在紅澤的威望，大可以自立為王，甚至歸附於羌胡……而他現在，還保留著早年的規矩，也就是說，他對中原還是有幾分感情的。我此去紅水集，也只是想親眼看看情況。我既然要督鎮河西，又豈能對治下全無瞭解？想來那竇蘭就算認出我的身分，也不會對我有什麼惡意。」

「尹奉，你立刻派人通知姜敘和梁寬，讓他們在紅水集與我會合。我此去只帶王雙即可，你留在這裡，再命人返回廉縣，告訴鄧校尉，命他率兩千人，向紅澤靠攏。」

「將軍欲開戰？」李其大吃一驚。

曹朋卻哈哈大笑，「我與誰開戰？不過防患未然。」

但李其仍顯得有些不太放心，他猶豫了一下，輕聲道：「將軍欲親眼探查，卑職倒也不反對。如將軍所言，竇蘭雖然對朝廷懷有怨念，可心裡還是向著朝廷。只是，將軍就這麼過去，不免有些輕率。我有一計，能令將軍安全無恙的歸來。」

曹朋笑道：「還請李校尉賜教。」

「就讓小孫兒隨將軍同行……他雖然嘴上說得強硬，其實……小孫兒在紅水集人頭熟，和竇蘭之子竇虎，更是好友。將軍可暫委屈一下，為小孫兒的部曲，這樣一來，可保證將軍無虞。小孫兒還是能夠分得清楚輕重，請將軍放心。」

如果李丁願意陪伴同行，曹朋自然高興。畢竟李丁是地頭蛇，而且有一個身分可以掩護。

這也是李其對曹朋一點小小的考驗，想要看看曹朋的心胸。畢竟，之前李丁與曹朋處得不太愉快，如果曹朋能接受，說明他是個做大事的人；如果曹朋不願意……李其也不會勉強。反正自家的孩兒自家清楚，李丁是什麼樣的人，李其心知肚明，只看曹朋如何做出選擇吧。

曹朋聽聞，沒有任何猶豫，便欣然應下。

於是，第二天一早，一行人動身離開了李其的部落，向紅水集行去。

夜色，悄然籠罩紅澤牧原。

天黑以後，牧原上星星點點的篝火，與夜空中璀璨的星辰遙相呼應，景色極為瑰麗。

李丁冷笑道：「果然是好馬。」

他說的是那匹獅虎獸，眼睛卻看著曹朋，一副不屑之態。

篝火旁，數十名親隨圍成了一團，把曹朋和王雙二人隔離出去。沒辦法，曹朋和王雙只好另起篝火，兩人坐在一處，低聲交談。獅虎獸就在不遠處，悠閒自得。

曹朋明白李丁的意思：馬是好馬，人卻不怎麼樣……

李丁奉李其之命，帶曹朋前往紅水集。雖則李丁遵從了李其的意思，可一路上，言語之間夾槍帶棒，冷嘲熱諷不停。看得出來，他對曹朋不怎麼看得過眼，加之對漢室朝廷的抵觸，也使得他並沒有李其對曹朋的熱情和尊重，甚至很反感。

自幼在草原上生活，李丁幾乎與那些胡人沒有太大的分別。

章四
病虎與惡狼

他對漢人，或者說是對朝廷的敵意，曹朋感受頗深。事實上，李丁的這種態度，也代表了紅澤第四代子弟的大部分觀感。由於朝廷積弱，使得李丁這些四代子弟根本就不看好朝廷。他們沒有經歷過當年大將軍竇憲兵發漠北的豐功偉績，也沒有看到過陳湯揚威異域的豪壯氣概，甚至連當年段熲消滅先零羌的戰績也沒有聽說過……從李丁生下來，看到的大都是漢軍的不堪一擊，被羌胡所敗。

從當年的邊章之亂，到後來北宮伯玉造反……

他出生的晚，從記事開始，就沒有聽到過漢軍有過輝煌的戰績。反倒是匈奴、羌胡、鮮卑人屢屢寇邊成功，掠奪大批漢民。為此，紅澤人和那些胡人也有過幾次交鋒，勝負各半。漢軍羸弱、不堪一擊的觀念，在李丁腦海中根深蒂固。對於一個在草原上長大，受胡風影響的青年而言，一個羸弱的朝廷，不足以讓紅澤人為之賣命。所以，當曹朋帶人前來時，李丁就對他生出反感。

曹朋抬起頭，看了李丁一眼，只笑了笑，並未理睬。

「無膽鬼！」李丁再次冷笑，旋即對親隨們笑道：「怪不得漢家郎守不住河西，卻要靠咱們來打江山。紅澤人都是好男兒，不過卻不會和無膽鬼一起並肩作戰。」

親隨們頓時哈哈大笑。

「你……」

「王雙，閉嘴。」眼見著王雙暴怒，想要起身反駁，曹朋連忙出聲喝止。

他扭過頭，看了李丁等人一眼，「你父親是漢家郎，你爺爺是漢家郎，你曾祖父也是漢家郎……如果被他們知道，他們的兒孫是一群背宗忘祖的人，恐怕在九泉之下，也會涕淚不止。曹某不才，也不願和一群不忠不孝、不仁不義的畜生說話。」

這一路上，曹朋一直沒有說話，可這一旦反擊，頓顯出言語中的凌厲。

李丁一怔，旋即反應過來曹朋是在罵他，頓時勃然大怒：「你敢罵我？」

「我只罵畜生，與爾等何干？」

「你……」李丁呼的站起來，邁步向前兩步。

眾親隨也紛紛起身，一下子將曹朋兩人圍住。

「姓曹的，我不與你做這種口舌之爭，你最好向我道歉，否則休怪我對你不客氣。」

曹朋用木棍撥動篝火，冷笑道：「某家不與畜生說話。」

「你……找死！」

李丁臉色變得極為難看，手下兩個親隨眼見李丁受辱，二話不說，上前就要教訓曹朋。草原上長大的漢子，身手極為矯健，眼看著兩人到了曹朋身旁，不等王雙行動，就見曹朋手腕一抖，那撥火的木棍一震，兩根燃燒的木柴從篝火中飛出，狠狠的撞在那兩個親隨的胸口上。剎那間，火光猛然一亮，火星四濺，兩個親隨倒飛出去，胸口的衣襟，頓時燃燒起來，只嚇得兩人大叫一聲，在地上翻滾不停。

曹朋慢慢站起身，「這就是紅澤兒郎的本事？不做口舌之爭，動手你們更不行。」

剛才曹朋是如何挑動木柴，沒有一個人看得清楚。

李丁一擺手，示意親隨上去撲滅那兩人身上的火，一雙虎目凝視曹朋，露出森冷之意。

「怎麼，想動手嗎？」

李丁面頰微微一顫，手緩緩向腰間探去。

「動手，你們不行；動刀，你們更不行……」

曹朋冷笑一聲，絲毫不理睬李丁的動作，而是淡然道：「讓我把話說清楚，我這次去紅水集，並不想和你一起。只是你祖父李校尉懇請，我這才答應下來。莫要以為我沾了你部落的光，你祖父的心意，我大致可以明白，無非是希望你能和我熟悉一下，有朝一日能重回故里，將來也能夠建功立業，勝似在這牧原上做一輩子無名無姓的無主孤魂。」

曹賊

章四

病虎與惡狼

「我這一路上忍著，並不是怕你，而是擔心會傷了你，令李校尉擔心……紅澤人，我呸！你祖上，乃至祖祖輩輩都以漢人自居，何時又多了你們這群背宗忘祖的狗屎？沒錯，當年朝廷拋棄了河西，或許有對不住你們祖先之處，但這絕不是你們可以背宗忘祖的藉口！」

「你想要動手，你準備好了嗎？」

「準備什麼？」李丁愕然，失口問道。

哪知，曹朋並沒有任何言語，腳踩陰陽，刷的一下子竄出來，不等李丁反應過來，一口明晃晃的長刀已壓在了李丁的肩膀上。鋒利的刀口，透出一股濃濃的血腥氣，在火光中流轉一抹暗紅色的光芒……李丁甚至沒看清楚曹朋是怎麼到了他跟前，又是怎麼拔出刀來，他手中的長刀根本來不及出鞘，就已被曹朋制服。那凜冽的刀鋒，令他心裡一顫，一股寒氣直沖尾椎骨，身子一下子僵住。

「放了我家少族長！」幾名親隨刷的抽出兵器，厲聲喊喝。

曹朋厲聲道：「王雙，讓他們閉嘴，不要殺人。」

早在曹朋出手時便已蓄勢待發的王雙，不等曹朋話音落下，抄起兩根火棍，猱身撲出。

王雙從小便進了曹府，至今已經有四、五年之久，從最初單純的訓犬，到後來得曹朋看重，傳授功夫……後來華佗到了許都，王雙又跟隨華佗學習五禽戲中的虎戲與鶴戲，功夫也隨之大進。曹朋在傳授教導曹彰等人的時候，也讓王雙跟隨學習。短短五年時間，王雙已練得大成，雖略遜色韓德，卻也是一流武將的水準。若非如此，此次曹朋出使塞北，他也不太可能跟隨曹朋前來。

他這一出手，就見兩團火光飛舞。

靈活的身法，配合白猿通背拳的奧妙，手中的撥火棍好像有了靈性似的，啪啪啪三聲響，就聽一連串的慘叫聲響起，三名隨從手中的兵器脫手落下，手腕處留下一道灼傷的痕跡，抱著手連連後退。王雙把撥火棍往篝火裡一扔，抬手拔出了雙鐵刀，站在曹朋的身邊，一臉肅殺之氣，虎視眈眈的看著那群慌亂的親隨。

「姓曹的，你……」

「李丁，你給我閉嘴！」

曹朋厲聲喝道，李丁到了嘴邊的話語，又硬生生的嚥了回去。

「我不管你對我有什麼看法，也不管你對朝廷是怎樣的觀感。我這次來紅澤，自有我的使命，不管你是否相信，我從沒有想過要利用你們紅澤人的力量……所以，你怎麼看我，都不重要。可如果你敢壞了我的事情，休怪我心狠手辣。」

「沒錯，你們也許驍勇善戰，但對於朝廷而言，不過是跳梁小丑。馬騰父子如何？不管他們是否真心，可至少在名義上，也必須要服從朝廷的命令。如果你敢壞了我的事情，老子可以馬上從關中抽調數萬大軍，在十日之內蕩平紅澤。」

曹朋聲色俱厲，李丁卻臉色蒼白。

他心裡打顫，可猶自倔強的昂著頭，凝視曹朋。

「似你這種貨色，老子見得多了……別以為自己多厲害。我十五歲的時候，就帶著幾千人，硬撼十倍於我的精兵悍將。九原呂布如何？到頭來也沒攻破我鎮守的城池……這次任務結束之後，你愛怎樣就怎樣。但現在，你最好老實點。」

說著話，曹朋手腕一抖，鋼刀刷刷刷虛空掠過。

李丁只覺得身體一陣發冷，眼前刀光閃閃，待他清醒過來時，曹朋已收刀回去。而在他的身上，則留下了一道道刀痕。那刀痕，緊貼著他的身體，撕裂了衣衫。風吹拂過來，李丁激靈靈打了個寒顫。

「強大，不是在嘴上，也不是在手上，而是在這裡。」曹朋用手指了指自己的心，「你祖父是一個強大的人，但並非是他功夫如何了得，而是他對朝廷始終不渝的忠誠。而你，不值得我在乎，因為你連自己是什麼人，都不清楚。」

李丁的臉色慘白，怔怔看著曹朋。只是曹朋似乎對他已經失去了興趣，轉身回到篝火邊。

「少族長，咱們……」

「都給我住嘴！」

李丁喝止了扈從們的言語，轉身也回到了篝火旁邊。他坐在那裡，一動不動的看著眼前熊熊的篝火，一言不發。

而那些扈從見李丁不出聲，也一個個閉上了嘴巴。幾個受傷的扈從，取出了隨身攜帶的藥物，塗抹在傷口上。有人偷偷向曹朋和王雙看去，眼中不由得流露出欽佩之色。

生活在牧原上的男兒，最敬佩的就是豪勇之士。此前，由於受李丁的影響，他們對曹朋兩人並不在意。可就在剛才，曹朋主僕所展現出來的力量，讓他們感到無比敬服。相比之下，自己這些人這一路上的冷嘲熱諷，如今想來好像小丑一般。

這是個強大的人！

怪不得，連獅虎獸也跟隨在他身邊。

「喂！」李丁突然扭頭，朝著曹朋喊了一聲。

曹朋抬起頭，向李丁看去。

「你……果然與那並州虓虎交過手嗎？」

「當然！」

「那結果……」

「我輸了！」曹朋說得很坦然，絲毫沒有流露出半點做作。「可是虓虎現在已經死了，而我還活著。」

「我知道。」李丁說著話，低下了頭。

九原虓虎的名聲，在河西也非常響亮。呂布當年在並州，戰功赫赫，曾殺得那些胡人聞虓虎之名而逃，不敢觸呂布鋒芒。雖然李丁沒有見過呂布，但對呂布卻是極為尊敬。河西，被羌胡占居，呂布對生活在草原上的漢人而言，無異於英雄。

李丁猶豫了一下，沉聲道：「我會協助你做事，但我要說清楚，我可不是怕你。」

曹朋笑了笑，「你怕不怕我，與我何干？小子，看在李校尉的面子上，我給你一個忠告。中原高手眾多，我家主公帳下更是猛將如雲。你的身手不錯，但如果到了中原，還這般目中無人的話，早晚必身首異處。別的不說，只我身邊的幾個親隨拉出來一個，就能取你性命。」

「你有一句話不錯，手上見真章。可如果你沒有足夠強大的心，手上的功夫也不會好到哪兒去。好好學學你祖父，讓你的心，早日強大起來。只有擁有一顆強大的心，你才能在任何時候，無所畏懼。」

說罷，曹朋伸了一個懶腰，在篝火旁和衣而臥，閉上了眼睛。

秋風輕柔，搖曳著遠處牧原上的牧草沙沙作響，恍若和著秋風，在低聲的吟唱……

篝火已經熄滅，騰起嫋嫋青煙。

朝陽初升時，李丁換了一身衣服，和曹朋再次踏上旅途。只是這一次，他沒有再去譏諷曹朋，而是沉默無語。就連他的那些親隨們，也對曹朋表現出了一絲敬重。

一行人一路無事，在正午時分，來到了紅水集。

秋日豔陽高照，讓人覺得暖暖的，很舒服。

李丁一馬當先來到紅水集城門外，正準備進城，忽聽旁邊有人大聲喊道：「李丁，你怎麼來了？」

李丁回頭看去，只見一群人簇擁著一個青年，縱馬馳來。

「是竇虎！」李丁沒有回頭，卻用低弱的聲音告知曹朋：「他就是竇蘭的長子，也是紅水集極有名的勇士……不過這個人，對漢家並無好感。」

說罷，他催馬迎上前去，與竇虎寒暄起來。

曹朋在扈從當中，輕輕拍了拍大眥的腦門，眼睛瞇成了一條縫，朝著竇虎看過去。

此人對漢室也是敵意甚重！

不過倒能理解，當年他祖上被漢帝賜死，大將軍竇憲一支分崩離析，而他一家人則被發配河西戍邊。竇憲或許是驕橫，但對漢室而言，的確是立有大功，可到頭來……這種事情不管換到誰的身上，都會心懷不滿，甚至產生出恨怨。

李丁專門點出此人，也似乎是提醒曹朋，這竇虎在紅水集的地位，想必不會太低。

這時候，竇虎拉著李丁準備進城。突然，他撥轉馬頭，朝著曹朋跑了過來……

曹朋心裡一驚，但臉色依舊平靜。

竇虎勒住馬，盯著曹朋看了半天之後，開口沉聲道：「你，是誰？」

曹朋的穿著打扮，與李丁等人並沒有太大的區別，只是那氣質，在人群中頗有些鶴立雞群的效果。這數年來，曹朋潛心讀書，使得他氣質當中有一種名士儒雅風範。加之他早年歷經許多變故，使得儒雅之中又有一份剽悍和英武混雜一起。那種感覺，給人一種極為奇怪的感受……將悍勇之氣內斂起來，融合在一派書卷氣裡，也讓竇虎一眼就發現了他的存在。

「在下曹朋，見過少族長。」

曹朋並沒有隱瞞自己的姓名，因為他知道，在這河西地區，根本沒多少人知道他的名號。

竇虎愣了一下，上上下下打量起曹朋來。

「漢家兒？」

「正是。」

李丁故作輕鬆之態：「曹先生乃中原名士，因得罪了人，所以才跑來河西避難，如今就在我祖父帳下效力。虎哥，你可莫動了招攬心思，曹先生甚得我祖父所重。」

竇虎笑了，沒有再說什麼。

「你這傢伙，總是擔心我搶你的人……」

中原戰火如荼，許多有本事的人走投無路，都會到塞北避難。這些人或者去匈奴，投靠匈奴人，或者為鮮卑人效力。也會有一部分人來到河西，過無憂無慮的生活。與其他地方相比，河西生活雖然艱苦一些，但還算得上一方淨土。所以竇虎也沒有多想。

他催馬準備進城，行了兩步之後，突然又扭頭問道：「曹先生，你的馬賣不賣？」

「嗯？」

「這獅虎獸，可是百年難得一遇的好馬。」

曹朋在馬上微微一欠身，笑咪咪回道：「少族長，此馬是我的命根子，恕我不能販賣。」

「呃……那倒是可惜了！」

竇虎不無留戀的看了一眼獅虎獸，扭頭和李丁並肩而行，走進了紅水集。

對草原上的人來說，馬就是他們的第二生命。若非迫不得已，一般很少有人會強奪別人的坐騎，除非是那些橫行霸道的紈褲子弟，大都會和馬的主人好好商量，如果主人不想賣，那也只能作罷。

竇虎雖然看上了曹朋的獅虎獸，但自幼在草原上長大，也不願意奪人所愛。用強，弄不好就會惹得一身的麻煩事情。

曹朋隨著扈從，慢慢行入紅水集，同時他對竇虎的觀感，也一下子好轉了許多。

章四 病虎與惡狼

這傢伙或許對漢室朝廷沒有歸屬感，卻也不是個紈褲子弟，表現的也頗有章法。從他騎馬的姿勢來看，這竇虎的功夫應該不差。至少，曹朋感覺著他應該比李丁要強橫許多，估計至少能和韓德鬥個不分伯仲。

一時間，曹朋頓生愛才之心。只是他很清楚現在的狀況，所以也只是在心裡稱讚一番，並沒有做出任何表示。

李丁告訴竇虎，他來紅水集是奉李其之命，來購買一些商品。

竇虎輕聲道：「過兩日，馬家會來人，你有沒有興趣見見？」

「武威馬家嗎？」

「嗯！」

「他們來又作甚？」

看得出，李丁和竇虎的關係很好，說起話來也非常的隨意。

竇虎嘆了口氣，「漢家皇帝聽說派人進駐河西，有意招攬梁元碧的人；武威馬家似乎對紅澤也是虎視眈眈，此前多次派人前來紅水集，言明想要招攬我父親。」

「那竇將軍怎麼說？」

竇蘭身為大將軍竇憲後裔，紅澤人更習慣稱呼他為竇將軍。

竇虎低聲道：「父親現在也有些猶豫不決，一直沒有拿定主意……他終歸是心向漢室，可又擔心得罪馬家，到時候就算漢室有意扶持，也比不得馬家近在咫尺。」

「我聽人說，馬孟起年初和韓遂聯手滅了白狼羌。你應該知道，白狼羌早就歸附漢室，馬家出兵攻打的時候，白狼羌還向漢室求援。可涼州刺史韋康對此無能為力，坐視白狼羌被消滅，也沒有任何的反應……父親現在也就擔心這件事情，他害怕若得罪馬家狠了，會和白狼羌同樣下場。」

竇虎的聲音雖然不大，可是也沒有刻意的遮掩。

曹朋的耳朵很好，在後面聽得是清清楚楚……

怎麼，馬騰也盯上了紅澤？

如果把自己擺在竇蘭的位子上，恐怕也會感到為難吧。不過，白狼羌又是哪個？為什麼從未聽說過這個部落？聽竇虎的語氣，他對那錦馬超似乎忌憚頗重。

李丁問道：「馬家，會派誰來？」

「這個倒說不太好，我估計分量不會太輕。」

「難道是馬孟起？」

「也不是不可能……你若是有興趣，不妨多留幾日，到時候自然會見到馬家的人。」

李丁沒有立刻答應，只說要考慮考慮。

兩人在進城後沒多久，便告辭分別。竇虎自回自家，而李丁則帶著曹朋，在紅水集上的一家客棧住下來。他自然不可能住在竇虎的家裡，他和竇虎雖然熟悉，可有個曹朋在這裡，總是有些不太方便。而他挑選的這家客棧，也算是他部落中的族人開設。李其的部落裡，除了牧民之外，也有一些在外面經商的人，雖然經商，但是對部落忠心耿耿，每年都會為部落帶來不菲的收益。

「你都聽到了？」

「嗯！」

「你怎麼看？」李丁坐在食案旁，喝了一杯酒，沉聲問道。

曹朋一笑，「既然竇少將軍挽留，那咱們不妨留下來看看。我也很想知道，在武威馬家的邀請之下，竇將軍最終會做出怎樣的選擇。」

「留下來可以，但你別惹事。」

「這個我知道！」曹朋說著話，端起陶碗，在嘴邊抿了一口，眼中流露出沉思之態。

馬騰，已開始加強他在西北地方的統治。

既然是統治，無非懷柔和戰爭兩種手段……曹朋突然有一種奇怪的想法：馬騰雖然簽了衣帶詔，可是一直以來的表現，卻沒有讓曹朋看出他對漢室有多麼忠誠。事實上，自衣帶詔事發後，馬騰一直都在壯大自己的實力、發展自己的力量，他甚至會在表面上臣服曹操，以獲得更多的政治資本。

這樣一個人，說他對漢室朝廷有多麼忠誠？曹朋打死都不會相信……

《三國演義》裡說，馬騰對曹操恨之入骨。可就在去年，當郭援和南匈奴肆虐河東的時候，馬騰派出長子馬超領兵出擊，協助曹操平定河東。他，真的忠於漢室？

曹朋倒是覺得，曹操之所以殺馬騰，恐怕並不是因為馬騰忠於漢室，更多的原因，還是在於馬騰在西北地方的力量日益強大，令曹操感受到了莫名壓力。

馬騰坐擁河西走廊，幾乎是雄霸涼州。涼州刺史韋康雖然是朝廷命官，更是京兆韋氏族人，但對於馬騰的影響力卻少之甚少，以至於最終被馬超所害。

曹操在中原，有劉表、孫權、劉備等敵人。漢中張魯蛇鼠兩端，搖擺不定，而馬騰掌控西涼，隨時都可能威脅到關中，而後奪取中原。兩漢時期，得關中者得天下的說法深入人心，即便是曹操，也不得不對馬騰生出顧忌。所以曹朋覺得，曹操之所以要困住馬騰，就是想要削減馬騰在涼州的影響力，而後將韋康扶起來，可惜的是，最終被馬超所破壞。

前世少年時，《三國演義》當中，有兩個人物是曹朋的最愛。

一個是趙雲趙子龍，另一個就是馬超馬孟起……可惜的是，後來曹朋長大了，從史書中瞭解了真實的馬超，令他對馬超產生了反感。《三國演義》中說，馬騰被曹操所殺，馬岱逃到了涼州，馬超這才起兵為父報仇；可是《三國志》裡卻明明白白的寫著：當時馬騰父子只是被曹操軟禁起來，馬超在武威就迫不及待的起兵造反。也正是因為馬超的起兵，使得曹操下了決心，將馬騰父子斬殺於許都……

換句話說，馬騰不是被曹操所殺，而是喪命於馬超之手。

這是個冷血之人！

到最後，家破人亡，妻離子散，連對他忠心耿耿的上將龐德，也歸附到了曹操帳下。

所以，曹朋對馬超的觀感，隨之生出變化。

「且留下來看看，看這馬家究竟是打得什麼主意。」曹朋下定決心，將碗中的酒水一飲而盡。接著道：「李丁，這兩日會有人前來找我，你代我留意一下。」

李丁點點頭，突然問道：「姓曹的，如果紅澤歸附漢室，漢室會如何對待我們？」

曹朋一怔，旋即呵呵笑道：「馬照放，田照耕，生意照做……我奉命收復河西，並不是想要從你們手中獲得什麼，而是希望能夠給你們更多。」

「給我們更多？比如……」

曹朋放下酒碗，沉聲道：「比如，大漢子民的尊嚴。」

李丁，旋即沉默！

就在曹朋和李丁在客棧中飲酒的時候，竇蘭和竇虎父子倆，也在花廳中談話。

兩人所交談的內容，還是以馬騰和曹朋為主。只是由於資訊閉塞的緣故，竇蘭和竇虎都不太清楚朝廷派駐河西的主將究竟叫什麼名字。

「父親，我今天在城外遇到了李丁。」

「哦？」

「李其好像又招攬了能人……我在城門口見到了，名叫曹朋。」

「怎麼樣？」

「看上去好像是個書生，但絕對是個殺人如麻的主兒。他雖然竭力隱藏，可骨子裡卻有一種武將氣概。他有一匹獅虎獸！能有這等神駒之人，絕非等閒之輩。」

「獅虎獸？」竇蘭一蹙眉，輕輕點頭，問道：「李丁現在何處？」

「好像是在他族中客棧居住。父親，要不要試探一下？」

竇蘭想了想，搖頭道：「李其那老傢伙一向對中原人親近……如今朝廷的大司空曹操，正領兵征伐河北，想必那人就是因為這個原因才會來河西。可以和他接觸一下，順便打聽一下這派駐河西主將的底細，他剛才中原來，想必會有所瞭解。至於試探……倒不必了！李其不是不知輕重的人，而且那老傢伙的威望也不差，若因此惹怒了他，恐怕得不償失。倒不如……和那個曹朋多親近一些。」

竇虎聽聞，欣然應命。

而竇蘭則輕輕揉著太陽穴，苦聲道：「馬家的人已經出發，最遲大後日就會抵達。這兩日，你多辛苦一些，莫要使城中出事。馬家這次派人過來，絕對不會和從前一樣輕易放過咱們……朝廷既然要派駐兵馬，馬家一定會要我們表明立場。這件事非同小可，你我父子還須謹慎小心。」

「父親，馬家究竟派誰過來？」

竇蘭看了竇虎一眼，沉聲答道：「馬超！」

「馬孟起親自來了？」

「所以我才說，馬家不會善罷甘休。」

竇虎也露出一抹忌憚之色，他雖然也練得一身好武藝，在河西頗有名聲，但是和馬超相比，竇虎也有自知之明。正如老爹說的那樣：馬超來，絕不會善罷甘休……

建安八年七月中，袁譚抵擋不住袁尚的攻擊，退守平原縣。

他命謀士辛毗向曹操乞降，曹操在接受了袁譚的請降之後，命虎豹騎副都督，大將甘寧為先鋒渡河救援；同時，他又下令大將張遼自河內出擊，攻打鄴城。袁尚聽聞鄴城危險，急忙想要回兵，被甘寧在途中伏擊，袁尚傷亡慘重……

同月，揚州建安、漢興和南平三縣作亂，聚眾數萬人造反。孫權命會稽山陰人賀齊為南部都尉，使屬縣各出兵五千，由賀齊統一調遣，征伐反賊。賀齊在孫策活著的時候，就甚得孫策看重，也正因此，孫權接掌東吳之後，對賀齊或多或少給予了一定程度的打壓，命他出鎮東南一隅之地。

然而這賀齊領兵後，迅速出擊。在七月中，斬反賊首領洪明，俘虜了洪進、苑御、華當等一干賊將，更斬殺反賊六千餘人，令反賊聞風喪膽，賀齊也因此得賀閻王之稱，更使得江東從此東南無虞。

也就是在這個月，劉備向劉表提出請求，領本部人馬，出鎮新野。

自劉備投靠劉表之後，劉表對他極為忌憚，一直留在襄陽，既不肯驅趕，也沒有重用。這其中，固然是劉表對劉備心懷戒備，也有荊襄世族對劉備的抵觸情緒。

而今劉備自請駐守新野，為荊州守北方門戶。劉表毫不猶豫的答應了下來，同時荊襄世族也出人意料的，沒有任何人站出來反對……

章五

岔道

「這諸葛亮又是何人？」

遠在許都的曹操放下手中的書簡，看著花廳中的文武大臣們，疑惑的開口詢問。

花廳中眾人，不由得面面相覷。

從荊州傳來消息，說劉備如今在新野招兵買馬，聲勢不小。

他以左將軍、豫州牧的身分，分封麾下眾將，關羽、張飛、糜竺和糜芳皆獲得了封任。此外，先前隨從劉備的屬臣，如陳到、趙雲，也被委以重任，其中更有一人，大名鼎鼎，名叫荀諶，是荀彧的二哥。不過最讓曹操感到疑惑的，還是一個名叫諸葛亮的人，被劉備拜為軍師。

若荀諶為軍師，倒也能說得過去，畢竟潁川荀氏鼎鼎大名，無人不知。就連曹操對荀諶也是極為重視，一直以未得荀諶輔佐為遺憾。只可惜，官渡之戰後，荀諶便不知所蹤，沒想到竟投奔到劉備帳下。

可這諸葛亮……似乎地位還在荀諶之上，令曹操疑惑不解。

還是郭嘉站起來，沉聲道：「這諸葛亮，字孔明，年二十三歲。嘉倒是聽說過這個人，據說是出身琅琊諸葛氏，其先祖諸葛豐，元帝時曾為司隸校尉，後任御史大夫之職……諸葛亮的父親名叫諸葛珪，字君貢，原本是泰山郡的郡丞。」

「諸葛珪死得早，諸葛亮早年間隨家人投靠了他的叔父，就是早年間豫章太守諸葛玄。後朝廷以朱皓為豫章太守，與劉繇共擊諸葛玄。諸葛玄無奈之下，攜家眷投奔到了劉表帳下，不久後便因病故去。說起來，諸葛玄的豫章太守，也有些名不正言不順，他原本是袁術麾下，被袁術委任……只是時董卓尚在，故諸葛玄在豫章太守的位子上也沒有坐太久，便被朱皓和劉繇聯手，趕去了荊州。」

郭嘉身為軍師祭酒，對情報極為重視，當諸葛亮成為劉備軍師的消息傳來，他立刻展開了調查。

曹操一蹙眉，「這諸葛亮有何才學，竟位居友若之上？」

「這個……尚未知曉。只聽說他此前耕讀南陽，並為他耕讀之地取名臥龍崗，自號臥龍，常自比管仲。此人拜師水鏡山莊，為司馬徽弟子，甚得司馬徽看重……但才學嘛，實未可知。」

「不過一山野村夫，卻好大的口氣。」夏侯惇聽聞，不禁森然而笑。

曹操這心裡面，也不由得生出了幾分不屑之意。

「據說，劉備能據新野，賴這諸葛亮從中周旋？」

「正是！」荀攸抬頭道：「諸葛亮娶妻蔡氏女，而蔡家在荊州極有威望。若非這諸葛亮從中周旋，蔡氏未必能容得下劉備。不過，劉備能居於新野，攸卻以為，未嘗不是劉表之意。劉備這兩年在荊州雖然受劉表壓制，但交友甚廣，名聲也極好。劉表恐怕對劉備也有忌憚，所以才會答應，把他趕出荊州，屯居新野小縣。那新野不過十數村鎮，人口不足十萬，劉備在新野，恐怕也難有大作為……」

廳中眾人，不約而同的點頭。

曹操卻發現，賈詡一直閉目養神，沒有開口參與討論。一雙細目微微閉合，曹操突然問道：「文和，你怎麼看？」

「劉備，梟雄也！」

賈詡這一開口，其餘人皆閉上了嘴巴。

夏侯惇不服氣的說：「那又如何？」

「元讓將軍莫非忘記汝南之變乎？」

夏侯惇一怔，頓時勃然大怒，啪的一拍桌案，長身而起，「文和，你在譏諷某家？」

賈詡微笑著搖搖頭，卻沒有再言語。

倒是郭嘉，流露出若有所思之色……他向荀彧看去，就見荀彧朝著他輕輕一點頭，郭嘉旋即明白了荀彧的心思。

「元讓息怒，文和此話，絕非嘲諷與你，而是另有深意。」

想當初，曹操命夏侯惇督五路大軍，圍剿汝南劉備。卻不想在重重包圍之下，還是被劉備從容逃脫，更給夏侯惇造成了巨大的傷亡。對此，夏侯惇一直銘記在心，當賈詡提起汝南之變的時候，夏侯惇本能的以為賈詡是在諷刺自己。

可郭嘉站出來開脫，夏侯惇也不能不給郭嘉幾分面子。

荀攸道：「願聞其詳！」

郭嘉向賈詡看了一眼，見賈詡仍閉目不言，於是便笑道：「昔日劉備，惶惶如喪家之犬，逃亡汝南時，即便是我和文若，都未曾將其放在心上，以為主公只要出兵，劉備必亡……可誰又能想到，劉玄德在短短時間便站穩了腳跟，更招兵買馬，招攬了許多亡命之徒為他效命。也正因此，才使得他逃出了汝南。」

「而今，新野雖小，可我們卻不能忘記那劉備有梟雄之能，若不加以重視，只怕那新野早晚必成第二個汝南。而且他得了諸葛亮為軍師，憑藉諸葛亮的關係，必然能與荊襄世族取得妥協。若到那個時候，只怕他……」郭嘉說完，便重又坐下。

他這一番話聽在眾人耳中，卻是別有一種滋味。

曹操沉吟良久，也是深以為然……他或許看不起諸葛亮，但是對劉備，的確是忌憚頗深。此人有梟雄之姿，屬於那種給一點陽光就燦爛的傢伙，不可以小覷。

「文和，你怎麼說？」曹操把目光，重又轉移到了賈詡的身上。

這一次，賈詡沒有繼續保持沉默。

如果用後世的言語來形容，賈詡就是在裝逼。可這裝逼也需要把持一個度，過了的話，那就是裝逼不成成傻逼了……

曹操在詢問，或者說是在請教賈詡，賈詡若繼續裝逼，那麼結果……

賈詡睜開眼睛，淡然一笑，「其實，此事並不難解決。劉玄德方駐新野，一時間也難成大事，所以主公無須掛念；主公現在當留意河北，儘快平定河北亂局。主公可命張繡在宛城練兵，同時命一大將駐守汝南，與張繡成夾擊之勢，必可令新野局勢動盪。新野不穩，則劉備又如何壯大？」

曹操笑了！

他想了想，又問道：「只是如此便可？」

「呵呵，主公已有決斷，文和又何必贅言？」

這兩人的交談，讓許多人感覺是雲山霧罩，摸不著頭腦。倒是郭嘉和荀彧兩人，不約而同露出了會心的笑容，看著賈詡，更連連的點頭。

曹操道：「那文和以為，何人可駐汝南？」

「汝南太守李通，雖有勇武之姿，但終非劉備之敵。」

賈詡開口，就表示要罷免了汝南太守李通的職務，令許多人心中不解。

自歸附曹操以來，賈詡本打算低調行事，不料被曹朋破壞，使得賈詡的如意算盤最終破滅。官渡之戰前後，賈詡倒是展露了一定的才幹，也使得許多人佩服。可在那之後，也就是曹朋被罷免了官職以後，賈詡就好像變了個人一樣，每逢議事都沉默不語，顯得格外低調。若非曹操時時提起他，恐怕許多人都忘記了此人。

而今，賈詡突然獻計，而且一開口就要罷免一郡太守，出乎了大多數人的意料。

曹操問道：「那文和欲薦何人？」

「張俊乂識變數，善營陳，料戰勢地形，無不如計。且此人能納諫言，愛樂儒士，可鎮汝南……若此人在汝南，必可壓制劉備成事。」

「你是說，張郃？」曹操萬萬沒有想到，賈詡會推薦張郃出來。

自張郃歸降後，倒是兢兢業業，立下了不少功勞。可問題是，張郃終究是降將，所以不免讓人心懷顧慮。而且，此時的張郃與歷史上那個連諸葛亮也為之忌憚的張郃，還有很大的差距。至少，就曹操來看，他尚未到獨當一面的程度……

「主公，張郃萬萬不可！」

「是啊，汝南重地，張俊乂雖有才華，恐難當重任。」

「……主公三思啊！」

花廳中，眾人紛紛起身勸阻，但曹操卻閉目不言。

張郃識變數，善營陳……能納諫言。曹操似乎一下子明白了賈詡這一番話的重點，這關鍵就在於張郃能納諫言……這一點，比之其他人，的確是大有不同。

似夏侯惇、夏侯淵、曹仁這些老兄弟，都屬於驕兵悍將。平日裡對曹操，他們或許能言聽計從，可如果換個人，未必肯聽取不同的意見。

曹操睜開眼，凝視賈詡良久，道：「文和，就依你所言。」

「卑職定不負主公重託……」

曹操做出了決斷，將對付劉備的事情交給賈詡來處理。他現在抽調不出太多的力量來收拾劉備，但是卻可以壓制住劉備的發展。以曹操對劉備的瞭解，普通人無法擔當這樣的重任，而賈詡，恰恰是為數不多的，有能力對付劉備的寥寥數人之一。

此前，曹操還有些擔心賈詡不會自動請纓，可現在看來，在沉寂許久之後，賈詡終於要出招了！這也讓曹操心中極為高興。

賈詡既然請命，同時也代表著，郭嘉將成為曹操第一謀主。

這也算是賈詡對郭嘉的一次退讓吧……對此，郭嘉也感覺得出來，於是朝賈詡微微欠身一笑。

毒士對梟雄？

究竟誰能占上風？

曹操哈哈大笑，長身而起。

「文和，若有任何要求，可直接告與我知，新野之事，就全拜託與你。來人！」他一擺手，大聲喝道：「取刀來。」

曹彬連忙應諾，不一會兒的工夫，便手捧一個錦匣，匆匆走進花廳。

曹操將錦匣接過來，打開蓋子，從裡面取出一柄裝飾華貴的短刀，雙手遞向賈詡。

這短刀一出現，花廳中不少人不由得瞳孔一縮。

很多人一眼便認出了曹操手中的這口短刀，赫然是當年曹汲歸附曹操時，用三個月時間，打造而成的天罡三十六刀之一。

說起來，當年曹汲剛歸附曹操時，造刀的技巧並不成熟。天罡三十六刀，與曹汲後期、特別是這兩年打造出來的寶刀相比，簡直不值一提。可偏偏，這天罡三十六刀的價值，遠遠超過了後來打造出的寶刀。

原因嘛，很簡單……就在於那刀上鏤刻而成的五字刀銘。

榮耀即吾命！

從某種程度上來說，這天罡三十六刀，是一種身分和地位的象徵，更代表著曹操的認可。

曹汲是在建安二年時打造出來的天罡三十六刀，至今已有六、七個年頭。而在這六、七年裡，也有不少人獲得了曹操的贈與。

比如典韋手中的天孤刀、曹朋手裡的天閑刀、荀彧手中的天罡刀、郭嘉手中的天機刀……等等，六年中，曹操手下共有二十八人得到了這鏤刻著『榮耀即吾命』刀銘的天罡三十六刀。每一個得到授予的人，無不是曹操最為看重的心腹。

即便是曹操次子，如今官拜漆令的曹丕，也沒有獲得如此殊榮。

賈詡，是第二十九個獲得這天罡三十六刀的人物……

曹操贈與的每一把刀，都有著特殊的意義。比如荀彧，看似並不起眼，但卻是曹操之下的第一號人物。曹操在外作戰，荀彧必然留守許都。事實上，從曹操起家以來，荀彧所擔任的，就好像蕭何之於劉邦的角色一模一樣。

天機刀郭嘉，則是曹操的智囊，也是曹操最信任的謀主。

天孤刀典韋，只忠於曹操一個人，雖說看上去官位不顯，但典韋若進言，曹操都會認真考慮。

還有許多類似的情況，好像天富刀曹洪，是因為曹操知曉曹洪好財貨，所以賜予此刀，示意他在不觸犯律法的情況下，可以酌情賺取財富……

曹操知道，賈詡之所以一直表現低調，還是心存顧慮。他乾脆把這天貴刀授予賈詡，也是告訴賈詡：只要你為我盡心做事，我保你榮華富貴。

而賈詡所需要的，不就是這麼一個保證嗎？

賈詡連忙雙膝跪地，恭敬的從曹操手中接過天貴刀來，「卑職，絕不辜負主公厚望。」

與此同時，遠在紅水集的客棧中，曹朋正在聆聽報告。

姜敘年約三十，長得健壯而精幹。他和梁寬都是涼州有名的豪俠，在羌胡當中，頗有些名氣。二人是收到了尹奉的邀請，故而一起前來紅澤，投奔曹朋。

曹朋手指，輕輕敲擊書案，露出沉思之狀。良久後，他自言自語道：「馬騰這是下定決心了！如此也好，正好會一會錦馬超。」

連續兩天的秋雨過後，紅澤氣溫陡降。

靡靡細雨終於停了，驕陽當空，卻透著一絲絲清冷之氣……紅水集城頭，旌旗招展，彩旗飄揚。如果初臨此地的人，說不定會以為這是為慶典節日在做準備。

竇蘭換上了一身長袍，領著竇虎在城外等候。

遠處大路的盡頭，空蕩蕩不見人影。父子兩人站在紅水集城門下，不時的竊竊私語。

而在路旁的人群裡，一身胡服打扮的曹朋，在姜敘和梁寬的陪同下，負手而立。他們和竇蘭父子一樣，在等待馬家使者的到來。同時，曹朋也想趁機看一看那位傳說中的錦馬超，究竟是什麼模樣。正所謂知己知彼，百戰不殆！

「公子，馬超此來，竇蘭未必能頂得住啊。」

「我知道。」

曹朋輕聲回了一句，示意姜敘不要開口。在心裡面，他又暗自盤算著，該如何來解決這件事情。

章五　岔道

馬家要奪取紅澤的野心，已彰顯無遺。以馬騰如今手中的力量，自己想要爭取竇蘭，恐怕絕非一樁易事。畢竟，馬騰還掛著漢臣之名，在某種程度上，曹朋甚至比馬騰還要弱一些。

只不知道，竇蘭會做出怎樣的選擇……

時間一點點的過去，眼見正午將至，天邊突然出現了騰騰塵煙。

宛若一條黑色長龍出現在人們的視線中，鐵蹄踏踩大地，發出隆隆的聲響。曹朋甚至可以感受到，腳下的地面也輕輕的顫抖起來。他心裡一動，暗道一聲：來了！

那黑色長龍越來越近，蹄聲清晰可聞。

只見從大路盡頭，一隊人馬風馳電掣疾馳而來，為首一員大將，年紀在二十七、八上下，跳下馬身高約在八尺以上，頭戴扭頭獅子亮銀獸面盔，身穿扭頭獅子亮銀獸面甲，腰繫巴掌寬的獅蠻玉帶，外罩一件紅緞子作襯的雪白披風。胯下一匹照夜獅子馬，端地是威風凜凜，殺氣騰騰。

來人如離弦之箭，眨眼間就到了竇蘭父子身前。在距離竇蘭父子大約有三十步左右的時候，那人猛然勒住戰馬。

「吁……」他沉喝一聲，照夜獅子馬希聿聿長嘶，四蹄如同生根，硬生生的扎在了地上。

「竇將軍！」

來人抬起手，身後鐵騎驟然止住。他大聲喝道，同時甩腿從馬上跳下，快走幾步之後，一拱手，「馬超這廂有禮。」

「賢姪，何必如此多禮？」竇蘭哈哈大笑，邁大步向來人行去。

人群中，曹朋仔細打量來人，心中不由得一聲喝彩。

這馬超長得果然不愧『錦馬超』之名，儀表堂堂，透著英武氣概。

馬超的相貌，頗有些羌胡血統的模樣。皮膚較之大多數人要白皙許多，臉頰瘦削，棱角分明，如同刀削斧砍。眼窩略有些凹陷，使得他的眸光透著深邃。鼻子高挺，有點鷹勾鼻的形狀。顴骨有些突起，更給人一種凌厲的氣質。

曹朋不由得眉頭一蹙，暗自點了點頭。

嘴唇慆薄，卻是個刻薄寡恩之輩；舉手投足間，有一種鷹顧狼行之氣，讓人覺得很不舒服。至少在曹朋看來，這馬超的氣質和他的相貌頗有些不太相符。或者說，他的氣質讓人生出一種無法接近的感覺，不自然的就想要疏遠。

這就是馬超馬孟起嗎？

也許，是曹朋盯視太久的緣故，馬超似乎覺察到了什麼，猛然抬頭看了過來。那目光銳利，猶如電射，曹朋心裡暗自一驚，連忙將視線轉移開來，好在他周圍站了不少人，所以當馬超看過來時，並沒有覺察到什麼，便又扭頭與竇蘭說笑。

曹朋的目光，越過馬超肩頭向後看去。

只見馬超的隨從，清一色黑甲騎軍，人數大約在八百左右。馬上的騎士，一個個看上去體格健壯，氣質剽悍。

曹朋意外的發現，馬超的這些隨從，甲冑和兵器與漢軍和羌胡騎軍似乎有些不太一樣。武威騎軍用的是騎槍，與常見的騎槍不同，更有點接近於西方的騎槍形狀。而且盔甲的制式，和漢軍也不相同，帶著極為明顯的異域風情。

曹朋的心裡不由得泛起了嘀咕。

這時候，馬超和竇蘭父子寒暄結束，一同走進城門。路旁的行人也紛紛散開來。

曹朋站在原處，想了想，轉身道：「我們回去。」

姜敘連忙說：「公子，要不我想辦法去府衙打聽一下？」

「不用了，這件事讓李丁去處理即可，咱們現在，最好還是按兵不動為好。」

「可這馬超……」

「馬孟起，不過一介莽夫，不足為慮。依我看，他如果逼得太急，說不定反而令竇蘭生出反感，是否歸附，尚在兩說。如果他們真有心歸附，咱們再設法破壞。總之，以目前狀況而言，切不可輕舉妄動。」

「喏！」姜敘點點頭，表示明白。

曹朋也沒有再多說話，進城之後，直奔客棧而去。

果然不出他的預料，李丁不在客棧。以他的身分和地位，既然出現在紅水集，那麼今天馬超到來，竇蘭也定會讓他過去。畢竟，李丁從某種程度上，代表著他的祖父李其。曹朋到了紅水集之後才算明白，這李其在紅澤，也頗有些威望。

不過，李丁什麼都沒告訴曹朋，也說明他心裡還有些芥蒂。

「公子，咱們現在該如何是好？」

「等！」

「等？」

「如果情況與我等不利，李丁會在第一時間通知咱們。畢竟，這件事對李丁而言，同樣重要。王雙，代我告訴梁寬和姜敘，這一、兩日裡暫且忍耐一下，不要隨意走動。」

王雙答應一聲，轉身便急匆匆離開。

而曹朋則在屋中徘徊，好半晌才算是穩住了心神。

別看他表面上一副無所謂的模樣，但心裡面，也同樣是感到焦躁不安。這一次，他要面對的可不是無名之輩，而是那個曾打得曹操丟盔棄甲的西涼錦馬超……

馬騰已經出招了，那麼竇蘭又會做出什麼選擇？

這已經超出了曹朋所瞭解的歷史範疇，更脫出了曹朋所能掌控的局面。原以為占領河西不會太難，卻沒有想到這麼早便和馬騰一家對上，實在是出人意料。

曹朋必須要認真思考，想出一個應對之策。

絕不能讓竇蘭歸附馬騰一家！

若竇蘭願意歸附馬家，也就代表著整個紅澤很有可能會歸附馬家……曹朋當然不會坐視這種事情發生，哪怕是讓竇蘭保持中立，也好過竇蘭投靠馬騰……

可是，如何才能使竇蘭保持中立呢？

紅水集，府衙——

馬超閉目凝神，如老僧入定。

說話的男子名叫虎白，表字道之，是馬超身邊的一員幕僚。他個頭不高，大約在七尺六寸上下。體態略顯瘦削，一襲長衫透出儒雅氣概。頭戴襆頭，長髮盤髻。眉毛細長，長著一雙桃花眼，鼻梁高挺，嘴脣單薄，臉上總帶著和煦笑容。

「竇將軍，紅澤人自百年前落戶紅澤，幾乎與中原斷絕了往來。說起來，咱們也算是土生土長在涼州，雖然這幾年彼此偶有衝突，但那不過是一場誤會而已。馬騰將軍乃將門之後，昔年伏波將軍與竇氏也有著過命的交情……咱們，終究是自己人！」

「想來竇將軍也聽說了，朝廷欲收回河西。其他事情不講，當年大將軍揚威漠北，到來頭卻死於閹人之手，致使將軍不得不遠離故土，在這苦寒之地立足。如果朝廷真的收回了河西，將軍還能如早先那般，雄霸紅澤嗎？紅澤是河西腹地，水草豐茂，土地肥沃。只怕到時候朝廷第一個要對付的……呵呵，將軍是聰明人，想必也能看出這裡面的利害，學生就不多言了。」

「今天，大公子奉馬騰將軍之命前來，是希望與紅澤結好。武威與河西毗鄰而居，咱們不但是鄰居，更是同仇敵愾，不知竇將軍如何考慮？」

竇蘭露出沉吟之色，凝視虎白，久久不語。

竇虎冷笑道：「道之先生說得倒是好聽，但只怕我們前腳噁了朝廷，馬將軍後腳就會出兵與朝廷夾擊紅澤。就算不是這樣，我紅澤歸附馬騰將軍，你我之間又該是怎樣的關係？難不成，讓我數萬紅澤人聽命於武威，或是我父子為馬騰將軍效力？」

竇蘭微微一蹙眉，沉聲道：「竇虎，你住嘴，休得胡言。」

虎白笑了，「小將軍多慮了……呵呵，若我家將軍真有意不利於紅澤，紅澤焉能存活至今？」

這一句話，直說得竇蘭父子頓時色變。

虎白並沒有誇張，以馬騰的實力，想要奪取紅澤的確有可能，只不過是損失多少的問題罷了。可即便如此，虎白這麼赤裸裸的說出來，竇蘭父子還是感覺到不甚開心，甚至有一種憋屈的感受，但他們又不知道該如何開口，看著虎白，半天竟說不出話來。

一直沉默不語的馬超，突然睜開了眼睛，掃了一眼花廳上的眾人後，慢慢道：「竇將軍，家父敬將軍乃將門之後、名臣子弟，故而讓孟起前來與將軍見面。紅澤，我馬家沒有興趣，可以不要。但有一句話我必須說清楚，今朝綱不振，曹操老兒挾天子以令諸侯，使天子猶若傀儡。家父奉詔討逆，之前種種，不過與曹賊虛以委蛇。」

「如果竇將軍要歸附曹操，我馬家斷不允許。到時候這後果，我相信竇將軍也能想到。總之，紅澤三十六部若與我馬家合作，孟起可擔保，紅澤可安枕無憂；若……」

馬超在言語之中，讓人感受到了一絲驕橫。他冷笑兩聲，看了看竇虎，而後又閉上了眼睛，不再言語。

竇虎勃然大怒，雙手扶案就要起身，卻被李丁一把按住，朝著他輕輕搖了搖頭。

馬超，來者不善。

竇蘭虎目圓睜，厲聲道：「孟起，你在威脅我？」

虎白連忙道：「將軍何必動怒？大公子並非威脅，只是想善意提醒罷了。將軍當知，我家將軍早晚要與曹賊反目，如果被曹賊站穩了河西，絕非善事。大公子性情剛烈，說起話來不免有些直白，但他的心意確實是好的，不希望咱們自家人打自家人，還請將軍三思啊。」

馬超全然無視竇蘭父子的怒氣，表情極為平靜。只是從他那稜角分明、如刀削斧砍般的面龐輪廓可以看出，他絕不是隨便說說那麼簡單。

竇蘭緊抿著嘴脣，半晌後猛然大笑起來：「孟起說的也不是沒有道理，只是竇蘭忝居紅水集，雖為部落大人，但也不能一意孤行。紅澤三十六部聲息相連，休戚與共，此事重大，恐須與三十六部大人商議之後，才能做出決斷。不如這樣，我立刻召集紅澤三十六部大人前來紅水集，到時候與他們說明利害。只要有半數大人同意，竇蘭願率紅澤歸附將軍。」

馬超沉吟不語，朝虎白看去，卻見虎白朝他點了點頭，於是說：「既然將軍這麼說了，那孟起也不逼迫。只是這時間……朝廷進駐河西在即，還請將軍給孟起一個時間，你看如何？」

「三天，三天之後我會召集三十六部落大人商議此事，給孟起一個答案。」

「既然如此，那我就等三天。」

馬超說罷，起身與竇蘭等人告辭，帶著虎白轉身離去。

竇蘭親自將馬超送出府衙，又命人安排了馬超一行人的住所，這才返回花廳。

「父親，馬孟起目中無人，欺我父子太甚！」竇虎在花廳中暴跳如雷，厲聲道：「我紅澤三十六部，就與他馬家幹了！他馬家軍雖然悍勇，可咱紅澤人也不差，大不了，咱們和他們拚個你死我活。」

竇蘭沒有理睬竇虎，而是向李丁問道：「賢姪，你怎麼看？」

李丁想了想，輕聲道：「馬家逼迫甚緊，也說明他們對那曹操頗有忌憚……否則，馬孟起不會這麼咄咄逼人。馬壽成，這是想要提前一步控制河西啊。」

竇蘭一笑，「他不僅是咄咄逼人，只怕還勝券在握呢。」

「父親的意思是……」

「紅澤三十六部，紅澤三十六部……只怕從今以後，三十六部不復存在，就要分崩離析了！」

馬超既然敢當面威脅，說明他很有把握。

而他之所以能同意竇蘭召集三十六部大人商議，一方面固然是因為他不好逼迫太甚，另一方面，恐怕已招攬了一些部落大人，所以才會做出如此決定……

竇虎和李丁不由得色變。兩人相視一眼之後，齊刷刷向竇蘭看去。

「父親（伯父）以為當如何？」

「李丁，李大人可曾說過對此事的看法？」

「家祖？」

「我知道，李大人一直希望紅澤能歸附朝廷，但是又擔心朝廷得了好處之後，又像從前那般對紅澤不理不問。他對朝廷瞭解頗多，所以我想知道，他……」

「家祖倒是曾說過，馬家乃涼州惡狼。」

這個評價，倒是和竇蘭的觀點不謀而合。

雖然李丁沒有說出李其的真正想法，但聽得出來，李其對馬騰一家，也頗有些忌憚。

「如此，我明白了！」竇蘭想了想，沒有再問下去。

他在花廳正中央坐下，沉吟良久後，對竇虎道：「立刻召三十六部大人，並請梁元碧大人前來紅水集，我想有些事情是時候要做出決斷，三日內必須到達……李丁，你通知李大人，讓他不必前來。不過請李大人率部，向紅水集靠攏。」

「父親……」

竇蘭微微一笑，「馬孟起既然來了，馬壽成焉能沒有後招？」

李丁回到客棧後，把事情的經過詳細的告訴了曹朋。

曹朋聽罷後，倒是猜出了一些竇蘭的心思。想必竇蘭目前也是猶豫不決，一方面他害怕被朝廷所欺騙，另一方面他又擔心歸附了馬騰，紅澤不復早先的獨立。同時，由於他身分的緣故，使得竇蘭對朝廷又有些提防，甚至有一些抵觸。

在這個時候，並不是和竇蘭接洽的最好機會。而且李丁也說了，三十六部落大人的表決，才是關鍵所在。

「休屠各人怎麼說？」

「休屠各人……歷來以竇將軍馬首是瞻。」

曹朋沉吟良久，最終還是決定靜觀其變為妙。不過，為防止意外發生，曹朋還是讓梁寬到李丁部落與尹奉聯繫，催促鄧範兵馬加快行動。如果紅澤真的要歸附馬騰，那曹朋也不惜提前與紅澤一戰。

就這樣，曹朋留在紅水集，繼續觀察動靜。

而馬超一行人在驛站，卻是足不出戶，看上去極為平靜。

竇蘭也顯得很平靜，在第二天拜訪了馬超之後，便下達命令，在紅水集外安排場地，準備迎接三十六部大人的到來。紅水集太小了，如果三十六部大人前來商議事情，必然會帶領隨行扈從，以紅水集的規模，到時候恐怕也無法安排那麼多人，只好在城外駐紮。

到了第二天晚上，距離紅水集最近的七個部落大人，便早早抵達。隨後，散居在紅澤牧原之上的各部落大人也紛紛前來，使得紅水集一下子熱鬧起來。

李丁無暇顧及曹朋，幫著竇蘭招呼各部落大人的到來。

曹朋則在客棧裡待得有些發悶，於是領著王雙和姜敘一同走出客棧，在城中漫步。

紅水集雖說不大，可是各種設施倒是挺齊全，城中商鋪林立，街道上行人接踵。漫步在集市之中，曹朋仔細的打量起這座小鎮，同時聆聽著姜敘的介紹。

姜敘身為遊俠兒，並非第一次來紅水集，對這座集鎮也格外的熟悉。他一邊走，一邊與曹朋低聲介紹各種本地的風土人情，生活習俗。曹朋聽得很認真，不時低聲詢問兩句，更連連點頭表示理解。

「公子，那邊就是府衙所在。」

姜敘朝長街盡頭一指，順著他手指的方向，曹朋就看到一座宅院座落在不遠處。府衙門外，有幾個家丁守衛，看上去似乎挺嚴密。

曹朋看了一眼後，也沒有再詢問什麼，而是轉過身，好奇的看著街道旁的一個烤肉架子。那架子上擺放的是半隻牛腿，一個胡人模樣的男子，一邊烤肉，一邊用一柄尖刀熟練的從牛腿上片下嫩嫩的烤肉。片出一盤之後，配著蘸料送到一旁的桌子上，而那些食客則用一張張胡餅捲起烤肉，狼吞虎嚥，看上去吃得是極為香甜。

「那是個大月氏人，在紅澤已有多年。他家的烤肉堪稱紅水集一絕……呵呵，公子若有興趣的話，不妨過去嚐嚐看。」

「也好，正覺得有些餓了。」

濃濃的肉香，令曹朋也不禁感到食指大動。聽了姜敘的介紹之後，他笑著點頭答應，邁步向烤肉攤走了過去。

就在這時候，一個髡髮結辮的胡人從長街的另一頭匆匆走來。曹朋一不小心，被那胡人撞了個正著。只見那胡人登登登退了好幾步，一屁股坐在了地上，開口就罵。只不過，他說的是匈奴語，曹朋聽不懂，於是走上前來，伸手攙扶。

「你這人也真是，明明是你撞了我，怎地反倒怪起我來了？」

胡人一怔，一巴掌打開了曹朋伸出的手，用一種極為怪異的腔調說：「若不是有急事，定不與你甘休。」說著，他一骨碌爬起來，惡狠狠瞪了曹朋一眼，就匆匆離去。

曹朋搔搔頭，對姜敘道：「好霸道的胡子……依我看啊，這傢伙這種脾氣，早晚吃虧。」

「要不我去教訓他一頓？」

「算了，這時候多一事不如少一事……姜敘、小雙，咱們去吃烤肉，我請你們。」曹朋看著那胡人急匆匆離去的背影，輕輕搖頭，呵呵笑道。

既然他不想追究，姜敘和王雙也就沒有追過去。

三人逕自來到烤肉攤旁，找了一張乾淨的食案坐下。姜敘輕車熟路的叫了三斤烤肉，還有一罈子酒之後，三人坐在那裡正準備說話，忽聽遠處傳來了一連串的驚叫聲，緊跟著從長街盡頭，有人驚聲的呼喊：「殺人了！殺人了！」

曹朋一怔，順著那叫喊聲的方向看過去。

只見在那府衙門外，人頭簇擁而動。許多人蜂擁而去，把曹朋的視線遮擋得嚴嚴實實。

「怎麼回事？」

「好像府衙那邊出事了……」

「走，過去看看！」

曹朋站起身來，和姜敘、王雙一起走了過去。

此時，府衙門口亂成了一團，那守在門外的家丁雖然上前維持秩序，可人太多了，聲音格外嘈雜。各種方言口音混在一起，曹朋站在外面，根本就聽不太清楚。

「究竟出了什麼事？」

「好像有人在府衙門口被殺了。」

「啊？」

曹朋一怔，領著姜敘、王雙往人群裡擠了過去。

費了好大的勁兒，三人擠到了前面，曹朋踮起腳尖探頭看去，這一看，卻讓他不由得臉色為之一變……

章六

歸漢還是姓馬？

距離紅水集府衙門階大約十步的距離，一個身著胡服的男子，正倒在血泊之中。

曹朋認出，這胡服男子正是剛才和他撞在一處，並且差一點就產生衝突的那個胡人……這相隔不過半炷香的時間，就變成了一個死人，怎能讓曹朋不感到驚心？他倒吸一口涼氣，本能的想要走過去查看清楚，可腳剛剛離地，便又放下。

這裡不是中原，輪不到他當出頭鳥，更何況他現在隱藏著身分，不太方便拋頭露面。想了想，曹朋決定還是冷眼旁觀為妙。

而這時候，幾名賓府家丁走了過來，其中一人蹲下身子，仔細的辨認一番，這才起身，招手示意其他人上前，交頭接耳的說了幾句話之後，那家丁轉身一路小跑的進了府衙之中。

曹朋悄悄從人群中退出，示意姜敘、王雙隨他離去。

「公子，那個人……」

「此人是被謀殺！」

「啊？」

「我們先回客棧，然後再說。」

曹朋不願意在大街上談論此事，領著王雙和姜敘，匆匆返回客棧。

逕自走進了客房，曹朋洗了一把臉，而後在屋中坐下來，腦海中不斷重複著剛才的那一幅畫面。毫無疑問，胡子是死於謀殺……從他倒地的姿勢來看，應該是在向前行走時，被人迎面一刀斃命，幾乎沒有做出任何反抗，便倒在了地上。

只不過，由於當時的狀況混亂，曹朋也無法看清楚屍體上的傷痕，所以只能大概的判斷出那胡子被謀殺的過程。

從屋子的一角，取出一塊用來書寫的沙盤。曹朋在沙盤上，把現場簡單的畫了一個輪廓。

「公子？」

曹朋抬起頭，見姜敘和王雙都站在旁邊，於是擺了擺手，示意兩人坐下來，而後繼續盯著沙盤，沉思不語。

紅水集的府衙，座落在長街的盡頭。而這條長街，和府衙門口的街道正好形成了一個丁字形路口。曹朋拿著木條，在沙盤上畫了兩條街道，而後又標注了府衙的位置。

「公子，河西民風剽悍，羌胡之間產生矛盾往往會大打出手，殺人也極為正常。」姜敘見曹朋沉思不語，便開口勸說道：「公子又何必在意太多？這紅水集雖說是以漢家兒郎為主，但居於河西多年，很多時候與羌胡的習俗並無區別。一言不和，殺人奪命乃是常有的事情。那胡子蠻橫驕縱，之前在路上就和公子產生了衝突，難免會有其他的仇人……」

「是嗎？」曹朋抬起頭，看了一眼姜敘，突然笑了。

「難道公子看出什麼不對？」

曹朋深吸一口氣，思忖半晌後道：「一言不合，當街殺人在這裡，也許是稀鬆平常的事情，的確不足為怪。事實上在中原，也有不少地方會出現這樣的案件。可是，我覺得這件事並沒有那麼簡單……若是因好勇鬥狠而殺人，凶手何在？」

姜敘一怔，眉頭不由得緊鎖。

是啊，凶手呢？如果是那胡子和人產生衝突，那麼在命案現場，應該可以看到凶手才是。可是，他們當時並沒有在現場發現凶手的蹤跡……

「這胡子當時行色匆匆，看上去是有緊要的事情。和我發生了衝突之後，表現的雖然蠻橫，卻又似乎不願意耽擱時間。他順著長街而行……如果是和人衝突，至少會引起周圍人的注意。但是，他死的很突然，甚至沒有人留意到殺人凶手是誰……他死的很突然，以至於當他倒下的時候，令周圍的人都感到了吃驚。這絕非因衝突而死，乃是被人突然刺殺，凶手趁亂迅速逃離現場……」

「我觀察了一下，這胡子摔倒的地方，是在府衙門口的街道中央。也就是說，他很有可能是朝著府衙而去，不想凶手突然間從斜裡出現，胡子毫無半點防備。」

說罷，他站起身來，在屋中徘徊不停。

「這三十六部落會盟馬上就要開始，此時的紅水集，正是在風頭浪尖之上。但凡有頭腦的人，絕不會在這種時候殺人，而且是在竇府門外，那麼明目張膽的殺人……被殺的還是個胡子。這弄個不好，就會引發出許多不必要的麻煩，竇蘭也絕不會允許發生這種事故。這說明，殺人者是不得已而為之，才會做出這樣的行動。如果……如果這胡子是要去竇府，那麼殺他的人，又是出於什麼居心呢？」

曹朋這一番話，似乎是在自言自語。但姜敘和王雙卻聽出了其中不同尋常的味道……

「公子的意思是……這個人是要找竇蘭？」

「那倒是不太好說，去竇府，未必就一定要找竇蘭。可是有人不想他去竇府，又是什麼緣故？他是胡子，要去竇府，而有人不願他去竇府……或者說，不願意他見到竇蘭？為什麼？因為他有事情要告訴竇府的某個人，或者說要告訴竇蘭……而凶手殺他，就是不想讓竇府的某個人，或者說不想讓竇蘭知道這個消息。」曹朋停下腳步，向姜敘和王雙看去。

王雙搔搔頭，憨憨一笑，「若這麼解釋，倒也能說得過去。」

姜敘說：「如果是這樣子的話，那豈不是說，紅水集將要發生大事？」

「也許是，也許不是。」曹朋揉了揉鼻子，啞然失笑道：「我剛才所說的一切，都不過是我個人的一些臆想，算不得數。所有的一切，都是在胡子要去竇府的前提下做出來的猜測，也許他並不是要去竇府呢？所以，也不用太緊張……對了，肚子餓了，吃飯去。」

他說著，便邁步向門外走去。

姜敘和王雙相視一眼，腦海中不約而同浮現出一個念頭：如果，這一切是真的，又該如何是好？

午飯，非常簡單。

曹朋吃得倒是很香甜，但姜敘和王雙就顯得有些食不知味。平日，這兩人都是一頓飯能斗食的主兒，可今天卻顯得心事重重，只吃了幾口便吃不下去了。

對此，曹朋也沒有去理睬和勸說。

在他看來，王雙也好，姜敘也罷，似乎還是顯得有些稚嫩。

如果換作甘寧，才不會理睬這些事情，該吃的時候，他肯定是一點都不客氣……不過想想倒也能理解，王雙本是他府中的犬奴，真正開始跟隨曹朋做事，也就是這一、兩年罷了。偏偏這一、兩年來，也是曹朋最悠閒的時候，王雙一直沒有遇過、也沒有機會遇到突發事件，這使得他沒有經過真正的歷練，自然會顯得手足無措。

姜敘比王雙的情況好一些，卻也僅僅是好一些而已。畢竟在涼州當了這麼久的遊俠兒，也曾遇到過一些事情。只不過似今天這種狀況……

還需要歷練才行啊！

曹朋不由得在心裡暗自感慨了一番。

吃罷飯，曹朋便返回客房休息。午後小憩片刻，而後他看了看書，在院子裡轉了兩圈，便叫上了王雙，在馬廄裡為獅虎獸洗刷了一番之後，這才返回客房。他甚至沒有去打聽那樁命案，就好像什麼事情都沒發生過一樣。

那份悠閒的氣度，著實讓姜敘兩人暗自讚嘆。

晚飯時，曹朋讓店裡的夥計去那大月氏人的烤肉攤子上買了幾斤烤肉，酒足飯飽後，便倒在榻上歇息。王雙和姜敘也各自回到了房間，只是看上去還有些緊張。

「曹公子，曹公子！」

眼見著戌時將至，李丁突然從外面急匆匆的跑了進來，叫道：「出事兒了！」

曹朋揉著眼睛，從榻上翻身坐起，一臉朦朧的睡意，看著李丁道：「出了什麼事兒？」

「你居然不知道？」

「知道什麼？」

「今天晌午，府衙門口發生了命案。」

「哦，這個啊……」曹朋笑了笑，站起來伸了個懶腰，然後又打了一個哈欠，「我怎能不知?發生命案的時候，我就在那裡，還看到了那個被殺死的胡子……」

「你當時在府衙門外？」

「是啊！」

「那你還能這麼安穩如山？」

「為什麼不可以？」

李丁苦笑一聲，「你可知道，那被殺死的人是什麼來歷？」

這時候，姜敘和王雙也進來了，聽到李丁的問話，兩人不由自主的都露出好奇之色。

曹朋拿著一塊濕巾，擦了擦臉，而後顯得懶洋洋的說道：「休屠各人吧。」

「你……」

「呵呵，紅水集雖說漢羌混居，但在這種時候，登門竇府者，除了休屠各人，還能有誰？竇蘭和休屠各人素有往來，而且此次紅水集會盟，休屠各人也將參加。那麼，在這種時候找上門的胡子，除了休屠各的那些雜種胡，我實在想不出來。」

「呃……你怎麼知道那胡子是去竇府？」

「若不是去竇府，你會這麼大的反應嗎？」曹朋笑嘻嘻的說道，而後取出一件衣服，穿在了身上。

這衣服，正是李其的部落服飾。他輕輕的活動了一下身子骨，從榻上拎起麂皮兜囊，斜揹在身上……那樣子，分明是準備出門。

「你……要出去？」李丁疑惑的看著曹朋問道。

「等你很久了。嘿嘿，既然事情不出我所料，那麼就請李少族長陪我走一趟吧。」

「去哪兒？」

李丁懵了！

一直在等我？這曹朋的葫蘆裡究竟是賣的什麼藥？

曹朋微微一笑，「屍體現在在何處？」

「你是說……」李丁似乎明白了曹朋的心思，連忙道：「已經被竇將軍收好，準備等梁元碧前來辨認。」

章六
歸漢還是姓馬？

「那走吧，帶我過去看看。」

「看什麼？」

「當然是屍體……有些事情，我必須要看過那屍體之後，才能做出最後的判斷。」

胡人的屍體，擺放在竇府側門旁邊的一間小屋裡。

竇蘭將屍體用一張牛皮包裹起來，靜靜的擺放在屋內。這裡很偏僻，所以也很安靜。李丁是竇府的常客，加之這段時間一直跟著竇蘭，所以帶著曹朋進入府門，也沒有家丁上前阻攔。

從表面上看，竇府很平靜。就好像從沒有發生過殺人事件一樣，府內的守衛也顯得有些鬆散。竇蘭和竇虎都不在府中，據說是在城外的營地裡忙碌。再過兩天，三十六部大人抵達，便是會盟相商的日子。竇蘭對此也格外重視，每天都很晚才返回府衙。

「竇將軍說，明天梁元碧就要到達，到時候把屍體交給梁元碧便是。休屠各人的喪禮和我們不太一樣……哪怕那人是死在紅水集，也必須要遵循休屠各人的習俗。」

李丁在前方引路，一邊走一邊為曹朋解釋。

不一會兒工夫，兩人便來到一間小屋門口。周圍也沒有旁人，李丁在門外唸唸有詞，似乎是在祈禱，而後他推開房門，邁步進入，取出火摺子點亮了屋中的油燈。曹朋也隨後跟進。

油燈的光亮有些昏暗，照得房間略略透著一絲陰森。

曹朋走進去，就看見那具擺放在屋中央的屍體。他從窗臺上拿起油燈，走到了屍體跟前，慢慢蹲下身子，伸出手，將屍體上的那張牛皮掀開，只看見一張慘白的臉。胡人的屍體已經僵硬，在油燈的照映下，那張臉透出一股陰惻惻的氣息。

一旁的李丁不由得打了個寒顫，向後退了兩步。

「曹公子，你想要看什麼？」

曹朋沒有回答，仔細的檢查屍體。

如他所猜測的那樣，屍體上有兩處致命傷，一處在胸口，另一處則在頸子上。這胡人被人割斷了喉嚨，同時胸側有一個傷口，從左側方斜插進去，直接沒入了心臟。凶手怕是覺得不乾脆，所以在拔出凶器的時候，有一個翻轉的動作，使得傷口呈現圓形，在燈光下是怵目驚心。

曹朋看著屍體，面色很平靜。

從這屍體的傷口來看，凶手絕不是臨時起意，而是蓄謀已久。有兩個人，似乎和死者認識，一個上前吸引死者的注意力，另一個突然出現……為了防止死者出聲，吸引死者注意力的凶手，還割斷了死者的喉嚨。也就是說，這個凶手應該和死者非常熟悉，否則絕不會神不知鬼不覺的得手。

輕輕吐出一口濁氣，曹朋站起身來。他後退兩步，張口吹滅了油燈，叫上李丁，一起退出房間。

「怎樣，看出什麼沒有？」

曹朋笑了笑，反問道：「竇將軍看到這具屍體的時候，有什麼反應？」

「反應？」李丁露出茫然之色，仔細想了想，搖頭道：「沒什麼反應，只是看了兩眼，便走了。」

「那你們又怎麼知道，他是休屠各人？」

「他手臂上的黑色狼頭圖案，你沒有看見嗎？那是休屠各人獨有的圖案……」

「你再好好想想，竇將軍當時……每一個動作？每一個表情？」

李丁做出苦思冥想之狀，想了許久後，輕聲道：「竇將軍真沒有什麼反應……若說有的話，他剛看到屍體的時候，好像有點吃驚。嗯，就是這樣，其他的我真沒有留意到。」

吃驚嗎？

曹朋眉毛一挑，若有所思。

章六

歸漢還是姓馬？

就這樣，兩個人不知不覺便走出了竇府，朝客棧行去。

也許是出了命案，紅水集今晚顯得有些冷清。店鋪酒肆早早的都關了門，街道上不時可以看到三五成群的衛士巡邏。不過，並沒有人上前攔下李丁和曹朋，兩人沿著街道一邊走，一邊低聲交談，不一會兒的工夫，便到了客棧的門口。

「曹公子，你究竟是什麼意思？」

「竇將軍看過屍體，有沒有說什麼？」

李丁想了想，「沒說什麼特別的……他主要是說兩天後的會盟事宜，還吩咐老虎，讓他注意警戒。嗯……還有，就是問了一下我祖父的情況。之前竇將軍派人通知我祖父，讓他率部向紅水集靠攏。今天晌午得到消息，我祖父已出發離開營地，估計明天晌午就能抵達。不過，竇將軍說，讓我祖父不必急於露面。」

果然如此！

曹朋心裡一動，頓時豁然開朗。

這竇蘭也不是個省油的燈，李其同樣也不簡單。

「曹公子，你究竟看出了什麼狀況？」

「嘿嘿，不著急，過兩日自然便可見出分曉。」

曹朋笑了笑，逕自返回屋中。李丁站在庭院裡，搔搔頭，顯得更加迷茫……

竇府門前的命案，並沒有給紅水集帶來太大的影響。

就如姜敘所說的那樣，這是個沒有太多規矩、沒有太多律法，一言不合便可以殺人的地方。哪怕紅水集是一個以漢人為主體的獨立世界，可這裡直面的是強猛的朔風，看到的是茫茫牧原，接觸的幾乎全都是好勇鬥狠的羌胡匈奴異族……

漢家的律法，在這裡已經失去了震懾力，甚至可以說是蕩然無存。

紅澤人對漢室朝廷，一面是憤恨，一面又茫然不知所措……於是，他們的生活方式也漸漸的和羌胡一樣。昔年的漢室律法，隨著一代代人的逝去，漸漸被忘懷。

草原上，每一天都會出現爭鬥廝殺，每一天都有可能出現死傷。哪怕是紅水集，情況雖然好一些，但死傷爭鬥也屢見不鮮。

第二天，當一切恢復正常的時候，沒有一個人感到驚奇。在他們看來，昨夜的宵禁，更多是由於會盟即將開始，所以才會顯得氣氛緊張。所以，朝陽升起，人們繼續著往日的生活，該去耕作的繼續耕作，該做生意的開門迎客，和平常沒有什麼太大的區別。如果說有變化，那就是隨著十幾個部落大人的到來，紅水集更加熱鬧。

位於竇府旁邊的驛站裡，馬超迎著朝陽，在庭院中舞動大槍。

那桿長一丈二尺的虎頭鐵脊大槍，在陽光下猶如出海的蛟龍，在空中劃出一道道、一條條弧光。藍幽幽的槍刃撕裂空氣，發出刺耳的銳嘯聲，罡風隨之四溢。

馬超一身雪白勁裝，槍隨人走，如臂使指。

一旁，馬岱和虎白兩人竊竊私語，不時的發出讚嘆之聲……

「大公子好槍法。」

「哥哥這一招果然漂亮。」

隨著一聲撕裂蒼穹般的銳嘯聲過後，冷芒一閃，馬超收槍而立。他輕輕吐出一口濁氣，將大槍交給了一旁的扈從，隨手接過方巾，擦拭去額頭汗水。

「道之，大人們都到了沒有？」

曹賊

章六
歸漢還是姓馬？

「已有二十三部大人抵達，估計今日傍晚，會有近三十部大人趕到。梁元碧會在今晚抵達紅水集，估計差不多到明天，就能全部到齊……不過，我聽說那個李其很有可能不會出現，他孫兒就在紅水集，估計到時候會讓他那孫兒出席。」

「李其那老東西……」

「大公子，李其已年邁，這些年來，凡是紅澤會盟，他幾乎都不怎麼出席參加。我估計，他已經準備為他那孫兒讓路……李其的三個兒子，早些年病故的病故、戰死的戰死，只剩下這麼一個孫子。他不早早扶持他孫子起來，又能扶持何人？」

「可是我聽說，李其心向漢室。」

「嘿嘿，那又如何？紅澤歸馬，乃大勢所趨……他李其心向漢室，卻也無法阻擋大勢啊。只要這次會盟成功，則紅澤必為馬家所有，李其就算不同意，也沒有其他的選擇。我聽說，曹操老兒此次命小曹賊出鎮河西，也不是太用心。畢竟河北戰事未平，袁譚袁尚猶在，老賊根本分不出太多力量來幫助那小賊。」

「如果老賊真要奪取河西，大可以派出兵馬前來。可是到目前為止，我聽說只有數千人抵達廉縣，除此之外，並沒有其他的行動。數千人，想要站穩河西？無異於癡人說夢。只要大公子能把這紅澤牢牢把持在手裡，那小賊恐怕連這個冬天都撐不過去。」

馬超聽聞，不由得仰天大笑。

「道之所言，正合我意。別人怕那曹操老兒，某家看來也不過如此。只可惜，父親始終不願下定決心。若依著我的意思，趁老賊忙於河北戰事，咱們召集兵馬，橫掃三輔，占居關中，不費吹灰之力。到時候，咱們大可以據關中之險，與那老賊再決一雌雄！」

馬岱輕輕點頭，表示贊成。

但虎白卻眉頭一蹙，露出一絲苦笑，旋即也輕輕撫掌稱讚。

這位大公子，本領不差。論武藝，西涼少有人能夠抵擋；論行軍打仗，也頗有水準。馬家的戰陣，獨闢蹊徑，與中原的戰法有些不太相同。自董卓死後，馬騰崛起，憑藉著馬家獨特的戰法，在西涼的確是橫行無忌，沒有人能夠抵擋。

可是，馬超的心太大了！有的時候，會讓虎白感到恐懼……

涼州馬、韓為尊，且不說那韓遂有著一副九曲十八彎的心腸，並不足以相信。如果馬騰一旦與曹操開戰，韓遂會是怎樣的決定，尚未可知。要知道，那韓遂一向是踩著同伴的屍體往上爬，以前是邊章和北宮伯玉，如今會不會是馬騰？

就算沒有韓遂的襟肘，憑西涼苦寒之地想要和整個中原抗衡，也非一件易事。

至於八百里秦川……那衛覬又豈是善與之輩？

只是，這些話虎白沒辦法說出來，但心裡面，卻不由得多出了幾分莫名的憂慮。

曹朋越發的深居簡出，兩天來幾乎是足不出門，除了必要的生理排泄之外，大都是待在房間裡面。但王雙和姜敘卻是出入頻繁，紅水集發生的一應事情，都能及時的傳到曹朋的耳中。

梁元碧來了！

紅澤三十六部大人之一的秋奴來了！

某某人到了……

馬超帶著人去拜會了某某大人……

諸如此類的消息，曹朋盡掌握手中。紅澤會盟固然令他關注，但馬超的舉措，他同樣不敢有半分懈怠。

「梁元碧說，那死者是他部族豪帥。」李丁坐在房間裡，喝了一口水後，慢條斯理的說道：「昨夜他抵達紅水集之後，竇將軍便讓他去辨認那死者的身分。果不出公子所料，那人的確是休屠各人。據梁元碧說，此人犯了過錯，本是要治他的罪，不想卻被他得了風聲逃走……」

曹朋好奇問道：「那竇將軍怎麼說？」

「竇將軍沒有說什麼，只是把屍體還給梁元碧，再沒有追究此事。」

「那殺人者……」

「殺人者不知是誰，梁元碧也不是太清楚。只說那傢伙外面有不少仇家，可能是被仇家聽到了風聲，所以才會出手將他殺死。」

乍一聽，這個解釋也說得過去。可如果仔細一想，就會發現裡面的破綻太多。不過曹朋不會說出來，只是笑了笑後，便陷入了沉思。

李丁又和曹朋聊了一會兒，便告辭離去。等李丁走了，曹朋立刻把王雙找來。他取出半枚虎符，猶豫了一下，便遞到了王雙的面前。

「王雙，你即刻啟程，去找鄧範。見到鄧範，你就告訴他，讓他給我把休屠各端了。記住，凡不降者，皆可殺之。」

姜敘在一旁一怔，看著曹朋的目光，陡然間有些變化。

待王雙離去，曹朋看了一眼姜敘，沉聲道：「紀之有話要說？」

姜敘猶豫片刻，輕聲道：「公子，要打休屠各？」

「然！」

「可是……」

「紀之，此前我請你去休屠各代為聯繫梁元碧，那梁元碧拒絕了，對不對？」

姜敘點點頭，「沒錯。」

「我記得，你對我說，你並未見到梁元碧。」

「正是。」

「你找的是休屠各豪帥引介。按道理說，梁元碧就算不見，從禮數上而言，你代表的是朝廷，代表的是我漢室顏面，他梁元碧也不是個不懂禮數的人，和我漢室關係頗深，至少也該和你接觸一下才對。但是他沒有，連這最簡單的禮數都沒有，是何緣故？你當時告訴我，梁元碧拒絕了，我就在想這件事情。」

「休屠各的狀況並不好，如喪家之犬，甚至連個棲身之地都沒有……這種時候，他若是能得到朝廷的支持，大有好處。可這傢伙竟然毫不猶豫的拒絕了！紀之，你可想過這其中的緣由？很簡單，梁元碧找到了更好的出路……或者說，他自以為是更好的出路。紅澤竇蘭？雖說他在紅澤頗有威望，但說出路，他恐怕是勉強自保而已。而那檀柘即將離開，也不可能給他多少幫助，那麼梁元碧的出路又在哪裡？我之前只是懷疑，但現在基本上已能夠肯定。」

「西涼馬騰！梁元碧定然是已歸順了馬騰，或者說他和馬騰達成了協定。這具體的內容我不好肯定，但可以肯定的是，梁元碧已經背叛了竇蘭……」

姜敘聽聞，不由得瞠目結舌。

好半天，他才算回過味來，輕聲道：「那豈不是說，紅澤會有危險？」

休屠各和紅澤三十六部相互依持，才有了這些年的平穩。如果休屠各人背叛了紅澤，那紅澤就如同一個瘸腿之人，恐怕再也無法抵擋住西涼馬騰的攻擊。

紅澤若丟失，曹朋在河西的迂迴空間必然縮小。失去了紅澤的話，他想要在河西站穩腳跟，其難度也將隨之加大。

章六
歸漢還是姓馬？

姜敘既然決意要投奔曹朋，自然要為曹朋考慮。一時間，姜敘也不禁急了眼。
「紅澤，的確危矣。但竇蘭也不是省油的燈……嘿嘿，依我看，此天助我也，令我收復紅澤。」
見姜敘一臉茫然，曹朋笑了。
「紀之無須擔心，你我只須安靜的看一齣好戲，即可明白我的意圖。」
正值秋高氣爽，紅水集外，格外熱鬧。
一個臨時營建起來的營地之中，身著各式戎裝的軍卒肅然而立。轅門內，一座高臺聳然，高臺下，則站立三百銳卒，一個個挺胸腆肚，透著一股驕橫之氣。
鐺鐺鐺！
三十六聲銅鐘響，只見三十六名以竇蘭為首的男子，邁步登上高臺。李丁作為李其的代表，也位列這三十六人當中。高臺下，又有馬超、梁元碧等人相候，一個個面容肅穆，沉靜不語。
在竇蘭的帶領下，紅澤三十六部大人先祭祀了天地，而後從高臺上下來。
這也是紅澤人的一個習俗，每逢有大事發生，必先祭祀天地，告祭祖先。這裡面有一個潛在的涵義，便是紅澤三十六部休戚相關，在祖先的英靈之下，商討示意，成就盟約，永不背棄。百年來，這已是一個習俗，從未有一次違背。
想當年，三十六部大人的祖先，在紅水集外結下了同盟之約。
而今，他們將在三十六部大人的祖先注視下，來商議紅澤三十六部的未來！
竇蘭身披甲冑，神色莊重的來到馬超和梁元碧的面前。
「大公子，梁大人，請隨我入帳。」
馬超和梁元碧相視一眼，微微一笑，拱手道了聲謝，而後和竇蘭一同走進大帳。

隨後，三十六部大人魚貫而入。待所有人都進入之後，三百銳卒呼啦啦上前，將大帳圍住，避免閒雜人等靠近。

大帳很大，六百平方米有餘。

馬超和梁元碧跪坐竇蘭上首，三十六部大人則依次分為四排跪坐蒲席之上。

依照規定，每一個大人可以帶一名隨從，分成兩排，緊貼著大帳帷幕跪坐。曹朋作為李丁的隨從，而出席了此次會盟。在他身邊，是竇蘭之子竇虎。而正對著曹朋的，則是馬超的隨從謀主，虎白。

曹朋和竇虎有一面之緣，所以也不算陌生。

但是，當曹朋和虎白的目光相觸時，虎白微微一怔，臉上不自覺的露出疑惑之色。他瞇著眼睛，凝視曹朋。當曹朋向他看過來時，連忙露出笑容，頷首致意。

而曹朋也很客氣的與虎白點頭。

「今日請諸位大人前來，乃為紅澤今後而謀。朝廷已決意收復河西，並命兵馬入駐，如今屯駐廉縣。據說，有五千人之多……廉縣主將，名叫鄧範，據說是從河東調來，乃一員悍將。不過具體主持河西事務的人，目前還未打聽清楚……」

「昔年，朝廷棄河西，而令我等無家可歸。百年來，雖偶有聯繫，但大都是利用我等。自段將軍之後，紅澤與朝廷再無任何關聯。現在突然要收回河西，我紅澤，又當何去何從？」

「西涼馬騰馬將軍，派大公子前來勸說，也是希望紅澤人能聽從馬家的調遣……馬將軍，伏波將軍之後。孟起更是有西涼第一虎將之名，想來諸位都不會陌生。孟起言：若紅澤歸附西涼，一如從前，不做任何變化；同時，若紅澤遭遇攻擊，無論羌胡還是朝廷的兵馬，馬家都會給予足夠的支援。諸公以為，當何如？」

竇蘭的聲音非常洪亮，但話語中，卻聽不出他的傾向。

說完以後，他便閉口不言，目光灼灼的從三十六部大人身上掃過……

「家祖因身體不適，故而由小姪出席。此次會盟商議，家祖曾有吩咐，皆從竇將軍所言，故小姪就不再發表什麼主意。」李丁率先開口，旗幟鮮明的表明了立場。

竇蘭的決意，便是李家的決意，他和竇蘭保持一致。

說罷，李丁便坐下來，似老僧入定一般，一言不發。

曹朋不由得瞇起了眼睛，心中暗道：果不出所料，李其雖然在我面前信誓旦旦，可是在關鍵問題上，他還是會追隨竇蘭。也就是說，如果竇蘭要歸附馬騰，那李其也會歸附馬騰……雖說李其曾為漢室校尉，可畢竟在紅澤生活了幾十年，從內心而言，還是支持竇蘭。

幸好，我也沒有把賭注押在李其的身上！

「當年朝廷棄河西，我等三十六部先祖曾立下誓言，若有一日朝廷收復河西，則三十六部子民當為朝廷效力……竇大哥，我只問一句話，朝廷可真要收復河西？抑或如當年段熲那般，用完了我們，便置之不理？其他事情倒也好說，我只想知道，朝廷的決心。」

此人名叫馬倫，但並不是西涼馬氏族人。

他這一番話，也使得眾人連連點頭。看得出，朝廷的信譽在這裡算不得太好。

竇蘭道：「朝廷派何人出鎮河西，目前我尚不清楚。不過到現在為止，廉縣鄧範並沒有與我聯繫，故而我也不知道這其中的真假。」

「那就是沒有誠意嘍？」

一名部落大人沉聲道：「也許在朝廷眼中，我等紅澤人早就淪落成為蠻夷。若朝廷真的要收復河西，我敢說，咱們這些人，最有可能成為被朝廷攻擊的目標。再者說，自段熲之後，朝廷再未與我等有關聯……而馬將軍卻是涼州子弟，與我等素來親善。馬將軍乃伏波將軍之後，孟起有霸王之勇。依我說，與其歸附朝廷，倒不如和馬將軍做朋友。反正馬將軍也是漢臣，也算是歸附朝廷……」

這番話說完，大帳中議論紛紛。有的人認為，應當遵從祖先當年的遺命，聽從朝廷調遣；有的卻認為，馬家在涼州實力雄厚，根深蒂固，應該和馬家合作。雙方各執一詞，相互間爭吵不休。

竇蘭也不阻止，只是安靜的在一旁聆聽。

漸漸的，支持與馬家合作的聲音越來越大，贊成歸附朝廷的人已呈現劣勢……

「梁大人，你以為如何？」

竇蘭突然開口，目光凝視梁元碧。

章七

亂

嘈雜聲，戛然而止。

一雙雙眼睛看著梁元碧，眾人露出奇怪的表情。

三十六部會盟，是紅澤一件極為重要的事情。但這種會盟並不是完全封閉，有的時候也會邀請相關人員參加。梁元碧作為休屠各的部落大人，也不是第一次參加這種會議，但在此之前，梁元碧即便參加，也很少有發言說話的機會。

比如在休屠各人被唐蹄打出休屠澤的時候，惶惶如喪家之犬，當時梁元碧找到了竇蘭，希望竇蘭能給休屠各人一個棲息之地。竇蘭召集三十六部大人商議，梁元碧第一次參加。從頭到尾，他都沒有獲得發言的機會，直到最後竇蘭等人決意將休屠澤和紅澤之間的一塊牧原借給休屠各人休整之後，梁元碧才獲得了開口的機會，但所言內容無非是『感謝』之類的言語。

此後，梁元碧斷斷續續參與了三次會盟，竇蘭從未詢問過他。

偏偏這一次，竇蘭居然詢問了梁元碧，而且是在紅澤未來的問題上提出詢問，這或多或少令人感到吃驚。這畢竟是紅澤人的未來，和休屠各人又有什麼關係？

馬超並不知道這其中的玄妙，所以沒有覺察到什麼。但虎白的臉色微微一變，眉頭輕蹙，伸出手，抓住了面前桌案上的那個青銅爵。

梁元碧同樣吃驚不小。不過竇蘭既然發問，那麼他也不能閉口不言。

抬起頭，梁元碧用一種不太標準的漢家話道：「休屠各與紅澤世代交好，休戚相關。竇將軍的選擇，即是小王的選擇，將軍無須在意，只管做出決定就是。」

竇蘭笑了！

帳中眾人，也紛紛露出笑容。

果然是我紅澤的盟友，有梁元碧這一句話，紅澤在和馬家談判的時候，就能多出許多底氣。

哪知道，竇蘭臉上的笑容卻漸漸隱去，透出一抹森冷之氣：「梁大人說得好，但是……當真？」

梁元碧激靈靈打了個寒顫，「將軍此話何意？」

竇蘭眼中閃過一抹殺意，彷彿自言自語道：「瑣鵝慶，究竟是被何人所害？」

瑣鵝慶，就是那個死在竇府門外的休屠各人。

梁元碧一怔，「瑣鵝慶是被仇家所殺，但究竟是什麼人，小王也不太清楚啊。」

「真的不清楚？」

「竇將軍，你這是什麼意思？你我相識十數載，也算得上過命交情，你這麼說話，莫非是小王殺了瑣鵝慶不成？就算是小王殺了他，他乃我休屠各人，他犯了事情，被我所殺也是天經地義……況且，我並未殺他。難不成小王還會騙你不成？竇將軍你今天……」

所有人都愣住了！

竇蘭這是怎麼回事？不是在商討紅澤的未來嗎？怎麼好端端的牽扯到了休屠各人？還是一個死人……

梁元碧說得也沒錯，他身為休屠各部落大人，就算殺了那瑣鵝慶也算不得什麼。更何況，他不是說了，他並沒有殺瑣鶻慶嗎？這件事，與紅澤又有什麼關係？

竇蘭冷笑道：「家父生前曾說過，羌胡、匈奴、鮮卑、丁零……非我族類，其心必異。梁大人，想當初你休屠各人被唐蹄打得無處容身，我念在兩家交情，將你們收容。可你真以為，我會沒有半點防範嗎？我不妨把話說明白一點，瑣鶻慶，是我的人！」

看起來，這瑣鶻慶還挺有名，至少這三十六部大人似乎都認識他。

所以，當竇蘭說出這一番話之後，帳中迴響起一連串吸涼氣的聲音。梁元碧臉色一變，那張圓圓胖胖的臉，憨厚之色頓時消失無蹤，取而代之的，是一層鐵青。他瞇起眼睛，看著竇蘭，半晌後突然道：「竇將軍，你這是在開什麼玩笑？」

曹朋的耳邊，響起竇虎的聲音。

「瑣鶻慶是休屠各的豪帥，素來驕橫。這幾年和我們頻繁衝突，更有好幾次差一點打起來。沒想到，他居然是……」

曹朋扭頭，看了一眼竇虎，而後微微一笑。

這竇家父子，都不是省油的燈。或者說，李丁還是嫩了點，至少從頭到尾，他都沒有看出這瑣鶻慶和竇家的關係。

「玩笑？」竇蘭哈哈大笑，「三年前，瑣鶻慶投靠我的時候，本想舉其全族，歸附我帳下。但我考慮到梁大人的面子，所以就拒絕了他的要求。並且我告訴瑣鶻慶，不要和我聯繫，也不要露出半點跡象，除非……呵呵，除非梁大人你意圖對我紅澤不利，否則他絕不可能前來見我。按照我和他之間的約定，他只要孤身出現在紅水集，無論是否見到我，只有一件事，那就是休屠各……反了！」

梁元碧駭然看著竇蘭，半晌說不出話來。

而竇蘭根本沒有看他，自顧自道：「所以，你雖然讓人在我府外殺了瑣鶻慶，使他無法和我見面。

但他既然來了，那就已經說明了一切，就是你梁大人……」

「我這幾日就在想，你梁大人若是另尋高就，和我直說就是。以你我之間的交情，你那休屠各就算走了，我也不會阻攔。梁大人你是聰明人，怎可能不清楚這裡面的道理？那我就明白了，你梁元碧……是要對我紅澤不利！」

「竇將軍，你休要血口噴人！」梁元碧勃然大怒，拍案而起。

竇蘭沒有理他，目光卻落在了馬超的身上。

「我在想，是什麼原因，竟讓梁大人你生出對我不利的心思？而且，休屠各經過這些年的休養生息，雖說恢復了一些元氣，可是比之我紅澤，還是有些差距，你想要對紅澤不利，恐怕也是有心無力吧……如果你生出這樣的心思，那就只說明一件事，你找到了比紅澤更強大的靠山。對了，我聽說此前曾有謠傳，說馬將軍準備居中調解，讓你們返回休屠澤，與蛾遮塞分而治之？」

馬超神色如常。梁元碧卻是臉漲得通紅，不知道如何開口。

竇蘭深吸一口氣，不再理睬梁元碧。

「大公子，你可有話要說？」

馬超那張稜角分明的臉上，籠罩著一層陰翳。片刻後，他突然大笑，「竇將軍，你果然厲害！家父曾說過，紅澤三十六部，從一開始就是一個錯誤。如果當年沒有分立三十六部，而是聚在一起，那麼西涼之地，必然以竇將軍為尊。可惜，三十六部名為一體，實則是各懷心思。也正因為這個原因，百年前紅澤人立足紅澤，百年後紅澤人依舊龜縮於紅澤。」

「沒錯，休屠各已歸附我馬家。家父也說服了唐蹄，只要休屠各人願意，可以隨時返回休屠澤，蛾遮塞甚至可以將休屠澤全部讓出來。竇將軍，有道是識時務者為俊傑。梁大人就是俊傑，他很清楚在這西涼之地，誰才是真正的主人。」

「我馬家乃名將之後，世代忠於朝廷。今朝廷為奸臣把持，正是我輩為朝廷效忠之時。我知道，紅澤人也都忠於朝廷，故而才來這裡，欲請諸位共舉大事，清君側，誅奸賊，振朝綱。至於梁大人的事情，不過是誤會，竇將軍也無須在意。只要紅澤願意，我先前所提的條件依然有效，休屠各自動退回休屠澤，每年向紅澤提供戰馬千匹、牛羊三千頭。如此，紅澤雄霸河西，指日可待。」

誰說馬超只是一介莽夫？單憑他這番言語，就可以看出他也非等閒。

曹朋下意識的向馬超看去，眼中閃過一抹驚異之色。

而竇蘭，似陷入沉思。

「今曹賊困於河北，難以脫身。故而，他雖派出兵馬出鎮河西，實則也就是那廉縣區區數千之眾。至於那主帥，名叫曹朋，是老賊族姪，素有驕橫之名。此人年紀不大，卻狠辣無比，絲毫不把天子放在眼中。三年前，此人曾砍斷了國丈之手，令國丈不得不黯然退下。此後，老賊把持朝綱，更肆無忌憚。河北袁紹，四世三公，乃朝廷重臣。只因與老賊不合，就被老賊出兵所敗，致使如今河北戰事不絕。若小賊來到河西，紅澤能否保持現狀，恐怕是……」

馬超侃侃而談，大帳中一派沉寂。

竇虎愣了一下，扭頭低聲道：「那北中郎將，居然和你同名？」

在竇虎眼中，很難將眼前的曹朋，和北中郎將曹朋聯繫在一起。而曹朋也只是笑了笑，沒有回答。

他把目光放在了馬超的身上，心中也暗自驚異馬超的口才。

馬超說完，復又坐下。他朝對面的虎白輕輕點頭，臉上露出得意笑容。

而虎白的眼中，則閃過了一抹讚賞之色。

雖然是一閃即逝，卻被曹朋看在眼中，心裡微微一動，似乎有所了然。

「小將軍，我對面那人是誰？」

「你是說……哦，那傢伙叫做虎白，字道之，是馬超的幕僚。不過具體什麼來頭，我也不是太清楚。反正這個人挺厲害，馬超之所以能在西涼百戰百勝，此人頗有功勞。據說，馬超不管到什麼地方，都會帶著他，甚至遠勝於他堂弟。」

曹朋一蹙眉頭，這名字好陌生。至少在他的印象裡，三國時期似乎並沒有這麼一個名字。

他正要開口詢問，卻聽竇蘭道：「大公子說的不錯……不過，曹朋執掌河西，我紅澤即便為附庸，說不得還有一席之地。可若是投了馬將軍，只怕我紅澤三十六部，從此名存實亡。」

馬倫起身，緊走兩步，拱手道：「竇大人，此話怎講？」

竇蘭看了馬倫一眼，點點頭，而後站起身來。

但就在竇蘭起身的一剎那，曹朋的眼睛卻悄然瞇成了一條縫。垂下手臂，肌肉在衣袖中極有規則的輕輕顫抖，一枚鐵流星無聲的從袖中滑落，正落入手掌中。

會盟時，對與會之人佩戴的兵器有硬性的規定：不許攜帶長兵器，每個人只能佩戴隨身短兵。而這短兵的長度，也有一定的限制，超過三尺就無法帶進會場。所以許多人的身上，都是只配有一支短刀。為防止萬一，曹朋帶了四枚鐵流星，藏在衣袖裡。他一隻手接住了鐵流星，另一隻手則悄然放在了身邊的短刀刀柄上。

此時，所有人的注意力都被竇蘭所吸引，就算是包括竇虎在內，也沒有覺察到曹朋這個動作。

竇蘭凝視馬超，沉聲道：「曹司空之名，某亦聽過。至於他是否如大公子所說的那樣驕橫跋扈，心懷不軌？某尚未可知。然大公子……呵呵，我有一事相詢，還請大公子解惑。」

馬超心裡一顫，沒有出聲，只點了點頭……

竇蘭道：「梁大人與紅澤十數載交情，河西之地婦孺皆知。大公子既然一心為我紅澤考慮，何故一面與我紅澤商議，一面又暗中與梁大人勾結，偷襲耿家牧原？」

亂

一名部落大人驀地抬頭，愕然向竇蘭看去，驚問道：「竇大哥，梁元碧偷襲了我的牧原？」

「昨夜，休屠各兩千兵馬，借宿賢弟牧原，突然發動攻擊。」

耿大人呼的站起來，「當真？」

「千真萬確。」

「梁元碧……」耿大人勃然大怒，手指梁元碧，嘴唇顫抖不停，半天也說不出話來。

也怪不得這位耿大人如此模樣，他所有的耿家牧原，就位於休屠各人寄居的牧原旁邊。當初，竇蘭對於是否收留梁元碧也猶豫不決，雖說兩人關係不錯，但羌胡匈奴的心性，他也無法太過於相信。倒是耿大人當時一力贊成，最終令此事通過。

原因嘛，很簡單！

耿大人的部落不算太大，在三十六部落當中，屬於中等偏下，他想要在紅澤獲得更大的話語權，就必須要有足夠的力量。偏偏，三十六部落看似一體，彼此間卻又相互提防，這也使得耿大人一直心懷憂慮。得知休屠各人要來，他立刻看出了其中的好處。

屠各胡騎，在涼州可算是少有的銳卒。雖說受羌胡打擊，今不如昔，但畢竟實力猶存。如果和屠各胡騎結成同盟，則耿大人的實力必然可以獲得提高。而事實上，在休屠各人落戶之後，耿大人在三十六部落中的地位確實得到了提升。所以，耿大人怎麼也沒想到休屠各人會襲擊自己。

梁元碧面無表情，而馬超則露出了一抹冷笑……

耿大人的牧場丟失，則意味著紅澤的西北門戶洞開。

「非我族類，其心必異！」耿大人指著梁元碧，惡狠狠的咒罵一聲，扭頭就要離開。

竇蘭道：「賢弟，要去何處？」

「當然是趕回去！」

「賢弟現在回去，又有什麼意義？」

「可是……」

竇蘭笑了笑，「賢弟，且先落坐。這件事情，咱們可以慢慢計較。而且，你難道沒有發現，今天這裡少了一個人？」

「誰？」耿大人掃視大帳，也沒有看出什麼端倪。

而竇蘭則轉過頭，看著梁元碧道：「梁元碧，你有什麼要講？」

梁元碧仰起臉，全無半點悔恨之意。他只是淡然一笑，對竇蘭說：「竇大哥，既然話說到了這個分上，那小王也無須隱瞞。今耿家牧原已失，紅澤無險可守。而我三千屠哥精騎已枕戈待發，只須一日光景便可以兵臨城下……休屠各牧原以西，尚有八千鐵騎屯駐。若兄長你不識時務，便是紅澤染紅之時。」

大帳中，頓時陷入難言寂靜。

半晌之後，馬倫破口大罵道：「馬孟起，這就是你馬家的好意嗎！」

馬超森然一笑，「我自不願紅澤遭受兵戈之厄，但若竇將軍不識時務，那孟起也只好得罪。今日孟起來，已表示了足夠的誠意。卻不知，竇將軍又如何答我？」

竇蘭看著馬超，忽然間仰天大笑。

「我早就知道，你馬家人，才是這西涼最大的禍害。馬超，你以為你勝券在握嗎？但我不妨告訴你，紅澤寧可歸附朝廷，也絕不會與爾等勾結。與朝廷合作，紅澤即便是依附，卻仍為紅澤之主；但若是與你馬家合作，到頭來只能是屍骨無存。耿兄弟，你不用擔心，你的牧原，如今尚在。」

「啊？」

梁元碧大笑，「竇大哥，你以為老耿牧原那數百兵卒，能擋住我兩千精騎嗎？」

「老耿手下或許不成，但李其的兵馬足矣。」

七章 亂

「李其？」

竇蘭冷笑一聲，「你何時見過，這麼重要的會盟，李大人會不出現？」

耿大人總算是反應過來，三步併作兩步到了竇蘭跟前，一把攫住竇蘭的手臂，「竇大哥，你所言當真？」

「瑣鵝慶死在我府外，當晚我便命人秘密與李大人聯繫，命他率部馳援你的牧原。當時我雖然不知道梁元碧會攻打你的牧原，但卻不得不謹慎小心。你那牧場若是丟了，紅澤便無險可守。到時候，馬騰便可以長驅直入，我紅澤也就……」

「大公子，你說識時務者為俊傑。竇蘭不才，卻是個死心眼的人。你說曹司空是漢賊，我沒有看出什麼，但我知道，你父子對我紅澤，早已是垂涎三尺。不錯，先祖遺命，讓我等報效朝廷，可是先祖並沒有說，是劉家的朝廷，還是曹家的朝廷。報效什麼人並不重要，重要的是，這個朝廷要值得我們報效。在竇某看來，你馬家的朝廷不值得我紅澤報效，所以，我不同意與馬家合作，若北中郎將派人前來，我紅澤可與之商議。諸君，你們怎麼說？」

大帳中，鴉雀無聲。

誰都知道，這是個決定紅澤未來的關鍵時期。當竇蘭說出他的想法時，誰也不願意站起來表明立場。就連那位耿大人，也露出猶豫之色。

三千屠各胡騎，八千馬家軍，如果真要撕破臉皮的話，紅澤不免面臨生靈塗炭的局面。

那個名叫曹朋的北中郎將是什麼態度？到現在還不得而知。但如果真的和馬家翻臉，紅澤能擋住馬家鐵騎嗎？這不得不讓眾人深思，以至於無一人站出回應。

「賢姪，你怎麼說？」

李丁起身，拱手一揖，「小姪還是先前的話，與竇將軍共進退。竇將軍的決定，也就是我李家四千老少的決定。小姪不同意和馬家合作，就是這個樣子。」

「某亦不同意與馬氏合作。」耿大人也不再猶豫，表明了立場。

正如竇蘭所言，歸附朝廷，紅澤人至少還是紅澤的主人。哪怕不再似早先那般自由，卻也能保證自身的利益。可如果歸附馬家，那到頭來的結果，不敢想像。

馬倫鏘的拽出短刀，指著馬超罵道：「某家與爾等誓不兩立！」

「對，誓不兩立！」

「馬家又如何？當年不就是武威馬賊嗎？我們雖不才，但絕不會向一群馬賊低頭！」

「……」

馬超的臉色，頓時變得鐵青。只見他雙手扶住桌案，長身而起，「爾等既然不識時務，那就洗乾淨脖子，等著受死吧。」

「誰受死還不一定!馬孟起，你既然來了，就別想離開！」馬倫大聲喝道，提刀就要上前。

而馬超卻巍然不懼，冷笑道：「馬倫，莫非想試我寶劍利否？」

「馬大人，住手。」竇蘭上前，攔住了馬倫。「有道是兩國交兵，不斬來使。大公子今天既然是奉命而來，某亦不為難你。回去告訴馬騰，就說我紅澤人，絕不會向他低頭。」

曹朋一皺眉，心中暗自咒罵。

狗屎的兩國交兵不斬來使，都鬧到了這田地，你還死守著規矩作甚?這馬超怎可輕易放過?殺了他，就如同斷去馬騰一臂……今日放了馬超，那就等於是放虎歸山。

想到這裡，曹朋向前邁出一步。

竇虎連忙抓住了曹朋，輕聲道：「兄弟，別衝動。馬超此人甚是勇武，若在這裡動手，只怕傷亡太大。」

曹朋愣了一下，旋即明白過來。

馬超勇武之名在涼州可謂是家喻戶曉，竇蘭同樣心有忌憚。大帳裡空間狹窄，而且人又多，難免會束手束腳，若在這時候動手，就算殺了馬超，也會死傷慘重。

看起來，竇蘭倒也不糊塗……

「大公子，你走吧！」竇蘭道：「下次見面，你我便是敵非友。」

「既然如此，梁大人，我們走。」馬超手扶劍柄，邁步向大帳外走去。

他的離去，吸引了許多人的注意力，甚至連曹朋，也下意識的被馬超所吸引。

虎白和梁元碧緊隨馬超身後，眼見著就要走出大帳，虎白卻突然停下了腳步……

「竇將軍，多保重。」虎白拱手，溫文爾雅的施禮告辭。

竇蘭微微一笑，鬆開了馬倫，也向虎白還禮。

但是，就在竇蘭回禮的一刹那，馬倫突然露出一抹獰笑，驀地一個旋身，手中短刀，在刹那間狠狠的刺出，直向竇蘭胸口扎去……

虎白的彬彬有禮，似乎並沒有什麼特別的地方。

可曹朋卻覺得有些古怪，這文士的禮數好像太多了！按理說，馬超被看出了破綻，自當儘快離開。兩邊既然已經撕破了面皮，這些禮數看上去不免是多餘的行為，這不符合常理！哪怕說古人對禮數看得很重，卻也沒有重到這種程度。

雒陽，曾為天子舊都；許縣，更是當今帝都。兩地的名士大儒多不勝數，也沒有見到這般周全的禮節。而這河西，說難聽點就是一處蠻荒。羌胡混居之地，何時講求如此周全的禮數？

所以，當虎白搭手行禮之時，曹朋就警戒起來。

虎白行禮，竇蘭身為主人家，即便是再不待見對方，也必須要予以還禮，以全禮數。可如此一來，竇蘭就等於鬆開了馬倫的胳膊，同時又出於對馬倫的信任，沒有半點提防。因此，當馬倫出手的一剎那，所有人都傻了……包括竇蘭在內，甚至忘記了躲閃。

馬倫和竇蘭的關係一直都很親密，而且之前的表現更讓許多人生出錯覺，以為他是竇蘭的擁護者。哪知道，這馬倫竟然會出手刺殺，使得所有人措手不及。

當馬倫調轉刀頭，刺向竇蘭的剎那間，曹朋動了！

「竇將軍，小心！」

他大喝一聲，一腳踩在桌案上，身體騰空而起，直接從身前的兩個部落大人頭頂越過。他的反應快，出手更快，一道烏光掠過，鐵流星在空中詭異的轉動，發出刺耳的聲息。眼見著馬倫的短刀就要刺在竇蘭的身上，卻聽啪的一聲，伴隨著骨頭碎裂的響動，馬倫慘叫一聲，手中的短刀脫手而出，鐺的摔落在地。

曹朋身在空中，手上卻沒有停頓，第一枚鐵流星飛出的剎那，他身體在空中一個曲折，第二枚鐵流星就飛了出去，而這枚鐵流星的目標，赫然朝著竇蘭！

「動手！」

曹朋騰空而起的剎那間，虎白突然一聲斷喝。

三十六部大人當中，有十幾個人應聲拔出短刀，將身邊的部落大人砍翻在地。

一個部落大人從竇蘭身後撲來，竇蘭剛清醒，曹朋的第二枚鐵流星已經到了跟前，幾乎是擦著竇蘭的面頰掠過，噗的一聲響，正中那欲偷襲竇蘭的部落大人臉上。

如今的曹朋，可不是當初剛重生過來的那個病秧子，數年錘鍊，早已經把功夫練到了骨頭裡。這一枚鐵流星夾帶著凶猛的力道，一下子就把那部落大人的面骨砸得凹陷進去。那位部落大人甚至沒來得及發出聲音，仰面朝天便摔倒在地。

「竇將軍，還不迎敵？」

隨著曹朋這一聲大吼，眾人如夢方醒。

說實話，剛才那一幕幕變故，發生的太過突然，大家根本沒有防備。誰又能想到，剛才還在和自己談笑風生的同伴，會突然間拔刀相向？也就是這一愣神的工夫，七、八個部落大人已倒在血泊之中……

紅澤盟誓，完了！

竇蘭心裡不由得暗嘆一聲：沒想到馬超居然會有如此手段，一環連著一環，若非李丁的那位扈從，我幾乎命喪於此。

事實上，如果沒有曹朋出手，竇蘭此時已命喪黃泉。他根本沒想到，馬倫會突然對他出手。如果沒有那一枚鐵流星，馬倫的短刀可就刺進了他的胸口。再加上其他已背叛紅澤的部落大人，忠於紅澤盟誓的部落大人，最後怕是沒幾個人能活下來，到那時候，馬超可以藉由那些部落大人之手，輕而易舉的將紅澤掌控手中。即便是李其擋住了休屠各人，到頭來也難免敗逃。

竇蘭怒由心生，也顧不得向曹朋道謝，抬腿就是一腳，正中馬倫胸口。

那馬倫被曹朋的鐵流星打碎了掌骨，正抱手慘叫；竇蘭這一腳含怒而出，更踹得馬倫噴出一口鮮血，頓時昏倒在地上。

大帳門口，馬超拔出寶劍，準備出手相助，梁元碧主僕和虎白也打算出手，可是又一眨眼的工夫，形勢陡然生出變化。

曹朋雙腳落地，短刀出鞘。雖不是他的虎咆刀，可同樣是出自曹汲之手，鋒利無比。

只見他猱身而上，手中短刀喀嚓喀嚓連斷兩個部落大人的兵器。腳下踩天罡步，身如鬼魅般晃動，一隻手忽而拳，忽而掌，啪啪兩下，便把兩個部落大人擊倒在地。

「休傷我父！」竇虎此時反應過來，拔刀衝上前去。

而那些部落大人也清醒過來，立刻拔出兵器迎戰。

一時間，大帳中亂成了一團。虎白的臉色一變，猛然收回邁出去的腳步，一把攫住了馬超的胳膊。

「公子，休要戀戰。時不與我謀，咱們這次栽了，速退！」

馬超一怔，露出不甘之色。可他也知道，就算他出手，也不可能占得便宜。如果竇蘭死了，一切都好說，紅澤人群龍無首，就是一盤散沙；可竇蘭沒死，著實出乎他的意料之外。此次紅澤之行，馬超可謂是絞盡了腦汁，和虎白做出了妥善安排，哪知道……功虧一簣，功虧一簣！

「梁元碧……」

「顧不得他了，先出去，與岱公子會合，殺出紅澤再說。」

梁元碧，於虎白而言，不過是一件可以利用的工具而已。

此前馬超許諾讓休屠各人退回休屠澤，是建立在梁元碧奪取耿家牧原，占領紅澤的基礎上。而今，耿家牧原沒有占領到，梁元碧也就沒有了利用的價值。

可以想像，待此次會盟結束之後，休屠各人勢必將面臨紅澤人慘烈的報復……沒錯，屠各胡騎皆銳卒，但今不如昔，當休屠各人丟了休屠澤以後，便失去了當年的悍勇。要說驍勇善戰，羌胡哪個比休屠各人差？所以，馬超也不在意。

見梁元碧衝了出去，馬超一咬牙，轉身就走。

虎白緊隨馬超的身後，一隻腳已邁出了大帳。忽然間，聽身後有人喝道：「馬家小兒，哪裡走！」金鋒破空，發出銳嘯。虎白激靈靈打了個寒顫，剛想要躲閃，一支短刀已到了跟前。

噗！那鋒利的短刀，沒入虎白的後心。虎白腳下一個踉蹌，砰的摔倒在地……

「大公子，速走！」他抬起身子，嘶聲吼叫。

馬超聽到虎白的叫喊聲，偷眼向後一看，心中不由得一痛。

要說起來，馬超雖是馬騰長子，卻並不得馬騰所喜。馬超的母親是一個羌女，故而馬騰對馬超，總顯得有些冷漠。哪怕馬超驍勇善戰、武藝高強，卻得不到馬騰的歡心。相比之下，馬騰更疼愛他的小兒子馬鐵，甚至有意將家業交給馬鐵繼承。

不過，自虎白投靠以來，為馬超出謀劃策。雖然馬騰依舊是疼愛馬鐵，但對馬超卻逐漸的倚重，視為左膀右臂。因此，馬超見虎白倒在血泊中，頓時有一種失魂落魄的感受。

而大帳外的營地裡，已亂成一片。隨著帳中亂起，那些歸附馬騰的部落大人扈從紛紛出手，襲擊其他扈從，守護在大帳外的三百紅水集銳卒也受到了攻擊，早已經亂成一團。

馬超咬著牙，快步衝向轅門，但凡是攔在他身前的人，都被他毫不猶豫的揮劍斬殺。猶如一頭下山的猛虎，馬超在人群中如入無人之境，硬生生殺出一條血路……

「休走了馬孟起，攔住他！」

就在馬超快要衝出轅門的一剎那，曹朋和竇虎也衝出了大帳。

竇虎厲聲喊喝，紅水集兵卒立刻蜂擁而上。馬超從一名銳卒手中奪過一支鐵槍，左手劍，右手槍，槍劍並用，不一會兒的工夫，便殺得是血染征袍。

曹朋從一名軍卒手中奪過一桿大槍，剛要上前攔阻，忽聽轅門外一陣馬掛鑾鈴聲響，一員大將胯下馬，掌中刀，從外面殺進營地。他身後還跟著一匹遍體黑亮的烏騅馬，一邊殺，一邊大聲喊道：「孟起，速速上馬……馬岱在此，擋我者，死！」

馬超刺倒一名銳卒，棄槍健步如飛。

眨眼間，他就到了烏騅馬旁邊，翻身上馬，從馬上摘下一桿兒臂粗細的大槍，而後撥轉馬頭，厲聲喝道：「馬岱，休要戀戰，隨我殺出去！」

兩人一前一後，馬超大槍翻飛，馬岱刀氣縱橫。在百餘名親隨的護衛下，瞬間就衝出了重圍，向西迅速逃離。

「來人，抬槍備馬！」

竇虎還想要追擊，卻被曹朋攔住：「少將軍，窮寇莫追……先解決眼前的事情再說。」

竇虎咬牙切齒，狠狠的一跺腳，「曹兄弟，多謝你出手相助，外面的事情就交給我吧。」說著話，他從一名扈從手中接過馬韁繩，翻身上馬。

曹朋也不猶豫，轉身走進了大帳。

大帳之中的戰鬥，已趨於平靜。十餘名背盟的部落大人，死的死、傷的傷，無一人能夠站立。而其餘的部落大人則散開來，圍成了一個圈子。正當中，竇蘭手持長刀，和梁元碧戰在一起，打得是難解難分。竇蘭身高手長，氣力驚人；梁元碧身形靈活，殺法凶狠。

只是，眼見著同夥一個個倒在血泊裡，就連自家的奴僕也被李丁用短刀釘死在地上，特別是發現馬超逃離之後，梁元碧更顯慌張，漸漸的已抵擋不住竇蘭。

竇蘭瞧出一個破綻，抬腳將梁元碧踹翻在地。

他邁步上前，舉刀就要取梁元碧的性命，卻聽有人沉喝一聲：「竇將軍，刀下留人！」

章八

項莊舞劍，意在沛公

背叛者的扈從，無一人生還。

當馬倫那勢在必得的一擊落空的時候，這場鬧劇就已經落下帷幕。曹朋蹲在虎白的屍體旁邊，靜靜的看著那已經斷了氣息的男子，一時間也不禁感慨萬千。

不得不說，今天的這齣戲，一波三折，精采至極。

竇蘭的沉穩老辣，給曹朋留下了深刻的印象，但若說印象最深刻，莫過於這個倒在血泊中的虎白。他甚至可以肯定，今天這一齣戲，從頭到尾都出自虎白的手筆。馬超，的確非同等閒，可要說這步步殺機、環環相套的計畫，絕不是馬超可以籌謀出來。如果馬超真的有這等本事，也不會在後來被打得家破人亡，最後投奔了劉備，鬱鬱而終……

一開始，馬超來到紅水集，名為合作，其實已做好了一套完善的吞併紅澤的計畫。

若不是竇蘭早有防備，埋下了瑣鵝慶這個棋子，說不定真的會被馬超打一個措手不及。但竇蘭卻表現出了不尋常的沉穩，竟然裝作沒事人一樣，繼續召開會盟，卻在同時暗使李其馳援耿家牧原，粉碎了梁元碧的偷襲計畫。

從這一點來看，竇蘭有大將之風，沉穩老辣，果然不愧是昔年大將軍竇憲的後人……雙方脣槍舌劍，最終圖窮匕見。

而最精妙的一招，出自虎白之手。想必他也預料到有可能會失敗，所以讓馬倫從一開始就站在自家的對立面，博取竇蘭的信任。

可事實上，馬倫的每一句話，又都向著馬家。

馬倫說，祖上有遺命，希望回歸朝廷。於是便有了馬超那一番『馬氏為漢臣，曹操乃國賊，歸附馬氏，即歸附朝廷』的言語，和馬倫的那些話，暗中相呼應。

也幸虧竇蘭反應快，有了『歸附朝廷，卻非歸附漢室』的言語。

紅澤從中原脫離了近百年光陰，對漢室有多少感情？恐怕連他們自己也說不出所以然。

故而，竇蘭挽回了局面。

虎白見形勢不妙，便使出了最後的殺手鐧。也許，他並不願意用這最後一招，可在當時，他卻沒有別的選擇——那就是刺殺！

可以說，如果不是曹朋及時出手，竇蘭必死無疑。竇蘭一死，則那些忠於紅澤盟誓的部落大人也將群龍無首，必然會向馬超低頭。可以說，虎白幾乎把所有的情況都想到了，卻偏偏沒有想到，有曹朋這麼一個變數在其中，否則，今日勝利的將是馬超。

曹朋把虎白的屍體翻過來，卻見那雙如死魚般的眸子，猶自睜得溜圓。

歷史上，究竟有沒有虎白這個人的存在？抑或是由於曹朋的出現，而產生的蝴蝶效應？

一切都不得知。

但是曹朋知道，這虎白的手段，即便是在曹操帳下，也定然能站穩腳跟。

可惜了！曹朋心裡發出一聲感慨，同時又暗自慶幸，如果這虎白繼續活著，憑他的謀略，加上馬超的勇武，自己想要占領河西，恐怕會有一番周折。

死得好，果然死得好！

就在這時候，竇蘭和梁元碧之間的戰鬥也到了尾聲。隨著竇蘭一聲大吼，一刀劈落梁元碧手中的短刀，而後一腳將他踹翻在地。眼看著梁元碧就要倒在竇蘭刀下，曹朋連忙起身，高聲喝止。

竇蘭的長刀，距離梁元碧的腦袋只有一指而已。他聽到曹朋的喊喝，刀口撲稜一轉，刀背朝下，啪的一下子拍在梁元碧的肩膀上。

這一刀下去，將梁元碧的肩膀打得粉碎。梁元碧慘叫一聲，躺在地上蜷成了一團。

人群呼啦啦分開來，竇蘭向曹朋看去。他認得曹朋，是李丁的手下。剛才馬倫刺殺，幸虧曹朋出手，否則自己是九死一生，心裡面頗為感激。

但竇蘭臉上，卻好像籠罩一層冰霜。

本來嘛，你不過是李丁的手下，而李丁也只是我的族姪。這裡這麼多人，哪裡有你說話的資格？

在此之前，竇蘭並沒有仔細的打量過曹朋，可當他留意時，心裡卻不由得咯登一下，眼睛旋即瞇成了一條縫，暗道一聲：此子，絕非等閒。

同樣的一個人，會因為所處地位和環境的不同，產生不同的氣質。

曹朋就有一種很獨特的氣質！

他並非是這個時代的人，卻重生在這個時代，占據了一具軀體，而後一步步走來。從小小的鐵匠之子，到協助姐夫治理海西；出使江東，鏖戰曲陽，拜師胡昭，雒陽破案，延津戰場上兩次險死還生，都給他帶來了不同尋常的改變。而變化最大的，莫過於這三年來的閉門讀書。在不斷的學習中，曹朋已經完全適應了這個時代，同時又隱隱超脫於這個時代。

他治理過地方，也曾領兵征戰。那種鐵血和儒雅混雜在一起，有些驕傲，有些自信，甚至還有一點久居上位而產生的威嚴，足以讓曹朋流露出不同尋常的氣質。

年輕一些的，如李丁和竇虎，可能無法感覺出來；但是似竇蘭這種經歷過無數風雨之人，如何能看不出端倪？

這，絕不可能是李丁的扈從。

至少，若我是李其，定不會讓這樣的人跟在自己的孫子跟前。

不是曹朋配不上李丁，而是李丁配不上曹朋。這樣的人，也不是一個區區部落大人能夠招攬。

竇蘭收起長刀，驀地拱手，「敢問閣下何人？」

李丁剛要出來解釋，卻見曹朋朝他一擺手，而後向竇蘭搭手欠身，「某名曹朋，也就是方才馬超口中的小賊。今奉司空之名，督鎮河西，還請竇將軍多照拂。」

說曹朋，曹朋到！

竇蘭頓時懵了，瞪大了眼睛，用一種不可思議的目光凝視著曹朋，久久不語。

耿大人反應過來，突然大聲吼道：「好你個小賊，好大的膽子！若非你這傢伙，我紅澤也不至於有此災厄。正要找你，你卻來了，老子……」

「賢弟，住口。」竇蘭連忙喝止耿大人，而後上上下下打量曹朋。

突然，他扭頭看著李丁，「李大人，已決意歸附朝廷了？」

李丁連忙擺手，「伯父休要誤會，家祖曾言，伯父之意，便是我李氏之意。之前馬超在時，小姪如此說；今曹將軍當面，小姪亦如是，絕無半點虛假。」

「那……」

不等李丁開口，曹朋哈哈大笑：「竇將軍，還是讓我來說吧。」

他邁步上前，向竇蘭走去，可沒走兩步，卻見幾名部落大人呼啦啦攔住了去路。

項莊舞劍，意在沛公

曹朋啞然失笑，「諸君，我若心懷惡意，你們也攔不住我。」

說話間，曹朋腳踩陰陽，一個錯步旋身，刷的一枚鐵流星飛出，從兩名部落大人之間的縫隙穿過，打在大帳的立柱上。那立柱，頓時呈現出一道道清晰可見的裂紋。

竇蘭面無表情，一擺手，「幾位賢弟，且退下。」

幾名部落大人猶豫了一下，雖不太情願，但還是遵從竇蘭，讓出了一條通路。

曹朋一拱手，「將軍果不愧大將軍之後。」

竇蘭此時也恢復了平靜，只淡然一笑，沉聲道：「曹中郎無須誇讚，竇蘭不過罪臣之後，當不得將軍稱讚。」

「錯，我讚將軍，並非為將軍，乃為冠軍侯。」

曹朋口中的冠軍侯，也就是當年的大將軍竇憲。

永元二年，竇憲出居延塞，大敗北匈奴於金微山（今阿爾泰山）。北匈奴單于奔逃，下落不明，從此北匈奴破散，再也無法危及西北。也因為北匈奴的敗退，才有了鮮卑和羌胡的崛起。竇憲破匈奴之後，和帝恐他功高震主，於是與中常侍鄭眾密謀，於永元四年召回竇憲。和帝先收了竇憲的大將軍印綬，而後改封竇憲為『冠軍侯』，命他返回封地。竇憲剛一返回封地，和帝的詔令便抵達，迫令竇憲自殺……

冠軍侯，在漢代有著特殊的意義。

西漢霍去病曾得冠軍侯之爵，此後非功勞巨大之人，不可以獲封。

雖說，這冠軍侯的爵位使得竇憲丟了性命，可是竇憲至死，仍以冠軍侯之爵自豪。

竇蘭的臉色，好看了許多。竇憲是他的先祖，可是在竇憲死後，便成了一個反面教材的代表人物。

曹朋對竇憲的讚譽，令竇蘭感覺很舒服，更有一種與有榮焉的感觸，他輕輕點頭，表示謝意。

曹朋道：「曹某原本是一待罪之人，得司空厚愛，在年初奉命出使朔方。返回時，得知司空命我督鎮河西，為北中郎將。朋亦是匆忙就任，但是對河西並不瞭解。與李其校尉相識更是偶然。李校尉心懷故土，但對紅澤盟誓卻牢記在心。我也曾勸他助我，但李校尉卻說，若竇將軍同意，他便同意……」

「我也是從李校尉口中得知了竇將軍的事情，所以便生出好奇之心，隨李丁前來。將軍莫責怪李丁，他也是因為與我賭鬥，敗在我手中，才不得不聽我吩咐。」

竇蘭的臉色頓時柔和許多。

「賢姪，果真如此？」

李丁咬著牙，紅著臉，輕輕點頭，心裡則暗自咒罵：不是說了不把這件事說出來？怎地在這麼多人面前落我面子！

不過，他也知道，曹朋這是好意。所以只惡狠狠瞪了曹朋一眼，也沒有反駁。

竇蘭的心裡舒服多了！他視李家為心腹，若李其祖孫背棄了他，那他心裡自然不會太過於舒暢。而李家沒有背叛，他也就隨之釋然。

畢竟，竇蘭瞭解李其，也知道李其的內心裡一直懷念故土，希望能重新報效朝廷。

「那麼，曹中郎何故阻我除掉梁元碧？」在冷靜下來之後，竇蘭盯著曹朋，一字一頓的問道。

紅水集會盟，暫時終止。

此次會盟，令紅澤的局勢發生了天翻地覆的變化。首先，昔日三十六部，變成了紅澤十八部。

與羌胡生活百年，紅澤人在不知不覺中也沾染了許多羌胡的習俗——失敗者，沒有人權。

既然你決意造反，就代表著你背棄了祖先的盟約。如果你勝利了，我們會被你們奴役；同理，你們失敗了，你們的部族將被我們吞併。

根據倖存的十二名部落大人共同決意，這些殘存的部落從此成為他們的部族。而被叛逆者所殺害的

項莊舞劍，意在沛公

幾名部落大人的部落，經商議，人口不足千人的部落，就近併入其他部落；原部落大人的家眷可移居紅水集，聽從竇蘭調遣。

紅水集吞併了三個小部落後，其人口已達到了八千餘人。而此次平叛，功勞最為卓著的李家部族，也吞下了三個部落，人口與紅水集持平。這是竇蘭為感激李其堅定不移支持他的回報。

至於其他部落，或多或少都得到了極大的利益。

經過這一番整合之後，紅澤三十六部正式變更為紅澤十八部。

每一個部落的人口，也隨之暴漲，比如之前人口最少的耿家，在吞下馬倫部落之後，將增長到四千人。即便馬倫部落會抗爭，但其餘十七個部落會出兵協助。

同時，耿家退出原來占據的牧原，向東遷移。李家則占領耿家的牧原，其部落面積，較之早先擴張三倍之多。不過，作為條件，李家將會直面西面馬騰和西北羌胡。

你得了那麼多的人口，成為和紅水集並列第一的部落，所要承擔的義務自然要比早先多上許多……

由於李其不在，由李丁出席了分贓大會。

對於竇蘭的這個要求，李丁也不好決定，提出轉告李其，由李其決斷。

而耿家，雖然吞併下馬倫部落，也需要一個消化的過程。在短時間裡，他的主要精力將會放在治理部曲上面。耿家原有的牧原雖然肥美，但卻要直面馬騰和羌胡，耿大人也有些畏懼，所以當竇蘭提出之後，他毫不猶豫的答應下來。雖然重新分配的牧原比不得原來的肥美，可至少不需要直面對手。

曹朋坐在一旁，只是靜靜聆聽。

竇蘭等人也不敢耽擱太多時間，因為他們必須儘快消化新勢力，以應付即將到來的戰爭。他們的行動越快，所要付出的代價就會越少，所以大家也沒有過多爭論。

待商討完畢，十六路部落大人離去，大帳中總算是恢復了平靜。

梁元碧被打斷了四肢，猶如一灘爛肉般躺在地上，不時發出一陣陣痛苦的呻吟。

「我要休屠各。」曹朋開門見山，一點都不客氣，「休屠各尚有數千人，我需要這些人為我做工。」

「做工？」

「竇將軍，咱們無須贅言，有什麼就說什麼。此次我督鎮河西，一方面是因為司空之命，另一方面則是我主動提出來的請求。」

「昔年，河西屯田百萬之眾，才有了冠軍侯橫掃漠北的顯赫功勳。自朝廷退出河西，數百年苦心經營的西北屏障隨之崩塌，羌胡、匈奴可以長驅直入，襲擾關中，令百姓苦不堪言。每一次襲擾，都會令無數家庭毀滅，母親失去了孩子，丈夫失去了妻子，孩子找不到父母……我實不願這等慘劇一而再、再而三的出現，所以才會提出重舉河西，屯田駐軍的想法。」

「這河西，是我大漢子民的江山，如今卻被那些異族人肆虐蹂躪。想當年，陳湯高呼『明犯我強漢者，雖遠必誅』，我等子孫不才，竟眼睜睜看著昔日敗將在我們的土地上耀武揚威。每每思及這些，曹某就夜不能寐……竇將軍，我們愧對我們的祖宗！」

竇蘭的臉，青一陣、紅一陣，卻沒有說話。

曹朋也不理竇蘭的反應，直勾勾看著竇蘭道：「此次司空與我四千兵馬，在入冬前會再有八千戶共三萬七千人遷移河西。到時候，我手中能有近六千軍士，但想要控制河西，仍遠遠不足……況且，河西荒廢百年，想要安排這些人，必須要有大量的勞力。休屠各人將成為我的奴隸，在入冬前，必須完成大量勞務。」

「竇將軍，我不妨把話說明白……率土之濱莫非王土，司空早晚會重新控制河西，不會任由這裡被那些羌胡占據。河西廣袤，當年能容納百萬屯民，所以你我之間並無任何衝突，相反，我駐守河西以後，還能夠給你足夠的支持。曹司空，乃我族叔，如今他忙於河北戰事，所以無暇西顧。不過，他即便無法給我太多兵馬，卻能提供足夠的輜重。竇將軍，想必你也許多年沒有好好的享用家鄉的東西了。」

竇蘭陷入了沉思。

曹朋有一句話說得不錯：當年河西有百萬之眾，如今他紅澤四萬人，曹朋四萬人，加起來不過八萬人口，在這裡居住，綽綽有餘。而且，百年來紅澤苦苦守在河西，受盡了孤立無援的苦楚。如果真有這麼一支力量可以相互扶持，倒也是一樁好事。

但問題在於，一俟曹朋在河西站穩腳跟，紅澤還能保留這麼大的自由嗎？

當慣了土皇帝，真要讓竇蘭臣服，他也確實不習慣。之所以拒絕馬騰，這土皇帝的心思也占了很大的比重。如果曹朋到時候和他們開戰，紅澤又會是什麼結果？

竇蘭很清楚，如今中原戰亂迭起，看似虛弱。可瘦死的駱駝比馬大。如果朝廷較真的話，別說紅澤，就連那馬騰都不堪一擊。

「曹中郎，既然你已將話說到這個地步，我也不妨直言。我自然願意接納朝廷，但是……這河西之地複雜，你又準備怎樣來站穩腳跟呢？」

曹朋笑了！

竇蘭這句話，如同後世詢問施政方針。

從某種程度上來說，他也等於是向朝廷示弱。不過，鑑於此前朝廷多次利用，使得竇蘭心有顧慮。所以，我先聽聽你準備怎麼做？如果你說不出個一二三來，那就說明，朝廷對河西的利用之心大於收復之心。想要我配合你，可沒那麼容易。

「實不瞞將軍，在將軍會盟之時，我已命鄧校尉領兵出擊，襲掠休屠各人。」

「什麼？」竇蘭大吃一驚。

不僅是竇蘭大吃一驚，包括那半死不活的梁元碧，也不禁駭然睜大了眼睛……

「最遲明日，鄧校尉將占領休屠各部落，若有反抗者，格殺勿論……但上天有好生之德，朋亦非嗜殺之人。休屠各人犯了錯，但罪不至死。所以，如果他們願意歸降，我也可以饒了他們的性命。而這關鍵就在於梁大人的選擇。若梁大人想要使休屠各人滅族，我亦不會心慈手軟。」

「你……你要我如何？」

「我留你一命，就是要你活著出現在你的部落，讓你的族人老老實實聽從我的調遣。我不妨把話說明白，我在廉縣尚有兵馬，我會從你部族中抽調出兩千男子，前往廉縣營建城池；餘者，在紅澤東部，營建一座規模不小於武威縣城的城池。」

竇蘭聽聞，大驚失色：「曹中郎，你要在紅澤建城？」

「不僅是在紅澤，還有此前休屠各牧原，以及耿家牧場、紅沙崗三地，在未來三年中，營建三座小型城鎮。」曹朋站起來，目光炯炯有神，凝視著竇蘭道：「我要在兩年之內將河西穩定下來，使人口達到三十萬；五年後，我要牧馬朔方。」

竇蘭激靈靈打了個寒顫，他敏銳的捕捉到曹朋話語背後的真意。

這位曹中郎的年紀不大，可是這心……朔方郡，那是在永平年間，朝廷賜予南匈奴休養生息之地。如今，整個朔方郡都在南匈奴人的掌控之下。曹朋這分明是項莊舞劍，意在沛公，其真實目的是在匈奴，是在與河西一山之隔的朔方！

其實，竇蘭對朝廷把朔方讓給南匈奴，也一直有所不滿。原因嘛，很簡單！

那朔方郡，是前漢大將軍衛青打下來的疆域，是我大漢的治下。而匈奴人就是一群養不熟的白眼狼。把朔方郡交給南匈奴人，簡直就是養虎為患，與虎謀皮。

當初，朝廷想要藉由南匈奴節制鮮卑。雖然這些年來南匈奴人表面上唯唯諾諾，可實際上對中原造成的危害遠甚於鮮卑人。昔年，竇憲大敗北匈奴後，就曾建議朝廷將南匈奴趕出朔方郡，但這個提議卻最終被朝廷否決……

竇蘭深吸一口氣，凝視曹朋良久。半晌後，他站起身道：「我雖然不知道你為何要營建城池，但想來，你已有了萬全籌謀。你想要休屠各人，我可以答應下來。但是，休屠各一直為我紅澤抵禦西北羌胡，你要走休屠各人，那就必須擔當起抵禦休屠澤羌胡之責……此外，若馬騰出兵攻打紅澤，我亦需你出兵襄助。」

曹朋聽聞大笑，也站起來，伸出手掌。

「竇將軍，咱們一言為定！」

啪啪啪！三擊掌。

古人有擊掌盟誓的說法，但曹朋絕對不會天真的以為，這擊掌三下能有多少約束力。

後世有一種說法：簽訂契約，就是為了撕毀契約。

事實上，在漢代，或者更早以前，盟約的牢固性都是建立在實力的基礎之上。

今天竇蘭和曹朋盟誓，說不好聽一點，只是口頭上的約定。

曹朋的主動出擊，蒙蔽了竇蘭。同時曹朋也在賭，他賭竇蘭沒有忘記祖先的榮光。想當年竇憲策馬塞上，痛擊胡虜。竇蘭身為竇憲的子孫，是否還有祖先當年的豪邁？從目前來看，竇蘭尚未丟失祖先的那一份血性，曹朋對此非常高興。

至於梁元碧？

誰又會真的在乎他！曹朋留著他的性命，只是想要借他的身分來收降休屠各人。

而竇蘭呢？更不會在意梁元碧。休屠各註定了滅亡的命運，這一點從梁元碧當初決意歸附馬騰的時候，便沒有人可以改變。

原來，在漢朝也會發生選邊站的情況……

當天，梁元碧被姜敘、王雙押解，在李丁等人的護衛下，趕往休屠各牧原。

待收服了休屠各人之後，梁元碧的使命就等於結束。到時候，曹朋會讓人把他押解到許都，交由曹操處置。到時候曹操是殺還是留，和曹朋再沒有半點關聯！

紅澤會盟結束了。

或者說，暫時結束了……

以竇蘭為首的紅澤十八部落大人，暫時接受了曹朋的到來。當然了，也不是所有人都願意接受，可他們又不得不接受。紅澤經過此次動盪，需要一段緩衝的時間，但問題是，羌胡會給他們緩衝的時間嗎？抑或者，馬騰允許他們休養生息？

答案很明顯：不會！

馬騰和唐蹏，一定會出兵。

竇蘭粗略的估算了一下，紅澤經過重新洗牌，從三十六個部落變成十八個部落，至少需要半年時間的整合。而這半年中，紅澤恐怕很難抵擋住馬騰和羌胡的聯手夾擊。

李其雖然答應鎮守清水牧原（也就是之前的耿家牧場），抵禦馬騰的攻擊，可問題是，李家同樣面臨著一個消化的過程。三個部落的人口，幾乎和李家部落原有的人口持平。一邊抵禦，一邊整合，李其的壓力恐怕比其他部落更大。

當然，竇蘭會給予李其支持。也就是說，合李、竇兩家之力，堪堪能抵禦馬騰的攻擊。

但西北的唐蹏，之前是由休屠各人抵禦，而今休屠各人已不復存在，紅澤需要有人出鎮西北牧原，來代替之前休屠各人的責任。所以，竇蘭也只能接受曹朋。

「曹朋需要借我們之力在河西立足，而我們現在，也需要借曹朋之力抵禦羌胡，保證紅澤可以平穩

章八
項莊舞劍，意在沛公

過渡。至於以後，誰也說不準。也許他曹朋站穩腳跟之後，會吞併我們；也許是我們過渡完畢，將曹朋趕出河西。但以眼下而言，我們需要合作，短時間內不會成為敵人。」

竇蘭面帶疲憊之色，斜倚在榻上，看著竇虎沉聲解釋。

並不是所有人都能理解他的這番決議，至少他自己的兒子，就無法明白他的想法。

屋內，燈火昏暗。

竇虎咬著嘴唇，輕聲道：「如此，我們早晚要與曹朋為敵嗎？」

竇蘭笑了，「也許會，也許不會。」

「父親……」

「王孫，曹朋這個人，有大野心。此人絕不會滿足於這小小的河西，他的心中，潛伏著一頭猛虎。我也不知道以後我們是敵是友。如果他真能做到他所說的那些事情，就算臣服亦無不可。但如果他沒有那個實力，就只能被我吞掉。所以，未來的一切，現在都不好說。」

「王孫，你要記住。目前而言，你絕不能尋他的麻煩，我們需要他來保住紅澤的西北門戶。如果他有什麼要求，只要不太過分，你不妨答應下來。如今，我們有共同的敵人。」

竇蘭的回答，模稜兩可。

但竇虎還是聽出一絲訊號：是敵是友，還要看曹朋自己的本事。

至少在這個冬天，他們是朋友，而不是敵人。但過了這個冬天，會是什麼情形，誰也說不清楚。

「父親放心，孩兒省得輕重。」

「嗯，明日一早，我會走訪其他三個部落，而後會到紅澤西面，與曹朋商議具體的建城事宜。紅水集，就暫時交給你來打理，一定要提防那馬騰突然襲擊。」

「喏！」竇虎躬身應命。

與此同時，在紅水集的官驛裡，曹朋正興致勃勃的和龐統交談。

龐統本奉命巡視河西，尋找建城之所，不想在途中和尹奉相遇，才得知曹朋在紅水集。尹奉和梁寬率部返回廉縣，龐統則帶著韓德悄然來到紅水集，找到了曹朋。

「友學，你此次有些冒險了。」

「我知道！」曹朋微微一笑，為龐統滿上一爵馬奶酒，「可是看這結果，這次冒險還算值得。」

龐統點頭道：「我在路上也聽說過竇蘭的名字。友學能和竇蘭達成盟約，於我們有大好處。不過，友學也不可完全相信竇蘭此人。他之所以和你達成盟約，也是形勢所迫，若非馬騰在一旁咄咄逼人，我想他也不會輕易的讓你進入紅澤。」

「我知道。」

「他現在低頭，並不代表以後也會低頭。紅澤經此一劫，正處在更迭之際。一俟竇蘭完成了對紅澤的整合，接下來必然會和你爭奪紅澤的控制權。我估計，最多半年……半年後，竇蘭將紅澤整合完畢，也就是盟約廢除之時。如果友學你到時候還未能站穩腳跟，他定會對你出手。」

曹朋抿了一口馬奶酒，眼睛不自覺的瞇成了線。

說實話，他本不準備和馬騰這麼快反目，而是想安安靜靜的打下基礎。如果可能的話，他會先和竇蘭結盟，然後在紅澤建城，待來年開春，推行屯田。結果沒想到，馬騰對紅澤竟然如此迫不及待。

不過想一想，倒也能理解馬騰的想法。

紅澤地處河西腹地，猶如武威的門戶。在曹朋到來之前，馬騰之所以可以容忍紅澤的獨立，是因為他有足夠的時間來蠶食，甚至兵不刃血的謀取紅澤。可以想像，如果沒有曹朋的出現，馬騰大可以繼續分化紅澤三十六部，而梁元碧的休屠各，將成為他手中的一著暗棋。

章八
項莊舞劍，意在沛公

等到馬騰將三十六部暗中分化完畢之後，便可以輕而易舉奪取紅澤。

但是，曹朋來了！

如果等曹朋在紅澤站穩腳跟，馬騰再想奪取紅澤，可就不是一樁容易的事情。

沒錯，曹朋手中的兵馬不多，可是在曹朋背後，畢竟還有曹操這一尊大神。

一旦曹朋在河西推行屯田成功，再加上曹操的支持，那麼武威勢必面臨巨大威脅。所謂臥榻之側豈容猛虎安睡？紅澤是武威的門戶，把自家大門交給敵人，馬騰還沒有那麼愚蠢。所以，馬騰也只好提前發動，想要趁曹朋立足未穩之際，一舉奪取紅澤。如此一來，曹朋就等於被局限在紅澤以東的狹窄區域，想要發展起來，絕非一樁易事。而馬騰可以有無數個選擇，把曹朋從河西之地驅逐出去……

這個道理，竇蘭明白，曹朋也看得真切。

半年！

曹朋深吸一口氣，而後用力吐出，問道：「士元，若你是馬騰，當如何為之？」

龐統微微一笑，「若我是馬騰，絕不會給竇蘭和你以喘息之機。」

「我也這麼認為。」

曹朋手指急促的敲擊長案，半晌後道：「士元，我想拜託你一件事。」

「但請吩咐。」

「明日一早，我會隨同竇蘭離開，選定建城之所。嚴法如今在西北牧原，休屠各人我倒是不擔心，可是我擔心唐蹄會趁機出動。所以，我希望你去西北牧原，助嚴法一臂之力……想來你也清楚，西北牧原，亦是你我立威河西之地。」

如果能戰勝唐蹄，抵擋住馬騰，那麼對曹朋而言，無疑會是一個極佳的開始。

紅澤人對曹朋，大都還持有懷疑。鄧範贏得越漂亮，那麼曹朋的底氣也就越足。

行軍打仗，曹朋不擔心。

鄧範在經過這許多年的歷練之後，早已不再是中陽村夫。他先後從曹朋、曹洪、徐晃等人歷練，特別是跟隨徐晃的這幾年，長進很大。但是對付馬騰和唐蹄，單憑鄧範還不夠，如果龐統能助他一臂之力，曹朋堅信，西北牧原將會成為他立足河西的重要所在。

龐統聽聞，頓時笑了。

「就算友學不提此事，某亦準備毛遂自薦。」

「如此，我便可以高枕無憂了。」曹朋說完，看著龐統哈哈大笑。

不過，在內心裡他還是有些遺憾：可惜我暫時脫不開身，否則，定要好生領教一下馬超的厲害。

三年苦修，加上之前出使匈奴時，和冷飛的數次搏殺，曹朋隱隱已破繭成蝶，達到了超一流武將的境地。只可惜到目前為止，他都沒有機會和超一流武將實打實的來一場搏殺。

馬超，是一個好對手，不過看起來，兩人之間的交鋒還要再等一段時間。至少就目前來說，曹朋有更多更重要的事情要去處理……

許都，司空府——

曹彰牽著馬，偷偷摸摸的從月亮門穿過，進入典府的後花園裡。

牛剛已等候多時，見曹彰出來，連忙迎上來，氣急敗壞道：「三公子，怎麼現在才來？」

曹彰一咧嘴，「我也不想，可是……母親這兩日逼著我和那孫家的小妞兒圓房，剛才又絮絮叨叨說了好一陣子，我只好等她睡下，才算是溜出來。老牛，準備好了沒有？咱們這就出發吧。」

「你可要想清楚，主公說不得會很生氣。」

「怕什麼？只要到了河西，父親就算派人過去，自有先生出面。反正我是不回來了。」

章八

項莊舞劍，意在沛公

「可若是先生不答應呢？」

「若先生不答應……我就去河東，找甘興霸。」曹彰說著話，從懷中取出一疊通關文牒，笑嘻嘻道：「反正這通關文牒足夠咱們走上一遭。我聽說甘將軍在河東，正在與高幹交鋒。了不起咱們隱姓埋名，立下戰功，到時候父親就算怪罪，也有說辭。怎樣，你東西都帶齊了沒有？」

「當然！」牛剛說著話，便領著曹彰往外走。

迎面，正遇到典韋來司空府值守。

「三公子，欲往何處？」見曹彰牽著馬，得勝鉤上掛著一桿鐵槍，馬背上還有一個包裹，典韋不由得疑惑詢問。

曹彰不等牛剛開口，搶先開口道：「我和牛剛準備到城外狩獵。」

「哦，今正是秋獵之時，你們小心點。」

典韋也沒有在意，逕自往司空府去。

穿過月亮門，他來到司空府的花廳門前。只見許褚挺胸腆肚，手扶長刀站在臺階下。

「仲康，辛苦了！」

許褚微微一笑，「不過分內之事，何來辛苦之說。主公有些疲乏，剛睡下，莫要讓人打攪他……我先回去，傍晚時再與你輪值。」

兩人說話的聲音都不大，而後拱手道別。

典韋在臺階下一站，雙手抱胸。

這時候，曹操卻從花廳裡走出來，迎著秋日和煦的陽光，伸了一個懶腰。

「君明，仲康回去了？」

「啊，主公起來了？怎麼不多休息一會兒？」

曹操笑道：「我倒是想多睡一會兒，只是這年紀大了，總是無法睡得安穩……這幾日事情頗多，袁譚請降，卻居心叵測；劉備在新野招兵買馬，也不知文和在那邊處理的如何？江東諸縣暴亂，正是出兵之際。偏偏河北未定，坐視這大好機會而無法行動，我心著實難安……對了，文若那邊，可有什麼消息傳來？」

典韋搖頭道：「倒是沒有。」

「嗯，今年可真是亂啊！對了，河西有沒有消息？」

典韋道：「倒是沒聽說什麼消息，臨沂侯已率部抵達廉縣，估計這幾日就會到達皮氏。遷往河西的八千戶也到了長安，據說最遲下個月，便能進入河西。」

「下個月？」曹操一蹙眉，輕聲道：「河西冬日來得早，這八千戶抵達河西，也不知道友學是否能準備妥當。唉，若非河北未定，我又何必讓友學如此為難？」

曹操搖著頭，又是一聲嘆息。

典韋連忙道：「主公休要為友學擔心，那小子警醒得很，說不定現在正忙於此事。」

可能是覺得話題有些沉重，又可能是認為和典韋也說不出個一二，於是曹操話鋒一轉，笑呵呵的說：「昭姬讓人上書感謝，卻又不肯回來，想要在河西安家。看她信中的意思，對友學也是極為推崇……嘿嘿，你說他二人，有沒有可能……」

典韋一怔，不知道該如何回答。

每個人心中，都有一團熊熊的八卦之火。

蔡文姬請人送信，告之曹操，希望留在河西，也使得曹操生出了許多好奇之念。

毫無疑問，中原的生活條件，遠非河西可以比擬。蔡琰在塞北受了那麼多年的苦，如今有機會回到中原，卻又不太情願；加之蔡琰信中對曹朋多有誇讚，自然也就讓曹操生出了一些奇怪的想法。

項莊舞劍，意在沛公

典韋說：「友學，恐怕不敢吧。」

「哦？」

「主公又不是不知道，當初小真嫁給友學的時候，鬧出多少波折？他家中有猛虎，黃夫人也不是等閒之輩。若真如此的話，那友學可少不得遭難。」

曹操聽聞，忍不住哈哈大笑。

這時，忽見卞夫人匆匆走來，「司空，可曾看見子文？」

「子文，不是在妳那邊嗎？」

「不是啊，我剛才小憩了一下，醒來卻不見了他的蹤影。讓人到他房裡看時，卻發現小寰倒地不醒。妾身將小寰喚醒之後，才知道是被子文打昏。而且，子文的兵器和盔甲包都不見了，連帶著還有他洗換的衣物也少了許多……」

曹操一怔，眉頭不由得緊蹙。

典韋忍不住道：「主公，我先前過來值守時，見到三公子和我家小牛兒在一起，說是要去秋獵……」

「秋獵？」曹操脫口而出道：「這時候秋獵個甚？」

「這……」

卞夫人道：「司空，子文前些日，一直說要去河西尋他老師，你說他會不會……」

「河西？子文要去河西？我怎麼沒聽說？」

「這個……也是妾身之過。妾身近來一直催他與孫氏女圓房。也不知這孩子是怎麼想，死活不肯。逼得急了，他就說要去河西。你說，他會不會真的去了河西？」

曹彰已經成親。

事實上在五年前，曹彰還只有八歲的時候，便與孫策的姪女有了婚約。

孫策死後，孫權繼位。為了確保吳侯的位子，孫權便把姪女送到了許都，讓曹彰與之成親。可問題是，那孫氏女當時也不過九歲，比曹彰還小。一方面，曹彰覺得這女子太小，另一方面又覺得自己的婚事，居然沒有半點自主權，於是死活不肯同孫氏女圓房。

曹操橫眉扭成一團，頓足罵道：「黃鬚兒終不令我省心。」說歸說，可曹操也不能不管。

「君明，你立刻帶人去找，把那黃鬚兒給我綁回來!他這時候去河西，簡直就是給友學生事……他若敢反抗，你留他性命即可！」

「喏！」典韋領命而去。

曹操則回到花廳裡，又詳細的詢問了卞夫人一會兒。

「主公，大事不好了！」

就在這時，花廳外突然有人叫喊。曹操連忙走出去，卻見兩名親兵將一個灰衣奴僕按在地上，那奴僕掙扎著，大聲叫喊。

「怎麼回事？」

「主公，您的爪黃飛電，不見了！」

「啊？」曹操聽聞，大吃一驚。

那爪黃飛電，是曹操最為心愛的一匹坐騎。體型高大威猛，通體雪白，卻又生了四隻黃色的蹄子。平日裡，曹操對這匹馬是愛若珍寶，聽聞爪黃飛電丟失，他如何能不吃驚？

「爪黃飛電，不是在馬廄裡嗎？」

「是啊，晌午時小人還牽著牠遛了一圈，之後便關在馬廄裡。可剛才小人去添加草料，卻見馬廄裡空空蕩蕩……」

曹賊

八章

項莊舞劍，意在沛公

「那可有什麼人進出過馬廄？」

「這個……小人也不清楚。不過這些日子，三公子經常去馬廄裡探望爪電飛黃，之前還騎了一下，但並未走出府門。」

「曹子文！」

曹操勃然大怒。他可以肯定，偷走爪電飛黃的人就是曹彰。

原因？很簡單！

那爪電飛黃乃汗血寶馬，性情也十分剛烈。若不是熟悉的人，根本就不會讓靠近。曹彰雖然喜愛爪電飛黃，但是之前並不太感興趣。他近來出入馬廄，是為了和爪電飛黃培養感情。再加上剛才卞夫人說，曹彰準備去河西找曹朋……許都到河西，千里迢迢，曹彰又豈會不知道，若是曹操覺察此事，定然會派人捉拿！

如此，他一定會選一匹寶馬良駒。

爪電飛黃速度奇快，而且耐力悠長。他若是騎著爪電飛黃蹺家，那許都城裡，還真沒有多少匹戰馬可以追得上。就算是典韋的赤兔馬，估計也就是和爪電飛黃不相上下。更何況，曹彰從離開到現在已有一個時辰，哪怕讓典韋騎著赤兔馬追趕，也未必能夠追得上曹彰。

「司空，這該如何是好？」卞夫人也急了！

她三個兒子，長子曹丕去了漆縣任職，如今二兒子又蹺家，跑去河西……這讓她怎能不感到惱火。同時，卞夫人心裡又暗自責怪自己，早知如此，就不逼著他和那孫氏女圓房了。

曹操冷靜下來，在臺階上徘徊。片刻後，他突然笑了：「既然那混帳東西想要立一番功業，那就隨他去吧。立刻派人前往河西，通知友學，讓他好好照顧子文……不，讓他好好操練這混帳東西。」

「司空，你……」卞夫人頓時大驚失色，「河西那麼亂，友學剛得了任命，恐怕還未站穩腳跟。子文這時候過去，豈不是給友學添亂？要不然，若子文到了，讓友學把他送回來？」

曹操無奈的搖搖頭，「夫人，子文既然能跑一次，就能跑第二次、第三次……他既好為將，那索性就讓他去好好歷練一番……爪黃飛電，乃汗血寶馬，西域良駒，本就應馳騁疆場。只是隨著我，恐難有機會，就讓牠跟著子文，好生馳騁吧。」

卞夫人聽罷，也不好再說什麼。她也知道，曹操既然決意下來，恐怕是不會再有改變，可是……想了想，卞夫人欠身與曹操告辭。

在回去的路上，她招來心腹，吩咐道：「立刻派人通知大公子，讓他多加留意。若見到子文，就把他給我抓回來……這黃鬚兒，真是越大越不讓人省心！」

章九　文姬之請

許都，雞飛狗跳。

河西，卻顯得格外平靜。

竇蘭兵不刃血的將三個部落納為部下，顯示出極為高明的手段。而曹朋也只能在一旁看著眼紅，他現在是沒有那個底氣，否則的話，肯定會和竇蘭爭搶一番。

隨後，竇蘭和曹朋在紅澤東部平原選中了建城之所。

雙方又是一番激烈的討價還價後，曹朋得到了一塊面積約萬頃的土地，其中，可供耕種的面積只有兩千多頃。可以感覺得出來，竇蘭對曹朋的戒心非常重。從中原遷徙過來的八千戶人口，恐怕更適合農耕生活，而竇蘭給曹朋的萬頃土地，更多卻是雜草叢生的荒原……

從這方面來說，竇蘭是在限制曹朋。但曹朋也沒有其他的選擇，只能在面積上加大了要求。反正就目前而言，當八千戶人口抵達河西時，至少能有一個聚居之所。接下來就是建城等事宜，同時，曹朋還要派人前往長安，向衛覬請求各種輜重。相比之下，屯田所用的牛羊倒顯得不那麼重要……

這裡是河西，水草豐茂，紅澤有至少一半的人是依靠游牧而生，當然不可能缺少耕牛。

粗略估算了一下，移民最快也要在入冬後抵達。

曹朋還有充足的時間，來解決他目下必須要解決的難題……比如，西涼馬騰！

但出乎曹朋的意料之外，馬超從紅水集逃走之後，馬騰並沒有任何動靜。至少在過去的十餘日當中，無論是馬騰還是羌胡，都沒有表現出要對紅澤用兵的跡象。

這也讓曹朋有些擔心。馬騰越是表現的平靜，就越是危險。

曹朋估計，馬騰是在等！他在等待一個適當的機會，而後一鼓作氣，拿下紅澤。

如今，紅澤剛剛開始整合，各部兵馬還未行動，待紅澤整合到最關鍵的時候，恐怕也就是馬騰出手之時。那時候，紅澤人忙於整合，根本不可能抽調出兵馬，甚至會出現各自為戰的情形，也就省去了馬騰許多麻煩。

能為一方諸侯，自然有其過人之處。

馬騰能夠盤踞半個涼州，與羌胡友好相處，那麼他的手段，也絕對不簡單……

一想到這些，曹朋難免感到一陣頭疼。

選好建城之所後，曹朋並沒有在紅澤繼續逗留。

西北牧原，自有鄧範和龐統負責，無須他花費太多的心思。而且，鄧範也派人告知，他們此次在西北牧原掠奪了近六千休屠各人。梁元碧適時的出現，讓鄧範省去了很多麻煩。

建安五年的屠各胡騎，在經歷了近二十年的顛沛流離後，早已失去了當年的悍勇。隨著梁元碧被俘，兩千胡騎被李其擊潰之後，整個休屠各部落便籠罩在一片慘澹愁雲之中。能夠活命，便足以讓他們感到開心。

首批千人左右的休屠各青壯，已在前往廉縣的路上。押送這千名青壯的，正是王雙。鄧範也無法抽調出太多人手，只派出三百人押解。但對於毫無鬥志的休屠各人而言，三百人足矣。

曹朋得到消息後，逕自趕赴廉縣。

獅虎獸果然不愧寶馬良駒之名，三天的路程，只用了一天半的時間便抵達目的地。

看得出，如此長途跋涉，並沒有讓獅虎獸感到疲憊。從牠輕鬆自如的神態來看，這一點點的路途對牠而言不過是小試身手，不值一提。曹朋欣喜萬分，命人好生照拂大黃。

在尹奉和梁寬的帶領下，曹朋走到廉縣城外……或者說是廉堡更為合適！廉堡的面積，甚至不到廉縣的一半。昔日殘破的城垣經過簡單的修繕，變成了廉堡周邊的一道羊馬牆，牆高約有半人，可以有效的延緩敵人的攻擊速度。而城內的荒草，也被一把大火燒得乾乾淨淨，呈現出一片焦黑之色。

作為河西北面的門戶，廉堡的設計顯然是經過了一番認真的考慮，並且形成了一個完整的規劃。

「如果按照原來的計畫，城牆四丈足矣。但田副使認為，既然將軍欲使廉縣為門戶，那麼就必須要考慮到它的軍事用途。一俟發生戰事，廉縣……不，是廉堡將成為河西的第一道防線。其用途就在於，和靈武谷成為一線，能夠盡可能的拖延敵軍速度，以保證後方做充分的準備。」

「所以，田副使建議，廉堡城牆必須加高，六丈至八丈為妙。城中最好挖出地窖，能保證儲存下廉堡三個月的軍糧。同時，如何使靈武谷和廉堡配合得當，也需要做出一個周詳的籌謀。末將到目前為止，只建好了一面城牆。但若是休屠各首批千人苦力抵達，最遲在入冬前，一定可以將廉堡營造完畢。」說著話，尹奉將一張圖紙攤開。

這是田豫在離開廉縣之前，畫出來的一張簡易圖紙。

曹朋一邊觀看，一邊仔細的詢問圖紙上的每一個微小細節。看得出，田豫向尹奉解釋的非常清楚，所以當曹朋詢問時，尹奉都可以迅速的給出一個滿意的答覆。

「尹校尉，此次你們攜帶的糧草輜重，能堅持多久？」

尹奉笑道：「將軍只管放心，鄧校尉領兵來時，準備了充足的糧草輜重。抵達廉縣……哦，廉堡之後，對糧草輜重的消耗也極為控制。以目前的情況而言，足以支撐到十月末。」

「可是，你有沒有考慮，那些苦力到來後的消耗？」

尹奉一怔，頓時露出尷尬之色。

曹朋道：「接下來，將會有兩千苦力抵達廉堡，如果算上這些人，糧草可支撐到什麼時候？要知道，這些苦力關係到廉堡的進度，所以要保證他們有足夠的力氣幹活才行……按照你剛才的說法，我估計最多到九月中，就會消耗乾淨。」

「這個……」

「立刻派人，持我令符前往長安。請衛覬將軍調撥五千石糧草，務必要在十月前送抵河西。」

「末將這就去辦理。」尹奉連忙拱手應命，表示將此事記下。

而後尹奉又帶著曹朋，在工地上走了一圈。曹朋發現，賈逵在一旁吞吞吐吐的，好像有什麼事情。

「梁道，有事嗎？」

賈逵咳嗽了一聲，有些為難的說：「曹中郎，有件事情，末將必須要告訴您……此前，您從匈奴帶回來的蔡大家母子三人……咳咳，並沒有隨使團返回許都。」

「啊？」

「田副使曾勸說過她，可是蔡大家非常堅決，說若田副使一定要他們去許都，她寧可帶著兒女離開這裡，反正怎麼也不願返回許都。田副使見勸說無效，也只好隨了蔡大家的主意。之後蔡大家便從軍營中搬走，在城南十里外搭建了一座茅屋，暫時住下。末將也沒有其他的辦法，只好派了一伍軍卒在旁邊守護。蔡大家還說，若將軍回來，還望能見上一面……」

蔡琰沒有隨使團回許都？這著實出乎了曹朋的意料……

她留在這裡是什麼意思？難道說，是懷念漠北這苦寒生活？

想到這裡，曹朋不禁一蹙眉，倒吸了一口涼氣。他這次奉命隨使團出使，就是為了讓蔡文姬歸漢，重返故土。可她卻留在了河西！也不知老曹是什麼反應。

「如此，就請梁道帶路，我這就去拜會蔡大家。」

曹朋說罷，便招手示意尹奉和梁寬過來。

其實，營造廉堡的事情已經進入了軌道，並不需要曹朋花費什麼心思。曹朋吩咐，在兵營外再建造一座簡易的營房。天漸漸冷了，那些休屠各青壯過來，也要有個安身之所，與其到時候建造，倒不如提前造好，也可以讓那些人安心。

尹奉和梁寬拱手應命。

「其實，末將倒是能猜出蔡大家的一點心思。」在前往蔡琰住處的路上，賈逵輕聲對曹朋說道。

「哦？」

「末將覺得，蔡大家很可能是擔心她那雙兒女。」

「此話怎講？」

賈逵深吸一口氣，沉聲道：「河東當初也很複雜，有許多歸化胡人居住。那些歸化胡人和當地人成親後，生下的子女，相貌多有不同。特別是胡人相貌特徵明顯的孩子，時常會遭受其他孩子的欺辱，以至於後來，還發生過許多樁命案。」

「末將假絳邑長時，曾親手處理過幾樁命案……有的是那些孩子受了委屈，一怒之下出手無度；也有子女受欺辱，父母代為出頭。這種事情很難避免。在河東如是，若到了許都，恐怕情況會越發嚴重……我不知蔡大家這些年是怎麼度過的，但我留意到，她在看她那雙兒女的時候，是真心實意的關愛。蔡大家是聰明人，所以末將覺得，她很有可能是害怕回到許都之後，兒女被人欺辱，便決意留在河西。畢竟，河西雖說艱苦，卻好於在許都。」

曹朋聽罷，不禁輕輕點頭。他對蔡琰那兩個孩子有印象，說實在的，阿迪拐和阿眉拐都有著極為顯著的混血特徵，蔡琰的擔心也不是沒有道理。

河西，是胡漢混居之地，胡漢之分自然沒有中原那麼明顯。

歷史上，阿迪拐和阿眉拐是留在了匈奴，所以蔡琰才回到許都，又嫁為人婦。可現在……

這還真是一樁麻煩事！

曹朋搔搔頭，心裡苦笑一聲：這又該如何是好呢？

廉縣的風景很美！

在這裡，雖然無法和漠北浩瀚如煙的壯闊相提並論，卻又別有一番異樣的風情。

南行十里，有一座小山，山不高，甚至不到百米。山下牧原，有半人高，不時可以看到成群結隊的牛羊。

和紅澤相比，廉縣周圍的水草算不得豐美。可問題是，那些肥美的牧原，大多數被實力強橫的部落所占據，小部落根本無法和大部落抗衡，於是便四處遊蕩，尋找適合游牧的地方。小山崗下，居住著一個不足百人的小部落，蔡琰母子三人就暫時在這個小部落裡棲身。

雖說蔡琰母子搬出了兵營，可是賈逵卻不敢有半點怠慢。且不說蔡琰是曹操親自點名的人物，就憑她是蔡邕的女兒，也足以令賈逵肅然起敬。蔡邕雖死，可聲名猶在。賈逵和蔡邕並無關係，但同樣懷有一絲敬重，他派了一伍兵卒，專門負責保護蔡琰母子。

而那小部落的首領，雖然不太清楚蔡琰的身分，可是卻不敢流露出半點懈怠之意。

他們這些人在草原上如無根的飄萍，更沒有什麼靠山。而今廉縣駐紮了千餘兵馬，隱隱形成了一方

曹賊

章六 文姬之請

勢力，小部落想要繼續在廉縣生存，就必須依附對方。尋一塊好的駐地並不容易，廉縣周圍的牧原雖說不大，也不似紅沙崗、紅澤、休屠澤那般肥美，卻足夠使這些人過上安定平穩的生活。

所以，蔡琰母子三人在這裡，也不會受太多的委屈。

在部落的邊緣，有幾頂小帳，蔡琰母子就住在這裡。

時午後，秋日豔陽和煦，照在身上感覺暖洋洋的，非常舒服。風從石嘴山山口方向吹來，拂動牧草，如波浪般起伏，形成了極為獨特的風景。

蔡琰換上一身布裙，秀髮挽起，極為隨意的梳了個髻。她坐在小帳外清洗衣物。遠處，阿迪拐和阿眉拐正玩耍著，笑聲在蒼穹迴盪。

「阿娘，那邊有人來。」

阿眉拐突然呼喊，蔡琰抬起頭，擦了擦額頭上細密的汗珠，兩手在身前的布裙擦了擦，站起身來。她瞇起眼睛，順著阿眉拐手指的方向看去，就看見一隊人馬由遠而近行來。為首的一人，年紀不大，跳下馬八尺開外的身高，顯得極為壯碩。他身著一襲白裳，長髮盤髻，頭戴綸巾，肋下配有一口四尺長的腰刀。

「阿迪拐、阿眉拐，過來。」蔡琰連忙呼喊，兩個孩子立刻跑過來，站在蔡琰身旁。

幾名軍卒也從小帳裡出來，看到遠處行來的兵馬，立刻上前幾步，垂手肅立。

「蔡大家，尚安好否？」曹朋催馬上前，在距離蔡琰十幾步之外一提韁繩，甩蹬下馬。

「曹將軍，別來無恙。」蔡琰領著兩個孩子上前，向曹朋微微一福。

曹朋連忙伸手，虛扶阻止蔡琰行禮，「蔡大家，朋忙於軍務，所以怠慢了妳母子，還請見諒。」

「曹將軍客氣，是蔡琰任性，留在這裡，日後少不得會有諸多事情麻煩將軍。」

這娘兒們似乎猜到了曹朋的來意，一開口就堵住了曹朋勸說她返回中原的路子：我肯定會留下來！

你看我都把話說到這分上了，你也就別再勸我回許都了。

曹朋搔搔頭，不禁一聲苦笑。

「快見過曹將軍。」蔡琰低頭，對阿迪拐兄妹吩咐。

阿迪拐昂著頭，挺著胸，露出戒備之色。

反倒是阿眉拐極有禮貌的上前，向曹朋行禮，卻被曹朋攔住，而後抱起來，笑呵呵的問道：「阿眉拐，在這裡可還習慣？有沒有很乖？」

「阿眉拐一直都很乖。」

「哈哈哈，乖就好，乖就好。」

曹朋說著，抱著阿眉拐對蔡琰道：「蔡大家，咱們還是進帳中說話吧。」

「啊……你看看我，卻是失禮了！」蔡琰連忙側身讓路，請曹朋到小帳裡落坐，「賈司馬，你也請進來坐吧。」

「哦，那倒不必，末將還有些事情要和于仇賁吩咐。」

于仇賁，就是這小部落的首領。

這個小部落，屬於鮮卑種。早年也曾是草原上一個大族，但後來被敵對的部落打敗，便逃到了河西定居。與其說這是一個部落，倒不如說是一個家族，其所有成員都是家族子弟。

賈逵找于仇賁，說穿了是個託詞，他知道曹朋和蔡琰有話要說，所以也不方便參與其中。至於于仇賁，聽說賈逵到來，早已在一旁恭候。

曹朋擺擺手，示意賈逵自去做事。

他抱著阿眉拐，邁步走進小帳裡，卻見這小帳裡的陳設格外簡陋。一張地榻，幾乎占據了半個帳篷，上面鋪著有些陳舊的獸皮，還擺放著兩張長案。地榻旁有一個架子，上面只有幾件衣物。

章九 文姬之請

蔡琰從角落裡取出一張半舊的蒲席，頗有些不好意思的道：「曹將軍，剛安定下來，有些簡陋，還請將軍莫要見怪。」

看著眼前極有風韻的女子，曹朋幾乎不敢想像這就是鼎鼎大名的蔡文姬。在他看來，此時的蔡文姬，更像是一個家庭主婦，一個黃臉婆。他脫了靴子，走上地榻，在蒲席上坐下來，輕聲道了一句：「蔡大家，妳這又是何苦來哉呢？」

「嗯？」

「其實，妳大可不必擔心孩子受苦。司空很關心妳，還有許多人也都惦念著蔡大家。到許都，誰又敢欺凌妳母子呢？」

蔡琰臉色一變，那張吹彈可破的粉靨，輕輕抽搐了一下，「曹將軍，他們嘴上不說，但他們的骨子裡，終究是看不起我母子。在中屠澤的時候，我也時常懷念家鄉……我自己受委屈倒也沒什麼，可阿迪拐和阿眉拐……我不想他們在那樣的環境裡生活。我只希望，他們一輩子快快樂樂。」

曹朋沉默了！

半晌後，他嘆了口氣，沉聲道：「既然蔡大家已有了主張，那曹某也就不囉嗦了。只是河西的條件，遠不如許都那般好，卻讓蔡大家受委屈了……若妳有什麼需要，但說無妨。只要是在我的能力範圍之內，我定會盡力解決，還請蔡大家不要客氣。」

蔡琰笑了！

「曹將軍也不須客氣。蔡琰不是那沒經歷的女人，自會好生照顧自己。倒是剛才將軍說，有什麼需要可直說，不知當不當真呢？」

看著眼前這一身布衣，卻笑靨如花的婦人，曹朋心裡一咯登。

「自然當真……不過若超出曹某能力所及，恐怕……」

「妾身明白，明白！」蔡琰笑嘻嘻的站起身來，走下地榻，接著取來一個陶罐，給曹朋滿上一碗馬奶酒。「妾身確實有一件事，想要煩勞將軍。」

曹朋道：「何事？」

蔡琰猶豫了一下，這才期期艾艾的說：「不瞞將軍，阿迪拐已經長大，若在中原，他這年紀正是求學之時。可你也知道，他在中屠澤時，無法找到名師指點。妾身倒是可以教他識字，卻終究學識有限……我希望阿迪拐能得將軍教誨。」

「啊？」曹朋頓時愕然，看著蔡琰，半晌說不出話來。

妳還學識有限？鼎鼎大名的蔡文姬，琴棋書畫無所不能，那是歷史上有名的才女。估計貫穿中國五千年歷史，比妳有才學的女人也找不出來幾個，妳居然讓我教授妳兒子？

曹朋錯愕，而蔡文姬卻是一臉期待。

「阿娘，我才不要他來教我，我要阿娘教我。」阿迪拐呼的站起來，跳著腳大聲叫嚷。

蔡琰臉一沉，「阿迪拐，你休得胡鬧！曹將軍乃中原有數的名士，所作文章，為天下人所傳。你能得曹將軍教誨，是你的福氣。若再這般無禮，休怪阿娘家法伺候。」

看得出阿迪拐很孝順，蔡琰一翻臉，他立刻安靜下來。

不過，這並不代表他願意拜曹朋為師。

「曹將軍，妾身讀過將軍所作蒙學，敬佩萬分。阿迪拐這孩子雖然粗魯，但心性並不差，只是在漠北生活的久了，難免多了些蠻性。如果沒有個明白人教他是非輕重，將來必然會惹來殺身之禍，還請將軍慈悲。」

說著話，蔡琰起身，在曹朋跟前屈膝跪下。阿眉拐乖巧的走上前，和蔡琰一起跪在曹朋身前。

「阿迪拐，過來跪下。」

「娘……」

「你若不聽話，以後就不要叫我阿娘。」

這一句話，說得可是夠重。

阿迪拐雖有千萬個不願意，但卻無法違背蔡琰的意志，心不甘情不願的跪在曹朋跟前。

曹朋不由得瞇起了眼睛。

可憐天下父母心！當蔡琰跪下來的一剎那，曹朋突然間明白了她的這一番苦心……

阿迪拐是劉豹之子，而蔡琰肯定不希望自己的孩子將會和那些匈奴人相提並論。她寧願拋棄許都安逸的生活也要留在河西，就是希望孩子們能有一個寬鬆的環境。可是，如果離開中原的日子久了，那些故人的情分也會漸漸淡漠，將來阿迪拐長大了，總不能一輩子待在這裡，到那時候，他需要有人提攜。

而在蔡琰看來，眼前的曹朋無疑是一個最佳人選。如果能定下曹朋和阿迪拐的師生之誼，哪怕以後到了中原，也能有人維護他，總好過受人的冷眼和欺凌。

看看蔡琰，又看了看一臉不情願的阿迪拐……曹朋搔搔頭，苦笑一聲：「若蔡大家不怕曹某誤人子弟，那我就認下這樁事情。」

不管阿迪拐願不願意，這師徒之禮，一點都不能少。

如果是在許都，說不得要昭告眾人，宴請賓朋。不過在河西，一切從簡，倒也省卻了很多麻煩。

阿迪拐在蔡琰的注視下，捧馬奶酒奉到曹朋跟前，而後叩首三下。阿眉拐則抓著蔡琰的布裙衣角，好奇的看著哥哥行拜師之禮。

叩首後，曹朋解下了腰間的長刀，遞給阿迪拐：「為師身上也沒有什麼值錢的物品，這口刀乃家父親手所造，就贈與你為見面禮吧。」

阿迪拐一撇嘴，似乎是說：一口刀而已，有什麼了不起？

不過，當他看到刀上的鐵錘標誌時，不由得一怔，問道：「這是曹鉅子所造的鉅子寶刀？」

「嗯？」曹朋一怔，有些不明所以。

阿迪拐卻興奮的叫喊道：「阿娘，這是鉅子寶刀！這是鉅子寶刀！」

蔡琰也不由得愣了，忙走上前，從阿迪拐手中接過那口長刀，臉上閃過一抹凝重之色。

正如曹朋所猜想的那樣，蔡琰之所以讓阿迪拐拜師曹朋，另有目的。

她雖然不清楚曹朋在士林中的地位，但是卻看過那《八百字文》、《三字經》等文章。單從文章來看，蔡琰可以斷定曹朋在士林的地位不低，至少和世族間的關係不會太差，而且他又是曹操的族姪！蔡琰不瞭解曹朋，但是卻知道曹操的為人。

如果曹朋是個窩囊廢，哪怕他是曹操親子，曹操也不會委以重任。

使曹朋駐守河西，看上去是對他不太重視，可這河西關係到涼州漠北之地的安全，又豈是等閒人可以執掌？曹操把曹朋派到河西這種荒涼偏僻之所，正說明了曹操對曹朋的看重，若非有真才實學，曹操是斷然不可能讓曹朋出掌河西之地。

有才學、有名望、有地位……只這三點，足以說明一切問題。

阿迪拐如果與曹朋有師生之誼，那麼將來到了中原，也就能多一份保障。

可以說，蔡琰考慮的不可謂不周全。

今天見到曹朋，可以說是強逼著曹朋點頭。蔡琰只希望，曹朋和阿迪拐之間有這師生的名義足矣，不求曹朋對阿迪拐能有多麼重視，可沒想到，曹朋一出手，便給了阿迪拐一口寶刀。

這鉅子寶刀在南匈奴極有名氣，據說是中原的一位大匠所造，價值千金，而且是有價無市。劉豹手裡也有一口鉅子龍雀，價值二十匹良駒，平日裡極為重視，甚至連阿迪拐碰一碰都會使劉豹暴跳如雷。

而今，曹朋居然送了這麼貴重的禮物，讓蔡琰多少感到有些羞愧。

「鉅子寶刀？」曹朋不由得笑了，「蔡大家不要誤會，此刀乃家父所造，我臨行前，送了我十幾口。平日裡，我甚少使用它，既然阿迪拐喜歡，就權作是我這先生的禮物吧。」

「曹將軍令尊，就是曹鉅子？」

「想來是同一人。」

「曹將軍，不是孟德公的族姪嗎？」

「這個嘛……說起來可就話長了。」

看阿迪拐興高采烈，曹朋也露出了笑容。

果然是小孩子，好糊弄得很呢！他倒是不討厭阿迪拐，對他之前的失禮行為更沒有怪罪之意。小孩子嘛，難免會有點小脾氣，更何況阿迪拐的出身也不簡單。

蔡琰先是道了一聲謝，然後讓阿迪拐帶著阿眉拐出去玩耍。

「我本非譙縣人，原是南陽中陽山人氏……」

曹朋喝了一口馬奶酒，侃侃而談，將他的出身來歷一一說明，並把他和曹操之間的關係也告訴了蔡琰。蔡琰聽著，也是連連點頭，一雙美目，異彩閃動。原以為曹朋是靠著和曹操的關係爬上來，不成想他小小年紀居然有那麼多經歷。

遭人陷害，奇遇連連，背井離鄉，建立功業……曹朋的經歷，也算得上是一個傳奇。

蔡琰起身為曹朋滿一碗酒，「沒想到將軍竟有如此功勳，怪不得孟德公看重。」

曹朋笑了！

我的傳奇，可不止這些。我還是穿越人士呢！若非我的出現，說不定妳如今已是拋棄子女，又嫁作人婦。

「我聽說，伯喈公當年藏書甚多。」

「是啊，家父曾有藏書四千餘卷，只可惜長安之亂，使得那些藏書或化為灰燼，或不知所蹤。」

「那卻是可惜了。」

蔡琰眸光一轉，笑道：「莫非將軍也是愛書之人？」

「哦，愛書恐怕談不上，只是覺得那麼多聖賢文章就此失傳，著實有一些可惜。」

「家父藏書，妾身大都看過。雖無法將所有內容記下，但也能背誦十之一二。若是將軍需要，妾身可將其書寫，贈予將軍。將軍送阿迪拐珍貴禮物，而妾身卻無所答謝，就以這書籍，作為拜師之禮吧。」

曹朋不由得睜大了眼睛。

他知道蔡琰才學過人，可是卻沒想到，這女子竟然能妖孽到這種程度！四千餘冊書籍，哪怕是十分之一，也有四百冊，她居然能背誦下來，那是何等可怕的記憶力？

曹朋不知道，在原有的歷史上，蔡琰也曾在曹操的請求下，背寫出四百冊書籍。哪怕這一冊書只有幾百字，四百冊也有十幾萬字，乃至幾十萬字。如此龐雜的內容，這女子竟然可以背寫下來，果然不愧蔡文姬的名字。

「若真得如此，朋代天下讀書人，多謝蔡大家。」

而蔡琰只是淡然一笑，透出一抹風輕雲淡的從容。

曹朋命賈逵尋來紙筆，供蔡琰背寫書籍。同時，他連夜書信一封，命人送往許都曹操手中。

古人常有手不釋卷之說，對於書籍極為重視。蔡邕作為東漢極有代表性的文士，在這個時代，有著舉足輕重的地位。更重要的是，他的那些藏書，可稱得上凝聚了這個時代的精華。

長安之亂時，那些藏書付之一炬，絕對是文明的缺失。

章九
文姬之請

而今，蔡琰要背寫那些藏書，哪怕只是十之一二，也有著極為重要的意義。

曹朋知道，這些書籍背寫出來，曹操必然會向他索取。與其被動的被索取，倒不如主動告知。如此一來，曹朋還可以向曹操提出更多的要求，以滿足蔡琰的背寫。

當晚，曹朋又讓尹奉調出一什人馬，在部落中居住。

他不可能盯著蔡琰背書，因為手裡還有更重要的事情要做。廉堡的營造速度必須要加快。待廉堡營造完畢，他就可以把所有的精力集中於新城的營建……

第二天，曹朋帶著梁寬巡視工地。

正午時分，他回到軍營，剛坐下來就聽扈從稟報：「蔡大家之子阿迪拐，求見。」

曹朋這才想起，他已經是阿迪拐的老師。

昨天在蔡琰的住所已經說好，從今天開始，阿迪拐就要跟隨曹朋，隨行聽從教誨。可這一忙起來，曹朋差一點忘記了。於是，他起身走出軍帳，就看見阿迪拐站在大帳外的空地上，正好奇的打量著軍營裡的一切。

「阿迪拐，見過先生。」看到曹朋，阿迪拐上前行禮。

昨天，曹朋送了他一口鉅子寶刀，使得阿迪拐的態度發生了極為明顯的變化。不過在他的眉目之中，仍透著一抹桀驁之氣。

「阿娘讓我隨先生學習，但不知先生有何教我？」

這小子，看起來還是有點不服氣啊……曹朋見此狀況，不由得笑了。

「阿迪拐，你想學什麼？」

「我想學什麼，先生就能教我什麼？」

「呵呵，你說來看看。」

「我……」阿迪拐眼珠子滴溜溜一轉，「我想學技擊之術，不知道先生可否教我？」

「技擊之術？」曹朋不由得眯起眼睛，「你要學什麼技擊之術？」

「自然是能打贏別人的技擊之術。」

「這個嘛……卻也不難。不過，你想要學技擊之術，能吃得苦嗎？想要打人，先學挨打。阿迪拐，我知道你心裡並不服氣我，那我就先教你怎麼學習挨打吧。」

曹朋知道，對於這種桀驁小子，不能太客氣了。

蔡琰把阿迪拐託付給他，對他寄予了很大希望，曹朋自然不可能去敷衍了事……

先把他收拾妥了，再說其他的事情吧。

想到這裡，曹朋從扈從手中拿過來一支長矛，在地上畫了一個圈。他站在圈裡，笑呵呵的看著阿迪拐道：「小子，我知道你不服氣。這樣吧，我就站在這圈子裡，只要你能把我逼出圈子，就算你贏……我也不會逼著你學東西，而且還會為你遮掩。我比你大，也不欺負你，你可以用各種手段，我絕不用手腳攻擊。」

說罷，曹朋隨意一站，「小子，讓我看看你的本事有多大。」

他言語中透著一絲輕蔑，令阿迪拐惱怒異常。

「這可是你說的！」

「沒錯，我說的，而且說到做到。可如果你輸了，我讓你做什麼你就必須做什麼。若膽敢不聽，可別怪我收拾你。」

「好！」

阿迪拐一聲怒吼，踏步猱身，撲向曹朋。

此時，大帳周圍聚集了不少人，尹奉、梁寬和賈逵三人也都站在一旁，興致勃勃的觀看。

阿迪拐衝到曹朋跟前，一記窩心捶，便打向曹朋。而曹朋原地不動，冷笑一聲後，身體詭異的一扭，側身就讓過了阿迪拐的拳頭，也不見他手腳動作，只是一個簡單的甩胯，砰的就把阿迪拐直接撞飛了出去。阿迪拐被摔得一陣眩暈，爬起來，詫異的向曹朋看去。

「怎麼，就這點本事，也敢張狂嗎？」

「誰說的！我剛才是怕傷了你，沒有使出全力。下一次，我不會讓你了，看拳！」

說著話，阿迪拐站起身來，再次向曹朋撲去……

砰！砰！砰……

當阿迪拐那比之同齡人粗壯不少的身子，一次次被擊飛，摔在地上時，曹朋也不由得暗自讚嘆這小子超乎尋常的韌性。如果換一個人，早就爬不起來了！可阿迪拐仍一次次掙扎著站來，衝上來，而後再被曹朋擊飛出去，摔落在地上。

雖說曹朋控制著力道，但阿迪拐也禁不住三番五次的摔打。

一炷香的工夫，阿迪拐不斷的重複著同樣的動作。摔倒，爬起來，再摔倒，再爬起來……

以至於在一旁觀戰的尹奉等人，都開始暗自為阿迪拐叫好。

曹朋背著手，站在圓圈裡，看著阿迪拐掙扎著站起身，面無表情的說：「怎麼，認輸嗎？」

「不！」阿迪拐搖搖晃晃的向曹朋走來，倔強的吼道。

說心裡話，這小子不錯！

單只是這份不服輸的性子，就足以令曹朋重視。如果比氣力，阿迪拐遠遠不如曹彰；可如果比韌性，曹彰比阿迪拐可差了不少。

看看天色，曹朋不想再耽擱下去。

當阿迪拐再一次撲上來的時候，曹朋腳下一個滑動，再用胯部發力的同時，腳上有一個微小的抬起。

這一次，阿迪拐可就不是普通的飛出去了，只聽砰的一聲，小傢伙摔在地上，直接昏了過去。曹朋看了他一眼，伸手撣了撣身上的浮塵。

「梁道，帶他下去，找個醫官好生照拂。等他醒過來後，就送他回去吧。告訴他，不服輸固然是好事，但明知不可為而為之，就是不智。低頭，不等於認輸，自以為是，才是真正的愚蠢行為。」說完，曹朋便走進了大帳。

「一個是不服輸，一個是面冷心熱。」賈逵突然搖著頭笑了，看著尹奉道：「這小子有福了！將軍這一次，算是認可他了。」

認可了，代表著曹朋接納了阿迪拐，也就是說，阿迪拐的未來將會一片光明——只要曹朋活著，就會護著他！

賈逵和曹朋接觸的並不算多，但對曹朋的認識卻極為深刻。

兩個扈從將阿迪拐抬進了帳篷。有醫官為他檢查過後，確認他並無大礙，賈逵總算是鬆了一口氣。

待阿迪拐醒來時，天已經快黑了。

賈逵把曹朋的話重複了一遍，然後輕聲道：「先回去吧，將軍有事，現在不在營中。好好休息，如果真的願意聽從將軍的教誨，從明天開始，過來當值吧。」

阿迪拐低著頭，走了。

賈逵命人送阿迪拐離開兵營，而後直接進了軍帳。

曹朋並沒有出去，他明白阿迪拐需要時間好好考慮一下，因此現在見阿迪拐，並不合適。所以，他直接告訴賈逵，等阿迪拐醒來之後，讓他回家去考慮。

當賈逵走進大帳的時候，曹朋正坐在帥案後，舉著火燭，看著案上的一張圖紙。

圖上，畫著城市的結構圖，出自賈逵的手筆。

這是即將在紅澤邊緣營造起來的新城池，賈逵為此，也算得上是煞費苦心，盡可能的考慮到城市將來的發展，規劃的極為詳細。雖然無法和後世的城市相比，但看起來，至少能夠滿足曹朋的要求。

「梁道，你來得正好！」曹朋站起身，擺手示意賈逵坐下，「新城池，我很滿意……不過，必須要想一個合適的名字，然後上報給許都。我剛才在想，這新城池就叫做紅水縣，如何？」

賈逵頓時笑了！肯定的道：「末將亦認為，紅水縣三字最為合適。」

紅澤，有一個紅水集，是紅澤的核心。

之所以叫做紅水縣，就是要表明，這新城池才是紅澤真正的中心。至少從名字上來看，不知道的人會以為，紅水集只是紅水縣下屬的一個集鎮，隸屬於紅水縣。別小看了這個名字，一旦新城池營建完畢，勢必會對紅水集造成巨大衝擊。

曹朋招手，讓賈逵上前。兩人又討論了一些城池的缺失，而後將圖紙收起，交給賈逵，讓他做一些修改。

「那愣小子回去了？」

「回去了。」

「看上去情緒如何？」

賈逵笑了，「將軍，若你在一炷香的時間裡被人摔出去三十七次，最後還被摔暈過去，又會怎樣？」

「這個……」

「呵呵，將軍放心好了，那小子也不是不知好歹的人。他嘴上沒說什麼，可是我能感覺得出來，他心裡面已經折服。不過，我倒是有些羨慕他。」

「羨慕什麼？」曹朋笑道：「莫非你也想被我摔出去三十七次？」

賈逵聽聞，頓時露出恐懼之色，連連擺手，「將軍還是饒了我吧，逵這身子骨雖說結實，但若是被摔出去三十七次的話，恐怕之後的幾天裡都休想起身了。」

曹朋聽聞，放聲大笑。

他對賈逵的觀感非常好，這傢伙有能力，通曉政務，更知道察言觀色，頗有幾分機變之能。相比之下，龐統長於大局，但是在細節上卻無法和賈逵相提並論。最重要的是，賈逵有治理地方的經驗，這對於曹朋而言，也就更顯重要。

河西屯田一旦推行，勢必需要大量的人手。

要知道，這河西的面積遠非海西可以相比，至少要多出好幾倍。曹朋雖說有些經驗，可論及政務，卻不足為人道。之前在海西，有鄧稷、有濮陽闓，之後又有步騭、戴乾這些人幫持，才得以使屯田之法順利的推行，海西大治。而今在河西，面對著較海西數倍的面積，即便是有步騭協助，也難免會捉襟見肘。這個賈逵，若是能用得好，未必輸於步騭……

賈逵道：「蔡大家一生波折，經歷了太多苦難。如今，她所有的希望都寄託在了這對兒女的身上。阿迪拐今天雖然被將軍摔了三十七次，可日後，卻可以少去許多磨難。這，豈不是令人羨慕？末將是未成親，否則定會讓他過來，被將軍摔打一番，說不得也會和阿迪拐一般的成就。」

這好聽話人人會說，可也要看說得好壞。

賈逵從頭到尾，一句誇獎的話都沒有，可又句句都在奉承曹朋。

曹朋雖然兩世重生，但說到底還是個普通人。這般高明的讚譽，也讓他少不得一陣得意，拍著賈逵的肩膀笑道：「梁道，卻生了一張好嘴……好吧，既然你這麼說了，將來若你有子嗣，我也會摔打一番。只是到時候，你可不要心疼啊。」

賈逵大喜，連忙躬身道：「若如是，乃末將的福氣。」

「好了，早些休息，明天還有許多事情要做。過兩天休屠各人就要來了，我們務必要在月末將廉堡修建完畢，而後開始著手新城，到時候，有的你辛苦……我希望，那些移民抵達時，可以有一個安身之所。」

「末將定不負將軍重託。」

第二天，曹朋一覺醒來，發現天色已經大亮。連日的奔波，讓他著實有些疲憊，以至於起得比往常要晚。

秋天的朝陽，看上去很美，可是那隱藏在璀璨中的蕭瑟和肅殺，卻使人感覺有些寒意。

曹朋緊了緊衣襟，邁步走進中軍大帳，卻見一個矮小的身影正在趴在帥案上，用一塊抹布擦拭浮塵。

「咦？」他不由得一怔，「阿迪拐！」

少年連忙停下手上的動作，轉過身，恭恭敬敬的向曹朋一禮，「學生蔡迪，給老師請安。」

「蔡迪？」

阿迪拐搔搔頭，臉上還殘留著一絲浮腫。他輕聲道：「阿娘說，阿迪拐是老師的弟子，不可以沒有姓氏名字。所以便為學生取了蔡迪這名字，從今天以後，阿迪拐沒有了，只有老師的學生，蔡迪！」

蔡迪？菜地！

曹朋不由得啞然失笑。蔡琰還真是會取名字，居然給阿迪拐起了個『菜地』之名。想來，是取自阿迪拐名字裡的『迪』字。

「那你妹妹，不會是叫做蔡眉吧？」

蔡迪不由得一愣，脫口而出道：「老師是怎麼知道？阿娘的確是給妹妹取名蔡眉。」

這蔡琰，還真是偷懶啊！

曹朋莞爾，在帥案後坐下，招手示意蔡迪過來。

「蔡迪，你既然拜我為師，就須聽從我的吩咐。我知道，你並不喜歡讀書識字，可若只會舞刀弄槍，終究是難有大成就。你阿娘對你期望甚重，不但讓你拜師，還為你取了一個漢家兒郎的名字。為此，她將嘔心瀝血，背寫四百冊書籍，其中的辛苦，你將來總會明白。」

「你現在有了新名字，長大後，會接觸各種各樣的人，適應各種各樣的環境。若是不識字、不讀書，總是會吃虧，甚至會被人看不起。所以，你不但要習武，更要好好讀書。」

蔡迪聽聞，低下了頭：「學生，明白。」

「那好，從明天開始，每天五更起身，隨我練功。晌午時我會給你安排課業，若是完成了，午後才可以練習騎射功夫。晚上回去，須向你阿娘稟報你一天所學，並得到你阿娘的認可，第二天我才會教你新東西……現在嘛，去換一身衣服。從今天開始，你便是我帳下親隨，每月中時，領取俸祿。」

「我還有俸祿？」蔡迪吃驚不小，睜大了眼睛問道。

「廢話，你都快要十歲了，差不多也要成為大人了……難不成，還要靠你阿娘養活？」

「當然不是……」

「好了，現在聽我命令，去找賈司馬，領取衣甲兵械，再支取一些糧餉，回去交給你阿娘……午時過後，回營中聽候差遣。若耽擱了，可別怪我責罰與你。」

蔡迪如小雞啄米般，連連點頭。

看著他踉蹌跑出軍帳的背影，曹朋搖搖頭，不禁笑了！

章十 中山巨賈

一場秋雨一場寒。八月中的一場小雨，給河西草原平添了幾分冷意。是冷，不是涼！天陰沉沉的，看不到太陽。

曹朋下意識的緊了緊身上的白色裘衣，用力的吐出了一口濁氣。

「這就是士元給我的勞力？」他的臉色和天氣一樣陰沉，話語中透著一股冷意。

蔡迪站在他的身後，不由得打了個寒顫，偷偷看了一眼曹朋，內心裡陡然生出一種強烈的懼意。跟隨曹朋三天，還沒有看過曹朋憤怒的模樣。原以為自己的這個老師是個好脾氣，不管對誰都那麼溫和，可現在看來，他想錯了！當曹朋冷下臉的時候，周圍的氣溫好像降低了許多。包括賈逵、尹奉、梁寬等人，竟沒有一個敢站出來，一個個垂手肅立於曹朋的身後，噤若寒蟬，小心翼翼。

三天來，蔡迪聽說了不少關於曹朋的故事。

眼前的這位先生，可不是手無縛雞之力的文弱之人。他曾經以千餘人抗擊十倍於己的驍勇軍卒，也曾經搏命火燒白馬，使得近萬人喪生於火海之中，他自己差點也被燒死……曹朋在中原的威望，漸漸被蔡迪所知。他開始慶幸，母親為他找到了一個好先生。

但是此刻，即便是蔡迪這個曹朋的親傳弟子，也嚇得連大氣都不敢喘。

王雙跪在地上，顫聲道：「龐軍師說，將在外，君命不受！此次共俘虜休屠各人共七千四百人，但是軍師那邊也需要人手，所以把二十五歲以上、四十歲以下的青壯幾乎全部留下，大約有兩千七百人左右。其餘的人會陸續送過來，這批勞力的年紀雖然不大，但足以承擔營建城池的工作……之後還有三千餘老弱在路上，軍師說可以先送往紅澤，在那裡營建簡陋的營地供居住。」

在王雙身後，一隊隊衣衫襤褸的俘虜，雙手抱頭坐在地上。

一眼看去，這些勞力最大的可能在二十出頭，最小的也不過十四、五歲，身著各式各樣的衣物，看上去非常單薄。按照王雙的說法，這些人已是最好的勞力了。

曹朋也知道，西北牧原兩千兵馬，的確是有些危險。

事實上，他讓龐統過去，也是擔心鄧範的壓力太大。對他那位五哥的性子，曹朋還算是有所瞭解。如果曹朋讓他把俘虜全部送來，鄧範一定會一個不留，把擔子全部擔在身上，而不會有半句怨言。龐統前往西北牧原，曹朋已經做好了被剋扣的準備，可是沒想到，這龐統剋扣的如此乾脆，將青壯人手幾乎全部扣留。

二十五歲到四十歲，正是身強力壯、戰鬥經驗豐富的年紀。

羌胡之地的男子，從小在馬背上長大，甚至是從小便學會了殺人和打仗的本領。可畢竟還是有區別的。十四、五歲的少年正是長身體的時候，能有多大的力氣？

但考慮到西北牧原鄧範所承受的壓力，曹朋就算是再不高興，也只能咬著牙忍受。

「次曾。」

「末將在。」

「這些人……可以嗎？」

尹奉搔搔頭，笑道：「沒什麼不可以，幾鞭子下去，不可以也必須可以。」

曹朋一蹙眉，猶豫了一下，輕聲道：「盡量保證他們的溫飽。廉堡的進度也不能耽擱，我會將這一千人全部留下，同時還要抽調出一千兵馬，在紅澤準備接受剩下的勞力……士元這一次，可真的是給我出了一個大難題。怎麼樣，一千軍士，能否保證完工？」

尹奉猶豫了一下，向賈逵看去。

而賈逵則沉吟良久，低聲道：「完工倒是沒有問題，只是這糧草，恐怕會有些緊張。」

「能支持多久？」

「九月中，最多九月中……」

「我已命人趕赴長安，請求衛覬將軍給予幫助。如果一切順利的話，估計在月初便能送達。到時候我會撥出一部分糧草過來，你們可是要做好窖藏的準備。梁道，從現在開始，你為廉堡長，次曾暫代廉堡尉之職。梁寬立刻點起一千兵馬，帶上足夠的糧草輜重，前往紅水，我隨後前去與你會合。」

眾人聽聞，拱手應命。

曹朋又看了一眼那俘虜營裡的一群少年，臉上露出惻隱之色。

「讓他們休息一天，先吃飽肚子再說。」曹朋說著話，轉身向兵營行去。

「遵命。」

第一次獨當一面，手握大權的滋味，原來並沒有想像的那麼美好。

人口、人口、人口……曹朋第一次如此迫不及待的希望增加人口。

前世，人口爆炸，小小的縣城裡人滿為患，看著都讓人感覺心煩意亂；可是現在，他總算是明白了偉人為什麼說出『人多好辦事』的話語。如果他手裡人口充足，何至於這般束手束腳？只可惜，這河西草原的人口不少，卻難為他所用。

這和海西的情況不同。

海西雖說混亂，卻有一個可用的人口基數，有一座城池擺在那裡。

而在河西，什麼都沒有！沒有城池，沒有土地，更沒有可用的人口……紅澤雖有幾萬漢民，卻不會聽從曹朋調遣。曹朋甚至相信，竇蘭等人這時候一定在等著看他的笑話，甚至隨時準備出手，將他從河西趕出去。而那些羌胡牧民，自然也不可能服從他的命令。

麻煩，還真是麻煩！

原以為得了休屠各人，可以填補一下手中的人手空缺，哪知道龐統這傢伙如此狠毒，一下子把青壯人手抽調一空，只留下了一幫老弱病殘。

「將軍，其實也不必這麼緊張。」賈逵走進來，低聲的勸解道：「過兩個月，朝廷送來的移民抵達，不就有人可用了？」

「說是這麼說，但沒那麼簡單啊。」曹朋輕輕搓揉面頰，半晌後道：「梁道，交給你一件事情。」

「請將軍吩咐。」

「廉堡周遭百里，有多少牧民？」

「末將調查過，還專門找于仇賁打聽過此事。廉堡西至小松林，東至河水，北至靈武谷，南至天馬原，方圓百里，共有大小部落五十餘個。其部曲人員也非常駁雜，除少數幾個部落是類似於于仇賁那種家族制部落外，大都是混居部落，人口多的大約有四、五百人，少的甚至不足百人，林林總總加起來差不多也有近萬人。但彼此間相互沒有聯繫，有一些部落還存著深仇大恨。」

「戰鬥力如何？」

賈逵笑了，「一群烏合之眾，能有何戰鬥力？」

曹朋沉吟半晌之後，對蔡迪道：「去把次曾找來。」

曹賊

章十 中山巨賈

「喏！」

蔡迪身為曹朋的學生，除了跟隨曹朋學習之外，還擔負著傳令兵的責任。

他連忙跑出大帳，不一會兒的工夫，就見尹奉匆匆忙忙的跑進大帳，「將軍，有何吩咐？」

「這一千勞力同時開動，廉堡外牆，何時可有雛形？」

尹奉道：「最多十天！」

「那好，你這段時間多操演人馬。梁道你則多走動一下，盡量拉攏一些可以為我所用的部落。十天之後，次曾開始著手練兵，每五百人為一部，輪流出擊。凡對我有敵意，或不願聽從調遣的部落，盡數消滅。所俘人口，打為苦力，參與廉堡營建。告訴兒郎們，掠奪來的財物可自留四成，六成充公。總之，紅水縣開工時，廉堡務必整頓完畢。」

賈逵、尹奉二人聽聞，不由得露出駭然之色。曹朋這道命令若是傳到了許都……

不過，看曹朋陰沉似水的臉色，兩人也不敢勸說，拱手道：「末將必不負將軍重託。」

一日無事。

次日，天剛大亮，廉堡工地便熱鬧起來。經過了一天休整的休屠各少年，在士兵的督促下，走出戰俘營，開始了一天的勞作。

不得不說，龐統的安排很有道理。他只留下二十五到四十歲的青壯在西北牧原，充當漢軍僕兵；同時又把老弱病殘分成兩撥，年邁婦孺皆送往紅水。如此一來，三方互有襟肘，都存有幾分顧慮。加之曹朋對這些少年倒也沒有太過苛刻，至少保證了他們可以吃飽肚子。

這是三國！一個戰亂不止、易子而食的時代。能吃飽肚子，已經是一件極為奢求的事情。

加上家人被曹朋看管，龐統在他們出發之前，已經讓他們按照家庭狀況登記造冊。一人逃，舉家亡；

一人反，左鄰右舍皆被株連。所以少年們也非常老實。

而曹朋呢？

在廉堡開始動工之日，他便帶著王雙和蔡迪，並百名軍卒，離開了廉堡。

「先生，我們這是要去哪裡？」離開廉堡之後，蔡迪忍不住輕聲問道。

曹朋搓揉著面頰，半晌後回答道：「紅沙崗。」

紅沙崗？那裡可是雜種鮮卑的地盤。

蔡迪沒來由的一個哆嗦，因為他知道，當初就是雜種鮮卑把他們母子從申屠澤搶走。雖然他也知道那是自家老師的吩咐，可是對於雜種鮮卑，蔡迪始終存有幾分畏懼。

「公子，咱們去紅沙崗做什麼？」

曹朋微微一笑，「去看看檀柘是否已準備妥當，若有可能，我還要從那裡榨出些油水。檀柘在紅沙崗也有些年月了，我相信，他那部落裡總會有些好東西。」

王雙不禁笑了！看起來，公子已有了對策……

紅沙崗，位於賀蘭山腳下。東西走向的賀蘭山，在這裡呈現出一個扭曲蜿蜒，造就了紅沙崗極為獨特的地貌特徵。海拔高於整個河西的地平線，似乎是與賀蘭山連成一體。這裡的水草很豐美，面積也不小。山中溪水，潺潺流出，在這裡匯聚成了一條水量充沛的河流。

檀柘的雜種鮮卑，就落在紅沙崗上。其總體人數少於紅澤，但貴在聽命於一人。

整個河西地域上，雜種鮮卑和紅澤形成了對峙，誰也奈何不得對方。而散落於河西的其他部落，明顯不如這兩方勢力，所以也只能避開這兩處最肥美的牧原，尋找適合他們居住的地方。

這已經不是曹朋第一次來紅沙崗，但上一次他匆匆來，又匆匆走，並沒有仔細的觀察過這塊牧原，

章十
中山巨賈

而現在，他有了充足的時間。再一次光臨紅沙崗時，曹朋不由得暗自稱讚這紅沙崗的地勢獨特。

這裡，也可以作為一處根基，營建城池。

如果不是紅沙崗的地理位置所限制，曹朋甚至想要拋棄紅澤的那塊土地……

紅沙崗的地勢太好了！易守難攻，土質也適合漢民農耕的條件。進可取河西牧原，退可依賀蘭山為根基！只是它的位置，相對於整個河西牧原而言有點偏，也造成了紅沙崗的影響力比不得紅澤。

要興建城池，所需要考慮的因素有很多。

軍事上、生活上、交通上還有政治上等等的各種因素，都必須要納入考慮。曹朋前世是一個小警察，說實話，他對這些東西並不太瞭解。可重生之後，他所接觸的層面不斷提高，也使得他的眼光隨之發生了變化！

如果是在剛重生的時候，曹朋一定會毫不猶豫的選擇紅沙崗為根據地。可是現在……

曹朋一行人剛進入紅沙崗，檀柘便得到了通知。

洪都率部前來迎接曹朋，兩人相見，又是一番熱情的寒暄。

「公子，何故來這裡？」

曹朋笑道：「怎麼，不歡迎嗎？」

洪都連忙搖頭，「怎能不歡迎公子？公子可是我部落的貴客。本來，我家大人是要親自前來，但不想來了一個重要的客人，所以只好命我前來迎接。臨行之前，我家大人還說，他會在王帳中備好酒宴，招待公子的到來。」

「客人？」

「嗯，從中山而來。」

曹朋一聽，心裡微微一動：中山，袁家的人？

他向洪都看去，卻見洪都搖了搖頭。

示意身邊牙將退後幾步，洪都道：「公子放心，我家大人的心思倒是沒什麼變化，這段時間，一直在著手準備出漠北的事情。只不過呢……您也知道，這部落裡的人口眾多，舉族遷移，難免會牽扯到方方面面，所以也就顯得有些麻煩。估計，檀柘大人會在開春後進入漠北草原……」

「開春後才動作？那會不會有些晚了？」

「沒辦法，如果現在進入漠北，勢必面臨嚴冬。檀柘大人也必須要考慮這方面的問題。據說，南匈奴的局勢還不太明朗，檀柘大人覺得，現在和去卑聯絡，並不是好時機。他想要再等等，估計待開春時，南匈奴就能明朗一些，到時候再與去卑聯手……」

當真是小看了天下人！

曹朋原以為檀柘不難糊弄。可現在看來，這傢伙的心思也縝密得緊呢！

兩人一路走，一路低聲交談。洪都盡量的把部落裡的形勢告知曹朋，也一再保證檀柘絕不可能會改變主意。

而在曹朋的腦海中，卻不經意的有了一個想法，只是這想法還不太完善，曹朋決定待穩定下來之後，與龐統等人好生商議再說……

傍晚時分，曹朋一行人抵達紅沙崗王帳。

檀柘極為熱情的出迎，和曹朋好一番寒暄。而後，他領著曹朋走進王帳，將王帳裡的女人們都趕了出去。

「北中郎怎麼有時間來我這裡？呵呵，我可是聽說了，北中郎最近做好大的事情，把個紅澤幾乎鬧翻了天，還讓馬壽成吃了一個大虧。不過，北中郎要小心一點。馬壽成可不是那種能吃虧的人。他一定會報復你的，而且我還聽說，唐蹄最近與武威聯絡的很密切。」檀柘笑著，在不經意中透露出了一個消息。

也許是無意，也許有心！

曹朋心裡不由得一咯登，暗道一聲：馬騰取紅澤之心不亡，果然不肯善罷甘休。

不過，在表面上，曹朋卻透著渾然不在意，「馬騰，不足為慮。他若是不來，我倒是不介意和他相安無事；但他若是來了，我也不會輕易放過。」

「哈哈哈，我就知道，北中郎早有防範。」

說著話，檀柘舉杯邀酒，和曹朋共飲一爵。他手裡的青銅爵，看上去有些年月，這可是一件不可多得的好酒具。兩人喝的酒，也是來自中原的上好玉漿。雖說比不得司空府裡窖藏的美酒，但是卻好過曹朋所喝過的大多數酒水。

這一瓿玉漿，估計要十貫上下。曹朋不由得瞇起了眼睛，暗自琢磨檀柘之前接待之人的來歷。

河北？中山？又不是袁家的人……曹朋一時間還真想不出，檀柘接待的人是何來歷。

這種玉漿，可不是等閒人就能買到。即便是一些官員，哪怕身為一郡太守，也未必能買得起這種酒水。而河北來人，竟能送來這樣的美酒，豈不是也說明了一些情況？

想到這裡，曹朋不禁更加好奇。

酒過三巡，菜過五味，檀柘突然問道：「北中郎，我聽說你手頭還有很多公務，今天來我這紅沙崗，恐怕不單單是為了我這幾杯酒水吧？」

曹朋沉吟了一下，一拱手道：「檀大人……」

「誒，什麼大人不大人，那都是那些下人們的稱呼。北中郎是司空族姪，又是北中郎將，牧守河西，將來檀柘少不得要麻煩北中郎。若北中郎不嫌棄檀柘粗鄙，你我就以兄弟相稱，豈不是更顯得親近？將來檀柘到了漠北，和那些傢伙說起來，能與北中郎為兄弟，臉上也能多幾分光彩呢。」說罷，檀柘哈哈大笑。

曹朋也笑了，一拱手道：「固所願也，不敢請耳。」

他組織了一下語言，這才開口道：「兄長，小弟今日前來，的確是有些事情，想要求得兄長幫助。我知道兄長在紅沙崗這些年，手下也有不少奴隸。而小弟如今，最缺的就是人手，特別是強壯的勞力，令小弟頗感到有些頭疼……兄長即將出漠北草原，肯定會有一些奴隸需要處理，若是可能，還請兄長幫襯一些，小弟也不會平白無故的要求，自會予以補償。」

「補償？」檀柘眼睛一亮，「如何補償？」

「卻不知兄長想要什麼樣的補償呢？」

檀柘哈哈大笑，「兄弟，我現在需要的東西可多了……且不說別的，我準備來年出漠北，到時候少不得要和人爭奪牧原。兵器、盔甲、弓矢，我全都需要，卻不知兄弟能否提供？」

「這個……」曹朋陷入了沉思。

自漢武帝推行鹽鐵令，中原一直控制著對北疆的鐵器交易。在鹽鐵令推行最為嚴厲的時候，北疆異族不得不將大量的銅錢融化，重又鑄造成武器。有一段時間，中原甚至禁止銅錢對北疆的流出，其嚴厲程度可見一斑。

當然了，此時非彼時，如今中原混亂，鹽鐵令幾同於無。

不過，即便是這樣子，曹朋想要把大批鐵器販賣給檀柘，同樣也不太可能。曹操對鐵器的控制，同樣嚴格，雖比不得歷史上最嚴厲的時期，但也極為重視。畢竟，這北疆異族給中原帶來了太多的災難。

「若是所需不多，小弟倒是能想些辦法。可如果數量太過於巨大，我恐怕……」

檀柘一擺手，「賢弟，我不需要你賣鐵器給我。」

「哦？」

章十

中山巨賈

「這樣吧，我給你介紹一個人。」說著話，檀柘抬手，擊掌三下。

只見帳簾一挑，從王帳外，走進來一個著白裳、身披大紅裘衣的中年男子。此人身高大約在七尺七寸左右，體型瘦削而單薄。看年紀，應該在四十到五十之間，頜下一綹美髯，胸口繫著一個鬚囊。他走進王帳，與曹朋一拱手，「見過北中郎將。」

「閣下是……」

檀柘笑道：「兄弟，這是我一個多年的老朋友，當年在河東時就有往來……說起來，他和你還有一點恩怨。我今天讓他過來，就是希望你能恕他則個。」

和我有恩怨？

曹朋不由得瞇起了眼睛，問道：「你，是哪裡人？」

「在下乃中山國人氏。」

中山！

曹朋的臉上露出一抹恍然之色，突然笑道：「中山國人氏……和我還有些恩怨？」他抿了一口酒，閉上眼睛，沉吟不語。

那中年男子和檀柘，都不由得露出了緊張之色。

半晌過後，曹朋說道：「如此美酒，非等閒人可以得之，更不要說是長途跋涉的運送。中山國累出豪商，而與我又有些恩怨的人家……你是姓蘇，還是姓張呢？」

中年男子一怔，旋即露出苦澀笑容，「久聞北中郎將才智過人，今日一見，果然名不虛傳。小人蘇雙，幾年前在雒陽時，與北中郎將有些誤會，得罪之處，還請北中郎將恕過。」

中山蘇氏！果然是中山蘇氏……

就說嘛，中山國人氏，和自己還有一點恩怨，似乎也只有這中山國的蘇氏一家。

四年前，曹朋的結義兄長朱贊被害，曹朋奉命出任雒陽北部尉一職，尋找殺害朱贊的凶手。其中經歷過許多波折，也發生了許多事情，而且也死了很多人。小小的雒陽，牽扯頗廣，其中就有中山蘇氏的人參與之中，並且協助劉備行事。

後來，案件偵破，陳群加大了對雒陽的管理力度，使得蘇氏在雒陽失去了落腳之地。

不過在當時，蘇氏並沒有什麼反應。他們雖行商天下，但根基並不在河之南，而是在河之北。河北是袁紹治下，蘇氏自然不擔心曹氏報復。再說了，官渡之戰未爆發，幾乎天下人都認為袁紹必勝，蘇氏又怎可能貿然和曹朋進行聯繫呢？

只是後來，袁紹戰敗，河北岌岌可危。而袁尚、袁譚爭奪不休，增加了對河北商人的盤剝。

蘇氏在這種情況之下，所受到的衝擊可想而知。作為河北巨賈，自然也就成了二袁眼中的肥肉。蘇雙的合作夥伴張世平，同樣是中山國巨賈，最終因受不得盤剝，而決意造反。只可惜，他還沒來得及起事，就被袁氏覺察，滿門被殺。

蘇氏也因為和張世平之間的密切關係，受到了袁氏的打壓。好在蘇氏經營馬匹，和張世平所經營的鐵器性質不同。蘇雙從胡人手中購得馬匹，與胡人有著密切的聯繫，也正是因為這個原因，使得袁氏不敢壓迫太甚。但即便如此，蘇氏也承受了巨大的壓力，幾乎快要無法在中山國立足……

曹朋對蘇氏，倒是沒什麼敵意。兩家之前是各為其主，說不得誰對誰錯。

相反，他對蘇雙這個人很感興趣。這傢伙的出手著實闊綽，當初怎麼就一擲千金，幫助劉備起家呢？抑或說，他是出於什麼考慮，看中劉備非池中之物？

這傢伙的眼光，也不差！

「蘇公，昔日你我各為其主，也算不得什麼恩怨。只是，你怎會來這裡呢？既然你擔心我報復，又何必見我？」

十章
中山巨賈

蘇雙苦笑一聲，敬了曹朋一杯酒，「蘇公二字，雙實不敢當。當初雒陽之變，蘇某未能及時反應過來，待後來想要和公子聯絡，卻又苦於沒有門路。我此次來，本是奉命來找檀大人購馬，不想在談話中得知，公子竟在河西，故而厚顏請檀大人代為引介，向公子請罪。之前得罪，還請公子勿怪罪。」

官渡之後，曹朋因伏完之事，被罷免官職，勒令在家中閉門思過。

而曹朋本身呢，也刻意的很低調，幾乎不與外界有太多接觸。所以當時蘇雙有意和曹朋修復關係，卻不知道該從何下手，卻不想兩人會在這紅沙崗相逢……

檀柘說：「我雖需要大批兵器，卻無須兄弟你費心。蘇雙和我合作多年，自然清楚我所需的物品。只是這運送起來很麻煩，以前我們可以通過南匈奴領地，但現在南匈奴正值內亂，這條路線已不再穩妥。蘇雙希望開闢一條全新的商路，由河東經河西，把貨物送至我手中。」

「河東方面，蘇雙自會打理。可這河西……他與我提起此事，我便想到了兄弟。我也知道兄弟的困境，蘇雙如今也有困難，而我來年出漠北，同樣會有很多麻煩。既然如此，你我三人不妨合作。只要兄弟肯幫忙，其他事情都可以商量。」

走私！這傢伙竟然走私鐵器！

曹朋看向蘇雙，卻見蘇雙的目光極為真誠。

「公子也許奇怪，我從何處得來鐵器。很簡單，中山國本就擔負著為袁氏製造武器的責任……如今袁尚需要大量馬匹，對我也算是倚重。張世平死後，他所經營的鐵器生意便由我蘇家接手，我可以透過這個管道，向檀大人輸送他所需要的各種物品。剛才公子和檀大人的話，我也聽到了……這件事，蘇某可以應承下來，同時也可以提供各種公子所需的物品。於公子而言，只須開放河西通道，便可以解決很多麻煩，不知道……」

曹朋陷入了沉思。半晌後，道：「我現在最需要的，是勞力和兵力，而且很急……」

蘇雙向檀柘看去。

檀柘一笑，「這有何難，我手下可以立刻送給兄弟兩千奴隸，不知兄弟以為如何？」

「只要公子需要，蘇某也可以幫忙。」

「那……我需要做什麼？」

「除了開放河西通路之外，蘇某還希望，能求公子給一個名分。」

「名分？」

曹朋立刻明白過來。

所謂的名分，就是一個旗號。想必，蘇雙要打通河東通路也有些麻煩。如今的河東，為曹操所掌控。而河東太守，就是曹仁。此外，河東還駐紮著各路兵馬，徐晃、甘寧皆在河東。如果蘇雙沒個旗號，那麼想要打通河東商路，所要付出的代價必然驚人，而且還未必能夠成功。

於曹朋而言，似乎並沒有什麼損失。但實際上，如果蘇雙借他的名號為非作歹，還是會產生出極大的影響。

蘇家的情況，曹朋並不瞭解。貿然把旗號借給蘇雙，曹朋也不免有許多顧慮。

「此事，容我三思。」

「兄弟，這還要考慮什麼?依我看……」檀柘有點急了，想要開口勸說一番。但蘇雙朝著他擺了擺手，那意思是說：不要逼得太緊，這件事就由我來處理吧。

檀柘這才閉上了嘴巴。

傍晚的酒宴，有些不歡而散。

曹朋最終沒有答應什麼，只說需要考慮。檀柘為曹朋安排好了住所，眾人便各自去歇息了。

曹賊

章十 中山巨賈

玉兔東升，一輪皎潔明月，高懸於賀蘭山上。夜色漸深，紅沙崗被夜色籠罩，漸漸沉寂下來。一個人影，悄然來到了曹朋的帳前。來人發現，曹朋的帳篷外並沒有設下警衛，心裡不由得一動，旋即便明白過來。

「蘇雙求見北中郎將。」

「進來吧。」

蘇雙一挑帳簾，閃身走進帳中。

只見這帳篷裡燈火通明，曹朋坐在榻上，看著蘇雙，臉上帶著一絲笑容。

「蘇先生，深夜來訪，不知有何指教？」

哪知道，那蘇雙撲通一聲就跪下來，痛苦失聲道：「公子，救我！」

「先生，這是何故？」

蘇雙連連叩首，臉上透著驚恐之色，「公子高智，想來早猜到蘇某今夜會來。不瞞公子，若非從檀柘口中得知公子在河西，蘇某已準備來年舉家前往漠北。」

「哦？」曹朋上前，將蘇雙攙扶起來。

「蘇先生，據我所知，中山蘇氏也算的上是大族，雖非名門望族，但是在中山國的根基卻很深厚。先生為何突然想著要逃離中山國呢？」

蘇雙在地榻上坐下，苦笑道：「但凡有活路，蘇雙又怎肯背井離鄉？公子有所不知，如今這河北的局勢已糜爛不堪。早年間，袁公活著的時候，雖說對我等商賈有所提防，但還算有一條活路。可袁公故去之後，袁尚少不更事，與袁譚打得不可開交。同時，他聽從謀臣的主意，對我等商賈打壓甚重。」

「我蘇氏累世行商，也算是有些家底，可……袁尚小兒一方面命我等捐獻錢糧，一方面又不斷盤剝……我那老友張世平，幾乎被盤剝得傾家蕩產，逼不得已才要起兵造反。我現在接手了他的鐵器生意，若非還有一條馬源，只怕也要造反了！」

曹朋沉吟片刻，「若只是如此，也不必背井離鄉啊？」

蘇雙道：「袁氏當亡，曹公當興。我被逼輔助袁氏，若曹公蕩平河北，又豈有我的活路？蘇家雖說在中山國有些根基，但畢竟不是名門望族，袁氏滅亡之時，只怕也是我蘇家滿門蒙難之日。我思來想去，想藉這次為袁尚購馬的機會，去漠北求條生路……正好聽說檀柘也要去漠北，我便動了心思。不過既然公子在河西，蘇某想與其去漠北，倒不如投奔公子。蘇某願以蘇家累世之財，求河西一立足之地。」

曹朋明白了！蘇雙這是害怕了。

歷史上，蘇雙和張世平是什麼結局，曹朋並不太清楚。不過張世平一家滅亡，想必符合歷史；而蘇雙最終的結果，很有可能是逃往塞外。

商賈，商賈……想要河西發展起來，商賈不可或缺。

當年鄧稷能把海西治理得當，也是有九大行會的支持。

而現在，曹朋想要把河西治理好，沒有商人，又怎能成功？相比之下，海西的黃文清等人，遠遠比不得蘇雙。至少，蘇雙這傢伙可是在歷史上留了名號的人物。

蘇雙從懷中取出一卷竹簡，雙手呈上，「蘇某酒宴時所言借公子旗號，實欲將家產獻上。」

在古時，奉上家產清單，也就等同於是向曹朋效忠……

曹朋接過竹簡，並沒有打開來查看。

「蘇雙，非是我不願接納你蘇氏一家，實在是我目前所面臨的情況，並不樂觀。」

蘇雙聽聞笑了，「今公子所憂者，不過是人口而已。檀柘手裡倒是有些奴隸，不過在蘇某看來，與公子杯水車薪罷了。或可暫時穩住，但從長久而言，公子還需要更多的人口，才能壓制住河西本土的那些勢力。雙有一計，或可為公子解憂……」

章十一

人口販賣計畫

曹朋愣住了！

這句話聽上去，怎麼這麼耳熟？

如果這句話是從龐統、賈逵這樣的人口中說出來，似乎見怪不怪。可你蘇雙一個商人，還『一計』？裝，你真他娘的會裝……

不過，曹朋還是想聽聽，蘇雙究竟有什麼好主意。不要小看了天下人！蘇雙這腦瓜子放後世，也是個了不得的主兒。只看他能支撐偌大家業，在各方勢力間遊走自如，本事和見識也差不到哪兒去。

「還請先生指教。」

蘇雙的臉上笑容更盛。只是在燭火的照映下，他那一臉的笑容卻透出幾分奸詐和陰鷙氣息。

「有漢以來，胡漢衝突不絕。胡人每每寇邊，掠奪人口和中原的財富，乃中原心腹之患。公子可知道，這漠北有多少漢民生活在淒苦之中？數不勝數！公子需要漢民，大可以向那些胡人購買。不僅是漢民，還有各種各樣的奴隸……只要公子出得起價錢，那些胡人絕對不會拒絕。非但不會拒絕，甚至會主動出擊，為公子擄掠奴隸。這樣一來，公子又何須擔心河西人口不足？」

「雙不才，累世與胡人交易，關係還算是密切。若公子願意，雙願為公子奔走漠北，收購各種奴隸。而且，公子若有足夠的本事，雙甚至可以為公子買來塞上胡騎，聽從公子調遣。」

販賣人口？

曹朋頓時一驚！他聽出了蘇雙的話外之音，分明是要他針對塞上胡人，展開人口販賣的活動……

蘇雙說得不錯，那些胡人可以擄掠漢人，當成奴隸販賣，那他為什麼不能讓胡人擄掠胡人，為河西增加勞力？

眼睛不由得眯成了一條縫，曹朋輕聲道：「蘇雙，這事情你可有把握？」

蘇雙傲然一笑，「公子放心，蘇雙沒有別的本事，但要說行商，只要價錢合適，雙可以讓那些部落大人們連他們的爹娘都當成貨物來販賣。今漠北塞上，諸胡林立，鮮卑自檀石槐故去之後，早已沒有了當年的興盛……另外還有丁零等胡族虎視眈眈，塞上胡人之間的矛盾，絲毫不遜色於中原諸侯之間的恩怨。只須一點點利益，那些胡人就會像狗一樣聽從調遣。若公子信我，雙可以保證在年末之前，為公子帶來三千胡騎，以及萬人苦力。」

曹朋陷入了沉思。

販賣奴隸，的確是一個增加河西人口的好辦法。只是這樣做，不免有失天和……

可曹朋更知道，在這個可以易子相食的時代裡，他的那些慈悲，會成為他致命的弱點。

抬起頭來，曹朋從懷中取出一塊腰牌，道：「蘇雙，你持此令牌，回河北之後，可以找曹仁將軍，就說你是我的人，讓他設法協助你舉家從中山國撤離。河西正值百廢待興，我甚需要你這樣的人來幫忙。必要的時候，你還可以找甘寧將軍，請他出兵相助，我會在河西恭候大駕。」

「雙，敢不效死命！」

蘇雙聽聞，頓時喜出望外。這表明，曹朋已接受了他的投靠。

曹賊

章十一

人口販賣計畫

說實在話，背井離鄉，非蘇雙所願，他世世代代居住於中山國，根基就在中山國，若非迫不得已，他是不願意離開家鄉。但如今的形勢，卻容不得他做其他選擇。袁氏諸子對河北商賈的盤剝和壓迫，已到了蘇雙無法忍受的地步。

在別人看來，蘇雙接下了張世平的鐵器生意，似乎是一件天大的好事，但蘇雙自己清楚，他現在鋪的攤子越大，所承受的壓力就越大，日後的處境也會更加危險。

最明顯的一點，便是在蘇雙接下張家的生意之後，袁氏門下的名門望族便加大了對他的打擊力度。一邊是當地世族豪門的打擊，另一邊是袁氏諸子的盤剝，還有那不可確定的未來，都使得蘇雙產生出一種無法承受的壓力……

蘇雙不是普通的商人，雖說他有野心，但也知道自己並沒有戰國時呂不韋的眼光和魄力。

不過，這並不代表他看不出袁氏的結局。

曹操一統北方之勢，已無可挽回。隨著河之南的穩定、關中的平靜，河北早晚會成為曹操的地盤。但問題是，蘇雙與曹氏並無聯繫……

此前他協助劉備，後來蘇家還參與了漢室和曹氏之間的爭鬥，已註定了蘇家的結局。若不是走投無路，他也不會想到逃往漠北。只是，他沒有想到，會在河西遇到曹朋。

因為之前蘇家在雒陽和曹朋之間的衝突，使得蘇雙對曹朋也做過一些必要的研究。

他是個奇怪的人！

商賈在這個時代的地位不高，頗有些受人輕視。可這位曹友學，似乎對商人極為看重。之前在海西時，許多人以為是鄧稷的功勞，但蘇雙卻發現，海西發展最好的階段，恰恰是曹朋在海西的時候。整合商市，建立行會，透過官府和行會之間的聯合，平穩物價，產生出不可估量的作用。

蘇雙曾與好友張世平私下裡說：「鄧叔孫能在海西得大治之名，多虧了曹友學給他建立的基礎。若非曹友學將兩淮商賈凝聚一處，海西必然無今日的盛況。」

曹朋離開海西之後，兩淮行會雖然依舊興盛，但是卻再也沒有大的發展。

在外人看來，海西九大行會從海西走出來，遍布兩淮之地，已經是了不得的發展。可是在蘇雙眼裡，海西行會之所以能走出海西，恰恰是曹朋給他們打好了基礎。而曹朋走後，不管是鄧稷，還是後來的步騭，乃至於現在的闞澤……他們延續了曹朋之前的政令，但終究比不得曹朋的重視，以至於最終被局限在徐州。反倒是曹朋離開海西後，與陳群開設銀樓，才進一步提升了海西行會的地位。

關鍵在於曹朋！

所以當蘇雙得知曹朋過來的時候，臨時改變主意，希望能得到曹朋的認可！

在蘇雙看來，海西行會雖然發展迅速，但並不是黃整那些人有本事。

同樣的環境，如果換作是他蘇雙在海西，可以在最短的時間裡，將行會的觸角延伸至江東地區，乃至荊襄九郡。

當時，他和張世平說：「黃文清、潘勇之流，皆短視之徒。曹友學為他們創造了一個極佳的環境，可是他們卻未給曹友學任何幫助。離開了曹友學，不出十年，海西行會必然衰落。若我是黃文清、潘勇，定然和曹友學緊密合作，為他排憂解難。唯有得曹友學的支援，商賈才可以得到更大的發展。可惜，那些人都未能看出端倪……」

按照蘇雙的想法，行會就應該為官府服務，為官府排憂解難。

行會，不應該是獨立於官府之外的機構，只能是官府的附庸。唯有這樣，才可以獲得官府更大的支持，獲得更大的發展。從某種程度上而言，蘇雙的這種想法，已隱隱擺脫了這個時代的官商概念，而與後世的官商有一定程度的相似。

他希望能藉此機會，與曹朋取得合作。他需要曹朋這張保護傘，同樣的，蘇雙也知道，曹朋需要他

章十一
人口販賣計畫

這樣的商人來支持！

結果嘛……不出蘇雙所料。

曹朋接納了他蘇雙。

但越是這種時候，蘇雙就越是清醒。曹朋接納了他，可如果他不能給予曹朋足夠的幫助，那麼最終會被曹朋所拋棄。對他而言，這萬里長征他才走出了第一步。如果想要得到曹朋的重視，他就必須要不斷做出成績……

「蘇雙，我現在需要勞力，大批的勞力，而且現在就要，你有沒有什麼好辦法？」

機會來了！

蘇雙輕聲道：「公子想以最快速度獲得勞力，還須找檀柘幫忙。」

「哦？」

「據雙所知，檀柘帳下的漢奴，數量不少。」

「可是……」

蘇雙再道：「公子，檀柘乃貪鄙之人，好財貨。昔年張世平在富平縣，有一庫藏，為的是存放貨物，便於與那些胡人進行交易。張家滅亡後，他那庫藏就少有人知曉。雙願將那庫藏獻於公子，以解公子之難。」

「此外，檀柘開春就要出漠北，也正是為公子所用之時。得罪馬騰？他沒那個膽子，也不太可能大興干戈……可是，這河西有許多獨立的部族，若公子出手，必然會引發諸多變數，但如果是檀柘出手，嘿嘿，公子只須出財貨便是，檀柘自會為公子效力。他這個時候，可不會有太多的顧慮……」

讓檀柘出兵攻打那些獨立部落，掠奪人口，自己只須出些財貨，便能夠獲得大量的奴隸和勞工。

曹朋不由得暗自點頭，稱讚這個計畫不差。如此一來，他不但能獲得人口，還不至於背上罵名。

「檀柘，會答應嗎？」

蘇雙不由得笑了，「公子放心，檀柘若不答應，只可能是公子給的好處不夠……不如這樣，明日一早，咱們和檀柘商議。到時候，我會設法為公子和檀柘定下交易。不出一個月，必可保證，令公子暫時不需要為人口的事情操勞費心。」

曹朋眼中閃過一抹讚賞之色。他原本就是想要蘇雙出面，沒想到這蘇雙如此識趣，甚至不需要他開口便應承下來。

而蘇雙呢？

也覺察到了曹朋眼中的讚賞之色。他心中同樣感到高興：至少在目前而言，曹公子已經認可了我蘇家一門的存在！

只是認可！

但想要真正的邁進曹朋的這個圈子，蘇雙還需要更多的努力。

而在第二天，蘇雙就表現出來了這種努力的意志。當然了，作為一個商人，蘇雙可以輕鬆的掩飾住他的情緒，並在檀柘面前，表現出對河西的適當關注。

「北中郎將乃朝廷棟梁，當年在海西時，就令海西大治，由一個荒僻之地變成今日東部富庶之所……唉，恨只恨雙福薄，竟錯失了一個大好的機會……」

檀柘脫口而出道：「既然如此，何不定居河西？」

他本來也就是隨口那麼一說，並不是太在意。

蘇雙之前還沒來得及告訴檀柘，他準備逃離中山國，隨檀柘一同前往漠北。所以在檀柘看來，蘇雙也就是說說。哪知道，他這一開口，立刻引起了蘇雙的興趣，於是喋喋不休的在酒宴上，詢問曹朋在河西的規劃。

檀柘疑惑道：「蘇雙，你真要來河西？」

「是啊，河北袁氏早晚必敗！若本初公在時，尚可與曹公抗衡。但現在，本初公走了，袁氏諸位公子又不能齊心協力，彼此間爭鬥不休，實難以抵禦住曹公。我蘇氏和袁氏太過緊密，若留在中山國，早晚有滅頂之災。我知北中郎將有大氣度，不知道能否在河西，為我蘇家安排一容身之所呢？」

曹朋則恰到好處的表現出接納的心思。

接下來，眾人便談到了河西商路的問題。

曹朋在思忖良久之後，終於勉為其難的答應下來。

「兄長，河西商路我可以開通，但是我昨日所言的勞力問題……」

「這個簡單，我可以送給兄弟六百……八百，不，一千人，你看如何？」

蘇雙昨天提醒過曹朋，別看檀柘答應的痛快，那一千人很可能是一群老弱病殘。

「一千人，有些少了。」曹朋道：「我可以拿東西來換。」

「什麼東西？」

曹朋解釋：「不瞞兄長，家父是什麼人，恐怕你還不太清楚。家父乃許都的武庫令，執掌河之南和關中的武器更換事宜。他本身就是造兵大匠，之前曾創出雙淬火之法，使得兵器的品質獲得極大提高。如今，大批軍械已經準備完畢，將會在河洛地區率先推行更換，到時候會淘汰下大量軍械，只要家父願意，暗地裡扣除一些，也非不可能的事情。」

「三千支龍雀、八千支長矛、以及三萬弓矢，換兄長五千漢奴……如果兄長願意，我就立刻給家父寫信。」

這些軍械，是當年張世平在富平縣的庫藏。從富平縣運送至河西，不過一條大河的阻隔。

那庫藏當然不止這些，但曹朋也不會一次都拿出來做籌碼。

果然，檀柘心動了！

他看了看蘇雙，又看了看曹朋，露出猶豫之色。片刻後，他道了聲恕罪，便走出王帳。曹朋知道，他是去找人商議這件事情，所以也不著急。不過，鑑於酒宴上還有其他人在，他也沒有和蘇雙交談。

不一會兒的工夫，檀柘回來了。

「兄弟，能不能再多給一點？五千漢奴的數量，實在有些多了，許多漢奴並非我個人所有，必須要和其他豪帥商議。這樣吧，我湊足八千漢奴給你，一口價，八千支龍雀、一萬五千支長矛、十萬箭矢。只要你同意，我還可以再送你一百匹馬和三百頭牛羊，如何？」

如此龐大的軍械數量，足以令檀柘所部武裝到牙齒。

曹朋露出為難之色，手指輕輕敲擊食案。

「曹中郎，急需奴隸？」

「是啊！」

「有多少，要多少？」

「就目前而言，多多益善。」

蘇雙露出沉吟之色，片刻後起身，走到檀柘身邊，低聲交談起來。檀柘一開始連連搖頭，似乎不太同意蘇雙的主意，可漸漸的，他沉默下來。

「兄弟，你真的很需要人手是吧？」

「正是。」

「胡奴和漢奴都可以嗎？」

「這是自然，包括牛羊和女人。」

章十一
人口販賣計畫

檀柘向蘇雙看去，見蘇雙朝他點了點頭，於是他一拍桌子，「兄弟，是不是開春以前，有多少，你要多少？」

「當然。」

「那價錢怎麼算？」

「……」

在蘇雙左右逢源之下，曹朋和檀柘又是一番討價還價，最終確定了一個準確的價格。

首批八千漢奴，以六千支龍雀、一萬支長矛和八萬箭矢為代價，十天之內交付。其他再要交易，需要以糧米進行交換。

在蘇雙不經意的打壓下，最終敲定了價格。而這些物資，暫時不需要曹朋來費心。而且待蘇雙完成了任務之後，最遲在來年開春，會從中山國轉移大批物資，所以短時間內，曹朋不用太操心了。

解決了人口的問題，也讓曹朋感到輕鬆許多……

為了表示誠意，檀柘先把他部下的一千四百名漢奴集中起來，其中包括了男女老幼等各色人物。也許是經歷了太多的磨難，所以那些漢奴並沒有表現出太多的抵抗，一個個目無表情的集中一起。

同時，蘇雙還從他的扈從裡抽調出一百五十人的護隊，隨同曹朋一起押送那些漢奴前往紅澤。領隊的人名叫蘇由，是蘇雙長子。蘇雙藉由這種方式，表示了他對曹朋的臣服，而曹朋則無聲笑納。

三天後，曹朋啟程離開紅沙崗。

此次來訪，可謂是收穫頗豐，三方獲利。

蘇雙，得到了棲息之地，更獲得了一個靠山的護佑，不必逃去漠北忍受那苦寒朔風；檀柘，將得到大批軍械，增強他部落的戰鬥力，為日後在漠北立足打下了基礎；至於曹朋，收穫更加豐厚，不但解決了人口的問題，還得到了中山巨賈的投靠。

在曹朋的眼中，蘇雙的投靠，意義甚至超過了他手裡的這些漢奴。

「從今天開始，你們將重新成為漢民，我將會給你們最大的保護，但同時，你們也必須要付出你們的力量。我要在紅澤修建城池，務必要在入冬前形成規模。待來年開春之後，你們將不復奴隸身分……」

為振奮這些漢奴的情緒，曹朋在離開紅沙崗後，對漢奴們如是說。

不復奴隸之身？

漢奴們不由得精神為之一振。他們之中不少人原本就是普通的漢民。初平年間，他們有不少人累世居住關中，不想長安之亂，使他們流離失所。而羌胡之禍，更令他們背井離鄉，甚至失去了自由身。

成為奴隸，也就等於失去了一切，包括他們的性命和家人。

過去十年裡，漢奴們忍受著各種屈辱和折磨，漸漸的失去了希望。而今，他們將有機會重新恢復自由，生活在朝廷的護翼之下。不管是真還是假，曹朋的一席話，無疑給了他們一個希望，那一雙雙呆滯的眼睛裡，重新又燃起了希望的火焰！

曹朋領著這些漢奴，沒有去廉堡。只是在途經廉堡的時候，派人告之賈逵，讓他派人把蔡琰母子安全送至紅水縣。畢竟，廉堡日後作為軍鎮存在，並不適合普通人生活。

曹朋隱隱有一個想法，那就是在河西推行府兵制，把兵農合一、兵牧合一徹底貫徹下來。只要來年屯田能順利實施，最遲明年秋天，便可以緩解一部分困難。

到時候，蔡琰一家勢必要離開廉堡。

蔡迪年紀還小，久離家人並非一件好事。所以思來想去，曹朋最終還是決意，讓蔡琰隨他一同搬去紅水縣。

廉堡建成後，由賈逵和尹奉兩人打理足矣。此後，曹朋的精力將全部放在紅水縣。

章十一
人口販賣計畫

又經過數日的跋涉，紅水縣已近在咫尺。

梁寬早已紮好了營地。休屠各俘虜，還在前來紅水縣的途中。當曹朋領著一千五百漢奴抵達的時候，梁寬也不由得驚喜萬分，他手裡只有一千兵馬，駐紮在這裡著實有些空曠，四周幾乎全都是心懷叵測的敵人。哪怕曹朋和紅澤立下了盟約，可誰也不敢保證，那些紅澤人不會趁機發難！

好在紅澤人忙於整合，沒有餘力顧及這裡。

所以梁寬在紅水縣的幾日裡還算是平靜，並沒有受到什麼攻擊。隨著首批一千五百名漢奴的到達，梁寬心裡大定。最重要的是，曹朋親自坐鎮紅水縣，也使得梁寬多了幾分底氣。第二天，梁寬下令擴建營地，準備迎接更多的勞力。

三天後，休屠各人抵達紅水縣。

幾乎是在同一天，廉堡尹奉突然對周圍的部落發動了攻擊，在一天之內，掠奪人口近兩千人，可謂收穫頗豐。又因為廉堡地處河西極東之地，所以尹奉的行為，也沒有引起太多人的關注……不管是紅澤，還是其他的部落，都保持了沉默。

是夜，曹朋坐在中軍大帳之中，翻閱著賈逵送來的報告。

短短數日，廉堡兵馬共出擊六次，襲掠廉堡周圍大小部落共九個，掠奪大量的人口，並登記造冊。同時，隨著廉堡建設的加速，也開始有計畫的歸攏那些俘虜，投入建設當中。如此一來，廉堡的進度大大加快，預計在八月二十六日前便能完成廉堡外城建設。賈逵懇請曹朋，給予廉堡建設的下一步具體安排……

揉了揉太陽穴，曹朋放下報告。

人還是不夠啊！

紅水縣的營建已經開設，而廉堡的建設也需要加快進度。

勞力暫時夠了，但曹朋需要更多的幕僚參與其中。他開始感到後悔，早知如此，就該多帶些人過來。也不知步騭他們什麼時候可以到達，希望不要等得太久！

章十二

河西攻略第二彈（上）

蘇由走了！

他不得不暫時離開紅水縣。不過，蘇由並不是隨蘇雙一同返回中山國，而是另有任務。

在離開紅沙崗的時候，蘇由就得到了蘇雙的吩咐：不管發生什麼事情，都不可以離開河西，必須要盡可能的站穩腳跟，得到曹朋的認可。唯有這樣，蘇家日後遷來河西，才可以獲得更大的利益。

蘇由並不是商人，早年間還曾在安平書院讀過書，被舉為孝廉。

安平書院，並不為後世人所知。

提起三國，人們很容易想起潁川書院、水鏡山莊等地方，但實際上，安平書院的地位絲毫不遜色於潁川書院。

在河之北，有三大書院，分別是巨鹿學舍、安平書院和東武書院。其中，巨鹿學舍是官辦機構。而安平書院和東武書院則屬於私立書院，這兩家書院出自一姓，卻又分屬兩家。

安平書院屬博陵崔氏所創，其代表人物便是前太尉之子崔均，以及崔均之弟崔鈞……呵呵，沒錯，就是崔均和崔鈞。也許崔均的名聲不算顯赫，但他的兄弟崔鈞卻極有名氣。此人，便是襄陽四友之中的崔州平。

東武書院，為清河崔氏所有。

這兩家本為一族，後分裂為博陵、清河兩宗。兩宗之間的明爭暗鬥從未停息過，相互間一直在較勁兒。蘇由，屬於博陵崔子弟，擅長經典。

中山國蘇氏，累世經商，成為今日河北巨賈。但到了蘇雙這一代後，敏銳的覺察到單憑商人的身分，很難使蘇氏成為真正的豪門望族，於是便著重培養蘇由，希望蘇由將來可以在士林中有所作為。唯有這樣，中山國蘇氏才有可能真正的飛黃騰達起來。

只可惜，蘇雙的這個計畫還未來得及實施，袁紹已經戰敗。

本來，蘇雙已絕了讓蘇由入仕的念頭，可是碰到曹朋後，他這個想法便死灰復燃。家裡的生意，不需要蘇由費心，自有蘇雙次子蘇平來負責打理，蘇由只要能夠在曹朋帳下站穩腳跟，便是對蘇家最大的貢獻。

蘇由這次離開紅水縣，是奉曹朋之名，前往富平，取出張家庫藏。

八千漢奴的到來，的確是緩解了曹朋人手的壓力。可同樣的，也給曹朋帶來了一個新的難題——糧草、輜重，以及各類的生活物資。

曹朋本來準備晚一點再取出富平庫藏，可隨著八千漢奴的到來，令他不得不提前行動，否則單只是這八千漢奴的溫飽，就足以讓他感到頭疼。在決意取出富平庫藏的同時，曹朋不得不把目光投向許都，希望能尋求更多的幫助。

河洛換裝已經完畢，接下來將會開始在關中換裝。

當新的軍械裝備送抵關中時，會有大批陳舊的輜重裝備被淘汰……按照規矩，這些裝備軍械由武庫令清點登記造冊，而後進行處理。比如那些被淘汰下來的環首刀，會被送往河一工坊回爐。執掌換裝事

章十二

河西攻略第二彈（上）

宜的人，便是許都城門校尉，也就是曹朋的老爹曹汲。曹朋思來想去，似乎也只能從這方面著手。

曹軍換下來的軍械，在中原地區並不值錢，可是在西域、在漠北，這些東西還是能產生一些價值。

曹朋現在需要大量的物品，單純的依靠朝廷供給，顯然也不太現實。

曹操的主要精力都放在河北，輜重、糧草、軍械將優先供給河北戰場。至於河西……說實話，能夠得到的支持並不多。如果不搞些歪門邪道，曹朋還真不知如何是好。

前世，最討厭的就是這種事，沒想到重生三國，卻要做這種違法之事。

曹朋在心裡，也只好暗自安慰自己：為崇高的目標，老子可以不擇手段……

驅逐胡虜，振興河西！似乎算得上崇高目標了吧……

八月二十六日，廉堡外城建設，已經竣工。

根據賈逵送來的名冊，廉堡如今有軍卒一千三百人，其中騎軍三百有餘。這些騎軍，是從廉堡附近部落裡挑選出來的青壯，但還未形成戰鬥力。廉堡如今登記在冊的百姓四千多人，其中漢民不足四百戶，甚至不到廉堡總人口的一半，而其餘人口，多為歸化胡人。除此之外，還有一千多名胡奴，進一步造成了胡漢人口比例的失調。

賈逵認為：「若胡漢比例超過七成，勢必會令廉堡的局勢變得複雜。」

在認真考慮過後，八月二十八日，曹朋從紅沙崗送來的八千漢奴中，抽調出四百戶，約兩千人送往廉堡，以增加漢人在廉堡的人口比重。

對此，賈逵在欣喜的同時又哭喪著臉說：「一下子增加兩千人口，廉堡的糧草必然會出現失控。」

糧草充足時，人口不足；人口充足時，糧草又不夠。

而今已進入晚秋，待入冬以後，糧草問題必然變得更加嚴峻。單憑朝廷供給和富平縣的庫藏，恐怕改變不了這種狀況……該，如何是好呢？

曹朋發現，自己好像進入了一個怪圈。

九月，紅水縣破土動工。

隨著休屠各戰俘和紅沙崗的漢奴依次抵達紅水縣，曹朋面臨的問題越發嚴峻。

休屠各近四千人，再加上紅沙崗六千漢奴，單奴隸人數，已超過萬人。而曹朋手中的兵力，不過千人，比例明顯失調。

人口的增加，必然會帶來新一輪的糧草匱乏。即便是降低了伙食標準，依舊面臨巨大的危機。曹朋不得不再次派人前往長安，請求衛覬追加五千石糧食。可問題是，關中剛恢復平穩，各項事物同樣百廢待興，哪裡能供應如此眾多的糧食？

衛覬回信，將儘快調撥一萬石糧草，但是在來年開春之前，長安恐怕已無力持續供應。

也就是說，當這萬石糧草消耗完畢之後，河西將面臨絕糧危機，而關中很難再予以支持。

「怎麼辦？」

曹朋騎在馬上，在紅水縣的工地巡查。他輕輕拍著額頭，一臉苦澀的看著跟在他身邊的王雙和蔡迪兩人。

鄧範、龐統，在西北牧原；賈逵、尹奉，則留在廉堡，進行城堡內部的建設，難以抽身。

梁寬和姜敘，領兵打仗倒是一把好手，可若說治理地方、解決民生，卻無法給予曹朋幫助。

蘇由嘛，讓他處理一些文書還成，但涉及具體事務就顯得有些刻板，機變不足。

王雙和蔡迪……更別去指望了！一個是馴馬養犬，一個還是小屁孩兒，能指得上什麼大用？

曹朋再一次感受到身邊無人可用的痛苦，遇到問題時，連個可以商量的人都沒有。

找竇蘭解決麻煩？

章十二
河西攻略第二彈(上)

曹朋苦笑著搖搖頭，那幫子紅澤佬現在自顧不暇。再說了，就算是他們有能力幫忙，也絕不會出手相助，說不定，竇蘭父子現在正等著看他的笑話……

找李其？

那老東西奸猾似鬼，也靠不住！

一時間，曹朋竟生出一種前所未有的無助感：偌大的河西，竟無人可以幫我嗎？

「將軍，將軍！」

就在曹朋勒馬河畔，茫然四顧的時候，遠處突然傳來了一陣急促的馬蹄聲。

就見梁寬縱馬疾馳而來，在曹朋馬前停下後，梁寬拱手道：「將軍，許都來人。」

「哦？」曹朋一怔，臉上露出疑惑之色。

許都來人？他剛派人去許都，估計現在才過了蕭關，怎麼會有許都來人？莫非，是老曹有新的指示不成？

想到這裡，曹朋也不敢耽擱，連忙道：「人在何處？」

「已在紅水南十里處紮下營寨，並派人前來通知，請將軍過去。」

居然沒有直接過來，而是逕自紮下營寨？也就是說，來的人恐怕也不會太少了……

「隨我前去。」說著話，曹朋一抖韁繩，胯下獅虎獸希聿聿一聲暴嘶，仰蹄狂奔而去。

王雙和蔡迪也不敢怠慢，緊隨曹朋身後。梁寬則領著扈從，不緊不慢的跟在後面。

不一會兒的工夫，兵營已清晰可見。看規模，不會太大，人數當在四、五百人左右。營門口的一隊兵卒，清一色黑眊披衣，負弓挎刀，精神抖擻。

待看清楚兵卒的打扮，曹朋陡然間生出狂喜。黑眊！這些人分明是他手下黑眊精兵的裝束！難道說，是家裡來人了不成？他連忙催馬上前，在轅門外勒住戰馬。

隨著獅虎獸一聲嘶吟，那一隊黑毦警戒注視。

「公子？」為首的什長看清楚曹朋的長相，頓時欣喜若狂，連忙上前，單膝跪地向曹朋行禮。

「你們……怎會在這裡？」

「卑職此行，乃奉車侯所命。奉車侯說，公子在河西做事，恐人手不足。故而命郝昭司馬率部前來協助。」

郝昭，是郝昭來了！我的鐵壁將軍來了！

曹朋甩蹬下馬，剛準備進兵營，忽聽營中馬蹄聲響起。

兩個少年從兵營裡衝出來，老遠見到曹朋，為首的少年歡喜喊道：「先生，學生特來投奔，助先生一臂之力。」

「子文？」曹朋看清楚來人的長相，不由得大吃一驚。

原以為只是郝昭來了，沒想到他們也隨行過來……

曹彰、牛剛！

曹朋看著曹彰從馬上跳下來，三步併作兩步到他跟前，躬身行禮，腦袋有些發懵。他從未想過曹彰會來河西，以至於愣了半晌，才結結巴巴的說：「子文，你們怎麼來了？司空可知否？」

曹彰嘿嘿直笑，牛剛則撓著頭，閉口不言。

有時候，不說話比說話更具有表達力，曹朋頓時明白了，這傢伙定是蹺家出來。不過，他也沒有當著眾人的面呵斥，甚至連問都不問。

「好了，我們進去再說。」曹朋說著話，邁步往軍營裡走去。

而這時候，郝昭已帶著人從營中走出，見到曹朋後，他連忙躬身道：「末將甲冑在身，不能全禮，還請公子恕過。」

章十二

河西攻略第二彈（上）

「伯道，你怎麼來了？」

「奉車侯聽說公子鎮撫河西，擔心公子身邊無可用之人，所以命末將先行前來。子山他們已過了潼關，因八千戶移民遷徙，故而行動緩慢，預計要到下月中才能抵達。臨行之前，子山還要末將向公子問好，說他會儘快趕來河西，為公子效力。」

「此外，文珪也已抵達東郡。鄧校尉知道公子這邊的條件艱苦，所以正積極籌措糧草。文珪暫時在東郡等候，估計也是在下月抵達。文珪還說，鄧校尉已準備六千石糧草，會經由河東送抵河西。如今曹公對河北用兵在即，所以鄧校尉能給予的幫助也只有這麼多。」

鄧校尉，就是鄧稷。

五月初，原東郡太守滿寵渡河出鎮河內，舉薦了鄧稷為東郡太守。

為了這個任命，還引發了朝堂上的爭執。有的人認為，鄧稷太年輕，且身有殘缺，為屯田校尉尚可，但執掌一方，未免於理不合。好在，由於種種原因，使得清流並未參與這場爭論。這也就使得挺鄧派占了上風，最終通過這個任命。

鄧稷，近三旬，正式成為真兩千石大員，正式邁入了曹魏的核心階層。

隨著鄧稷出掌東郡，也代表著曹朋一家人已成為曹操的重臣。城門校尉、武庫令、奉車侯曹汲，東郡太守、屯田校尉鄧稷，北中郎將曹朋，一門六千石俸祿，在曹魏陣營中，堪稱少有。即便是似荀彧、郭嘉這樣的重臣，也沒有這等榮耀。

曹朋知道，他一家人已被推到了風口浪尖。

不過，誰在乎這些？曹魏早晚得天下，曹朋現在所要做的，就是抱緊曹操的大腿。

而此時，正是曹操走向巔峰的關鍵之時；司馬懿還在溹縣，充當著曹丕的幕僚，默默無聞；諸葛亮仍耕讀隆中，尚未三分天下（曹朋還不知道諸葛亮已經出山）。曹朋，已經走在眾人之前。接下來他要做的，就是不斷鞏固他的優勢。

郝昭在前邊領路，曹朋一行人走進兵營。

「伯道領幾多人？」

「此次來河西，共七百人，其中黑毦三百，飛毦一百，尚有三百僕從。」

「三百僕從？」曹朋愕然道：「這好端端，領許多僕從作甚？」

郝昭笑道：「此老夫人的安排。」

既然是張氏的安排，曹朋也就不好在說什麼了。依著他的品秩，許都現有六百黑毦和兩百飛毦。郝昭這一次，一下子抽調出了一半私兵，也算是一個極限了。當然了，隨著鄧稷和曹朋的地位越來越高，他可以蓄養的私兵數量也將隨之增加。

按照律法，曹朋身為北中郎將，可蓄養八百私兵；鄧稷身為東郡太守，同樣可以蓄養八百私兵。再算上鄧稷的品秩，曹朋家裡可蓄養兩千以上的私兵。可不管是曹朋還是鄧稷，卻不敢真的招攬這麼多的兵馬，如果他一家有兩千私兵，估計老曹會第一個找他們的麻煩。所以，到目前為止，曹家也不過八百私兵而已。

當然了，這也有精兵難尋的因素在裡面。如果曹朋真有兩千精兵的話，想來曹操會睡不著覺的……

「子文，你們怎會走在一起？」在大帳裡，曹朋疑惑的看著曹彰問道。

這時候就可以問了！因為帳中除了蔡迪，其他皆為心腹。

曹彰就把事情的緣由一一告之曹朋，最後道：「先生，我可不會回去！若你硬是要趕我走，我就隱姓埋名，和牛剛從軍。反正，我已下定決心，不立下功勳，不回許都。」

「子文還把曹公的爪黃飛電給偷了出來。」

「啊？」曹朋聽聞，也吃了一驚，但旋即又有一種哭笑不得的感受。

章十二

河西攻略第二彈(上)

郝昭說：「末將是在入潼關時，和子文相遇。本來我也不敢讓他來，但是……末將想了想，與其讓他自己過來，倒不如同行，至少可以安全些。」

看著曹彰一臉決絕，曹朋也有些頭疼。他挺擔心，萬一曹彰在河西出事，他難免會有一堆麻煩。曹操已經戰死了一個兒子，如果曹彰……可他又不願意回去，如果強迫他回去，反而可能會惹出麻煩，就像曹彰說的那樣，這傢伙真的敢隱姓埋名的去投軍。

算了，且讓他留下，看老曹怎麼決定吧。

「子文，我現在確實需要人手。不過我醜話說前面，你既然到了河西，就必須聽從我的命令。一開始，你也別想著立功殺敵，先跟在我身邊，做我的牙兵吧。等我什麼時候認為你能上戰場了，再讓你領兵作戰。蔡迪，子文之前曾隨我習武，也算是你師兄，你先帶他去熟悉一下環境。子文，來到這裡，我可不會給你任何優待，你就是一名牙兵。」

能留下來，曹彰已很高興，連忙上前道：「學生聽從先生吩咐。」

「牛剛，你年紀大，遇事穩重。我現在正著手營造紅水縣，也需要人手幫助。一會兒，你持我手令，去向梁寬報到，暫領軍司馬之職，與姜敘一起，負責監督那些奴隸。具體的事宜，我隨後會給你們安排。你給我記住，你現在和子文一樣，在這裡沒有任何特殊權力。」

「末將遵命！」

待處理了這兩個小麻煩之後，曹朋便讓蔡迪和王雙領他們出去。

「說吧，誰在營中？」

剛才郝昭說話時，隱隱透出了一絲口風，只是由於曹彰他們在場，使得郝昭也不好說得太明白。現在，曹彰他們出去了，曹朋自然要好生盤問一番。

郝昭搔搔頭，嘿嘿笑了：「公子，請隨我來。」

兩人走出軍帳，逕自來到後營。

由於匆忙，這營地尚未安排妥當。而且郝昭也知道，和曹朋見面之後，會重新安營紮寨，所以也只是簡單的立下營寨。整個營地，分前後兩個部分，前營為黑旄精兵和飛旄百騎；後營則是以奴僕為主，同時還監管著輜重的保護。

曹朋原以為，這三百奴僕全都是男子，可是走進後營才發現，還摻雜著一小部分女人，大約有四、五十人的樣子，年紀有大有小，大的有四旬上下，小的可能只不過十幾歲。

後營中，有三座小帳，一前兩後，呈品字形陳列。曹朋邁步走進前面的小帳，頓時目瞪口呆。

「妳們怎麼來了？」

「夫君！」

小帳裡，兩個女子正在整理。

一張地榻，幾乎占據了小帳的三分之二。地榻上鋪著整張的白狼皮墊子，上面還有一張書案。兩邊擺放著蒲席，使得這小帳形成了一個簡陋的會客之所。地榻下，有一個火盆，炭火燒得正旺，上面還掛著一個水壺，向外噴著水蒸氣。

兩頭站起來足有一人高、如同雄獅般的雪獒，本俯伏在地上，當曹朋走進來的時候，兩頭雪獒同時站起來，虎視眈眈的盯著曹朋。不過沒一會兒工夫，那兩雙冷森的眸子透出了喜意，衝到曹朋跟前，嗚嗚的發出嘶吟。

「大白？小白？」

當年劉光贈給曹朋四頭小獒，被黃月英四人分別領養。大白和小白，是步鸞和郭寰的寵物，這兩頭雪獒出現在這裡，帳中那兩個青衣小襖的女子身分也就呼之欲出。

聽到動靜，兩個女人都停下手中的活計，扭頭看向曹朋，露出驚喜之色。若不是郝昭在一旁，她二

章十二
河西攻略第二彈（上）

人可能已撲到曹朋懷裡。

曹朋愕然的看著眼前這兩個千嬌白媚的女子，又是一陣迷糊。

「此老夫人的命令，末將只是奉命行事。」郝昭說完，立刻退出了小帳。

而曹朋則站在地榻旁，在步鸞和郭寰的拉扯下，脫了靴子，登上地榻。

「小鸞、小寰，妳們……這簡直是胡鬧。妳二人不在家裡好好待著，幫我服侍娘親，怎跑來這河西之地？」

步鸞眼睛一紅，露出委屈之色。

郭寰輕聲道：「夫君，我姐妹來，也是得了司空同意。」

「哦？」

按照規矩，官員外放，特別是在外獨領一軍的時候，其家小不得離開許都。也算是變相的人質吧！畢竟領兵在外，沒個什麼襟肘總不讓人放心。

郭寰和步鸞是妾室身分，倒不算此列。如果是黃月英和夏侯真，就不會獲得允許。

「夫人說，夫君在這苦寒之地做事，若沒個照拂的人，她們難以放心。所以真夫人便找了環夫人，請她向司空求情。司空最後同意，讓我二人隨行前來照拂。」

曹朋恍然大悟，看著二女，半晌後嘆了口氣：「既知河西苦寒之地，妳二人何苦來這裡陪我受罪？」

「夫君做的好大事，我姐妹雖然沒甚本領，可至少能伺候夫君不受太多苦處。我姐妹隨夫君日久，多少凶險都經歷過來，又何況這區區朔風？而且，我們在這裡，碩夫人和真夫人也能放心，至少不必像之前那樣，整天提心吊膽……」

曹朋頓時無語。

這時候，門口兩頭雪獒突然間站起，發出低聲的咆哮。

「大白、小白，不許無禮。」

郭寰和步鸞連忙上前制止。

卻聽得帳外傳來一個蒼老且冷幽的聲音：「兩位小夫人，與公子可傾訴完衷腸？」

「誰！」曹朋呼的站起來。

話音剛落，只見帳簾一挑，從外面走進來一名男子。看年紀，約有五旬，臉上遍布可怖傷痕，令人不寒而慄。男子頭上裹著一塊黑幘，身穿一件黑袍，眸光陰鷙。

他走進來，見曹朋微微一笑，臉上的疤痕蠕動，讓人不敢與他相視。

「先生，何故在此？」曹朋看清楚來人，也是大吃一驚。

來人不是旁人，正是那化名袁玄碩，昔年董卓手下第一謀主，有涼州毒士之稱的李儒。此毒士，非賈詡之毒。或許在大局上，李儒不如賈詡，但在細節上，李儒未必遜色於賈詡。若非李儒，當年董卓也無法崛起涼州，挾天子以令諸侯。

四年前，曹朋奉命偵查朱贊被殺一案，強迫李儒為他效力。兩人曾立下十年之約，李儒此後便躲在曹府當中，隱姓埋名，甚少為人所知。曹朋萬萬想不到，李儒會跑來河西，以至於當他看到李儒時，不免感到了驚異。

郭寰和步鸞領著兩頭雪獒，悄然退出小帳。

李儒苦笑道：「我若不來，只怕公子將有殺身之禍。」

「啊？」

李儒脫了靴子，邁步上了地榻，坐在蒲席上。

曹朋為他倒了一碗水，有些緊張的問道：「先生剛才所言，是何用意？」

章十二
河西攻略第二彈(上)

「我懷疑，我被人看出了破綻。」

「什麼？」

「我是說……有人似乎已猜出了我的身分。」

「誰？」曹朋激靈靈打了個寒顫，連忙追問道。

李儒苦笑一聲，「除了那賈文和，還有什麼人？那傢伙曾在我帳下效力，對我並不陌生。幾個月前，賈文和突然登門，說是聽說我精通佛法，所以來與我論道。那傢伙何時開始信奉浮屠？當時老夫人不清楚狀況，於是便把他帶了過來。雖然他沒說什麼，可我有一種感覺，他可能猜到我的來歷……我覺察到情況不妙，正好郝昭要來河西，我便毛遂自薦，和郝昭一同過來避難。」

曹朋聽罷，頓時出了一身冷汗，賈詡是怎麼看出李儒的破綻？

眉頭扭成了一團，他這心裡面，也是頗為惶恐。

「那……」

「公子放心，賈文和估計也只是懷疑，卻無真憑實據。加之曹孟德現在對公子一家極為看重，估計他賈文和就算懷疑，也不會站出來戳穿。但我如果繼續留在許都，勢必會有危險。思來想去，還是在河西安全些。」

「那豈不是告訴賈詡，你……」曹朋一皺眉，心裡不免有些怪罪。

賈詡現在只是懷疑，可你一逃離許都，豈不是坐實了他的猜測？

李儒笑了！

「友學也不必擔心，就算是坐實了，又能如何？賈詡他斷然不會輕易來招惹你。他那個人，一向很謹慎，而且懂得自保之道。太師已經死了多年，就算曹孟德知道了我的身分，未必會真的殺我……反倒是他賈文和若真這麼做了，弄不好會得罪很多人，損人不利己，他絕不會去為之。我現在，喪家之犬耳！

垂垂老矣。只要我離開許都，就不會再有人追究此事。賈文和也明白，怎可能再得罪公子？」

曹朋搔搔頭，想想也是這個道理。

李儒待在許都，的確是有些麻煩……此前他找不到一個妥善的安身之所，故而只能讓李儒暫時留在許都。現在，他將在河西立足，讓李儒前來協助，正合了他的心思，也免去許多麻煩。

「先生能來，實乃朋之幸也。」

「哦？」李儒沉聲道：「莫不是公子遇到了麻煩？」

「不瞞先生，的確是有些麻煩。」

既然當初脅迫李儒，自然是希望李儒能為自己效力。或者說，能為自己排憂解難，出謀劃策。不過此前，也沒有李儒發揮的機會。除了幾次分析老曹的心思，李儒一語中的之外，幾乎再也沒有出彩之處，很多事情曹朋自己就能解決，而且在當時，他身邊也有不少人才，可以為他謀劃。

可現在，曹朋正在為無可用之人而頭疼，李儒的到來，恰好能為他解決一些問題……

兩人在小帳裡坐下，曹朋把他目前的問題，以及之前所遇到的事情，一一告知。

李儒看上去，神色自若。聽曹朋說完之後，他喝了口水，閉上了眼睛。

而曹朋呢，也沒有去打攪李儒，反而側身躺下，將身體埋在柔軟暖和的白狼皮墊子裡。從接手河西事務，到現在紅水縣破土動工，曹朋承受著無比巨大的壓力。也許在外人看來，曹朋總是顯得胸有成竹，一切盡在掌握的模樣，可只有他自己才清楚這一個月來，自己一直受著煎熬。

對於一個刑警而言，曹朋現在所面對的情況，遠比他前世處理的那些案件要複雜許多。哪怕在海西的時候，他上面至少還有一個鄧稷為他遮風擋雨，為他創造出了極為寬鬆的環境。

有人說，海西有今日的成功，曹朋和鄧稷的功勞，三七開——曹朋七，鄧稷三。至少在來到河西前，曹朋也有這種想法。

章十二

河西攻略第二彈（上）

可直到他真正要獨當一面的時候，才知道他之前的想法是何等錯誤。如果沒有鄧稷為他遮擋住淒風冷雨，他的種種想法恐怕也無法得以實現。換句話說，如果不是鄧稷，換一個人根本不可能那樣的支持他。就算他有天大的本事，也無處可以施展。要曹朋現在評價，海西的功勞，他和鄧稷應該六四開才對——鄧稷六，他不過有四分功勞而已。

他的那些奇思妙想、他的那些主張固然很好，卻需要有人執行才行。有奇思妙想固然是一樁好事，但是當執行的時候，鄧稷為他擔去了大部分的壓力。

正因為這樣，才有了今日的海西。換個人，海西又怎可能有現在的規模？

李儒到來之前，曹朋一直在獨力支撐。龐統在西北牧原備戰也好，賈逵在廉堡大興土木也罷，曹朋必須要竭盡全力，為他們創造一個環境，就像當初鄧稷為他做的那些事情一樣。而這些事，往往不太搶眼，看上去就好像是無所作為。

李儒來了！曹朋終於有一個可以傾訴的對象。

龐統雖然才華出眾，但比起李儒來，絕非一個好的談話對象。

當曹朋說完之後，俯伏在白狼皮上，感到了前所未有的輕鬆，竟不知不覺的睡著了！

小帳外，不時傳來喧譁聲。郭寰清脆的聲音，顯得是那般悅耳。

曹朋迷迷糊糊的也不知睡了多久，忽然間心頭一震，驀地醒過來。

李儒正悠閒的喝著水，那模樣，就好像他喝的並不是水，而是什麼瓊漿玉液一般，有滋有味。曹朋呼的坐起來，發現小帳裡已點起了燭火，兩支大蠟把帳中照映的非常通透。

天，已經黑了！

看曹朋醒來，李儒微微一笑，「公子，睡得可還好？」

白狼皮裡透著一股熱氣，以至於曹朋醒來，絲毫感覺不到寒意。他揉了揉眼睛，臉上露出赧然之色，撓撓頭，輕聲道：「先生何不喚我一聲？朋卻是失禮了！」

「哈，甚個禮？」李儒笑道：「當年邊章之亂，我初為太師謀主，和公子如今並無二樣。我還記得，那次我為太師謀劃成功之後，在慶功宴上便熟睡過去，一下子睡到了第二天正午……呵呵，剛才我仔細想了公子的計畫，並無太多的破綻。不過最大的問題，也許公子忽略了！那就是紅澤人雖是漢民，但是在河西生活百年，早已經和中原漢民不同。從某種程度上來說，那些紅澤人和羌胡並無二致。」

「哦？」曹朋精神一振，「還請先生指點。」

「公子的運氣不錯，先救了檀柘，至少在開局時，不至孤立無援。如果當時公子把治所選在廉縣，說不定會引起檀柘的警覺。正因為公子要另立治所，廉縣規模減小，才使得檀柘願意和公子交道。所以說，這個開局非常好。但問題是，公子想要在紅澤立足，用錯了方法。」

「哦？」

「那些紅澤人，有羌胡習性。什麼是羌胡習性？說穿了，就是欺軟怕硬。公子要和紅澤結盟，方向並沒有錯誤，只是在最初缺少了一個重要的環節，那就是立威！公子未能展現出足夠的力量，能夠立足紅澤的力量，以至於紅澤人在內心裡，仍覺得公子不堪一擊。應該給他們一點教訓，哪怕是主動挑起矛盾，也要展現出朝廷的威嚴。」

曹朋聽聞，不由得一蹙眉，「那萬一激怒了紅澤人，該如何是好？」

李儒哈哈大笑，「公子莫非以為，這些遺民，還有當年漢軍橫掃漠北的血性不成？」

「這個……」

「公子，有些時候，不可以考慮過多。對紅澤人絕不能一味懷柔，必須要展現出你的強硬。唯有這般，紅澤人才會老老實實的遵守盟約……說實話，竇蘭和公子的盟約，在某看來，一錢不值……公子覺得自己實力還不夠強橫，但以儒看來，足以給紅澤人一點小小的教訓。」

曹賊

章十二

河西攻略第二彈(上)

「可萬一刺激過頭了，豈不是麻煩？」

李儒聽罷，冷笑連連：「可問題是，他們敢嗎？」

這一夜，曹朋失眠了！

李儒的到來，給他打開了一扇窗戶，讓他看得更加清楚。細想起來，自己在河西的這段時間，確實有些低調，或者說有些軟弱，特別是在三十六部發動叛變之後，他居然坐視紅澤整合，而沒有插手其中，實在是有一些過於低調和軟弱。

沒錯，曹朋的確實力不足，但問題是，紅澤人泥菩薩過河，同樣自身難保，哪怕他出手了，紅澤人敢站出來反對嗎？

竇蘭自己的屁股還沒擦乾淨，那所謂的紅澤部落聯盟，更是脆弱的不堪一擊。如果紅澤人真的是鐵板一塊的話，也不至於被馬騰輕而易舉的分化。曹朋覺得，他被騙了！他被那所謂的紅澤百年盟約蒙蔽了眼睛，以至於錯失了大好機會。

李儒說得不錯，紅澤人在河西生活百年，早已不是純粹的漢民。也許在一百年前，他們的祖先還懂得忠孝仁恕，可現在這些紅澤人，和羌胡無異，和他們講究忠孝仁恕，無異於與虎謀皮。

就像龐統之前所說的那樣：竇蘭之所以願以和曹朋定下盟約，是因為他需要時間來整合。同樣，竇蘭也在利用曹朋的存在，來震懾馬騰……一俟他整合完畢，必將和曹朋反目。到時候，一切盟約都將變成空談，他們看重的，是拳頭大小。

愚蠢！

曹朋呼的坐起來，一拳頭擂在地榻上。

我真是他娘的愚蠢！

「夫君，發生了什麼事？」

這麼大的動靜，一下子驚醒了睡在曹朋身邊的郭寰和步鸞。

二女今晚和曹朋睡在一處，有道是小別勝新婚，分別數月，自然少不得一番天雷地火似的激情。郭寰，屬於典型的北方女子，體形豐滿，C罩杯的酥胸，呈桃子的形狀，握在手中可見乳波蕩漾；而步鸞呢，則是典型的江南女子體態，嬌小玲瓏，給人以柔弱之感。二女坐起身子，被褥滑落，酥胸半露，透著盎然的春意。小帳裡，火盆子中的炭火燒得正旺，讓人感覺很舒適。

兩頭雪獒俯伏在帳門口，疑惑的看著地榻上的三人。

曹朋揉了揉臉，有些赧然道：「別擔心，不過是想到了一些事情罷了。」

「夫君鎮撫河西，更需保重身體才是。天已不早了，夫君還是早些歇息，否則明天怕是沒了精神。妾身和小鸞，在這裡服侍。」

曹朋點了點頭，復又躺下。一直緊繃著的神經，在步鸞纖纖玉手的撫摸下，漸漸鬆弛。離開許都之後，曹朋就一直處於緊張的狀態中，特別是經歷了數次刺殺之後，更讓他難以放鬆下來。而到了河西，連軸轉不停。直到今夜，他才算得到了休整。

不知不覺，曹朋睡著了……

第二天一早，曹朋警醒坐起。

步鸞和郭寰已經不在，從帳外傳來陣陣的白粥香味。二女已經起來，親手操持著曹朋的早餐。東漢時，由於物資的匱乏，人們大都習慣於一日兩食。不過曹朋從棘陽開始，便養成了一日三餐的習慣，漸漸的，這個習慣也影響到了周圍眾人。

曹朋從榻上起身，披衣走出小帳。兩頭雪獒立刻迎上來，蹭著曹朋的腿，好一陣子的親熱。

曹賊

章十二 河西攻略第二彈(上)

曹朋伸了個懶腰，精神為之一振。

起霧了！

深秋的霧水很重。天不亮，霧氣生成，有時候到辰時也不曾散去。而且，這霧水會頻繁出現，形成了河西一道獨特的風景。

站在小帳門口，隱約可看到營地中的篝火跳動。不過，人影相對模糊，不走到近前，很難看清楚模樣……

「夫君，起身了？」步鸞一身素衣布裙，捧著一個托盤走到近前。

一碗濃稠的麥粥，上面漂浮著嫩綠的蔥花，看上去賞心悅目，再配上兩個蒸餅，還有兩個小菜，早餐還算是豐富。當年在海西時，步鸞就經常這樣做……一般而言，曹朋的飯菜都是步鸞一手操辦，而郭寰更多的是處理一些雜務。

「小鸞，辛苦了！」看著步鸞紅撲撲的小臉，曹朋不禁有些心疼。

有時候想想，何苦為難自己？

以他今時今日的地位和名聲，就算是留在許都，也至少是個比兩千石的朝廷命官。如今，他年僅二十一，秩真兩千石。從比兩千石到真兩千石，似乎差距不大，卻還是有些區別。按照曹朋的年紀，如果不是鎮撫河西，斷然不會給他真兩千石俸祿。正因為考慮到河西的複雜性，以及朝廷給予的支持甚少，才有了這北中郎將的職務。

這是運氣，同樣也是一份沉甸甸的責任。本來曹朋並不感覺什麼，可是看到步鸞在這河西輕柔晨風裡嬌柔的小模樣，他又不禁有些後悔了。

若不是他自己生事，何至於讓步鸞和郭寰隨他在河西受苦？

若不是他心氣高，也不會妻離子別，天各一方……

捧著粥碗，曹朋不由得輕聲一嘆。

步鸞連忙問道：「夫君，可是燙了？」

「沒，想到一點事情……妳和小寰都吃過了吧？」

「還沒，等夫君用完再說。」

「妳們也歇息一會兒吧。我去找袁先生商量些事情……對了，今天營地遷移，就在大營旁邊。妳們建營時，記得多建兩座小帳，我會讓蔡大家母子搬進營地。」

蔡琰母子三人，現住在民居營地中，環境有些嘈雜。仔細想想，那樣的環境並不適合他們居住。以前曹朋是住在兵營裡，現在他的黑眊牙兵抵達，再加上許多奴僕和家眷，繼續住在軍營裡就有點不太合適了。所以，曹朋讓郝昭在兵營旁邊營建小營。

從整體上來看，這小營處於整個紅水縣營地的中間，仍是其中的一部分。所不同的便是，小營獨立出來，也便於安排家眷。這些事情，不需要曹朋來費心，自有梁寬等人安排。曹朋現在需要做的，就是加快紅水縣城的營建，至少在那八千戶移民抵達之前，這紅水縣要有一個雛形。這樣子做，也是為了給移民們一個安慰。

古時的城鎮，大都是由小而大，逐漸演進。一開始只是一個村莊，隨著人口的增多，逐漸演變成為城鎮。而後朝廷會根據這城鎮的規模和地理位置，決定它的格局，或是設置縣城，或者被其他縣城吞併。也正因為這個原因，許多縣城的格局就顯得非常雜亂。

曹朋從一開始，便把紅水縣設置為河西治所，其城鎮格局也就有了統一的規劃。具體的建設，須等待步騭等人抵達後才可以進行，但城鎮的構架必須提前完成。

待紅水縣的基礎打好，曹朋便可以正式上書朝廷，請求正式的編制。只有得到朝廷官方的認可，曹朋才可以更好的在河西推行政令。

章十二

河西攻略第二彈(上)

玩過遊戲的人都知道，建立一方勢力之初，首先要建造官府。而後隨著官府的升級，才可以興建各種機構，諸如集市、軍營等城市生活設施。雖說現實不是遊戲，但道理卻類似。

只有得到了朝廷認可，建立官府衙門，才算是師出有名。

這紅水縣，是曹朋鎮撫河西的第一步，所以從一開始，曹朋就投入了許多精力，務求將紅水縣建造妥善……

辰時，濃霧散去。隨著郝昭一聲令下，拔營起寨，正式進駐紅水營寨。

別看人數不多，但卻令人感到震驚。三百黑眊、一百飛眊組成的牙兵衛隊，清一色黑眊披衣，內襯劄甲，雄赳赳，氣昂昂，威武不凡。

「這是何方銳士？」漢奴營地中，有人低聲問道。

「此曹將軍扈從親兵，名為黑眊。據說是曹將軍千裡挑一選出來的銳士，個個都能以一當百。」

「果然是雄壯之兵……若當年長安有這等雄兵鎮守，我等又何至於淪為奴隸？」

「你住嘴吧，這是曹將軍的私兵。雖說這裡不是關中，可現在咱們總算是在朝廷的保護之下。曹將軍不是說了嗎？等縣城建好之後，咱們便可以取消奴隸之身，進駐官屯，成為朝廷的屯民……曹將軍可是說過，到時候六四分。雖說比不得老家，可總算是能揚眉吐氣了。」

「是啊，你看那些胡奴，據說最少也要服夠三年徭役，才能成為平民。比起他們，咱們還是幸福多了……」

營地中，人們交頭接耳，竊竊私語。

遠處，梁寬已劃分出一塊營地，供黑眊紮營。

看著黑眊牙兵，梁寬和姜敘眼紅得緊。同樣是漢軍，可是自己手下這幫子漢軍的裝備，比起黑眊牙兵，不曉得差了多少。

黑眊牙兵的裝備，是統一鑄造。除了甲冑和披衣與漢軍不同之外，還配備有九十公分高的圓盾，盾後投槍兩支。牙兵裝備河一工坊新打造而成的四尺橫刀，人手一支長矛。最讓人眼紅的，莫過於黑眊每個人都配備一匹馱馬。武器裝備平時就放在馱馬上，一俟遇到危險，馱馬圍圓，軍卒執兵。

而飛眊更加奢侈，每個人有兩匹戰馬，還有一匹馱馬。行軍時，可輪換騎乘；作戰時，馱馬相連，可以發動衝鋒。

這也是飛眊獨特的戰法，如果不是曹朋從海西收穫了大量資產，恐怕也無法配備。

人比人，氣死人！

不過，對於梁寬和姜敘而言，看到曹朋這黑眊牙兵的裝備之後，又不禁生出希望：若有朝一日能執掌此等銳卒，當何等快意……

章十三

河西攻略第二彈（下）

夜幕，將臨。

霧氣將河西牧原籠罩其中，令一切都變得模糊起來。

柳青騎在一匹駑馬上，手持一桿鐵脊長矛，不斷催促隊伍加快行進速度。在他身後，一隊軍卒押解著數百名胡奴，在夜色中徐徐行進。看著天色越來越暗，視線越來越模糊，柳青不由得有些著急。他一催坐騎，衝上前喝道：「傳令下去，務必於卯時之前抵達紅水大營。若耽擱了時辰，所有人都會遭受軍法處置。」

「快點，走快點！」

軍卒們聽聞，也都急了眼，不斷的催促胡奴加快速度。

這些胡奴，原本是廉堡附近的羌胡部落。自曹朋下令，在廉堡推行戶籍名冊制度，賈逵和尹奉便開始了對那些游牧部落的打擊。聽從命令，老老實實過去登記的部落，一切如故；但總有一些不甘心就這麼被吞併的部落，與漢軍發生了激烈的衝突。

依照這些部落的想法，只要他們強硬起來，漢軍也不敢招惹他們。哪知道，賈逵得了曹朋的命令，一改之前的溫和態度，表現出前所未有的強橫。

至廉堡基礎建設完畢，漢軍與游牧部落共交鋒二十餘次。雙方各有傷亡，但總體而言，那些小型游牧部落哪裡是漢軍的對手，死傷極為慘重。打到這個分上，羌胡部落有心低頭，可漢軍卻不願接受。六個早先反抗最凶狠的部落，被滅了族，十數個小型部落，從此消失在廉堡周圍的牧原上。

賈逵俘虜胡奴千餘人，其中有不少青壯。此時正值紅水縣開工，曹朋需要更多的青壯奴隸，於是賈逵奉命，將這些奴隸送往紅水。

柳青，是廉堡漢軍中一名都伯，麾下有一隊兵卒。

此次奉命押送胡奴，倒也算不得什麼難事，畢竟從廉堡到紅水縣，路程並不算遠。可沒想到，連續幾天大霧，耽擱了不少時間。柳青本不想為難這些胡奴，但考慮到若耽擱了時間，全隊都將受到懲罰，柳青也不得不下令加快行進速度。

蒼茫的牧原上，一隊奴隸朝紅水縣方向行去。

遠處，一座土丘背後，一群牧民正蠢蠢欲動……

「石大人，這麼做，恐怕不太好吧！」

「有甚不好？」

「那些可是漢軍，竇將軍和那位曹將軍剛定下了盟約，咱們這麼做，豈不是破壞盟約？」

「竇蘭和那漢家蠻子的盟約，與我何干？」敦實的男子，臉上露出桀驁之色，「竇蘭和漢家蠻子有盟約，我可沒有……那幫漢家蠻子在我的地面上建城，也不打聽一下那是誰的地方。老子今天就是要教訓一下這群漢家蠻子，紅澤牧原，不是竇蘭一個人就能說了算！老子世代居住紅澤，比竇蘭還要多出三代。如今，竇蘭想要尋我的麻煩，我也不會和他客氣。嘿嘿，看他們能奈我何……」

「……」

章十三
河西攻略第二彈（下）

土丘背後，一陣沉寂。

不一會兒，有人過來稟報：「漢軍快到了！」

「孩兒們，準備出擊！」那位敦實的石大人，拔出長刀。

在他身後，數百名牧騎同時嘬口長嘯，發出一陣陣如同狼嚎的咆哮聲，縱馬從土丘後衝出。

「敵襲！」

柳青正催馬行進，忽聽前方傳來陣陣蹄聲。緊跟著，那胡騎獨有的狼嚎聲傳入耳中，使得柳青大驚失色，連忙下令步卒備戰。

但問題是，他只有五十個部下，而且以步卒為主。除此之外，光是押解的胡奴就有四、五百人。聽到那熟悉的呼號聲，胡奴立刻騷亂起來。他們本就不甘心去當苦力，如今有人攔截，也正好是他們造反的機會。

一名漢軍剛把長矛豎起，兩個胡奴衝過去，一下子將漢軍撲倒在地。

那漢軍驚恐的叫喊道：「柳大郎，救我！」

柳青勃然大怒，縱馬衝過去，手中鐵脊長矛呼嘯刺出，將兩名胡奴當場擊殺。可是，胡奴暴動已經開始，遠處胡騎鐵蹄聲越來越近，那狼嚎呼嘯越來越響。

柳青咬著牙，怒目圓睜，揮舞手中鐵矛。一個措不及防，從旁邊衝過來一個胡奴，將柳青一下子從馬上撲下來。那巨大的衝擊力，使得柳青摔在地上，只覺一陣頭暈目眩，鐵矛也不知飛到了何處。他被那胡奴死死的壓住，隱約間就看到一張猙獰的面孔，和一口雪白的牙齒。

柳青大叫一聲，想要把那胡奴掀翻，哪知胡奴張口，狠狠的咬在柳青的脖子上……

就在這時，一道寒光掠過，一名漢軍揮刀將胡奴擊殺。

他上前伸手，想要將柳青拉起來，卻聽一陣弦響，一點星芒跳動，噗的一聲，利矢正中那漢軍的後心。漢軍悶哼一聲，撲通就摔倒在地上，正好壓住了柳青的身體。

緊跟著，蹄聲不斷，利矢破空，發出淒厲嘶吟。

一聲聲慘叫，迴盪在牧原的上空，數百名胡騎出擊，漢軍在瞬間被屠戮乾淨。

柳青嚇得臉色發白，躺在泥濘的草地裡，一動也不敢動。好在，這蒿草很高，加之他身上還壓著一個漢軍的屍體，所以也沒有人發現他。

胡騎們下馬，迅速清掃戰場。

柳青依稀聽到，有人大聲喊叫，緊跟著那些胡奴振臂高呼回應。這些人說的不是漢家話，似乎是胡族語言。柳青聽不太懂，但是卻能猜測到其中的意思……

無非是要那些胡奴跟他走！

「魁頭，此地距離紅水縣不遠，不可久留。」

「嗯，讓大家上馬，沒有馬的兩人共乘，咱們先離開這裡，再做其他的打算。」

凌亂的腳步聲響起，緊跟著蹄聲大作。

柳青只覺得腦袋一陣陣昏沉，躺在泥濘中，竟昏了過去。

深秋的風，很冷。

也不知昏迷多久，柳青迷迷糊糊的醒來，激靈靈打了個寒顫。壓在他身上的漢軍屍體已經僵冷，令他心驚膽戰。連忙把那具屍體推開，柳青翻身坐起來，身子仍不停的打顫，風吹來，令他不停的哆嗦……

周圍全都是屍體，除了幾十名胡奴，就是漢軍死屍。柳青從地上撿起一口刀，總算是冷靜了一點。可是，那恐懼卻未曾減弱，在這牧原淒冷的夜色中，單薄的身體，不住的瑟瑟發抖……

馬蹄聲！

從遠處傳來了一陣馬蹄聲！

柳青頓時大驚失色，連忙趴在蒿草中，從雜草的縫隙向外張望。難不成，那些胡人又回來了？霧氣濃重，視線有些模糊。柳青依稀可以看到，十幾騎由遠及近，來到這處戰場。看不清裝束，但是看模樣，似乎又不是漢軍。

為首一人從馬上跳下來，隱隱約約，能看到他身上的黑旄披衣。

「是咱們的人！」

聽聲音，那人的年紀不會太大。不過，一口標準的河洛官話，卻讓柳青感到無比親切。他差點哭出聲來，忙從蒿草中站起，大聲喊道：「可是紅水漢軍？」

如今在河西之地，共有三支漢軍人馬。柳青屬於廉堡漢軍，西北牧原也有一支漢軍，剩下的就是紅水漢軍。三支漢軍原本隸屬於一支兵馬，後來被分開打散。隨著廉堡建成，紅水縣動工，漢軍的編制也隨之增加，人數增多……

比如廉堡，在上個月只有一千人，而今廉堡駐兵已超過了一千五百人，除了一些青壯漢奴之外，還增加了一些胡騎。

紅水縣的情況，柳青並不知道，可是看這支騎軍的裝束，還有他們的口音，都不可能是河西本地的胡騎。而在這附近只有一支漢軍，也就是紅水漢軍。說不定，是曹將軍新招攬來的兵卒。

呼啦啦，十幾名漢軍圍上來，將柳青從蒿草中拖出。

一個少年軍官走上前，厲聲喝道：「你是何人，通報姓名？」

「末將乃廉堡營都伯柳青。」

雖然那少年的年紀不大，可是看氣派，卻非同等閒。柳青不敢怠慢，誠惶誠恐答道。

他雖然不知道對方是什麼來頭，但是從少年的裝束就可以看出一絲端倪。那一身黑旄披衣，可不是什麼人都能穿戴。在柳青的印象裡，只有漢軍銳卒才能有這等裝備。此外，少年氣質不俗，說著一口濃重的河洛口音官話，想必來頭不小。

「廉堡營？」少年軍官一怔。

一旁有黑旄披衣的騎士道：「三公子，廉堡就是原來的廉縣，如今被將軍變更為廉堡，也是咱們在河西，唯一一個有雛形的城鎮。」

「你，怎會在這裡？」少年厲聲喝問。

三公子？柳青可是聽得真真切切，心裡不由得一怔。

這三公子又是何方神聖？不過，看樣子來頭不小，說不定是什麼大家族的子弟。

這等豪門世族子弟，可不是柳青能夠招惹。他連忙恭恭敬敬的行禮，然後把剛才的遭遇，一五一十、不敢有半點疏漏的講述一遍。

那位三公子聽聞，不由得勃然大怒，連連咆哮：「胡狗好張狂！」

「三公子，此事事關重大，需立刻稟報將軍。」

「正是，自當如此……你，跟老牛走，見到老師後，把緣由經過說明，不可有半點隱瞞。」

「可是，小人的坐騎……」

「會騎馬？」

「啊，小人原本有一匹駑馬。」

三公子不耐煩的一擺手，打斷了柳青的話語，「老牛，你帶他先回去，我帶人再巡查一番。」

「子文，你可別衝動。」

「我知道，放心吧。」

柳青就看到，一個站在三公子身邊的魁梧少年走上前來，一把就抓住了他的手臂。

「那我先回去，你快點回來。」老牛說著，幾乎是拖著柳青就走。

章十三
河西攻略第二彈(下)

柳青踉踉蹌蹌的跟在老牛身後，和老牛一同跨上坐騎。他忍不住問道：「敢問公子是……」

「某家牛剛。」

「那剛才那位公子……」

「嘿嘿，哪來的許多問題？等到了大營，你自然就能知道。坐好了，咱們走！」

紅水大營，中軍大帳——

曹朋端坐帥案之後，雙眸緊閉，面色平靜。

郝昭、梁寬、姜敘坐在兩邊，曹彰、蔡迪立於曹朋身後，王雙和牛剛則在帳外值守。

柳青低著頭，跪在大帳中央。此時，他已經弄清楚了那位三公子的來歷，沒想到竟是大司空曹操的兒子。那牛剛，是虎賁中郎將典韋的外甥，來頭也不算小。

可是在這大帳裡，無論是曹彰還是牛剛，連個座位都沒有。曹彰還好一些，至少能站在大帳裡。可是牛剛……居然連在大帳裡的資格都沒有，在帳外守護。

以前，柳青聽說過曹朋的事情，不過他並不清楚，眼前這沉靜的青年究竟有什麼背景。可現在，他看明白了！這位爺的來頭，根本不是他這一個小小的都伯可以猜測。連曹彰都只能充當他的扈從，可想而知曹朋的來頭有多大。

大帳裡，鴉雀無聲，柳青更是連大氣都不敢喘。他也不知道接下來會發生什麼事情，只是隱隱約約感到了不安。

「魁頭？那不是檀石槐的孫子嗎？」曹朋睜開眼，開口問道：「魁頭已死多年，怎可能會在河西出現？」

「公子，此魁頭，非彼魁頭。」姜敘站起來，躬身答道：「想來這都伯所言『魁頭』，是紅澤石魁部。石魁部胡化頗重，喜歡以首領相稱，故而其部落大人，皆稱之為『首』。魁頭，是石魁部對石魁的稱呼，部落之外，則多稱之為魁首……早年間，末將倒是和石魁部打過交道，此人驕橫狂妄，桀驁不馴，堪稱是紅澤牧原上一大禍害。」

「石魁部世代游牧，據說可以追溯到永平年間。論資格，石魁比竇蘭的資格更老……也正因此，石魁對竇蘭一直不太服氣。幾年前，他因為和竇蘭發生爭執，便不再聽從竇蘭調遣。」

「名義上，這石魁部還是紅澤盟約的成員，可實際上……這個人很狂傲，而且很好戰，與羌胡往來密切。聽說，這次竇蘭整治紅澤，要取消石魁部，併入耿家部落。可石魁不同意，和耿家部落爭執不下。加之他游牧多年，居無定所，以至於至今耿家部落也沒有將他拿下……竇蘭呢，對石魁部，似乎也非常頭疼。」

隸屬於紅澤，又獨立於紅澤之外……

經過姜敘的一番解釋，曹朋對這石魁，也算是有所瞭解。

輕輕搓揉面頰，曹朋突然問道：「你叫柳青，是吧？」

「正是。」柳青連忙伏地回答。

「你剛才說，那石魁在撤離的時候，提到了一個名叫紅水灘的地方？」

「是……不過他們說得太快，而且胡漢摻雜，卑下當時也有些昏沉，故而聽不太清楚內容。不過紅水灘這三個字，卑下絕不會聽錯。因為他們提到了兩次，所以印象頗為深刻。只是紅水灘的位置，卑下卻不是很清楚，但想來不會太遠。」

「哦？」

「那些人襲擊卑下時，並未攜帶輜重。也就是說，他們輕騎而出，所以想來他們的老巢應該不遠。如果紅水灘是他們老巢的話，想必就在紅水附近。」

章十三 河西攻略第二彈（下）

曹朋忍不住笑了，「這廝也還機靈……姜敘，可聽說過這紅水灘的名字？」
姜敘和梁寬雖然不是紅澤人，但是遊俠多年，故而對紅澤也算熟悉。
兩人相視一眼，苦笑著搖了搖頭。
「公子，這紅水灘三字，我兄弟還是第一次聽說。」
曹朋不由得蹙起眉頭，手指輕輕敲擊木案。半晌後，他突然道：「去查問一下那些營中的胡奴，看有沒有人知道紅水灘的位置。我估計，紅水灘應該不是漢家語，很可能是本地胡話的音譯。柳青當時也有些迷糊，所以以為是紅水灘……那些老胡奴說不定知道。告訴他們，誰若是知道這紅水灘在哪裡，又願意帶路的，我可以赦免他一家人的奴隸身分。」
姜敘和梁寬聽聞，立刻拱手領命。
「郝昭，點起兵馬，做好出擊的準備。」
曹彰頓時興奮道：「老師，我可以出戰嗎？」
曹朋看了他一眼，「你跟著我，聽我命令，我讓你出戰時，你才可以出戰……柳青，你就先不要回去了。我會把這件事告之廉堡，你暫且留在這裡，聽候我的差遣。」
「卑下遵命！」
眾人起身，紛紛離去。曹彰則興致勃勃的跑出大帳，拉著牛剛去做準備。
不過曹朋卻發現，蔡迪似乎若有所思，一直沒有開口。
「蔡迪，你怎麼了？」
「先生，我在想紅水灘是什麼意思。」
「哦？」
「匈奴語中，有 husu 這個詞，如果變成漢家話，就是黃色的花朵……husu 灘，會不會是這個意思：

長滿黃花的地方？如果那些人說的是husu，而不是hongshui，那麼查找起來，可能會比較方便。」

曹朋愣住了！

重生以來，他第一次發現掌握一門外語是多麼重要的事情。特別是在這種胡漢混居之地，如果能懂得羌胡語言，絕對可以事半功倍。husu和hongshui，乍聽之下還真有些相似。剛才姜敘說，石魁部的胡化非常嚴重，那很有可能會出現這種情況。

想到這裡，曹朋的眼睛下意識的瞇成一條線。

「王雙！」

「末將在。」

「去問一下，這紅水縣周圍，可有一個名字裡有黃色花朵的地方。」

「喏！」

王雙連忙領命而去，大帳中只剩下了曹朋和蔡迪兩人。

「蔡迪，做得好！」

聽到曹朋的誇獎，蔡迪頓時露出了笑容，顯得非常興奮。

「先生有件事想要拜託你。」

「請先生吩咐。」

「等紅水縣建成以後，你教先生匈奴話，好不好？」

「啊？」

曹朋深吸一口氣，伸手揉了揉蔡迪的腦袋瓜子，「先生也不是個古板的人，更不是那種墨守陳規，不曉得變通之輩。既然我奉命鎮撫河西，將來和羌胡、匈奴之間的交道，必不可少。若是有可能，學一些胡語，對我而言總是一樁好事。呵呵，以後先生的胡語，就要拜託小蔡迪了！」

章十三

河西攻略第二彈（下）

蔡迪顯得很激動，連連點頭，卻說不出話來。

果不出曹朋所料，紅水縣以西，在耿家部落和紅水縣之間，的確是有一處名叫黃花林的地方。說是林，其實就是樹木比較多，但總體地形，還是一個平原。但地勢相對較低，而且長滿了蒿草。在這個低窪的叢林中，生長著一種黃色的植物，據說可以治療一些常見的病症，所以也有人把這裡稱之為黃花灘子。

一開始，姜敘等人還真沒有問出個頭緒來。不過，隨著曹朋讓他們用husu發音，就有一個胡奴想到了黃花林這個地方。

按照那胡奴的說法，黃花林的確是一個容易藏身之所，而且一般人也不太注意。

曹朋立刻命那胡奴領斥候前去探查。

為了獎勵這胡奴的合作，曹朋不但當場取消了這胡奴一家六口人的奴隸身分，還送給他們一頂帳篷，供他們一家六口居住。這樣的行為，也引得許多胡奴羨慕無比，特別是那些知道黃花林的人，他們開始後悔，為什麼不第一個站出來合作？

畢竟，這奴隸和平民的地位有天壤之別。

但也正是因為這一個獎勵，令胡奴們知道，這位年輕的曹朋將軍是個言出必行的人，而且他並不會刻意的仇視胡人。

只要你肯和他合作，按照他的規矩做事，那麼就可以得到更為舒適的生活環境。

如果說，此前胡奴們對曹朋還懷有幾分敵意的話，那麼現在，這種敵意已減弱許多。草原上，弱肉強食，是最基本的生存規律，既然被人家抓來做了奴隸，那就說明，人家有那個本事。特別是休屠各人，對漢軍的戰鬥力更有著直觀的認識。

想當初，鄧範領著兩千漢軍，幾乎是摧枯拉朽一樣，把屠各胡騎打得抱頭鼠竄，最後連他們的首領大人，也成了人家的俘虜。

休屠各背叛紅澤在前，也就沒什麼可以抱怨。他們可以背叛，那麼漢軍也可以攻打，這種事情是天經地義。看起來，以後只要和漢軍合作，休屠各人早晚可以重獲自由。當天，休屠各人的工作熱情變得很高漲，竟提前完成了進度。

「你是說，曹先生要你教他匈奴話？」蔡琰放下手中的筆，疑惑的看著蔡迪問道。

蔡迪興奮的點著頭，看得出他還有些激動。

「這好端端，曹先生為什麼要學胡語？」

「先生說，他既然要鎮撫河西，生活在河西的人，不管是胡人還是漢民，都是他治下的孩子。他說，希望能和河西的胡人友好的交流，所以才想要學習胡語。」

蔡琰聽罷，不由得笑了。

「這位曹公子，還真是有趣。」

自古以來，只聽說過胡人學習漢家語言，還沒聽說過，一方父母官主動去學習胡語。

雖說蔡琰知道曹朋綽號曹三篇，在士林中名聲不小，可內心中她還是認為，曹操任命曹朋為北中郎將似乎有些兒戲。北中郎將，蔡邕也做過，不過那是在蔡邕幾十歲才達到的高度。而現在，曹朋以二十一歲的年紀便做到了北中郎將的職務，這讓蔡琰又怎可能真的對曹朋心悅誠服？

即便是讓蔡迪拜曹朋為師，那也是出於為蔡迪的未來著想。

不過，今天聽蔡迪這麼一說，蔡琰倒是真的對曹朋產生了一點興趣。

「阿眉拐。」

章十三

河西攻略第二彈(下)

「阿娘！」

「拿著阿娘前兩日寫好的那幾本書，咱們再去拜會一下妳哥哥的這位小先生！」

蔡琰來的有些不合時宜。

整個紅水大營，隨著曹朋一聲令下，進入臨戰狀態，戒備森嚴，透出濃濃的肅殺之氣。天色已晚，小營內燈火通明，而大營中去漆黑一片。軍卒們全都拿起兵器，隨時等候出擊的命令。郝昭身披重鎧，梁寬和姜敘分列兩邊，恭候命令。至於曹彰、王雙、牛剛，也都是披掛整齊，列入陣中。

曹朋身邊有四個護衛，除了蔡迪之外，全都要參與這次的戰鬥。蔡迪的年紀小，在曹朋看來並不太適合，所以留在大營中值守。就連李儒也穿戴整齊，跪坐在曹朋身後。

對於郝昭一來就掌控住兵權，梁寬和姜敘不可能沒有想法。但他二人也是聰明人，得知郝昭的來頭之後，那點小心思也就隨之煙消雲散。

郝昭從建安二年便追隨曹朋，至今已有六個年頭。當年跟隨曹朋的那些人，諸如潘璋、步騭、王買、鄧範，乃至於後來的闞澤和甘寧，如今最差的也是征羌都尉，個個都走上了一條康莊大道，可是郝昭依舊跟隨在曹朋身邊。當知道曹朋要鎮撫河西之後，他二話不說便辭別了許都繁華的生活，推掉了秩比八百石的城門校尉別部司馬之職，跑來荒涼河西，為曹朋效命。

這等忠誠，這等信任，絕不是梁寬、姜敘兩個跟隨曹朋不過短短兩月的人可以相提並論。

就連梁寬，也暗自敬佩。他敬佩郝昭的忠誠，更羨慕曹朋對他那份毫無保留的信任。

而他們更清楚，這份信任不是一朝一夕就能培養出來。至少，他們無法取代郝昭。

郝昭雖是剛到河西，可是從他手下那四百黑眊，也可以看出此人的本領。

四百人如臂使指，令行禁止的圓潤感，讓梁寬和姜敘無比羨慕。二人自認在同等狀況下，他們也練不出這樣的好兵。所以，郝昭的本領無須懷疑！若他沒有真本事，曹朋又怎可能把自己最精銳的牙兵交給郝昭來掌控呢？此人，有真本領！

曹朋無暇接待蔡琰，便讓郭寰和步鸞招待她母女。

蔡琰呢，也知道輕重，所以並不責怪。三個女人在小帳裡聊天，聽著曹朋過往的逸事。

而中軍大帳外，三百黑旄整裝待發，肅立小營周圍。

「啟稟將軍，石魁駐地，已探查清楚。」

姜敘領著那老胡奴走進大帳，就聽老胡奴口若懸河的講述，而姜敘則在一旁翻譯。

老胡奴名叫贊柯比，是休屠各人。由於常年在河西牧原生活，他對黃花林地形極為瞭解。按照他的說法，黃花林中地形複雜，且不說林木參差，更兼著蒿草灘裡沼澤遍布，如果不熟悉黃花林的人走進去，弄不好就會陷入沼澤，落得個屍骨全無。

總之，贊柯比認為，想要在黃花林消滅石魁，難度很大。

「這老兒倒也懂得些兵法。」曹朋微笑著，扭頭對幕簾後的李儒說道。

姜敘說：「贊柯比原本是屠各胡騎的小帥，後因受傷，族人死傷慘重，才淪為普通人。」

曹朋點點頭，擺手示意姜敘領贊柯比退下。

「儒公，以為如何？」

「若依著這胡兒所言，石魁倒也頗為難打。不過，他剛才說，黃花林東面最難行走，所以我倒是有一個想法。只是不知道，公子黑旄的戰力，能有幾何？」

「某家黑旄雖只三百，卻個個能以一當百。」

「那就成了！」

李儒突然壓低聲音，和曹朋竊竊私語的一陣子。而後，他沉聲道：「不過，公子若滅了那石魁，勢

章十三 河西攻略第二彈（下）

必會觸犯紅澤人的利益。但不知公子是否已做好準備，和那紅澤人撕破面皮？若準備好了，打就是了……」

曹朋手指輕輕敲擊木案，半晌後森然一笑：「早晚都要打，就看他竇蘭有沒有這個魄力！」

黃花林，地處紅水縣境以西，毗鄰耿家牧原。

沒錯，就是耿家牧原。之前他們在紅水集西部駐紮，卻因為種種原因，最終讓出原來的駐地，交給李家部落打理。而後耿家牧原吞併了兩個小部落，將駐地遷到了現在的位置，一方面他需要休養生息，另一方面則有監視紅水縣的責任。按照此前竇蘭等人的計畫，石魁部落是要被耿家合併一起，只是這石魁桀驁不馴，莫說是耿家的人，就算是竇蘭和李其兩大勢力，他也不太放在眼中。

加之石魁部落有千餘人，也算是一大豪強。

石魁部落中，無分男女老幼，即便是小兒，也能提刀殺人，所以戰鬥力極其強悍。

耿家雖然對石魁不滿，卻也不敢逼迫太甚。畢竟，耿家剛吞併了兩個小型部落，人口增長至三千，也需要時間來消化，若這個時候貿然和石魁開戰，勝負且不去說，就算是勝了，也是個慘勝結局。

到時候，那兩個剛併過來的部落，很有可能會造反。

耿家的部落大人名叫耿慶，也就是曹朋在紅水集見過的那位耿大人。他倒還算冷靜，對這利害關係看得格外清楚。所以，石魁一直獨立在外，可耿慶卻視若不見，因為他知道，自己現在還吞不下石魁……等他消化了那兩個小部落之後，部落的戰鬥力凝聚成形，到時候和石魁一戰功成，必然能提高他在紅澤的地位。

黃花林裡，石魁正大擺酒宴。

在他身邊，十大小帥推杯換盞，輪番敬酒。

襲擊了紅水縣的兵馬，還得了三、四百人口，無疑是一個大收穫。

最重要的是，這三、四百胡奴對漢軍恨之入骨。這些人本就是部落中的戰士，如今歸附石魁，可以令石魁的兵力一下子提高三成以上。而且，石魁不需要擔心這些胡奴結黨，他們是從十幾個部落裡挑選出來的青壯，各自為戰，彼此間還存有不小的恩怨，這樣一幫子戰士，正可以作為他石魁手中的利劍。

漢軍駐紮紅水，看起來也不是什麼壞事，至少為他石魁提供了不少人口。

等過些日子，再好好搶他一次。聽說紅水大營裡有數千胡奴，如果能襲掠大營……到時候他拍屁股走人，哪怕是投奔羌胡，也能成一方豪帥，逍遙快活。

想到這裡，石魁忍不住心情大好，竟在酒宴上哈哈大笑起來。那些小帥自然不清楚石魁的想法，但一個個還是非常識趣的上前敬酒，各種阿諛之詞不絕於耳。

石魁聽得高興，也就多喝了點酒。

天將晚時，他已不勝酒力，倒在榻上酣然大睡。他做了個夢，夢到他襲擊了紅水大營之後，砍下了曹朋的腦袋，而後雄霸紅澤，成為紅澤真正的霸主。那時候，馬騰、韓遂，包括生活在河西的各部落羌胡首領紛紛前來恭賀，一個個俯伏在他腳下，恭敬的稱呼他為石大王……

在夢中，石魁也禁不住笑出聲來。

忽然，一陣急促的戰鼓聲響起，將石魁從睡夢中驚醒。他呼的一下子翻身坐起，身上的白狼皮褥子無聲的滑落到了地上。

「什麼聲音？」

「大人，大事不好，大事不好了！」

「何故驚慌？」石魁一邊披衣起身，一邊往大帳外走去。

只見一個扈從跪在大帳門口，驚慌失措的喊道：「漢軍……漢軍包圍了黃花林！」

章十三

河西攻略第二彈（下）

「什麼？」石魁也不禁大驚失色。

嘴巴上，他好像不怕漢軍，可內心裡，對紅水大營還是有些忌憚。畢竟，那大營中上萬人，是他石魁部落的十倍之多，如果真的打起來，他絕對不會占得便宜。似昨日襲擊漢軍這等小打小鬧的事情，倒是不必害怕，一來黃花林隱秘，不為人知；二來在石魁看來，漢軍人數雖多，可那漢軍主將卻非強硬之人，他初來紅澤，總要顧及一下紅澤人的想法，也不敢鬧大。

可是，石魁卻沒想到，漢軍竟然這麼快就找到了黃花林。他更沒有想到，漢軍居然不顧一切的出兵，看起來絲毫不在意紅澤人的感受。

石魁激靈靈打了個寒顫，酒一下子醒了不少。

「漢軍來了多少人？」

「不太清楚！」

「他們從何處而來？」

「從南北和西面包圍而來，看上去好像是傾巢而出。」

南、北、西三個方向？

石魁一蹙眉，沉吟片刻後，臉上露出一抹猙獰笑容：「傳我命令，舉族備戰。」

「喏！」

「慢著，把青壯們都給我召集起來，等候我的命令。」

那扈從不明所以，但出於對石魁的畏懼，卻不敢怠慢，幾乎是連滾帶爬的跑走。

不一會兒的工夫，幾名心腹小帥跑來，一見石魁，小帥們就慌張問道：「大人，該如何是好？漢軍打來了……該死的，他們是如何知道我們駐紮在黃花林？」

石魁牛眼一瞪，厲聲喝道：「慌個甚？不就是漢軍找上門來？這黃花林易守難攻，漢軍就算是打過來，一時半會兒的也別想找到咱們……我問你們，是想死還是想活？」

「大人，這話是怎麼說的？想死怎樣，想活又如何？」

「想死簡單，咱們守著營地，和那些漢軍死戰。不過呢，漢軍兵力充足，到最後必然難逃一死。想活的話……帶著咱們的戰士從東面突圍。聽鼓聲，東面漢軍的人數應該不多，加之那邊沼澤遍布，漢軍肯定不會想到咱們從東面突圍。」

「只要能殺出去，有的是機會報仇。不過這樣一來的話，恐怕要丟棄些人了……族中那些老弱婦孺，最好別帶在身邊。」

章十四 黑旄出擊

幾名小帥的臉色頓時變了。

讓那些老弱婦孺留在營地中抵抗，等於把他們丟到虎口之下，和送死沒有區別。

這可不是個好主意！那些老弱婦孺當中，有他們的妻兒，有他們的父母……

但不得不說，這也許是目前最好的辦法。也真虧了是石魁，換個人還真說不出話來。幾雙眼睛盯著石魁，大帳裡突然陷入一種難言的寂靜當中。

你說你好好的，和紅澤人對抗也就是了，幹嘛要去襲擊漢軍？

一時間，所有人都忘記了他們之前對石魁的阿諛奉承。只不過這種責備，也只能留在心裡，他們不敢說出口，以免觸怒了石魁。這傢伙，可是生著一副狗臉，說翻臉就翻臉，絕不會有半分客套。而且，石魁的凶殘，也讓他們害怕。

「我留下來！」一名小帥苦笑道：「我爹娘還在這裡，難以割捨，就隨他們死戰吧。」

「我也留下。」

「還有我……」

眨眼間，就有四、五個人站出來，表示要留在營地之中。

其餘的小帥則面面相覷。他們看了看那幾個小帥，又看了看石魁。

「我等願隨大人突圍。」

生和死之間的選擇，他們選擇了生。

也許真的是在這河西待得久了，以至於對一些倫理，早就淡泊了……石魁眼珠子一轉，露出悲慟之色，「幾位兄弟既然要留下，某也不攔著。不過思來想去，還是該給兄弟們留個血脈。某願保護你們的孩兒一同突圍，將來也好為兄弟們報仇。」

幾個小帥臉色大變，相視後不禁苦笑。原本他們還有投降的打算，可是石魁這一手釜底抽薪，卻是拿住了他們的軟肋。

「大人只管突圍，我等死戰就是。還請大人看在往日情分上，多照拂一些。」

「那是自然，那是自然！」石魁一臉的決然，「汝子即為吾子，絕不虧待。」

你連你老爹老娘都敢拋棄，我們能指望你什麼？但到了這一步，也沒有其他的選擇。

幾名小帥拱手告辭，石魁則召集來五、六百青壯，做出突圍的架式。

「漢家兒迂腐，講的是忠孝仁恕，絕不會肆意殺戮。若我們落在漢軍手中，必生不如死；可如果我們突圍出去，漢軍反而有所顧忌，必不敢奈何我等家人。今日突圍，正是為他日報仇，兒郎們隨我一同撤離！」

聽上去，石魁這番話好像也有些道理。

隨著戰鼓聲越來越近，越來越響，漢軍似乎在不斷逼近，營地中亂成了一團。

石魁領著部曲，悄然自營地東面撤離，進入黃花林的沼澤地。

身後，營地中火光沖天。

章十四

黑氊出擊

戰鼓聲、號角聲不絕於耳，人喊馬嘶聲更響徹夜空。

打吧，你們支持的越久，老子就越安全。

石魁心裡冷笑一聲，下令加快速度。對於這黃花林的地勢，他們早已經是輕車熟路，什麼地方有泥潭，什麼地方可以通行，石魁這些人就算閉著眼睛也能走。

漢軍，你們等著！

石魁在心裡暗自咒罵。

而對於那些堅守在營地裡的部曲，石魁絲毫沒有放在心上。他這輩子最佩服的人，不是別人，就是那殺父霸母，後來更雄踞塞北的匈奴大單于冒頓。做人當如冒頓那般，才能建立功業。所謂的親情，在石魁眼中不值一提。

石魁部落，和其他的紅澤部落不同。最初，他們由一群河西馬賊組成，後來竇憲在河西整兵屯田，石魁部落的祖先見漢軍勢大，便立刻歸附漢軍……竇憲橫掃漠北的時候，石魁部落的祖先的確是立下了不少功勞，後來有了功名，便改弦易張，定居下來，又隨著當年的河西遺民，組建了紅澤三十六部。

石魁部落，不靠農耕，不去游牧。他們是紅澤的盜匪，同時也是漢家的異類。

百年來，他們既依附紅澤，又獨立於紅澤之外，成為紅澤各部落中，聲名狼籍的一支。而到了石魁這一代，更是變本加厲，四處劫掠，同時和羌胡又有著極為密切的聯繫，更造就了石魁那凶殘不羈的性情。

「大人，快看！」

有人突然呼喊，石魁順著他手指的方向看去，但見黃花林，火光沖天。

漢軍發動攻擊了！

不少人叫喊著，要回去救援。可石魁卻攔住了他們，厲聲喝道：「現在回去又有什麼用處？漢軍已然攻擊，難道憑我們這些人就可以擋住漢軍嗎？大家聽我的，咱們突圍之後，可以立刻襲擊紅水大營。到時候漢軍見紅水大營遭遇攻擊，必然會撤兵援救……咱們再埋伏在中途，等漢軍路過的時候，突然襲擊，而後迅速撤離，效果豈不更好？」

不得不說，這石魁能成為部落大人，也不是胸無點墨的人物。他也讀過一些兵法，知道這圍魏救趙的典故。

部曲們聽罷，也覺得石魁說的有道理，便立刻息聲，隨著石魁，加快了向東突圍的腳步。

至於突圍之後是襲擊還是逃離？石魁自有他的盤算！

如果漢軍大營空虛，他就襲擊；如果守衛森嚴，他就撤離……反正到時怎麼做，他完全可以掌控。總之，保命要緊！

石魁想到這裡，暗地裡好不得意。

眼見著前面就要走出沼澤地，石魁緊張的心情，也隨之放寬了不少。

石魁領著部曲，衝出沼澤地。但見四周牧原廣袤，月朗星稀，一派難言的寂靜。他長出一口氣，正準備下令，忽聽一陣窸窸窣窣的聲響傳來，只見遠處的蒿草叢中，呼啦啦一陣搖動。

「黑秏，出擊！」一道渾厚的聲音，從蒿草叢中傳來。

只聽轟的一聲巨響，也不知道是什麼動靜。緊跟著，就見從蒿草叢中，亂箭齊發。

石魁和他的那些部曲們，根本沒想到漢軍竟然在這裡設有埋伏。他雖然讀過兵書，但是卻不知道圍三闕一的道理。漢軍從三面包圍，留下一個缺口，就是為了做必殺的一擊。箭矢呼嘯著從蒿草叢中飛出，那些部曲猝不及防，頓時有數十人從馬上栽倒下來，撲通摔落在草地上，慘叫聲不絕於耳……

「漢軍！有埋伏！」

章十四

黑毦出擊

石魁的部曲頓時大亂。

「別慌，別慌……咱們有馬，衝出去！」石魁連聲呼喊，策馬向前衝鋒。

兩輪箭雨過後，就見那蒿草一陣亂顫，一排手持大盾、身著黑色披衣，猶如一隊幽靈士兵的漢軍出現在眼前。

「投矛！」渾厚的聲音再次響起。

就見一排短矛呼嘯著掠空飛來，衝在最前面的石魁部曲，紛紛墜落馬下。

面對鐵騎衝鋒，這些軍卒竟然絲毫不懼，迎著他們往前推進。

一排投槍過後，站在第一排的軍卒將大盾高舉，砰的斜插在地上。緊跟著，第二排投槍飛出，又有數十名部曲栽落馬下。石魁哪兒見過這等悍卒，竟然比那些羌胡還要悍不畏死。最重要的是，他們的陣型極為整齊，絲毫不見半點混亂，進退間，步履從容，頗有章法。

三排投槍過後，竟逼得石魁那些部曲再也不敢向前衝鋒。

地上近百具屍體，足以令他們心驚肉跳。而且隨著黑毦的逼近，騎軍的衝鋒空間一下子變得很少，失去了這種衝鋒的距離，騎軍的威力也隨之減弱，有一些人竟嚇得往回走，想逃進沼澤地中。可是，這慌亂中，哪裡還記得那些沼澤的位置，十幾個人連人帶馬陷進了沼澤，驚慌失措，大聲的叫喊著救命，只不過在這種情況下，誰還顧得上他們的死活？

「給我衝！」石魁急紅了眼，嘶聲吼叫。

他想要發動亡命的攻擊，從對方的陣型中衝出去。可剛一靠近，就見一排手斧飛出，十幾名部曲被手斧劈中，慘叫著就掉下馬去。

這些傢伙，究竟是何方軍卒？

不過石魁似乎看出了一些端倪，連忙叫喊道：「他們只會投擲，人數不多。兒郎們，衝過去！只要衝到他們跟前，他們就只能束手待斃！隨我衝……」

話音未落，石魁一馬當先，撲向漢軍陣營。

在軍陣後方，郝昭一身鐵甲，手持長刀。眼見著那些胡騎衝過來，他絲毫沒有緊張，黝黑的面龐露出一抹森冷笑容，長刀高高舉起，厲聲喝道：「準備衝撞！」

在過去的四年當中，黑眊經歷了一次更迭，所有的成員都是重新訓練，在原有陷陣營的基礎上，又增加了許多新的項目。比如，加強了防禦力。

為了保證軍卒的守禦能力，曹朋請郭永在河一工坊打造了一批重甲。黑眊精兵身披重甲，手持大盾，連成一排後，組成一面盾牆。而後會有人用衝車和撞木、盾牆進行衝擊。歷經四年的淘汰，能留下來的，全都是精兵悍卒。

莫說石魁那些騎兵，就算是重騎兵衝鋒，黑眊也保證一定的戰力。

石魁眼見著距離盾牆越來越近，可是對方卻紋絲不動，他不禁感到莫名的恐懼。

就在這時，忽聽號角聲響起。兩隊騎軍好似神兵天降，從兩邊殺出。

石魁的騎陣，頓時混亂……

「石魁何在！」一個洪亮的聲音，在蒼穹迴盪。

石魁下意識的勒住馬，扭頭看去。

月光皎潔，灑落牧原。

這是一個難得的月圓之夜，夜幕中，星河璀璨。

一騎疾馳，好似閃電般，從騎隊裡衝出。馬上大將，胯下獅虎獸，身披唐猊寶鎧，腰繫獅蠻玉帶，大紅披風在空中飄揚。只見來人手持一桿方天畫戟，一下子就到了石魁跟前。

「曹朋在此，石魁，納命來！」

曹賊

章十四

黑眊出擊

曹朋已經等了一晚上，等的就是這一刻！

李儒問他，黑眊的戰鬥力如何？曹朋一點都不擔心，在他看來，石魁部落看似凶悍，不過是烏合之眾。黑眊歷經四載光陰，耗費了無數錢糧和心血打造而成，即便是虎豹騎，在同等人數下，黑眊也無所畏懼。唯一不足之處，就是這四年來，黑眊沒有一次參戰的經驗，如果貿然投放到戰場上，很可能會有危險。

似虎豹騎，四年來征戰不止，早已經成了氣候；而早先呂布的陷陣營、袁紹的大戟士、劉備的白眊精兵，也都是出生入死才練成的百戰雄兵。

曹朋自認黑眊不遜色任何一支精兵，甚至有過之而無不及，可是沒有經過戰場的磨練，始終不能成為真正的銳卒，此次圍剿石魁部落，正是為了讓黑眊增加歷練。所有事情都是從易而難，這需要一個循序漸進的過程。只有一次次的勝利，才能令黑眊真正的凝聚成形，成為戰無不勝、攻無不克的雄兵銳卒。

而以目前的狀況來看，黑眊的戰績頗令曹朋滿意。

在亂戰之中，曹朋一眼就鎖定了石魁。

也難怪，石魁頂盔貫甲，在人群中顯得格外扎眼，而且一直是呼喝叫喊，又怎可能被認錯。

曹朋縱馬而來，精氣神在剎那間達到了巔峰。

從第一次上戰場，曹朋就得了魏延的警告：獅子搏兔亦用全力，哪怕是再差的對手，也不能有半點輕視。騎戰當中，任何一個細小的疏忽，都會帶來嚴重後果。

而後來，曹朋接觸到了無數高手。從典韋、許褚，到後來的關羽、張飛，乃至於呂布等人……無一不是如此！不出手則已，出手必全力一擊。

曹朋人馬合一，到了石魁跟前。

月光下，只見他臉上閃過一抹獰笑，露出雪白的牙齒，如同噬人的野獸，方天畫戟掛著萬鈞之力，朝著石魁落下。

那石魁也算得上是紅澤牧原的悍將，一身武藝自然不弱。眼見曹朋到跟前，他舉刀相迎。只聽鐺的一聲巨響，石魁的腦袋嗡的一陣眩暈。

那支方天畫戟，似開山巨斧般劈落。刀戟交擊，石魁就好像被雷擊一樣，根本無法抵擋。他連忙伸手，拖住了刀背，凝聚全身力道向外一崩，想要把方天畫戟崩開。

哪知道，從刀上傳來一道道恢宏勁力，或如泰山壓頂，又似江水延綿，那一道道、一股股的勁力在瞬息間湧來，匯聚在一起，令石魁難受的想要吐血，全身的骨節嘎嘎嘎直響，胯下的坐騎更希聿聿嘶鳴不止。只見那石魁一口鮮血噴出，連人帶馬一下子栽倒在地上，身體好像一灘爛泥般的倒在地上，七竅流血。

曹朋一擊，將石魁的骨骼幾乎震得粉碎。連帶著他胯下的那匹馬，也承受不住曹朋這凝聚萬鈞之力的全力一擊，倒地之後竟再也站不起來，只是不停的抽搐。

猶如雷電般的凶狠一擊，令戰場上鴉雀無聲。

月光下，那大紅披衣獵獵作響，猶如一團烈焰燃燒。

「跳梁小丑，也敢撼我朝廷天威，真不知死活！」曹朋在馬上厲聲喝罵，方天畫戟抬起，遙指那些部曲。「今天兵到來，爾等還敢抵抗……傳我命令，格殺勿論，休留下一個活口！」

說話間，獅虎獸仰天一聲咆哮，馱著曹朋，就衝進亂軍中。

那方天畫戟舞動開來，忽而似靈蛇亂舞，神出鬼沒；忽而如力士開山，勢不可當。而獅虎獸的嘶吼聲，令石魁部曲的馬匹驚恐不安。

曹朋好像一陣風似的從亂軍中衝出一條血路，所到之處，人仰馬翻。

曹賊 章十四

黑旺出擊

在他身後，牛剛手舞熟銅棍，曹彰揮動大鐵槍，領著飛旺百騎在亂軍中馳騁，只殺得石魁部曲四散奔逃。

本來，曹朋大可不去理睬，只管殺散了便是。但他這次出兵，實為立威而來，又怎可能放過對方。郝昭和王雙率領黑旺牙兵，兵分兩路，方陣化圓，從四面八方狙殺那些潰兵。三人一個小組，猶如絞肉機般在亂軍中滾動。那些被殺得魂飛魄散的部曲們根本無力抵擋，一個個倒在血泊中。

曹朋勒馬於沼澤邊緣，面無表情。

曹彰和牛剛幾乎是血染戰袍，興致勃勃的到了曹朋跟前，臉上帶著燦爛的笑容。

「先生，這些傢伙，禁不得殺。」

曹朋點點頭，沉聲喝道：「放鳴鏑，給我燒了黃花林，雞犬不留。」

曹彰和牛剛頓時斂去笑容，抬手向空中射出鳴鏑。

隨著那刺耳的銳嘯聲在夜空中響起，遠處黃花林周圍，也響起了鳴鏑的回應。

「給我燒！」

曹朋一聲令下，飛旺奔行，從馬背兜囊裡取出一個個裝滿桐油的罐子，呼的就扔向了沼澤地裡。劈啪的聲響不斷，空氣中瀰漫著濃重的桐油味道。百餘名黑旺點著了火把，向前奔跑幾步，振臂將火把投進沼澤地的蒿草叢中。火把落在桐油裡，頓時燃燒起來。這深秋時節，蒿草枯黃，星星之火就可以將整個牧原焚燒起來……

隨著沼澤地火光騰起，遠處的黃花林也燃起了熊熊烈焰。

大火，從四面八方席捲而去，迅速將黃花林籠罩在烈焰之中……

有那仍負隅頑抗的部曲，看到這一幕，不由得失聲叫喊起來：「不要啊！」

可是，沒有人會去理睬他。

火光中，曹朋在馬上掃過遍地屍體，當他看到那數十個幼童的屍體時，眼中不由得露出了一抹悲慟之色。但旋即，他便恢復了平靜，將方天畫戟橫在身前，看著那些絕望的部曲，一咬牙，厲聲喝道：「只要首級，一個活口都不要留！」

這是戰爭！

一場你死我活的戰爭……如果不給那些紅澤人足夠的教訓，他們會像那草原上貪得無厭的豺狼一樣無休無止。

之前，自己太軟弱了！以至於一個小小的部落大人，就敢來襲擊他的人馬。

曹朋厲聲喝道：「明犯漢軍者，無論男女，不問婦孺，格殺勿論！殺我軍卒一人，我滅其滿門，壞我一伍兵卒，我屠戮其全族。爾等將此令傳出去，天軍神聖，絕不可欺！」

洪亮的聲音，伴隨著一聲聲瀕死的慘叫，和著那烈焰劈啪聲響，迴盪蒼穹。

黑眊沉靜片刻，突然間爆發出一連串的歡呼！

「天軍威武！」

「曹將軍威武……」

耿慶被人從睡夢中喚醒，從那糾纏在他身上的粉臂玉臀中出來。

「這麼晚了，有什麼事嗎？」被打攪了好夢，心裡自然不快，耿慶坐起身，厲聲喝問。

「大人，出事了！」

「什麼事，非要這時候說？」耿慶很不高興，披衣下榻，拉開房門走出來。

只見屋外，一名親隨跪在門廊下，「黃花林方向火光沖天，似乎是石魁出事了！」

「啊？」耿慶聽聞一怔，睡意全無。

章十四
黑眊出擊

他也顧不得穿好衣服，忙蹬上靴子，隨扈從來到營地裡搭建起來的望樓之上。手搭涼棚向遠處眺望，果見那黃花林方向，濃煙滾滾，烈焰沖天。

火光，照亮了半邊天空，令人怵目驚心。

那火光不僅僅是驚動了耿慶，整個耿家營地都沸騰起來。

「立刻派人前去查看發生了什麼事情！」

隨著耿慶一聲令下，數十騎衝出了營地。

耿慶眉頭緊蹙，從望樓上下來，迎面就看到他的長子耿林步履匆匆的跑過來。

「阿爹，怎麼回事？」

耿林年紀在二十左右，和李丁、賨虎差不多。

不過，與李丁、賨虎不同，他從小不喜歡舞刀弄槍，倒是更喜歡讀書，這在紅澤牧原上，也算是一個異類。對此，耿慶可謂是傷透了腦筋，他可不希望耿林變成書呆子，手無縛雞之力。在這牧原上，誰的拳頭大，誰為尊……如果耿林一直這樣文質彬彬下去，將來能否接掌他的位子，著實有些麻煩。反倒是他的次子耿鈞，好像更隨耿慶，從小喜歡騎射，好舞刀弄槍，與李丁、賨虎並稱紅澤三少。

「不太清楚，好像是黃花林方向起火。」

「黃花林？」耿林一怔，脫口而出道：「那不是石魁的營地嗎？」

「嗯……我已派人前去查探，看看到底發生了什麼事。大林，叫上你兄弟，點起人馬，做好臨戰警備。」

「喏！」耿林領命而去。

耿慶則逕自來到甌脫，坐下來陷入沉思。

甌脫，是匈奴語，也就是後世的蒙古包，帳篷的意思。

有奴僕奉來馬奶酒，可是耿慶卻絲毫無心品嘗，而是焦慮的等待著斥候的消息。

片刻後，耿林、耿鈞兄弟走進甌脫，在一旁坐下。

「都安排好了？」

「已安排妥當……兄長還派人召集各部小帥前來。阿爹，這黃花林好端端，怎就燒起來了？」

耿慶看了一眼耿鈞，示意他稍安勿躁。

事實上，耿家兄弟還算和睦，耿鈞對哥哥耿林也非常尊敬。這也是讓耿慶感到很欣慰的地方。所謂兄弟齊心，其利斷金。就害怕他兄弟二人間，發生爭執。

「暫時還不清楚，等斥候回來，自然知曉。大林，你讀書多，你說說看，會是什麼狀況？這黃花林怎麼會突然間就燒了起來呢？」

耿林想了想，輕聲道：「阿爹，石魁這個人，一向桀驁，行事肆無忌憚。我倒是不怕別的，就怕他去招惹紅水縣的漢軍。如果是這樣，那石魁……恐怕完了。」

耿慶聽聞一怔，「你是說……」

章十五 天軍威武

「他敢！」耿鈞在甌脫中振臂咆哮。

當耿林說，如果石魁跑去招惹了紅水漢軍，那麼紅水漢軍一定會對石魁報復。

耿鈞怒了！

「這裡是紅澤，不是中原。那漢家兒今自身不顧，豈敢在河西惹事生非？石魁是咱們口中之食，此紅澤人皆知，更是為大家默認。就算石魁惹了那些人，可如果他們敢滅了石魁，必得紅澤四萬人所討伐。依我看，那漢家兒還沒那個膽子！如果真是他們所為，石魁有多少人，他們就給咱們吐出多少人！否則，孩兒願為前鋒，討回公道。」

耿林嗤笑，沒再開口。

事實上，包括耿慶在內，也不認為曹朋有這個膽子，敢來碰觸紅澤人的利益。

自曹朋來到河西以後，一直表現的很低調，即便是在紅水集有過驚豔表現，卻不為大多數紅澤人所承認。這其中，也有竇蘭故意封鎖消息的因素。

再加上曹朋此前也沒有展現出漢軍的戰鬥力，以至於八成以上的紅澤人對曹朋並不瞭解。在大部分紅澤人的印象裡，曹朋就是個毛頭小子，二十出頭，又能有什麼本領？據說他還是朝廷某位當權者的親戚，想必是因此而得到重用。

耿慶雖然見過曹朋，可是對曹朋也沒有多少瞭解。甚至在從西部牧原遷過來之後，明明與曹朋比鄰而居，卻從沒有去拜訪過曹朋。這其中，也有對曹朋的不屑。

耿林的嗤笑落入耿慶眼中，令他心頭有些不快。

這個時候，你嗤笑個甚？再說了，你兄弟說的也不錯，那些漢軍有這個膽子嗎？

紅水大營人數雖眾，可卻是胡漢混雜。

據說，紅水大營的胡奴，有很多休屠各人，而那些漢家兒之前也多是漢奴身分。好像是曹朋花重金，從檀柘手裡買來的奴隸。這些人，能有多強的戰鬥力？

至於別人信不信，反正耿慶信了！

耿林對耿鈞言語的不屑，令耿慶心生反感。

「大林，去迎一下你的叔伯！估計這會兒他們也該來了，咱們可不能失了禮數。」

耿林一皺眉，心裡有些不太情願。可既然老爹吩咐，他也不能拒絕，只好拱手應命，退出甌脫。

「阿爹，哥哥並不是……」

耿鈞想要為耿林開脫幾句，卻見耿慶擺了擺手。

「我知道！」耿慶嘆了口氣，「你哥哥人是聰明，只是這書讀的多了，有些迂腐氣。我不喜歡他這性子，而且族中很多人都不喜歡，覺得他太過於高傲了……你這做弟弟的能這般友善，阿爹自然高興。但有時候，還是要殺殺你兄長的這份傲氣。」

耿鈞閉上了嘴，也不知該如何說了。

甌脫裡，陷入一陣難言的安靜。耿慶閉著眼睛，心裡面暗自盤算：如果，真的如大林所言，我當如何面對呢？

天剛濛濛亮，各部小帥紛紛抵達。

耿家經過擴張後，設有六名小帥。每個小帥麾下，有大約四百左右的部曲，而耿慶手中則執掌近千人部曲，而且是最為精悍的部曲。如此一來，耿慶就可以牢牢保持住主導權。只要不出什麼亂子，待六部小帥穩定下來，就可以出兵吞併石魁。只是誰也沒有想到，竟然會發生這樣的事情，著實讓所有人措手不及。

黃花林大火，燒了大半夜。黎明時，火光多多少少有些暗了，不過那滾滾的濃煙依舊清晰可見，令前來點卯的小帥，也不由得心生顧慮……

「大人，究竟是怎麼回事？」

「石魁死了！」

耿慶陰沉著臉，目光灼灼，從六名小帥臉上掃過。

「什麼？」

雖然已經有所準備，可是聽到這消息，眾小帥仍忍不住驚呼起來。

耿慶低著嗓子，陰惻惻道：「剛得到斥候回報，昨夜紅水漢軍突然出擊，將石魁所部盡數屠戮，無一人生還。石魁更被梟首，今就被掛在紅水大營轅門之外。」

「漢家兒，好大的膽子！」一個小帥暴跳如雷，破口大罵。

一旁的耿林眼皮子一翻，冷冰冰的說：「六叔，前些天你不也是以漢家兒自居嗎？」

「啊？」

「漢軍就是漢軍，別漢家兒的說不停。咱們雖說脫離中原百年，可終究還保持著漢家血統。你、我、在座諸位，皆漢家兒。」

「耿林，怎麼與你叔父這般說話？」耿慶大怒，拍案而起。

耿鈞一見連忙站出來，「阿爹息怒，兄長並無惡意……哥哥，你也真是的，六叔一向如此，你這又何必？六叔，我代兄長向你請罪，還請六叔你別往心裡去才是。」

六叔本有些拉不下面子，可聽耿鈞這麼說，也就順杆爬的坐下。

「大林，學學你兄弟。讀了那許多書，還不如你兄弟知曉禮數。」

耿林哼了一聲，並不反駁。他只是向耿鈞點了點頭，那意思是說：謝了！

耿鈞笑了笑，便又坐回原處。

「漢軍為何攻擊石魁？」一名小帥沉聲問道。

「據斥候回報，前夜石魁襲擊了漢軍一支人馬，將一批廉堡胡奴擄掠而走，還殺了幾十名漢軍。」

幾名小帥相視一眼，不由得苦笑。

「石魁恁膽大……那紅水大營再不濟，也有萬餘人，比咱們整個部落的人口還多。他好端端劫掠漢軍作甚？劫掠也就罷了，幹嘛還要殺人？這不是找死嗎！」

「不殺人，怎麼劫掠？」六叔陰著臉，一句話把那開口的小帥噎得說不出話。

耿慶連忙開口：「諸位、諸位，咱們現在可不能亂……咱們得想想，該怎麼處理此事。石魁，那是十八部落共同決意交由咱們掌控。且不說石魁的對錯，單這黃花林就屬於咱們的領地，曹朋二話不說便打上門來，還火燒了黃花林。」

「石魁舉族被殺，乃我紅澤百年來從未發生過的事情。石魁好壞暫且放到一邊，可他終究也是咱們紅澤的一分子。想當年，他祖上與咱們祖上聯手，創立紅澤盟約。今他被漢軍殺死在黃花林，實紅澤百年未有之奇恥大辱。如果咱們就這麼一聲不吭的話，勢必會被盟友們恥笑，你們以為呢？」

曹賊

章十五

天軍威武

不管是耿慶還是眾小帥，都不再言『漢家兒』三字。

耿林的話沒有道理？

但還是進了他們的耳中……不管怎麼說，他們這些人在河西，一直以漢家人自稱。開口漢家兒，閉口漢家兒，的確有些不太合適。

六叔道：「那大人意欲何如？」

「找曹朋，向他討個公道。」

耿鈞一聽，立刻站起來，「阿爹，孩兒願為先鋒，踏平紅水大營。」

「你閉嘴！」

耿慶厲聲喝止，耿鈞還要說話，卻被耿林拉扯了一下袖子。扭頭看去，見耿林朝他搖了搖頭，示意他不要多嘴。心裡面雖說有些不快，但耿鈞還是坐了回去。

「公道，是一定要討回。」耿慶大聲道：「但不一定非要大動干戈。有道是，先禮後兵，咱們應當派人，先去和曹朋接觸一下，看他能給出什麼說法。同時，立刻派人往紅水集，報知竇大哥。這件事，單憑咱們一部恐怕還不行，必須十八部同時出面，才能震懾住曹朋。」

「紅澤，是咱們的紅澤。那曹家小兒想在紅澤作威作福，卻是休想！諸位，以為某這個辦法可還適宜？」

眾小帥相視，不約而同的點頭稱道。

這耿慶部落不過幾千人，可紅水大營卻有上萬人，這人數的差別，還是讓大家感受到了幾分壓力。哪怕是對漢軍不屑，卻依舊令他們有些忌憚。如果曹家小兒認慫也就罷了，如果真的翻臉，紅澤十八部並起，也不需太過擔心。

耿林在一旁默默聽聞，見大家的意見統一，心裡不由得暗自嘆息一聲：阿爹，你們這一次，恐怕是看錯了那位曹將軍！

若說讀書多，自有讀書多的好處。至少耿林考慮的，遠比耿慶等人要周全許多。

曹朋入駐河西的消息傳開之後，耿林就下意識的讓人搜集曹朋的情報。雖說河西距離許都遙遠，可想要打聽一下，倒也不是難事。特別曹朋的三部蒙學作品，在關中也有推廣，所以耿林很快便搜集到了曹朋的一些資訊。

他軟弱嗎？抑或說，此人是靠著裙帶關係上位？

靠著裙帶關係，斷然做不出那《愛蓮說》和《陋室銘》的文章。

若沒有真才實學，又怎可能升遷的如此迅速？這還是幾升幾降的結果。如果當初曹朋不去惹事，說不定現在已做到了將軍，甚至有可能封侯……軟弱的人，不可能在曲陽面對數倍於己的虎狼之師，浴血奮戰；軟弱的人，不可能冒著被處死的危險，放走呂布家眷，只為償還一點恩情；軟弱的人，不可能不顧生死，一把火燒死了近萬袁紹大軍；軟弱的人，不可能為家人不顧一切，怒打國丈……

綜上所述，曹朋不是個軟弱可欺之人，更非無能之輩。

相反，這個人很執著，也很強硬！

耿林清楚的意識到，自家對紅水大營的策略，從一開始就錯了……恐怕包括竇蘭在內的人，都被曹朋的低調迷惑了眼睛。也許，曹朋並非是刻意隱瞞，只是不想招惹是非，希望能夠平穩的掌控河西。可如果以為曹朋好欺負，那絕對是大錯特錯。

耿林本想尋找機會，提醒一下耿慶，可沒想到，不等他找到機會，就發生了石魁事件。這件事如果處理不好，很可能會引發出大動盪，卻不是耿林願意看到的。

「阿爹，孩兒願出使紅水大營！」想到這裡，耿林站起身來，拱手請命。

天軍威武

耿鈞也說道：「阿爹，孩兒願隨大哥一同前往。」

耿林是絕對不會讓耿鈞跟去。

耿鈞那炮仗脾氣，絕對是一點就著的主兒。而他此次要去見的對象，可沒有他表面上看去那麼好對付。曹朋同樣很傲，而且他既然敢出兵，更鬧出這麼大的動靜……火燒黃花林？你真以為他是為了石魁才燒了黃花林嗎？絕對不可能！

他，這是在敲山震虎。

我就是打了！我不但打了石魁，我還要讓你們所有的紅澤人都知道！

從斥候回報的消息來看，石魁是被曹朋面對面的幹掉，而後才梟首示眾。如果他只是為了給那幾十名漢軍報仇，大可不必興師動眾，把黃花林一把大火焚毀。

曹朋，勢必不會再像早先那樣低調。他既然決定要高調起來，那麼也不會再隱忍下去。

耿鈞去了的話……成事不足，敗事有餘！

所以，耿林是絕對不會同意。

不過他也不可能這麼直來直去的拒絕，否則就枉費了他『讀書人』的名號。

「阿爹，小鈞不能去。」

「為什麼？」

耿林苦笑道：「曹朋幹掉了石魁，未必會就此甘休。萬一他認為石魁所為是阿爹在背後主使……阿爹，你莫要忘記，至少在名義上，那石魁是歸咱們所指揮。孩兒此次去，是想要探聽一下狀況，和曹朋面對面的接觸。萬一那曹朋翻臉，我和小鈞同去，豈不是危險？孩兒聽說，那曹朋乃中原名士，孩兒讀過書，至少能保全性命。可小鈞去了，萬一惹怒了他，可就不易回來。」

這一席話，觸動了耿慶。

不錯，兩個孩子都過去了，那曹朋要事翻臉，豈不是……

「小鈞，你留下！」

「阿爹，我就不信那曹家小兒……」耿鈞當然不會服氣，大聲叫嚷。

耿慶怒道：「之前你還說曹家小兒沒那麼大膽子，可人家就是當著咱們的面，滅了石魁一族。這種人最難對付，你兄長知書達理，還好交往，你絕不能跟去。」

「哥哥……」耿鈞想要讓耿林為他出頭。

可耿林卻搖搖頭，拍了拍他的肩膀，「小鈞，聽阿爹的話，留在家裡。萬一打起來，你還能衝鋒陷陣，保護部族周詳。哥比不得你，就走紅水這一遭。」

耿鈞的眼紅了，「哥哥，若那曹家小兒敢為難你，我定不饒他！」

耿慶說：「大林，你什麼時候動身？」

耿林一笑，朝甌脫外看了一眼，「既然天已大亮，事不宜遲，孩兒這就動身。」

「那，早去早回。」

要說起來，耿鈞對他這個哥哥，還真是不錯。雖然不能同行，卻把他心愛的坐騎青驄馬，交給了耿林。

這青驄馬，是一匹寶馬良駒。當年梁元碧還沒有背叛紅澤時，贈送給竇蘭十匹上等的西域大宛良駒。耿家對竇蘭素來支持，所以竇蘭便從那十四馬中，選了兩匹贈給耿慶。

其中一匹如今是耿慶的坐騎，名叫白頭烏，是一匹毛色澄亮的黑馬，但頭頂出有一撮白毛，極為神駿。另一匹就是青驄馬，送給了耿鈞。耿鈞對這匹馬愛若至寶，今在他看來，兄長此去紅水大營頗為凶險，便把青驄馬借給了耿林。

曹賊

章十五 天軍威武

耿林暗自發笑，但對兄弟的這番心意也頗為感動。

待準備妥當之後，耿林上馬，領著五十名部族勇士，朝紅水大營方向趕去。

與此同時，耿慶下令全部落進入備戰狀態。他命耿鈞帶上他的手書，立刻趕往紅水集，把黃花林事件告之竇蘭。

這件事，不可能瞞得住。黃花林那麼大的火勢，其他部落怎可能看不見？想必用不了多久，就會有人前來詢問。不過是戰還是和，必須得竇蘭的首肯，畢竟各部落整合已經開始，能抽調出多少兵馬還是未知數。

耿慶也有些緊張，畢竟他距離紅水大營最近。當初竇蘭把他安排在這裡，他還挺高興，因為地盤大了，人口多了，牧原也挺好，是一個很不錯的安排。可現在，耿慶感受到了壓力……紅水大營距離他的甌脫太近了，萬一發生衝突……

但願，大林能暫時穩住曹朋。

辰時出發，到晡時，耿林抵達黃花林。

昔日繁茂的黃花林，已變成了一片廢墟。那焦黑的樹木仍冒著黑煙，許多地方還殘留著餘火，似乎在昭示著昨日這裡曾發生過一場極為慘烈的戰鬥……

蒿草，已被燒盡。

也許來年春風過時，這裡會恢復生機。但那黃花林卻一去不復返，也許百年後，再也不會有人記得這裡曾有過一片蔥郁茂盛的林木。

勒馬在廢墟邊緣，耿林不由得心生感嘆。秋風掠過，帶著一絲肅殺之意，配合著眼前蕭條景象，使得耿林禁不住激靈靈打了一個莫名寒顫。

「真的一個都沒留下？」

隨行的勇士裡，有昨夜前來探查的斥候。聽到耿林的問話，那斥候連忙上前，輕聲道：「一個都沒留，全都殺了……據說，那石魁是兵分兩路，一部分留在營地中抵抗，他帶人從東面沼澤突圍，似乎是想要襲擊紅水大營。但漢軍早有準備，他們剛一出沼澤，就遭遇漢軍的攻擊。石魁被那位北中郎將親手擊殺，所帶兵馬更是一個都沒活下來，全軍覆沒。而後，那位北中郎將下令火燒黃花林。營地中的那些族人全都被活活燒死，就算有衝出去的，也被漢軍格俘虜，當場梟首。」

眾人聽聞，不禁心驚肉跳。

昨夜的景象雖未親眼看見，可在這廢墟邊上，聽著斥候的敘述，卻好像是歷歷在目。

螳臂當車！

耿林深吸一口氣，腦海中浮現出這麼一個詞句來。

即便紅澤人多勢眾，真的能抵擋住朝廷大軍那摧枯拉朽的攻擊嗎？

想當年，先零雜種羌何等興旺，人口更是紅澤的數倍之多。結果觸怒了朝廷，被太尉段熲從逢義山一路追趕，殺得人仰馬翻，血流成河，最終被朝廷消滅。

耿林沒見過當年的那場戰鬥。事實上，整個紅澤經歷過當時戰鬥的人，只有李家部落的族長李其一個人。耿林從前聽李其說過，所以印象很深刻。

就算紅澤人把曹朋從河西趕走，還會有李朋、王朋的到來。瘦死的駱駝比馬大，就算朝廷今不如昔，可如果下定決心要收復河西的話，誰又能夠阻擋住朝廷的腳步？

想到這裡，耿林禁不住輕輕搖頭。

「走吧！」他一帶韁繩，「天黑之前，務必抵達紅水大營。」

說完，他一催青驄馬，胯下坐騎希聿聿長嘶，馱著耿林朝紅水大營方向急馳而去。

五十名勇士在出發之前，倒也是興致勃勃。可是當他們看過了黃花林廢墟之後，心裡的那點傲氣，也一下子被驅趕的煙消雲散。

漢軍，不可辱啊！

章十五 天軍威武

斜陽，夕照。

紅水在夕陽餘暉的照映下，泛著一抹詭異的血色。

紅水大營矗立在紅水畔，在夕陽餘暉之中，有一種莊肅，令人不由得心生畏懼。

整個紅水大營，跨紅水而建。前方是兵營，後方是民居，依照九宮方位而設，共分為九個營寨。

耿林等人一路走來，遇到了不少漢軍斥候。不過，他們不敢節外生枝，而那些斥候，似乎也沒有興趣理睬他們。這也是自紅水大營興建以來，耿林第一次拜訪。

遠遠看去，整座大營猶如一頭凶猛的巨獸，橫跨紅水之上。那磅礴氣勢，直令人感到一陣陣心悸。轅門外，一面赤龍大纛在風中獵獵，伴隨著餘暉，那大纛就好像被一層血光籠罩。

「來者，何人！」

剛一靠近轅門，就見一隊軍卒攔住了去路。這些軍卒，衣甲鮮明，一個個精神抖擻。

耿林也不敢怠慢，連忙勒住了戰馬，在馬背上拱手道：「學生耿林，家父乃紅澤耿氏牧原之主耿慶。林奉家父之命，特來拜會曹將軍，還煩請代為通稟一聲。」

這耿林說的一口道地河洛方言，言語間也頗為得體。

他從小喜歡中原文化，兼之李其原本就是河洛地區的人，所以耿林便纏著李其教他河洛方言。當時的中原，大致以兩種方言為官話，關中話，還有就是雒陽話。而由於東漢定都雒陽，所以這雒陽話也就成了主流。

耿林這一口雒陽方言，令幾名軍卒臉上的戒備之色立刻緩和很多。

「還請在此稍候，待我等通稟。」

軍卒呼啦啦退回轅門內，自有人前去通報曹朋。

不過，耿林卻知道，那轅門內的漢軍並未放鬆警戒，甚至在他們退回轅門之後，弓弩皆對準了己方。單只從這份森嚴的守備來看，這漢軍絕非烏合之眾，石魁那些傢伙找漢軍的麻煩，才是真正的不智。耿林越發堅定了自己的想法！

在轅門外下馬，耿林等人一邊等候，一邊偷偷的觀察。

但見一隊隊兵卒，從轅門兩側的角門進出。或騎軍，或步卒，進出之間，頗有章法，絲毫不見半點混亂。大營內一排望樓上，弓箭手小心翼翼的戒備著。而那大營之中，卻一排肅靜。在轅門外，根本無法探查這軍中究竟有多少兵馬。

耿林越看越感到心驚肉跳……如果真要和漢軍交鋒，哪怕是傾紅澤之力，最多也就是一個慘勝吧！

漢軍不可辱！

天軍，威武……

章十六

前所未有之強硬

號角聲，迴盪蒼穹。軍營中傳來一陣馬蹄聲，緊跟著就見一隊騎軍從轅門內衝出來。

耿林的那些隨從嚇了一跳！這支騎軍的聲勢，著實太過於駭人，約百騎左右，但若只聽蹄聲，卻如萬馬奔騰，站在地上，都可以感受到地面的顫抖。

青驄馬焦躁的搖頭擺尾，不時打著響鼻，透出一絲不安。

「都別動！」耿林臉色微微一變，見身後的扈從要上來，連忙擺手喝止。有道是兩國交兵，不斬來使，更何況紅澤和紅水縣，如今並非敵對狀態。耿林從一開始就把姿態放得很低，甚至以學生自居。他相信，曹朋絕不會在這個時候對他不利。

努力的安撫著青驄馬，耿林心裡面也有些緊張。

就在這時，騎隊戛然止步。只見他們迅速向兩邊分開，從當中行出一騎。青驄馬見到那匹馬，居然驚恐的連連後退。

耿林失聲道：「獅虎獸？」

來人，騎的竟然是百年難得一遇的獅虎獸！

但旋即，他就反應過來。看樣子，這獅虎獸背上的青年恐怕就是北中郎將——曹朋！早就聽說，北中郎將有一匹好馬，但耿林卻沒有親眼見過。

他的目光從獅虎獸身上移開，轉到了馬上的青年。那青年，二十出頭的模樣，臉上還帶著一絲稚嫩，八尺靠上的身高，顯得格外魁梧壯碩。只見他頭戴綸巾，身著一件寬大的青色襦衣，外罩一件大袍。腰繫天蠶絲大帶，獅蠻環珮，上面扣著一塊醒目的翠綠寶石，價值不菲。

青年在馬上宏聲道：「哪位是耿林公子？」

耿林忙把轡繩交給身邊扈從，快走幾步，躬身行禮，「公子二字，林愧不敢當。學生不過是一介遺民，怎敢讓曹將軍親自相迎？此林之罪，還請將軍恕罪。」

一席話，顯得頗為謙卑。

曹朋眼中閃過一抹異色，縱身下馬，快走兩步，一把拉住了耿林，「耿公子不必多禮。某來河西，亦嘗聞公子之名，言公子飽學，恨未得機緣，至今日方與公子見面。」

耿林更加惶恐！

你大名鼎鼎的曹三篇，號稱中原士林中青年翹楚，蒙學宗師。你說我飽學，這不是讓我難看嗎？

曹朋對他越是有禮，耿林就越是惶恐。

兩人相見寒暄之後，曹朋挽著耿林的手臂，笑道：「今日兄長前來，某心中甚樂。有道是，有朋自遠方來不亦樂乎……兄長與某近在咫尺，卻未得一敘。今日既然來了，定要與兄長促膝長談。唯有此，方能恕曹某之前怠慢之過。來來來，酒宴已備好，請兄長與我同行。」

古人常有『把臂而行』之舉，以此來表示與對方的親近和看重。

耿林是受寵若驚，亦步亦趨的跟隨在曹朋身邊，連聲道『不敢』。

走進轅門，赫然有一種與在轅門外全然不同的感受。但見這大營之中，軍容整肅。一頂頂、一座座

曹賊

章十六

前所未有之強硬

軍帳相連，卻井然有序，絲毫沒有雜亂感受。此時，正值晚飯，只見軍中炊煙嫋嫋。軍卒們紛紛從校場而來，列隊整齊，格外的威武。

那步履間，透著濃濃的殺氣，雖距離尚遠，可耿林卻感受頗深……

他心裡不由得倒吸一口涼氣：這是剛打完仗嗎？

按道理說，曹朋大獲全勝，理應歡慶才是。可看這樣子，依舊保持著操練，顯然是在做準備。準備什麼？

毫無疑問，是防備紅澤人偷襲。

看起來，這位曹將軍已經做好了和紅澤人開戰的準備。幸好老爹沒有衝動，如若不然，恐怕這漢軍鐵騎已馬踏耿氏部落的營地之中。

曹朋一臉微笑，眼角餘光卻偷偷打量起耿林。卻見耿林面色變換，顯然被眼前的這一幕所震撼。小子，周公瑾能設群英會，使蔣幹盜書；今日我也可以擺鴻門宴，令你紅澤十八部老老實實！

想到這裡，曹朋嘴角勾勒出一抹古怪的笑容。他大笑著問道：「兄長，我這軍營，尚威武否？」

耿林身子微微一顫，連忙道：「漢軍威武！」

「哈哈，此不過普通而已。若兄長見我族叔精銳虎豹騎，那才是真正的漢軍鐵騎，雖百萬之眾，亦難匹敵。」

「虎豹騎？」

「是啊，今朝堂穩定，天下局勢也漸趨明朗。河北袁氏不過苟延殘喘，司空橫掃河北只在早晚間。待朝廷統一河北，定揮兵直下，直取江東。到時候，兄長且看朝廷百萬雄師橫渡大江，氣魄必是驚人。」

耿林終究是個書生，讀的書雖然不少，可畢竟是在這河西荒涼之地，見識不多。

虎豹騎、百萬雄師……曹朋看似不經意間透露出來的消息，令耿林心驚膽戰。

朝廷畢竟是朝廷，豈能是一個小小的紅澤可以相提並論？你聽人家曹將軍也說了，朝廷現在是沒工夫理睬河西，等人家把手頭的事情解決了，絕不會坐視河西孤懸境外。竇蘭也好，馬騰也罷，或者還有那位羌王唐蹄，就算他們能趕走曹朋，難道能擋得住朝廷百萬大軍的衝鋒？若真是得罪了朝廷，紅澤從此危矣！耿林不由得嚥了口唾沫。

穿過前營，便是曹朋的中軍大營。營盤並不算太大，可是守衛卻極其森嚴。看駐紮在營中的軍卒，與之前所見到的漢軍，明顯不太一樣，一個個身穿黑眊披衣，挎刀負弓而立。當耿林從他們身邊走過的時候，可以感受到一絲淡淡的殺意。精良的裝備，嚴酷的訓練，已經剛經歷過一場戰陣磨練的黑眊牙兵，讓耿林還有他的那些扈從，都不由得在心裡升起一絲畏懼的情緒。

「此，何方銳士？」

曹朋一笑，「此乃某之親隨牙兵，名為黑眊。之前兄長所見鐵騎，亦乃朋之近衛，號飛眊百騎。這些人隨我多年，征戰無數。曾參與過延津大戰，在袁紹百萬軍中立下赫赫戰功。今隨我一同來到河西。」

「竟有如此雄壯銳士！」耿林不禁暗自點頭。

一行人走進中軍大帳，就見大帳中，有數人候立。

為首一個青年，看年紀也就是二十四、五的模樣，長得是敦厚而結實，黑黝黝的一張臉，透出沉穩氣度。

「此我行軍司馬，名叫郝昭。對了，說起來他也是北疆人，原本並州人氏，與河西相距不遠。」

郝昭拱手行禮，並未說話。

耿林也不敢怠慢，連忙向郝昭還禮。不管怎麼說，人家是曹朋點的行軍司馬，正經的朝廷命官。耿林雖說頂著一個耿氏長子的身分，但在郝昭面前，還真算不得什麼。

而後，曹朋又向耿林介紹了梁寬、姜敘二人。說起來，耿林對這二人倒不算陌生，畢竟梁寬和姜敘

曹賊

章十六 前所未有之強硬

此前，也是涼州有名的遊俠兒，耿林就算沒有見過他二人，至少也聽說過他們的名字。

「未想到，兩位也為曹將軍效力。」

「非也，非也！」曹朋連連擺手，「他二人非是為我效力，乃為朝廷效力耳！」

「啊，卻是林冒昧了！」

「呵呵，梁寬、姜敘兩位壯士，對我頗有幫助。我已向朝廷呈報，拜他二人為別部司馬之職……想必用不了多久，朝廷就會有任命下來。」

梁寬和姜敘，這才投靠曹朋多久？就這麼當上了別部司馬？耿林這心裡別提有多麼羨慕。可惜阿爹不曉事，若是投奔曹將軍，以他的本事，至少也能做個都尉。唉，部落大人之名，也就是在這紅澤一畝三分地上好聽一些，出了紅澤，他這部落大人又算得什麼？不過千把人的部落，在河西根本就不值一提。若是到了中原，這所謂的部落大人，其實就是個不知教化的蠻夷。

想到這裡，耿林的心裡面更不舒服。

曹朋又介紹了一番之後，眾人分賓主坐下。自有蔡迪領著奴僕，奉上酒水。

「此，似非中原人氏吧。」耿林看到蔡迪，不由得一怔。

蔡迪那匈奴人的特徵非常明顯，可看模樣，好像還是曹朋的親信。

曹朋大笑，「此朋之弟子，的確非中原人士。不過說起他的外祖父，想必兄長也聽說過……呵呵，便是那文名滿天下的蔡邕蔡公。」

「啊！竟是名門之後。」耿林讀過不少書，怎可能沒聽說過蔡邕。

曹朋道：「這孩子很不錯，我見他聰明，所以便留在身邊。他既然拜我為師，他日少不得要給他一個錦繡前程，否則豈不是辜負了蔡公之名？」

「將軍慈悲。」耿林說著話，舉杯相邀。

曹朋一笑，將杯中酒一飲而盡。

酒過三巡，菜過五味，曹朋似有些醉意，臉上透著熏熏然之色。

郝昭突然開口問道：「耿公子今日前來，莫非是要為那賊囚石魁討回公道嗎？」

「啊？」

郝昭一直沒有說話，可這一出口，卻是直截了當。他聲音低沉，好像是從肺裡面擠出來的聲音，帶著一絲金鐵之音，令大帳中氣氛陡然一緊。

「我家將軍，敬你們紅澤人百年堅守，故而一直忍讓。可若是紅澤人不曉好歹，就算是我家將軍答應，郝某手中利劍也絕不答應。今日本不當說這些掃興的話語，可我五十名部曲的屍體猶在後營安放，等待送還。公子，你若是想為石魁討回公道，郝某亦有一言：明犯天威者，皆可殺之！」

「曹朋，果真這麼說？」甌脫裡，耿慶滿懷心事，表情陰鬱的問道。

在他跟前，耿林垂手肅立，恭敬點頭，「這句話是曹將軍的行軍司馬郝伯道所言，曹將軍雖然當場呵斥了郝昭，但孩兒以為，這也是曹將軍內心裡的真實想法。」

「漢軍，果真精悍？」

「非同等閒。」

耿慶倒吸一口涼氣，一時間竟無語了！半晌，他向六叔等小帥看去，「諸位兄弟，以為如何？」

眾人皆以沉默回答。

耿林在紅水大營待了一晚，天剛一亮便匆匆趕回。如果說，他去紅水大營時還有些輕鬆的話，那麼在回程途中，就有些心情沉重。曹朋的那番話，在他耳邊不住迴響。

「我看兄長是個飽讀詩書的人，想必也應該清楚，這忠孝仁恕智勇信七個字當中，忠當為第一位。

曹賊

章十六
前所未有之強硬

我也知道，過往百年，朝廷寒了大家的心。可不管怎樣，兄長終歸是漢家子，不管過多少年，這都是不可改變的事實，你說對是不對？」

「那是自然。」

「有道是，率土之濱莫非王土，紅澤早晚要被朝廷接收。我今日來紅澤，不過是為司空打個前哨。我非嗜殺之輩，說實話，也不想在河西大開殺戒。但若是那不長眼的人尋釁，他打的可不只是我，還有司空，還有朝廷的顏面。石魁，罪該萬死，某既然敢出兵，就不怕報復。今年你們把我打走，明日我就帶百萬大軍血洗河西。到時候且看看，究竟誰才是這河西之主。」

曹朋用一種前所未有之強硬言語，表明了他的態度，以至於耿林連之前想好的許多話語，都不得不嚥回肚子裡，不敢再與曹朋談起。

是啊，紅澤四萬人，又有什麼資本與朝廷抗衡？

他並沒有注意到，曹朋在言談時，並沒有使用眾人所熟知的『陛下、天子』等詞，也沒有說他代表的是『漢室』。曹朋只說朝廷！至於是誰的朝廷，你們自己去理解。從某種程度上，曹朋也在盡可能的將河西『漢室』烙印抹消。

回到耿家營寨，耿林把他出使的經過，一五一十的告訴了耿慶。

「父親，天威不可輕辱之。曹將軍背後有朝廷，有百萬大軍……孩兒覺著，他說得沒錯。朝廷既然已決意收回河西，那不過是早晚的事情。如今朝廷還沒有抽出身來，可一旦他們伸出一隻手，就可以將我等消滅。曹將軍對孩兒說，識時務者為俊傑。只不過……」

耿林還想說，卻聽耿慶哼了一聲，將他到了嘴邊的話語又給堵了回去。

「此事，當何如？」

六叔想了想，「這件事非同一般，聽大林這麼說，那曹朋倒是個明事理的人……我想，他眼前所要做的是紮穩根基，建起城鎮。之所以滅了石魁，是那廝不曉輕重，尋釁在先。咱們最好不要輕舉妄動，如何與曹朋接觸，還是請教一下竇大人，聽聽其餘十七部人是怎麼說。反正，最好不要單獨行動……」

六叔雖然說得輕鬆，但言語中，無不表達了一個意思：怕了！

其餘五個小帥也連連點頭，表示贊成。

耿慶沉吟片刻後，一拍桌案站起身來，「我這就前往紅水集面見竇將軍。老六你們幾個加快整合速度，盡量早一些將部落事宜穩定下來。大林留下來，可以嘗試著和紅水大營多接觸一些，如果他們需要什麼幫助，只要不損害咱們的利益，大可以開方便之門……大林，你讀書多，這其中輕重自行把握。」

「孩兒省得！」耿林躬身應命，心裡竊喜非常。由耿慶這一番話裡，他聽出了一點端倪。似乎在經歷了此次出使紅水大營之後，耿慶對他的態度隨之發生了些變化，若在以前，斷不會令他主持部落。

當然了，這也有耿鈞不在的緣故。可要是在以前，耿慶這麼安排，估計六叔他們會第一個跳出來反對。而現在，六叔等人皆沉默不語，似乎也表明了態度。

這預示著，耿林在部落裡的地位有所提高。

事實上，耿林對主持部落事宜並不在意，將來這家主是由他還是耿鈞繼承，也都無所謂。他更嚮往前往中原求學，拜訪那些傳說中的名士大儒，研習學問。紅澤，其實不大；河西，也非常小……這天地廣闊，不走出去，焉能知曉呢？

不過，能夠被耿慶看重，還是令耿林非常高興！

石魁被曹朋消滅的消息，迅速傳遍紅澤，傳遍河西。有的人拍手稱讚，有的人憤慨；有的人情緒激動，有的人冷眼旁觀；有人哭，也有人笑……總之不一而同。

「石魁被殺了？」

章十六 前所未有之強硬

「是啊，聽說那傢伙去招惹漢軍，結果激怒了那位小將軍，一夜之間舉族被滅。」

「狠，真狠！一個活口都不留啊！」

「是啊，連小孩子都不放過……」

「你他娘的廢話！若你是曹將軍，恐怕比他做的更毒辣。石魁自己不知死活，朝廷大軍，那豈是他能招惹？你看看，結果被砍掉了腦袋。」

「石魁也不差啊！」也有人表示懷疑，「他手下可是有五百悍卒，騎射精湛，驍勇狠辣。此前連竇將軍都奈何不得他，怎麼就這麼輕而易舉的被消滅個乾淨？」

「誰？」

「你曉得什麼！」有那故作知情者，冷笑嘲諷：「你可知道，那曹將軍是誰的弟子？」

「知道並州虓虎嗎？」

一陣倒吸涼氣的聲音響起……

「你是說，那九原虓虎呂布呂奉先？」

「沒錯！小曹將軍，可是呂布的弟子……」

「你就亂說吧……我聽說，呂布在徐州造反，被曹司空所殺。而小曹將軍是曹司空族姪，他怎麼可能是呂布的弟子？」

被拆穿了謊言的『知情者』，勃然大怒：「你知道甚？小曹將軍是曹司空的族姪不假，可當初呂布和曹司空也曾有過聯合。小曹將軍在海西做過官，聽說還將海西大治……海西知道是哪兒嗎？最東邊！就在下邳。下邳是哪兒你知道嗎？就是在徐州！當初，徐州是呂布的地盤。」

一席話，令周圍眾人連連點頭。

「有這種事？」

「那當然！」『知情者』又露出了驕傲之色，瞟了一眼剛才拆穿他的人，得意洋洋的說：「你知道小曹將軍用的是什麼兵器？就是當年呂布所用的方天畫戟……當初小曹將軍在海西做官，得呂布看重，於是傳他武藝。後來呂布和曹司空反目，臨死前將小曹將軍喚到跟前，將畢生功力傳授小曹將軍，還把兵器給了他！」

這貨，莫非還是個小說家？這還傳授畢生功力……

「那後來呢？」

「後來，小曹將軍掛念師生之誼，拚著被砍頭的危險，保護虓虎一家老小去了海外。如果不是這樣，說不定他現在已經是大將軍……小曹將軍是個有情義的人，十四歲出仕至今，幹了許多驚天動地的事情，要說起來，幾天幾夜也說不完。」

「那麼，你怎麼知道這些事情？」

『知情人』一聲冷笑，「我實話告訴你，我有個兄弟如今就在紅水大營效力，小曹將軍的事情，整個紅水大營都知道。前些時候他來看我，順便談及了一些。」

周圍眾人頓時露出敬佩之色。

也許還有人心存疑惑，但是看大家的樣子，那到了嘴邊的話就又嚥了回去……

天色將晚時，那『知情者』從牧民營地中離開。見左右沒什麼人，便策馬狂奔，來到營地外十數里處的一個樹林當中。他下了馬，快步走進林子。

夕陽的餘暉，透過枯黃枝葉間照射林中，幽靜的樹林裡，有一種陰惻惻的氣息。

「素利，情況如何？」

「一切如先生所料那般，那些人都信了。」

『知情人』和來迎接他的人一邊走，一邊低聲交談。

曹賊

章十六 前所未有之強硬

在樹林中間的空地上，一個身穿黑衣、面戴黑鐵面具遮住半張面孔的男子，正坐在一張厚厚的狼皮墊子上。兩個相貌甚美的胡姬，一個為他揉捏肩膀，另一個則為他捶腿。

「李先生，都辦好了！」

「贊柯比、素利，沒有人看出破綻吧。」

「先生說的哪裡話？您親口交代的事情，小人怎敢有半點疏忽？不過，感覺著也不是所有人都相信，至少有些人還是半信半疑。李先生，咱們這麼做，到底是想要做什麼啊？」

李先生擺手，示意兩名胡姬將他攙扶起來，然後為他蹬上了靴子。

「你不必問原因，到時候自然知曉。等走完了這一趟之後，你一家六口就可以獲得自由。到時候是想留下來，還是想離開，都不會有人攔阻。不過，我給你透露個消息，最好留下，好處有很多。」

贊柯比，就是當初為曹朋提供『黃花林』地名的人。素利是他的兒子，一家六口現居住在紅水大營。

聽『李先生』說完，贊柯比立刻俯伏在地，哽咽道：「李先生待我一家甚厚，願為李先生效命。」

「錯，不是為我效命，是為曹將軍效命。」

「對，對對……不過李先生是曹將軍心腹，聽李先生的吩咐，就是為曹將軍做事。」

李先生聽聞，頓時笑了：「你這老貨，卻生了張好嘴。」

他們一直是以匈奴話交談，看上去這位李先生的匈奴語，也說得是極為流利。

「走吧，出來七、八天，也是時候回家了！」

武威，又名西涼。《三國演義》中，西涼錦馬超之名，蓋源於此。

此地位於河西走廊東部，也是河西走廊門戶所在。西元前一二一年，漢武帝命驃騎大將軍霍去病遠征河西，擊敗匈奴。為彰顯大漢赫赫軍威，於是便有了『武威』之名。

建安八年九月末，天氣越寒。

武威縣城並不算太大，不過卻非常繁華。坊市間，往來中原的西域胡商絡繹不絕。雖說中原混戰，卻無法影響到武威的繁榮。藉其地理位置的便利，馬家立足於此，背依西域豐富物產，不斷壯大。

天有些陰沉，好像要下雪。

馬超策馬武威城外，心頭沉甸甸，壓抑得緊。

由於紅水集失利，造成了馬超在家中的威望降低不少。加之涼州刺史韋康派人斥責馬騰，告訴他不要插手河西事務，馬騰大怒，扭頭又把馬超好一頓訓斥。

雖說這只是表面上的訓斥，但馬超卻非常不高興。占領紅澤，奪取河西，是馬騰由來已久的主張。此次馬超在紅水集的失敗，非謀劃不足，實乃天意。為此，馬超還折損了他的左膀右臂，謀主虎白，心裡原本就不甚痛快，被馬騰這一番訓斥之後，更使得馬超認為馬騰對他不公平。

最可氣的是他那兄弟馬鐵，最近的氣焰可謂張狂。從前有虎白輔佐，馬超本身又驍勇善戰，使得馬鐵即便有心尋釁，也不敢過分。而現在，馬超遭遇失敗，也就使得馬鐵得了藉口，人前人後，經常出言詆毀馬超。馬騰對此也心知肚明，卻視若不見，恍若未聞，完全是一種放縱態度。

馬超心裡不快，這幾日就帶著扈從，在城外狩獵。

好在，他身邊還有一個兄弟馬岱，一直追隨馬超左右，多多少少讓他舒服一些。

獵殺了兩頭孤狼，馬超帶著獵物，返回武威。一回到家，就見老管家馬成迎面走來。

「大公子，你可算是回來了。若你再不回來，老奴就只能派人出城去找你了。」

「找我做甚？」馬超愣了一下，疑惑問道。

「主公正在花廳商議事情，你過去就知道了。」說著話，馬成看了一眼左右，壓低聲音道：「剛得到消息，紅澤和漢軍翻臉了！」

曹賊

章十六

前所未有之強硬

「哦？」馬超吃了一驚，連忙問道：「什麼時候的事情？」

「十天前……大公子快進去吧，若去的晚了，主公會不高興。」

馬成是馬騰的堂弟，也是馬騰的老部下。馬騰的父親馬肅，曾經是天水郡蘭干縣縣尉，後因罪失官。馬騰小時候家庭環境不好，多虧了馬成的父親給予幫助。後來馬騰從軍，馬成結伴相隨，東征西討，著實給予了馬騰許多幫助，甚為馬騰所信任。

馬騰少年時，娶了一個羌女，生下了馬超。後來，馬騰的地位越來越高，於是又娶了金城一大戶人家的女兒，並立為正室，也就是馬鐵的母親。正因為這個原因，才使得馬騰對馬鐵極為寵愛。那金城大戶人家雖說不是什麼名門望族，但畢竟也是本地漢人豪強，更令馬騰感到親切。

即便馬騰自身也有羌人血統（馬肅失官之後，所住之處是羌漢錯居，他也娶了一個羌女，便是馬騰的母親），可是從內心裡，馬騰更認可自己漢人的血統身分。

畢竟，伏波將軍馬援的後代，怎可是雜種？

馬成對馬騰寵愛馬鐵的舉動，也有些不太贊同。這裡是西涼，羌胡摻雜，沒有那許多的漢家禮數，這裡講的是武勇，講的是誰的拳頭大。馬超自幼隨馬騰征討，十二歲開始上陣殺敵，建立了多少功勳？整個西涼地區，提起錦馬超三字誰人不知？偏偏馬騰寵愛馬鐵，疏遠馬超，實在不是一個聰明的選擇……但馬成也沒有辦法勸說馬騰，只能暗中為他父子二人化解矛盾。

馬超感激的朝馬成拱了一下手，大步流星走進了花廳。

「整日不務正業，只知道遊手好閒，日後怎能成就大事？」

馬超剛一進花廳，馬騰就嚴厲的呵斥。

在他下首，馬休、馬鐵兄弟端坐。馬休比馬超小幾歲而已，對兄長也極為敬重，只是礙於馬騰的態度，他夾在中間也顯得非常尷尬，所以眼觀鼻、鼻觀口的坐在那裡，看不出什麼心思。倒是馬鐵，眼中露出幸災樂禍之色，有一絲絲嘲諷。

「和你兄弟學學，多讀點書，多在兵營中走動，好過整日無所事事。」

馬超咬牙，強作笑顏：「孩兒謹遵父親教誨。」

你這老東西，當不得好死！你罷了我的兵權，收回了我的兵符，我待在兵營裡，被人恥笑嗎？心裡已經怨恨到了極點，但是馬超臉上卻透著恭敬之色，一副聽從教誨的模樣。

好在，馬騰也知曉輕重，並沒有再去斥責。

「今日喚大家前來，是商議一樁事。」

「請父親吩咐。」

「我得到消息，曹家小兒和紅澤，反目成仇。」

「父親，消息確實？」馬休疑惑問道：「那曹朋我也聽說過，是個極小心的人，怎會突然間和紅澤反目？」

「據說，是紅澤石魁先襲擊了曹朋。所以曹家小兒便報復回去，率部滅了石魁。此事說起來，倒也不算什麼大事，問題在於曹朋並未通知竇蘭，便直接滅了石魁，以至於紅澤頗有些不滿。」馬騰沉聲解釋，目光掃過馬超，臉色頓時一沉。

就見馬超閉上眼，好像老僧入定一般。

他眉頭一蹙，問道：「孟起，以為如何？」

馬超睜開眼睛，微微一欠身，「孩兒聽從父親吩咐……」

「我是問你，當如何是好？」馬騰有些怒了，厲聲喝道。

馬超面頰抽搐了一下，沉聲道：「紅澤和漢軍反目，但還沒有發生衝突。若這時候出兵，只怕會令其二人盡釋前嫌，並肩作戰。孩兒以為，此時非出兵的好時機。最好等紅澤和漢軍真的打起來之後，再

章十六
前所未有之強硬

出兵攻打紅澤，到時候可一戰功成。」

雖說在後世，許多人都覺得馬超有勇無謀，但實際上，馬超極為聰明。他得了虎白輔佐多年，至少可以分析出其中的利害關係。

馬騰想了想，覺得有道理，正準備點頭，卻見馬鐵站起來道：「父親，孩兒以為，大哥太膽小了！」

馬超、馬休，還有剛從門外走進來的馬岱，臉色頓時變了。

在西涼，羌胡混居，你說人『膽小』，就等於是指著對方的鼻子罵他是個窩囊廢。

馬超何等驕傲的性子，聽聞大怒：「你說什麼！」

不等馬鐵開口反駁，馬騰先怒了：「孟起，你這是幹什麼？今日讓你們來，就是讓你們各抒己見。叔起不過是發表看法，你這般模樣，莫不是想要對你兄弟不利？還不給我坐下，休得多言。」

馬超下意識握緊了拳頭。卻見馬岱伸手，一把攫住了他的胳膊。馬超深吸一口氣，復又坐下，但從他劇烈起伏的胸膛來看，可看出他心中怒氣。

「叔起我兒，有何主意？」

「父親，孩兒以為，現在打紅澤，正是時候。紅澤內亂未定，加之石魁被殺，勢必造成紅澤和漢軍的矛盾。我等當趁此機會出兵，一舉拿下紅澤，而後趕走曹朋，占據河西。如此一來，三輔之外，盡歸父親所有，大事可成。若父親還不放心，孩兒另有一計……父親莫非忘記了唐蹄？父親何不請他一起行事，到時候我們兩路夾擊，紅澤必然可一戰而功成。」

聽上去，似乎也有道理。

「父親莫忘了，時間拖得越久，對我們越不利。」

「此話怎講？」

「曹操老賊二次出兵河北，袁氏覆沒在即。而河西移民也已經過了蕭關，最遲在月初就會抵達。等他們站穩了腳跟，再想對付，可就沒那麼容易了……所以，要取紅澤，就在眼前，遲則生變。」

馬騰連連點頭，誇讚馬鐵聰明。

而馬超則坐在一旁，靜靜的看著眼前這一幕父慈子孝的場面，心裡面冷笑不停。

「父親，孩兒向您請命，願領一支人馬，踏平紅澤。」

「我兒有此雄心，為父怎能不支持？嗯，既然如此，為父這就讓人聯絡唐蹄，請他自休屠澤出兵，趁曹家小兒立足未穩，將其趕出河西。」

馬騰說罷，哈哈大笑。而馬超在一旁，只默默觀瞧，抿著嘴，一言不發……

建安八年九月二十三日，馬騰派人向竇蘭下了戰書。

他的藉口非常之完美：你紅澤人襲擊漢軍，乃無視天子尊嚴，視若謀逆，當誅！

我本天子之命，為前將軍，假節涼州軍事。所以，我要打你！

奉天子討伐不臣，光明正大。就算是涼州刺史韋康，對此也無可奈何。而曹朋的態度，更不是馬騰需要考慮的。

我是幫你出氣，我們是一起的……如果你不識好歹的話，那我不介意連你一起攻擊。

九月二十六日，羌王唐蹄召集羌胡四大豪帥，起大軍三萬，浩浩蕩蕩向紅澤殺來。

一時間，河西戰雲密布，硝煙四起。

竇蘭得知馬騰和唐蹄要出兵的消息之後，也不禁大驚失色。他命人連夜前往李家牧原，請李家部落大人李其，前來紅水集商議對策。

而李其來到紅水集之後，只說了一句：「紅澤存亡，只在那曹朋一念之間。」

竇蘭則陷入了沉思……

章十七

鳳雛初鳴

「李其來了？」

曹朋靠在那張鋪著白狼皮墊子的胡床上，手指很愜意的從大白身上那柔軟毛髮中穿過。

「先生以為如何？」

「不見！」李儒斬釘截鐵回答，沒有絲毫猶豫。

他剛從西邊回來，在外面宣揚曹朋過往的事蹟。不得不說，這傢伙不愧是當年董卓身邊第一謀主。也怪不得，賈詡直到三輔之亂以後，才算是嶄露頭角。也許在大局觀賞，李儒比不得賈詡，但是在細節謀劃，卻未必遜色於賈文和。

輿論戰啊！

這傢伙搞出的這一手，類似於後世的輿論戰。他帶著一幫子胡奴，在草原上散播各種消息，有的真，有的假，讓人難以分辨，藉悠悠眾口，來建立曹朋的形象。

雖說曹朋在中原名氣很大，但是在河西……

任何素材都能使用，包括呂布在內，也成了襯托曹朋的一顆棋子。

這李儒的確是有鬼神莫測之妙，曹朋暗自慶幸把李儒招攬到麾下。看得出，李儒在河西過得挺舒服，已開始蓄髮，還收了兩個胡姬，是一個極好的現象。

如今，這紅澤牧原，乃至於整個河西，都在流傳曹朋的故事。

在曹朋看來，這種輿論造成的影響，勝過十萬雄兵，只不過這需要一個過程，同時手段過於單一。沒辦法，這年月識字的人實在是太少，要不然曹朋不會介意搞出一些其他的花樣來。可即便如此，曹朋還是和李儒討論了許多後續方案。

竇蘭召集十八部部落大人商議對付曹朋，曹朋當然知道。不過，他並不著急。

李儒對他說：「不出十日，必有變數。」

而現在，變數來了……

西涼馬騰的動作，他當然看在眼裡。

「馬壽成之心，路人皆知。」曹朋笑道：「他窺覷河西，也非一兩日，今藉此機會發作，倒也合了他的性子。」

如今，李其找上門來。表面上是說拜訪，但其真實用意，曹朋和李儒同樣心知肚明。但李儒認為，不應當和李其見面。

「可是，西北牧原直面三萬羌胡，如果和紅澤鬧翻了，豈不是置士元於危險中？」

李儒大笑道：「嘗聽公子言鳳雛了得，還未曾見過。今鄧五哥兒和士元在西北牧原經營已有兩月，比之紅水縣的時間還長。他麾下尚有四千七百人兵馬，若連那區區羌胡都對付不得，還不如讓他現在就回荊州。」

「可是……」

「公子，鳳雛可派人來求援？」

曹賊 七十章

鳳雛初鳴

「未曾。」

「鄧五哥兒呢？」

「也沒有。」

「以五哥兒之謀，怎可能不知這西北牧原的利害？他沒有派人回來求援，就說明他已有了準備，根本不需要公子操心。此正是向整個河西展示天軍武勇之時，公子只管放心，絕不會有什麼問題。以儒之見，公子何不暫時離開紅水縣？」

「暫時離開？」

「朝廷的移民已過了逢義山，不日將抵達中衛。公子帶人前去接應，豈不正好可以免去麻煩？紅澤那幫子半胡，依我看就不要再理睬。李其來了，找個人接待一下就成，他李其自然能明白公子決心。」

曹朋的決心？

我對紅澤的態度不滿意！但我還是會依照盟約，幫你們守住西北牧原。至於其他的事情，你們自己去處理吧，想要讓我出兵，拿出你們紅澤人的誠意來！

這就是曹朋的決心。他需要藉此機會，警告紅澤、警告馬騰。

一場大戰，無疑是一個最好的觸發點。曹朋去迎接移民，表明了他在紅澤落地生根的態度；同時，也是在警告竇蘭：你們耍的那些小花招，老子都心知肚明。

於是，曹朋甩了甩袖子，便走了。

紅水大營暫交由郝昭打理，梁寬、姜敘為輔。

「曹將軍不在紅水？」李其愕然，但旋即便明白了其中的緣由。「既然如此，我們回去吧。」

「爺爺，這就回去嗎？那如何向竇將軍交代？」李丁疑惑的看著李其，有點想不太明白。

李其笑道：「現在不是曹將軍如何向竇蘭交代，而是我紅澤人該如何向曹將軍交代。」

「孫兒不懂。」

李其揉了揉李丁的腦袋，笑呵呵道：「以後，多與曹將軍走動，拉攏一下感情。你看耿慶那老東西，在紅水集的時候，對曹將軍是破口大罵，一副誓不甘休的模樣，但他卻把耿林留在營地之中，而不是將耿鈞留下。你看出這其中的奧妙了沒有？」

李丁歪著頭，想了半天，也沒想出個頭緒。

「耿慶，這是在向曹將軍示好。」

「啊？」

「你應該知道，耿慶有兩個兒子，截然不同。從前，耿慶更喜歡耿鈞，往往忽視耿林的存在。可是現在……耿林這孩子，知書達理，對中原一直都很嚮往。在你們這一代人中，他可能是對曹將軍好感最深之人。耿慶把耿林留下來，也就等於是向曹將軍表示，他對曹將軍沒有惡意。」

「小丁，你已大了，想事情，當周全一些。這些個老傢伙，口口聲聲要為石魁報仇，可真要他們出兵，又有哪一個敢站出來？依我看，用不了多久，這紅澤就要變天了！」

紅澤，要變天了嗎？

李丁搔搔頭，有點想不明白。至少，他沒看出半點變天的預兆。不過他卻覺察到了，紅澤看似抱成一團，實則各懷心機的情況。他畢竟年輕，也沒那麼多的心機，對於各部落大人、那些老傢伙們的心思，李丁完全看不清楚。很多時候，他都是從表面看待問題。

從前，他一直認為紅澤內部團結和睦，而今天，李其卻為他揭開了籠罩在紅澤上空的那層面紗。

曹朋，真能改變這紅澤現狀？

他猛然搖了搖頭，心裡暗自咒罵自己：今紅澤生死存亡之秋，我怎能胡思亂想？

七十章 鳳雛初鳴

一路上，李丁顯得很沉默。而李其也沒有再去開導，因為他心裡清楚，這是李丁一個成長中不可避免的過程。

就這樣，祖孫二人返回紅水集，把情況一一告知竇蘭。竇蘭沒說什麼，只道了聲辛苦，便催促李其返回西部牧場，做好與馬騰交戰的準備。

李其什麼都沒說，可是竇蘭卻感受到了很多東西。

曹朋的態度，至少在目前讓他還算是放心。可是曹朋的不滿，他也清楚的感受到了。就算這一次打了勝仗，只怕也少不得要分出一部分利益給曹朋……若不如此，只怕接下來，紅澤就要面對更大的威脅！

「檀柘，可願出兵相助？」

「回大人話，檀大人似乎興趣不大，雖然集結了兵馬，但並沒有出兵的興趣。」

紅沙崗的檀柘態度模稜，讓竇蘭多多少少感到困惑。

對於檀柘和曹朋之間的約定，竇蘭當然不太清楚。只是在此之前，檀柘和紅澤也合作過幾次，相互間頗有些交情。連他都不願意出手相助，那豈不是說，紅澤只有直面馬騰和唐蹄？心裡面，暗自咒罵石魁：你他娘的死了，也不讓我們安生！

若不是石魁攻擊曹朋，就不會引發曹朋的報復；若不是石魁被滅族，也不會令紅澤各部怨聲載道；如果不是那些人叫喊著要為石魁報仇，說不定馬騰也不敢在此情況下出兵……總之，一切都是石魁惹下的麻煩！

他現在死了，倒也算是痛快。可是他這一死，卻又給紅澤留下了無數後患。

同時，竇蘭也暗自責怪曹朋。

你說你報復就報復好了，好端端搞什麼滅族，弄得大家心裡都不舒服。哪怕你能留石魁一條性命，交給我，讓我砍了他的腦袋，也不至於有現在這種麻煩……

可不管怎麼說，事情已經發生了。

竇蘭在猶豫良久之後，終於下定決心，調集兵馬，與馬騰決戰！

他不相信，曹朋會坐視不管。西北牧原還有他的兵馬，難不成曹朋眼睜睜的看著自家兵馬被羌胡騎兵消滅？暫時不需要去考慮紅水縣的問題，先解決了馬騰和唐蹄那五萬大軍，再做其他的打算吧……

隨著竇蘭這一聲令下，整個紅澤開始行動起來，不管是否完成了對部落的整合，各部落都必須要派出兵馬，準備和馬騰決一死戰。

不過，這次馬騰派出的主將，卻頗有些古怪。

從前西涼出兵，若不是馬騰為帥，就是由馬超掛帥。誰都知道馬超武勇過人，在涼州聲名遠揚。在所有人看來，馬超掛帥，才是馬騰最好的選擇。

偏偏這一次，馬騰出了一個奇招，他居然置馬超不用，而是用了他的幼子馬鐵為主帥，馬成和馬休為副將，馬岱為前鋒，率八千鐵騎從武威出發，直撲紅澤而來。

這是要用紅澤，確立馬鐵的地位啊！

只是不管馬騰究竟是怎麼考慮，和竇蘭的關係都不大。

建安八年十月初二，竇蘭在紅水集召集六千兵馬，在城外登臺拜將，誓師出發。

待誓師完畢之後，竇蘭在中軍大帳點將，以其長子竇虎為先鋒，先行領兵馳援李家牧場；又以耿慶為主帥，秋奴等人為副將，隨後出征。一道道軍令發出，兵營頓時沸騰起來。竇虎頂盔貫甲，提槍上馬，向竇蘭拱手道別之後，一馬當先，衝出了軍營的轅門。

「西北戰報，西北戰報！」

就在先鋒軍即將出發之時，一名斥候飛騎而來，衝進轅門。

七十章

鳳雛初鳴

只見那斥候狼狽不堪，在竇蘭身前滾鞍落馬，單膝跪地，「大人，大事不好了！」

「何事驚慌？」

「西北牧原、西北牧原……唐蹄以豪帥雅丹為先鋒，抵達西北牧原。漢軍行軍司馬龐統率兵應戰，被雅丹大敗。今，漢軍後撤三十里，在二號營寨立足防禦！」

曹朋正坐在大河畔的一座臨時營寨裡，款待安定郡太守張既等人。

八千戶移民，共三萬六千餘人，在十月初通過安定郡，平安抵達中衛。曹朋在大河西安，已建好了一座簡陋的臨時營地。而河東當地官府也安排好了營寨，著手準備安排移民渡河。三萬六千人，聽上去似乎並不多，可要把這三萬六千人運過大河，沒個幾天幾夜的光景，恐怕也不太可能。為了運送移民，時方任安定郡太守的張既可謂是使足了力氣，召集了百艘渡船往來河面，運送百姓。

張既，字德容，馮翊郡高陵人。《三國演義》裡，他曾被夏侯淵舉薦，出鎮長安。

不過在此時，張既方過三十。此人十六歲即為郡中小吏，後舉為茂才，出任新豐縣縣令，其治下在當時號稱三輔第一。鍾繇多次上書稱讚，言『德容』大才。

鍾繇那是什麼人？

這個時代鼎鼎大名的人物！潁川四大家族之一，鍾氏子弟，本身也是個極其高傲的人。

哪怕是曹朋，鍾繇給出的評定也僅僅是：尚可。而對張既，卻稱讚為棟梁。

安定郡，隸屬涼州，處於隴西、武威等地之交。之所以讓張既為安定郡太守，是因為他和馬騰之間關係非常密切。建安七年，高幹和郭援肆虐，便是張既前去遊說馬騰，與鍾繇會擊高、郭二人。後又協助馬騰擊敗張晟，斬殺衛固的叛亂，平定了關西之亂，功勞卓著，升任太守之職。

此次，張既專門隨同移民，面見曹朋。其目的就是希望能勸說曹朋，暫時不要與馬騰交惡。

畢竟，關西如今的平穩來之不易，若馬騰造反，勢必會引發關西叛亂，乃至整個關中的動盪。此不僅僅是張既的想法，也是涼州刺史韋康的意思。包括曹操，也希望關中暫時不要發生太大的波動，以免影響到他在河北平定袁氏的策略。

步騭、夏侯蘭隨同過河。他們本是和移民一同抵達，但曹朋既然親自相迎，兩人自然隨同前來拜會。步騭和曹朋，已有四載未見；夏侯蘭也有大半年沒有和曹朋見過，格外掛懷。

隨同步騭等人同來的還有許多人，有熟悉的，也有陌生的，令曹朋無比開懷。此次前來河西者，有前東郡從事徐庶、水鏡山莊四友之一的孟建、龐統兄弟龐林……共十餘人之多。其中，最讓曹朋吃驚的莫過於賈星，也就是賈詡的義子。

與眾人的情況不同，賈星身負官職，為河西郡曹掾。

「河西郡？」曹朋不禁有些愕然。

有漢以來，可是沒有河西郡這個地方，難道說……

張既解釋道：「司空將上奏朝廷，置河西郡。友學將為首任河西郡太守，不過具體事務，還須待友學鎮撫河西之後，上奏司空府，而後才會最終確定下來。不過，荀侍中已在尚書府備案河西郡，只待友學佳音。」

就這麼著，成了太守？

雖說北中郎將和太守都是同一品秩，但從權力而言，還是有極大的不同。北中郎將是軍職，而太守，在三國時期，大都是軍政一體。曹朋原本就執掌軍職，現在又得了一個太守的職務。也就是說，在河西地區他一家獨大，不受任何節制。由此也看出，曹操對曹朋的信任。

「元直此來，也是奉叔孫之名，輔佐友學。」

曹朋和徐庶早在三年前就已經認識，所以並不陌生。當初，曹朋透過徐庶的母親，聯繫到了在水鏡

七十章
鳳雛初鳴

山莊求學的徐庶。而後，徐庶和石韜一同來到許都，不過當時兩個人的選擇卻不太一樣。徐庶選擇輔佐鄧稷，治理延津，隨後不久，被當時的東郡太守滿寵看重，出任東郡從事一職。

相比之下，石韜就一直留在許都。直至建安八年初，曹朋向曹操提議，才出任了臨洮令。

兩人優劣，很難分辨清楚。一個一直為輔官，地位甚高；另一個則選擇了臥薪嘗膽的方式，一躍成為一縣主官，獨當一面。各有各的才情，只是方法不一樣。

徐庶三十出頭，溫文儒雅。看上去似乎挺文靜，但接觸多了，就可以感受到他那發自於骨子裡的傲氣。

「元直此來，我可放手為之。」

曹朋也非常高興，之前還在頭疼身邊無人可用，而今卻一下子得了許多助手。

「今子山、元直到來，又有公威與士坰，河西當大定無疑。」

步騭等人紛紛起身謙讓。

孟公威，也就是孟建，還有龐林龐士坰，兩人也很高興。從曹朋對待他們的態度上來看，非常尊重。這也就說明，日後在河西，可以有一個相對穩定的環境來施展才華。

至於賈星，則沉默無語，在一旁笑而不言。

「子幽，你們都來了，家裡怎麼辦？」

曹朋又想到了一件事，那就是夏侯蘭、郝昭這些人可是曹汲手中極為重要的人物。他們這一過來，豈不是說曹汲手裡無人可用？

「哦，公子還請放心。」

步騭笑呵呵說道：「子幽雖然過來，但於曹奉車影響並不大。今曹彬，已出任城門校尉行軍司馬一職，你六哥曹遵，則受奉車侯所請，為主簿一職。至於伯道他們離開所空缺下的職務，則有牛金兄弟接掌，同時曹泰兄弟也在奉車侯麾下效力。依我之見，奉車侯這城門校尉一職，無人可以動搖。」

曹遵出任了城門校尉主簿？這的確是出乎曹朋的意料之外。曹遵因身體不好，所以返回許都將養。沒想到老爹竟然這般聰明，把曹遵請了過去。

曹遵和曹朋是結義兄弟，見曹汲也要尊一聲伯父。而他之前在長安，為鍾繇效力，甚得鍾繇所重。如今鍾繇回許都，為尚書令，定然會給予曹遵以照拂。

至於曹彬，那就更不用說了，他是曹真的兄弟，此前是曹操身邊的扈從。

有曹遵和曹彬這兩個人在，基本上已經能保證了曹汲這城門校尉的職務，少有人能夠動搖。

再加上曹泰……曹泰是曹仁的長子，同樣是曹姓子弟。

也就是說，整個許都，如今已經被曹姓族人牢牢掌控在手中。

當然了，曹泰到曹汲手下效力，也是有很多因素。比如，曹仁、曹洪、夏侯惇、夏侯淵等曹姓將領，與曹朋有很多生意上的交往，海西九大行會也都有他們的痕跡，這樣一來，就形成了一個隱性的利益集團。不過前提是，這個集團必須忠於曹操。

「若是有六哥在，那的確是可以省許多麻煩。」

「不止如此，闞德潤將馮超和楚戈兩人，從海西抽調至東郡，如今也算是高升。至於鄧芝，因為元直離開，被叔孫請去，為東郡主簿。基本上，中原家事，友學不必太過操心，一切都很正常。叔孫還說，要與你比試一番……呵呵，以五年為期限，看你兄弟二人，誰能把治下打理的更好。」

鄧芝，最終還是又回到鄧稷身邊。

不過在經歷了一番磨練之後，無論是鄧稷還是鄧芝，都不再是當年初出茅廬的人。

特別是鄧稷，從棘陽到許都，從許都到海西，又從海西到了延津，乃至於如今成為東郡一上郡太守，期間所經歷的事情、所遭遇的磨難，讓他變得格外成熟。

如此說來，倒真的是能讓曹朋放心了！

眾人相聚後，自然少不得酒宴一番。

張既不管怎麼說，作為半個地主，也就做到了上首位置。他和曹朋都是一郡太守，但若論品秩，張既比曹朋要高一些。安定郡屬於中郡，處三輔之地；而河西就算正式置郡，由於地理位置和人口等各因素，也只能是一個下郡。下郡太守和中郡太守之間，俸祿相差是每個月十斛，可問題在於曹朋還兼任北中郎將，督三輔之外的軍事，也就使得曹朋的地位高於張既。

「張太守，可知韓遂此人？」酒席宴上，曹朋突然開口詢問。

張既也是一愣！

這韓遂是金城郡太守，也是涼州治下。但要說起來，韓遂和曹朋之間並沒什麼糾葛，畢竟金城郡和河西相隔甚遠……不過，張既並非等閒之輩。在片刻疑惑之後，他便明白了曹朋這話語中的意思——韓遂和馬騰之間的交往，極為密切。

張既不由得苦笑。

曹朋雖說是中原名士，卻看起來也是個好戰之人。他和馬騰之間的矛盾根本不可能緩和，張既所能夠做到的，就是盡量讓他們相安無事。可總有一天，曹、馬會爆發衝突。

曹朋之所以詢問韓遂，也是存著其他的想法。

「韓遂此人，極為多變，且智謀不俗。他麾下有八部將，同時他的女婿閻行，也是個極有本事的人。我會盡量使文約和友學，友好相處。」

這言下之意也就是告訴曹朋：如果你和馬騰真的幹起來，我會想辦法約束韓遂，不參與其中。

曹朋頓時笑了！

「如此，還請德容兄，多費心思。」

「皆為朝廷效力，有什麼請與不請？不過，我還是那句話，與馬騰，盡量莫起衝突。馬壽成經營西涼，至今已近二十載光陰，此人在西涼之威望卻是不低，一旦發生衝突……」

張既話剛說一半，忽聽大帳外一陣嘈雜喧鬧。緊跟著，就見牛剛帶著一名斥候進入帳內，「公子，鳳鳴灘有最新戰報傳來！」

鳳鳴灘，是西北牧原上的一處河灘，距離紅水集大約兩百三十里。從鳳鳴灘到紅水集，騎軍可在一晝夜抵達。這裡曾經是休屠各人的駐地，也沒有什麼名字，不過在漢軍占領後，就叫做鳳鳴灘。

「什麼？」曹朋神色凝重，厲聲問道：「龐統在西北牧原，七戰七敗？」

「正是！」

「那如今什麼狀況？」

「此前龐軍師在西北牧原共設立七座營寨，如今全部被羌胡所占領。龐軍師和韓司馬目下去向不明，鄧校尉率一千五百兵馬死守鳳鳴灘，抵禦羌胡的騎軍。」

曹朋陷入了沉思。

龐統在抵達西北牧原之後，先後設立七座小寨。鄧範鎮守鳳鳴灘總寨，而龐統和韓德則分守其餘七座小寨，相互呼應，可為援兵。

最初龐統立寨時，鄧範曾派人告之曹朋。在鄧範看來，完全不需要設立這麼多的小寨，如果羌胡來犯，一座鳳鳴灘總寨足矣。曹朋接到信後，並沒有阻止龐統，他相信龐統絕不會無緣無故的如此作為，想必另有深意……可是沒想到，羌胡逼近，不過短短六日光景，龐統的七座小寨盡沒。只剩下鄧範手中的一座總寨還在苦苦支撐，也不知能撐到何時。

這也讓曹朋有些措手不及，不免為鄧範的安危而憂慮。

曹賊

章十七

鳳雛初鳴

「友學，可需要我出兵協助？」張既開口問道。

夏侯蘭長身而起，大聲道：「公子，蘭願領一支兵馬，即刻出發，馳援鄧五哥。」

「學生亦願同往。」曹彰和牛剛插手請命，一雙雙眼睛，都盯在曹朋的身上。

而曹朋卻冷靜下來，手指輕輕敲擊桌案，問道：「李先生怎麼說？」

「李先生只說，請將軍定奪。」

李先生是誰？大帳中眾人並不清楚。

賈星的心裡卻微微一顫，看向曹朋的目光裡卻多出了一種悠長的蘊意……曹三篇，還有後招！

曹朋閉上眼睛，沉思片刻，猛然向徐庶看去，「元直，以為如何？」

「鄧校尉可曾來信求援？」

「未曾！」

「那龐士元，可有消息？」

「亦未有消息傳來。」

徐庶忍不住笑了！

連帶著，孟公威和龐林也都笑了……

在座眾人裡，最瞭解龐統的，莫過於徐庶、孟建和龐林三人。一個是龐統的親弟弟，另外兩個則與龐統同窗多年，再熟悉不過。三人這一笑，也讓大帳中眾人有些莫名。

曹朋看著三人的笑容，心裡雖有些忐忑，卻一咬牙，下定了決心：「立刻通知紅水大營，不得擅自行動。告訴梁寬、姜敘二人，加快對紅水縣城的營建。郝昭也加強練兵，未得我命令，不得出擊。」

「喏！」斥候匆匆離去。

可大帳中，眾人依舊疑惑不解。

「且，靜觀士元妙著。」曹朋掃了眾人一眼，「張太守，煩勞你告訴渡船，加快運送的速度。子山，你和子幽領兩千戶先行渡河的百姓，先行出發，趕赴紅水縣……抵達紅水大營以後，持我兵符，接掌一應工程。子幽與伯道，守好大營安危即可。」

「那鳳鳴灘……」

「鳳鳴灘，無事！」曹朋說罷，舉起酒杯，與張既請酒。

說實話，他心裡也不是太有底。他對龐統相處三載，也算是有些瞭解，但若說對龐統能否獨當一面，他心裡還不是很確定。之所以這麼信任，是因為曹朋相信，歷史上大名鼎鼎的鳳雛，即便還沒有到他的巔峰狀態，也不會差距太大。

只是，龐統的巔峰狀態是什麼樣？曹朋還真是不太瞭解。

《三國演義》當中，龐統連環計之後似乎再無任何出彩之處。到劉備入主西川，更出師未捷身先死，使得諸葛亮不得不率部馳援。那麼，龐統究竟有多大的能力？曹朋覺得，鳳鳴灘一戰就可以檢驗出來……不過，這需要極大的勇氣。

曹朋在賭！

他在賭，龐統成竹在胸。

看著徐庶等人輕鬆的模樣，曹朋的心裡也隨之輕鬆許多。

也不知，五哥現在情況怎樣？

鳳鳴灘的地形，極為特殊，整個營寨呈狹長之狀，堵在一塊狹窄的通道上。在設立總寨之初，鄧範和龐統經過了極為嚴密的設計。總寨中，又分為無數個小寨，寨連著寨，寨套著寨。想要攻破這座營寨，就好像打通關遊戲一樣，一個關隘一個關隘的不停進攻。

鳳雛初鳴

羌胡豪帥雅丹、蛾遮塞、燒戈，在唐蹄的指揮下，列陣鳳鳴灘外。

羌胡士兵連番攻擊，付出了極大的代價。他們連敗漢軍，七戰七勝，占領了漢軍七座小寨。這也使得唐蹄的信心為之爆棚，督中軍親自追擊，一直追到了鳳鳴灘頭。

可是，這鳳鳴灘上，卻讓他們步履維艱，幾乎每攻破一個關隘，就要付出數百人的性命。

短短三天，羌兵在鳳鳴灘的死傷已過三千人。

羌兵本就不善長攻堅，之前憑藉著連勝的士氣，勢如破竹。可沒想到被堵在鳳鳴灘上，死傷極為慘重。眼看著鳳鳴灘的第十二座關隘被攻破，關隘上烈焰沖天。

雅丹有些苦澀的上前道：「大王，是不是能停下來？」

「何故停止？」

「大王，孩兒們連攻三日，已疲憊不堪，雖有寸進，但死傷太大……這樣子打下去，只怕不等攻破鳳鳴灘，孩兒們也都要累垮了。之前咱們的攻擊太過於順利，孩兒們也沒有攜帶太多乾糧。不如休整一下，命人督運糧草，進行些補充，然後再打鳳鳴灘，說不定可一戰告破呢？」

「是啊，雅帥所言極是。」蛾遮塞苦惱的看著唐蹄，表示贊成雅丹的主意。

這幾日，雅丹、燒戈和蛾遮塞的部曲，死傷太大，以至於三人都不願意繼續攻打。

「大王，其實漢軍已如籠中之鳥。竇蘭就算有心支援，恐怕也抽調不出人手。不如歇息一夜，明日一早繼續攻擊。想必那些漢軍也快頂不住了……只要再用一兩日工夫，鳳鳴灘必然可以攻破。」

三位豪帥都這麼建議，使得唐蹄也不得不重視起來。

事實上，他也發現了這個問題。羌兵在連續進擊，卻始終無法攻破鳳鳴灘大營之後，士氣已有些低落的跡象。加之早先的連勝，使得所有人都產生了驕傲情緒。

當唐蹄下令追擊的時候，羌兵並沒有攜帶太多輜重，甚至沒有做好攻堅的準備。如此一來，後軍和中軍拉開了距離，此時後軍才剛抵達第七座營寨，距離鳳鳴灘尚有一天的路程。實在不行，派人前往後軍，命越吉押運輜重，加快速度？

如果手裡的攻堅軍械齊備，那鳳鳴灘總寨，還真就不足為慮……

「既然如此，那就讓孩兒們就地宿營，歇息一下吧。」

雅丹等人如釋重負的長出了一口氣，他們還真有些擔心唐蹄會不顧一切的繼續攻擊。

漢軍的韌性實在是太強了！而且這總寨的設計，也太他媽的缺德了……好不容易攻破一個關隘，想著馬上就要攻入敵軍核心，不成想迎接他們的又是一個關隘。

這三十里鳳鳴灘，宛如一條長龍。

一次兩次，羌兵們或許還不覺得什麼，可八九次下來，羌兵的士氣的確開始出現低落。

總是讓你經歷風雨，就是不讓你看見彩虹……明明勝利就在眼前，卻又似乎遙不可及。這樣的打擊下，那連戰連勝的興奮會逐漸被磨乾淨，到最後只剩下疲憊、飢餓和寒冷。如此情況之下，就算是取得了勝利，又有什麼用處？

好在，唐蹄還算是從諫如流，至少沒有執意繼續攻擊。

夕陽夕照，將鳳鳴灘籠罩在一片血光裡。

遠處，那焚燒的關隘大火已經熄滅，只剩下一道道濃煙，直沖天際……

十月的河西，晝夜氣溫很大。打仗的時候可能還不覺得什麼，可一旦停下來，那渾身痠痛無力的感覺頓時襲來，夜風一吹，讓人不由得瑟瑟發抖。而羌兵行軍太快，以至於各種輜重都來不及跟上。之前只要獲勝，就有營寨可以借宿，可是現在，這些羌兵甚至連個可以遮擋寒風的帳篷都沒有，只好分散開來尋找避風之所，以躲避嚴寒。

夜色，漸漸籠罩鳳鳴灘。

夢賊

第十七章 鳳雛初鳴

遠處漢軍大寨裡，隱隱約約響起了刁斗聲息。那忽遠忽近的胡笳悲聲，迴盪在鳳鳴灘的上空，令羌兵們頓感一陣陣莫名悲戚。

好冷啊！

就連唐蹄等人，也有些受不了。好在他們身分特殊，所以還能有個遮擋寒風的地方，比起那些在寒風中依偎戰馬、靠著戰馬體溫取暖卻仍瑟瑟發抖的羌兵，不曉得好多少倍。

不知不覺間，已至子夜……

鳳鳴灘外十里處，有一個蒿草繁茂的隱蔽之所。

龐統身著皮甲，罩著一件黑色的裘衣，勒馬舉手眺望，神情顯得格外莊重嚴肅。

韓德坐在他身後不遠處，默默的擦拭手中那柄車輪巨斧。

一隊隊、一行行的漢軍士卒，半蹲在蒿草叢中，臉上塗抹黑灰，只留下一雙雙明亮的眸子。清一色圓盾長刀，刀放在身邊，用圓盾覆蓋。有的人緊張凝視，有的人愜意咀嚼著冷硬的胡餅。粗略計算下來，大約在一千五百人左右，鴉雀無聲。

突然，鳳鳴灘上，火光沖天，一道道狼煙沖天而起……

龐統眼睛一亮，頓時露出了笑容。

「兒郎們，準備出擊！」

鳳鳴灘總寨，火光沖天。

剛進入夢鄉的唐蹄等人，被扈從喚醒，匆匆跑出帳篷。只聽鳳鳴灘大寨裡傳來隆隆戰鼓聲，使得羌兵緊張萬分。原本以為漢軍夜襲，哪知道只聽鼓聲，不見人影……羌兵等了差不多一炷香的時間，漢軍營寨裡的鼓聲卻突然停息下來。

鳳鳴灘，重又被寂靜籠罩。

寒風颯颯，蒿草沙沙……

「漢軍這是在搞什麼？」唐蹄一頭霧水，向雅丹等人看去。

卻見雅丹幾人同樣是一副迷茫的表情，朝著他搖搖頭，表示也不太能理解漢軍意圖。

「會不會是他們想藉此方法，亂我軍心？」

「倒是有可能！」蛾遮塞想了想，又補充道：「以漢軍之狀況，根本不可能對我們夜襲。他們是想用這種方法，令我兒郎們不得歇息，來日無力攻擊，以拖延時間。」

「沒錯，定是如此！」

眾羌帥連連點頭，表示同意。

「漢軍技窮，只能用此卑劣手段。傳我命令，兒郎們無須擔心漢軍夜襲，只管歇息。待我軍械抵達，馬踏鳳鳴灘，到時候定將這卑鄙漢軍個個誅絕，不留活口！」唐蹄豪情大發，下令軍卒不必理睬。

他倒不是不想連夜進攻，只是雅丹日間所說的那些話，唐蹄感同身受。

羌兵不擅攻堅，又沒有攜帶合適的軍械。也是沒辦法，之前突進的實在太快，以至於後軍無法跟上。羌兵也是人啊！雖說羌胡也有十數萬控弦之士，但如果能避免這種不必要的死傷，當然還是避免的好。再說了，羌兵突進的速度已遠遠超過了馬騰所部，據說馬鐵督軍還在途中，估計還需幾日才能抵達紅澤。

如果羌兵進度太快，豈不是讓馬騰沒有面子？

在西涼這地界裡，羌胡和馬騰相互依存。有的時候，唐蹄必須要考慮馬騰的顏面。

「回去歇息，不必理睬漢軍。」他吩咐完畢，就匆匆返回帳篷裡。

其餘各羌帥也都沒有反對，紛紛鑽回自己的帳篷。

七十章

鳳雛初鳴

只是那些羌兵剛把窩弄好，就被驚出來，再要回去，又得折騰一陣子，好生麻煩。至於那鳳鳴灘的大火，就讓它燒吧。先把睡覺的地方安排妥當，養足精神，明天再說。

不過，當羌兵剛安頓好，鳳鳴灘漢軍大寨裡的鼓聲再一次響起。

這一次，伴隨著陣陣喊殺聲，使得那些羌兵一個個又緊張起來，紛紛拿起兵器。

「不用怕，不用怕……漢軍沒有出擊！」

有羌兵大聲喊叫，場面極為混亂。好不容易等鳳鳴灘的鼓聲止息，果然不見漢軍蹤影。羌兵們只能罵罵咧咧的又回去。只是還沒等他們倒下，鼓聲再次傳來。

「賊蠻子好無恥！」

「沒錯，這些漢軍真真個卑鄙！」

羌兵大聲咒罵，只是卻無人回應。

如此反覆數次之後，羌兵一個個疲憊不堪。當戰鼓聲再次傳來，索性不予理睬，自顧自的抱成一團，呼呼大睡。就這樣，整整鬧騰的大半夜，一直快到寅時才算結束。

疲乏的羌兵們終於進入了夢鄉。連帶著那些值守的羌兵，也有氣無力的躲在避風之處，腦袋一點一點不停打盹。

夜深了，起風了！風從西北而來，呼嘯肆虐。

但對於疲憊的羌兵而言，這些都已經算不得什麼。

唐蹄墊著塊木枕，用兩個塞子堵著耳朵，倒在榻上呼呼大睡。

忽然耳邊隱隱有喊殺聲響起，唐蹄咂巴了一下嘴，低聲咒罵道：「這些賊蠻子，再也沒完了？待天亮，老子殺光你們！」說著，翻了個身，繼續睡覺。

可這時候，從大帳外衝進了兩個扈從，到榻邊不停的推搡唐蹄，「大王，大事不好，大事不好！」

唐蹄迷迷糊糊的睜開眼，翻身坐起，「什麼事？」

「賊蠻子，賊蠻子夜襲！」

唐蹄一聽就怒了，「不是說過了？不必理睬那些賊蠻子，只管睡覺！」

「大王，是真的，是真的！」

唐蹄根本不理睬，又倒在了榻上。

不過，他眼睛剛一閉上，卻沒來由的激靈靈打了個寒顫，呼的一下子又坐起來，將耳朵裡的塞子取下，眼睛瞪得溜圓，全無半點睏意。

「你剛才說什麼？」

「賊蠻子夜襲！」

「什麼？」唐蹄腦袋只覺嗡的一聲響，連忙翻身爬起來。「快為我穿戴盔甲！」

這一次，他算是徹底清醒了，扈從手忙腳亂的上前，為唐蹄將盔甲穿戴完畢。唐蹄一把推開那扈從，邁步從帳篷裡衝出來，順手從大帳門口的兵器架上，取下一口大刀。

可是，當他衝出帳篷的時候，卻懵了！

只見羌兵宿營之地火光沖天，到處都在燃燒，許多羌兵根本不清楚是怎麼回事，就被活活燒死在睡夢中。火光中，一隊隊漢軍穿梭。只見他們身披軟甲，手持刀盾，臉上抹著黑灰，猶如凶神惡煞般，在營地裡穿行。那些衣裝不整、盔歪甲斜的羌兵迎上來，就被對方劈翻在地上。

唐蹄嚇得驚慌失措，「備馬，備馬迎敵！」

可整個營地都已經混亂不堪，兵找不到將，將找不到兵，亂成了一團。

遠處，鳳鳴灘大營營門大開，一隊騎軍從漢軍的大營裡衝出。只見這些人全都是挎刀負弓，手持長矛，眨眼間就衝進營地。

七十章
鳳雛初鳴

一員黑臉大將，躍馬擰槍，在亂軍中縱橫馳騁，那桿一丈二尺長的鐵戟蛇矛就好像出水的蛟龍一般，所過之處人仰馬翻。兩名羌帥匆忙應戰，不到三回合，被那大將一槍一個，挑殺馬下。

「唐蹄狗賊何在，某家鄧範在此！」

鄧範？這傢伙就是鄧範……唐蹄突然醒悟到，在過去的三天裡，似乎並沒有見到鄧範臨陣指揮。莫非，他就是在等待眼前這一刻嗎？

他正恍惚間，一個彪形大漢從人群中殺出。大漢一身黑色鐵甲，掌中一口大斧，渾身上下沾滿了血跡，連他那張黑黝黝的臉上，都染著鮮血。

「韓德在此，狗賊拿命來！」

韓德？那不是前幾日被他打得抱頭鼠竄的漢軍將領嗎？他怎麼會在這裡？

韓德遠遠的就看到一個身穿金甲、頭戴金盔的羌人站在一座大帳門口。雖然不認得唐蹄，可是也能猜到，這傢伙的地位絕對不低。韓德大吼一聲，舞動車輪大斧，就向唐蹄衝去。兩名扈從連忙衝上前，攔住了韓德……

「大王，速走！」

他這不喊還好，一喊，可就炸了鍋。

大王？這羌營之中，還有什麼人敢叫做『大王』？那答案，頓時呼之欲出——

那金甲羌帥，就是唐蹄！

韓德立刻厲聲喝道：「擋我者死……鄧校尉，穿金甲者，就是唐蹄狗賊！」

鄧範手持大槍，正在追殺羌兵，聽聞韓德的喊叫聲，他扭頭看過來。

火光照耀下，只見他血染征袍，頷下鋼針似的短髯，更透著一股煞氣。那雙眸子，猶如鷹隼般銳利，當目光落在唐蹄身上時，唐蹄竟忍不住打了一個哆嗦。

「攔住他！」當鄧範縱馬擰槍向他衝過來時，唐蹄失聲喊叫。

有扈從牽來戰馬，他翻身跨上。還不等坐穩身形，就聽兩聲慘叫，兩個扈從被韓德劈翻在地。韓德邁大步，倒拖車輪大斧，朝著唐蹄就撲上前來。

「大王速走，末將攔住他。」一個豪帥從火光中衝出，來到唐蹄馬前。

「燒戈，救我！」

「大王快些撤離，我殺了此賊，立刻與你會合。」

這燒戈，也稱得上是羌胡勇士。一口大刀，重三十餘斤，勢大力沉，殺法狠辣。

他縱馬向韓德衝過來，卻見韓德絲毫不懼，腳下奔行的速度非但不減，反而猛然加快。車輪大斧拖地滑行，在地面上留下了一條深深的劃痕。眼見著人馬照面，韓德突然間墊步擰身而起，只見他腰部發力，車輪大斧驀地離地而起，隨韓德躍起，在空中劃出一道慘亮的弧光……

力劈華山！

韓德手中大斧，掛著一股罡風，呼的劈向燒戈。燒戈雙手托刀，舉刀相應，只聽喀嚓一聲，那口精煉鋼刀竟承受不住韓德這一斧之力，鋼刀在巨力衝擊下，啪的粉碎。緊跟著車輪大斧以勢無可擋的力量落下，將燒戈一斧劈下馬去。韓德衝上前，一把抓住了馬韁繩，翻身上馬。

而此時，唐蹄也聽到了燒戈的慘叫聲，心裡更是惶恐不安，打馬揚鞭，狼狽而逃。

「追！」韓德大喝一聲，縱馬追擊。

而另一邊，鄧範被雅丹攔住，兩人馬打盤旋，十餘個回合下來，鄧範瞅了個空子，一槍將雅丹打下馬。隨後幾名漢軍衝上來，將雅丹繩捆索綁，拖離戰場。

唐蹄跑了？這怎麼可以！打了這麼久，敗了那麼多陣，等的就是這一天，怎可能輕易放過對方！

鄧範撥轉馬頭，大槍一指，厲聲喝道：「漢軍，上馬追擊，休放過唐蹄等人！」

羌兵混亂，而羌王羌帥紛紛逃離，更使得他們無心再戰。也不知是誰大喊一聲，羌兵四散奔逃。

宿營地上，散落著無數馬匹，有漢軍衝上來，翻身上馬，隨著鄧範、韓德就追擊出去。而留下來的漢軍，則有條不紊的開始打掃戰場。掉隊的、來不及逃走的羌兵，紛紛丟下軍械，雙手抱頭蹲在地上，祈求投降。漢軍對這些降卒視而不見，直接從他們身邊衝過去，開始了新一輪的追殺……

章十七 鳳雛初鳴

鳳鳴灘外，烈焰沖天。

火光，把漆黑的蒼穹照映的通紅，羌兵們潰不成軍。

唐蹄在護衛親軍以及眾羌帥的保護下，狼狽而走。身後，千餘漢軍緊追不捨，鄧範和韓德更一馬當先，殺得羌兵抱頭鼠竄。一千多漢軍，在蒼茫的西北牧原，緊追十倍於己的羌兵打，景象極為壯觀。唐蹄此時哪裡還有半點抵抗的心思，只盼著能趕快撤回營寨，穩住陣腳再說。至於他那些手下，哪裡又顧及得上呢？

天亮時，遠處營寨輪廓已清晰可見。唐蹄心情陡然輕鬆下來，剛準備勒住馬，讓人去叫開營門。哪知道營寨裡突然戰鼓聲隆隆作響，緊跟著從營寨周邊的壕溝裡，出現了近千名弓箭手，二話不說，朝著羌兵就是一輪猛射。箭矢呼嘯著，撲向了唐蹄等人。唐蹄一個不留神，被一枝利矢射中肩膀，啊呀一聲慘叫，就從馬上栽倒下來。

「羌王，龐統在此，恭候多時！」

營門突然打開，龐統一襲黑衣，縱馬行出營寨。

此時，身後追兵越來越近，羌兵們更驚慌失措。十幾名扈從衝上來，將唐蹄攙扶上馬。

唐蹄已經懵了！哪裡還會去計較這營寨怎麼就被龐統奪走，二話不說，撥馬就走，朝著西北方向逃竄而去。

這一逃，卻是再也沒個完結。

身後的漢軍緊追不捨，根本不給唐蹄以喘息之機，剛抵達第二個小寨，還沒等唐蹄來得及進去，漢軍就已經追過來。本來，這小寨裡也沒有多少兵馬，被潰軍一衝，頓時亂成一團。唐蹄無奈，只好帶著人繼續逃跑，他們前腳從小寨的後門退走，漢軍的追兵就已經衝進了前門……

從太陽升起，到太陽落山，黑夜再次籠罩西北牧原，唐蹄仍在亡命逃竄。

身邊的羌兵是越來越少，有那聰明的羌帥，已帶著本部人馬偷偷的溜走，不肯再繼續跟隨。唐蹄的坐騎在奔跑了一個白晝之後，終於支持不住，希聿聿一聲慘嘶，翻倒在地。健壯的戰馬口吐白沫，四肢抽搐，眼見著已動彈不得。

唐蹄看著心愛的坐騎，不由得心生悲愴。

「賊蠻子，本王與爾等誓不兩立！」

「唐蹄，休走！」

沒等唐蹄喊完，身後就傳來了漢軍的鐵蹄聲。

鄧範洪亮的聲音在蒼穹中迴盪不息，只嚇得唐蹄連忙爬上了一匹馬，繼續逃亡。

只不過到了這時候，一萬多羌兵，連一半都不到，被俘虜的、被擊殺的、臨陣逃走的，不計其數。就算是唐蹄身邊還有四、五千人，可是能夠一戰的，幾乎沒有。其中有不少人的坐騎也都跑死了，人癱在地上，連動都不想動。

試想一下，倒也正常。先不說這些羌兵跑了一整天，之前藉著連勝勢頭，六天裡縱穿西北牧原，也沒有好好的休息過。之後在鳳鳴灘苦戰三天，早就精疲力竭，能支持到現在，對這些羌兵而言，已經到了極限。

唐蹄連忙帶著人繼續逃竄。至於那些沒有馬匹的人，他已經顧不上了。

賊曹

七十章 鳳雛初鳴

此時的漢軍，也僅止剩下五百餘人，全都是一人三騎，輪流騎乘。人馬衝進那些潰軍之中，隨著鄧範一聲厲喝，所有人都抽出長刀，照著那些潰軍就是一陣凶狠的劈斬。

漢軍的長兵器，都已經丟棄，只帶著弓矢和長刀。每一把長刀，都是制式環首刀，鋒利無比。一輪衝鋒過後，牧原上留下了近千具死屍，羌兵或是俯伏在地哭喊投降，或是四散而逃，根本無法阻攔住漢軍腳步。

衝出亂軍之後，漢軍統一更換了馬匹，繼續追擊唐蹄。

為了今日的追擊，漢軍可謂做足了準備。每一個漢軍的身上，都帶有水囊和乾糧，他們在馬上一邊疾馳，一邊趁機填飽肚子。整整一個白晝的追擊，漢軍同樣感到疲憊不堪。可是眼前這一場大勝，使得漢軍們格外振奮，不肯停下追擊的腳步。

一個晝夜，漢軍奪回了四座小寨，而這些小寨裡裝滿了輜重、糧草、軍械，全都是羌兵提供。

龐統從抵達鳳鳴灘的第一天，就做好了與羌胡激戰的準備。不過，龐統也清楚，自家的兵力還是薄弱，特別是那些屠各胡騎，心思也不是太穩，不好與羌胡硬碰硬的交鋒。針對這一點，龐統想出了驕兵之計。連丟七座小寨，使得羌兵的自信心極度膨脹起來，等到了鳳鳴灘時，不斷消磨羌兵的士氣。試想一下，原以為可以一戰功成的羌兵，連攻三日而不得獲勝，士氣自然會慢慢的低落。

同時，羌兵追擊越急，其輜重落的越遠。七座小寨，就成了羌兵堆積糧草、輜重的不二之選，一旦奪回來，西北牧原這個冬季，就無須為糧草而擔心。

所以，從一開始，唐蹄的一舉一動就落入了龐統的算計。

為了讓那些休屠各人能夠奮勇殺敵，龐統甚至承諾，殺十人，便可以獲得自由身；而後每多殺五個人，家裡便可以有一人獲得自由；殺夠三十人，滿門恢復平民之身。休屠各人的家人，如今都在漢軍手裡，聽聞只要能奮勇殺敵，就可以重獲自由，刺激得休屠各人拚命追擊，哪怕是疲憊不堪，也不肯善罷甘休。

天亮之後，唐蹄身邊只剩下千餘人了！除了幾百名扈從之外，各部羌帥也所剩無幾。七座小寨，已丟了六座。

六天的戰績，在一夜間就被全部奪走，唐蹄幾乎是欲哭無淚。

身後的漢軍好像幽靈一樣，死死的盯著唐蹄。又是一個晝夜的追擊，當第三天，太陽升起的時候，唐蹄帶著人已逃出西北牧原，七座小寨也被漢軍盡數奪走。

三萬大軍……此時聽上去好像是一個笑話。看著身邊不足五百人的兵馬，其中大部分已丟失了坐騎，艱難的徒步行走……唐蹄忍不住放聲大哭！

興致勃勃的出發，卻狼狽不堪的回來。三萬大軍，幾乎全軍覆沒！

唐蹄接下來要面對的不僅僅是如何向族人交代的問題，還要面臨著各部豪帥的責問。

四大豪帥，只剩下越吉一人尚跟隨左右。蛾遮塞、燒戈戰死，雅丹下落不明……唐蹄勒住馬，想要從馬上下來，卻聽戰馬悲嘶一聲，癱倒在地。

這，已經是唐蹄跑死的第三匹馬了！

「大王，咱們還是回去吧。」

漢軍雖然停止了追擊，但是羌兵們依舊膽戰心驚。兩晝夜不停的逃亡，讓他們對漢軍畏之如虎。如果這時候漢軍繼續追擊，那麼這些人恐怕也無半點應戰之力……

越吉上前，將唐蹄攙扶起來，小心的提醒。

唐蹄點點頭，「我們回去，回去！」

「那馬壽成那邊……」

「管他死活！」唐蹄心裡突然生出一股怒意，「若非馬壽成挑唆，我等此時依舊快活，哪至於像現

曹賊

七十章

鳳雛初鳴

在這樣狼狽？若非馬鐵畏戰不前，說不定我們已經……不管了！不管他們了，我們回去！」

什麼盟友不盟友，此時唐蹄已經顧不上了。他現在只希望早些返回王帳，好好的歇息一下。

越吉看著唐蹄那虛弱的樣子，眼中閃過一抹冷芒。在此之前，唐蹄是何等的張狂，何等的強勢，沒想到這一戰之後，就變成了這副模樣，實在是令越吉意外。

不過，既然你……

越吉的臉上，露出一抹森冷之色。但是看看周圍的羌兵，人都是唐蹄的扈從，那一絲淡淡的殺意，不得不暫時按捺下去。

也許，是時候做出些改變了！

西北牧原小寨裡，韓德領著數十人值守警戒。其餘人，已酣然入睡。

許多人在停止追擊以後，吊在心裡的那股氣一下子消失不見了，下馬之後，甚至連動都不想動，直接就倒在地上，呼呼大睡。鄧範同樣堅持不住，進入大帳後，連飯都沒有吃，往床榻上一倒，呼嚕聲震天價響……相比之下，韓德的情況要好一些。畢竟在鳳鳴灘抵禦羌兵的三天裡，韓德一直都在歇息。

雖然也很累，也非常想睡覺，可韓德還是堅持著，領人值守。

天，漸漸暗下來。

遠處牧原上，出現了一條火龍。

龐統領著一支人馬，從後方追趕上來。

大戰開始之後，他便帶著一千人，一路接收營寨，一路收攏俘虜。

韓德看龐統領人來了，也終於堅持不住了，向龐統問安之後，便帶著人跑去睡覺。這一睡，直到第二天正午才算醒過來。

鄧範渾身痠痛，齜牙咧嘴的從大帳裡走出，就見營地裡支著一口大鍋，馬肉被燉得噴香，令人不禁垂涎欲滴。連著三天喝冷水、吃乾糧，加之睡了一整天的時間，鄧範這肚子早就餓得受不了，連忙上前，讓人盛了一碗馬肉，蹲在大鍋旁邊就狼吞虎嚥起來。

不一會兒的工夫，韓德等人也紛紛起來，聞到馬肉的香味，也紛紛的圍上來。

「軍師，為什麼不繼續追擊呢？」鄧範端著一個陶碗，走到龐統身邊，口中含糊的問道。

龐統一笑，「以咱們現在的情況，守有餘而攻不足。唐蹄前車之鑒，不可不小心。再者說了，羌人雖然此次慘敗，但元氣未傷。如果再追下去，反而不美……到目前這情況，剛剛好。大獲全勝，同時收繳無數輜重，更有數千俘虜。」

「唐蹄這一敗，馬騰勢必不敢前進半步。既緩解了紅澤之危，又打出了漢軍威嚴……呵呵，想必這時候，友學在家中也等急了。嚴法你我一起，向友學報捷吧。」

章十八 雪花那個飄

羌胡連戰連捷，著實刺激了馬鐵。他不斷下令，催促大軍加快行進速度，但又由於種種原因，行軍速度一直不快。

如果換作是馬超，那一聲令下，三軍會行進奇快。

馬鐵畢竟年紀有點小，加之此前並無傲人戰績，即便是有馬成等人的幫襯，可是對軍隊的掌控依舊遠遠不足。畢竟，這軍中看的是你的威望、你的功勳。馬超能輕鬆將馬家軍掌控手中，那是從一次次大勝中得來。而馬鐵，雖有馬騰的寵愛，但在軍中的威望始終不高。想要如臂使指，至少要拿出令人信服的戰績。

也許，這就是馬騰急不可待，要馬鐵出戰的緣故。隨著馬超的聲望越來越高，馬鐵如果沒有拿得出手的功勳，始終無法比過馬超。

馬鐵心裡著急，但也明白，有些事急不得。

好不容易，馬家軍抵達李家牧場，卻傳來了唐蹄慘敗的消息……

「你說什麼？」馬鐵眼睛都紅了，「唐蹄全軍覆沒？」

「正是！」

「這怎麼可能……他前一段不是還進展順利，連奪了漢軍七寨，怎麼這一眨眼，就輸了？」

「這個……」

斥候哭喪著臉，將打探來的消息一五一十告之馬鐵。

馬鐵呆若木雞，一屁股坐在榻上，半天說不出一句話來。

怎麼會這樣？他興致勃勃的從武威出發，滿以為能建立一番功勳。哪知道，這當頭一盆冷水，澆得他是透心涼。

唐蹄輸了……也就是說，漢軍隨時可能出兵，夾擊馬鐵。

「成叔，怎麼辦？」

馬成心裡嘆息一聲，暗道：壽成，你終究是做得急了！

馬鐵很聰明，也有能力，更兼一身的好武藝，的確是一個人物。可是馬騰對馬鐵太過溺愛，以至於馬鐵就好像溫室裡的花朵，禁不起風雨吹打。

馬超，十二歲已提槍上馬，征戰西涼。

而馬鐵呢？十八歲一出戰，就執掌兵權，根本沒有經歷過這許多磨礪。

當然了，這也和之前大家樂觀有關係。所有人都認為，以馬家軍和羌胡聯手之力，紅澤人根本無法抵禦。可現在看來，大家都小覷了漢軍，更小覷了那曹朋。

馬超在出發之前，曾拜訪馬成，說道：「曹朋此人詭詐，當年道之對他也極為稱讚。這個人，有真本事，而非浪得虛名之輩。紅澤人，不足為慮……可是羌胡，未必是曹朋的對手。如果這一戰，羌胡不出，不招惹漢軍，說不得還有些勝算……可是唐蹄攻擊西北牧原，就等於給了曹朋藉口。這一戰，勝負尚未可知。」

八十章 雪花那個飄

馬成原以為馬超危言聳聽，可現在看來，馬超是對曹朋做過一些瞭解。

畢竟，紅水集之所以失敗，就是那曹朋的偶然參與。哪怕竇蘭刻意隱瞞，卻瞞不過馬家人。更兼之虎白戰死，也使得馬超對曹朋更加留心，多了幾分關注。

馬成看了一眼馬鐵，輕聲道：「小公子，如今形勢，當弄清楚西北牧原的狀況，不可以擅自出戰。李家牧場不急於一時，以我之見，還是後撤三十里，靜觀其變。」

馬鐵不甘心，但也知道，現在不是意氣用事的時候。

如果唐蹄慘敗，那麼紅澤將會聚集所有的力量死守李家牧場。到時候，就必須要強攻才可得手。就算攻下了李家牧場，還要面臨西北牧原漢軍夾擊，實不宜動兵。

想到這裡，馬鐵也只能憋屈的點頭，「就依成叔所言，咱們後撤三十里紮下營寨。」

這的確是憋屈！

剛到李家牧場，甚至連敵人的影子都沒有看到，便要後撤。

換作任何人，都會感到憋屈。可這又無可奈何，誰讓唐蹄慘敗呢？

馬鐵遙望遠處李家牧場的輪廓，半晌後一咬牙，撥轉馬頭，率大軍徐徐向後。

與此同時，遠在李家牧場望樓之上的李其，看著緩緩退去的馬家軍，也不由得如釋重負般，長出了一口氣。

鳳鳴灘大捷，出乎所有人預料之外。

誰也沒想到漢軍先敗後勝，會打得如此凶狠，如此痛苦，如此的肆無忌憚。

「三萬羌胡，五千漢軍！」

李其搖著頭，對李丁道：「六倍於己，卻絲毫不亂。誘敵深入，驕縱敵兵，而後一舉定勝負。漢軍主帥，有神鬼莫測之能，可謂是料敵如神，果非等閒啊！這樣的人物卻聽命於曹朋，甘為曹朋效力。小丁，你以為換作是你，能否似西北牧原漢軍那般，勝得如此暢快淋漓？」

李丁面紅耳赤，說不出半句話來。

此前，漢軍連戰連敗，他可是沒一句好話。

沒想到這才一眨眼的工夫，勝負陡然逆轉，三萬羌胡幾乎全軍覆沒。漢軍大勝，令得整個紅澤，乃至於河西震動……就連那驕橫的竇虎，這兩天也說不出半句話來。所有人都在考慮一個問題，那就是如果漢軍對紅澤用兵，能抵擋否？

爺爺說得沒有錯！

紅澤，這一回是真的要變天了！

「爺爺，你說曹朋……不，曹將軍真的會對紅澤下手嗎？」

李其揉了揉臉，伸了一個懶腰。

「早晚而已。」他手扶望樓欄杆，眺望遠方，輕聲道：「換作任何人，都不會願意坐視紅澤的存在。曹將軍奉命鎮撫河西，一改當年朝廷決策，將治所設立在紅澤……所謂一山不容二虎，這紅澤只能有一個聲音存在，他豈能容忍他人發號施令？之前他可以退讓，他可以卑謙，他可以不出聲。但是現在，他無須如此。如果你竇家伯父不曉得輕重，曹朋也不會再心慈手軟。」

「我聽說，八千戶移民已經抵達紅水大營，隨行人員頗眾。而且，安定郡太守張既，親自過河拜訪，你可知那是什麼意思？那就是說，朝廷不會坐視曹朋在河西孤掌難鳴。曹友學，現在所需要的只是一個藉口，一個令紅澤臣服的藉口。」

李丁沉默無語，不知道該怎麼說話。

沒錯，一山豈能容二虎。這紅澤，乃至於整個河西，只需要一個聲音足矣。

八十章
雪花那個飄

紅澤雖然在河西生活百年之久，根深蒂固。但相比之下，終究比不得朝廷正統。

「爺爺，那咱們該怎麼辦？」

李其手指，輕輕敲擊著望樓欄杆。

這望樓上，只有他祖孫兩人，也不需要擔心隔牆有耳。

他朝牧場中紅澤聯軍的大營看了一眼。見聯軍大營內一片冷清，想必，耿慶那些人也和自己一樣，在思索以後的出路吧。曹朋這一手，實在是太猛了！不出一兵一卒，僅靠著西北牧原那五千漢軍（其中還有近三千的休屠各僕兵），居然大勝了六倍於己的羌胡，這種勝利，給他們的震撼絕不會小了。

前兩日，這些部落大人還叫喊著『漢軍無能』，應該把西北牧原收回。

可是現在，誰還敢說這樣的話？

估計，紅水集那邊，此刻和這聯軍大營中的情況差不太多。有道是夫妻本是同林鳥，大難臨頭各自飛。雖然這個時代並沒有這句俗語，可李其還是能從那聯軍大營的平靜之下，感受到紅澤分崩離析的徵兆……紅澤，恐怕是撐不了太久。

「小丁，你今晚就帶人前往鳳鳴灘。」

「鳳鳴灘？」

雖然漢軍將他們的駐地稱之為『鳳鳴灘』，可是大部分紅澤人卻不太認可這個名字。只不過到了如今，估計也不會再有人反對。

鳳鳴灘，漢軍果然一鳴驚人。

「你到了鳳鳴灘之後，不可以有任何驕橫，當把自己擺在低處，以慰勞漢軍勞苦。那鳳鳴灘主將，是曹將軍結義兄長，兩人交情深厚。若有可能，你就留在那邊，日後就為鄧校尉效力……你先別說話！既然朝廷要接手紅澤，就去搶個先機吧。」

「可是，去找曹將軍不是更好？」

李其不由得笑了。

「咱們和曹將軍雖有些交情，但還不足以令曹將軍看重。他如今剛接收了八千戶移民，哪裡有精神和你寒暄……此一時，彼一時！當初咱們去紅水大營時，曹將軍羽翼未成。而現在，他大勢已成，再去就非上上之選。反倒是鳳鳴灘，剛經歷這場大勝，也需要有人手幫襯。你現在過去，說不得還能分得一杯羹……而鄧校尉更是曹將軍兄長，幫他豈不就是幫襯曹將軍嗎？」

「再說了，你去紅水大營，必然要穿行紅澤，驚動他人。倒不如就近去找鄧校尉……只要鄧校尉接納了你，也就等於那曹朋接納了你。」

此一時，彼一時！

此言果真不假。

想當初，曹朋初次和李家接觸時，李家尚占居著上風。一眨眼的時間，也就是兩、三個月的工夫，形勢便逆轉過來——李丁從一開始的紅澤三少，變成了弱勢地位。早知道這樣，還不如一開始就投奔曹朋……

看著李丁那一副委屈的模樣，李其笑了！

所謂山外有山，天外有天。

李丁經過這一次事情之後，身上那點驕縱脾氣，恐怕也會被磨滅掉大半。

紅澤，終究太小了！

河西，也不過彈丸之地。

和曹朋那些中原俊傑相比，自己這個孫兒，無異於是坐井觀天的井底之蛙。現在，是時候讓他走出河西了……

曹賊

章十八

雪花那個飄

李其深吸一口氣，目光向紅水集方向眺望去。

想必此時此刻，整個紅澤，都在惶恐，都在不安吧！

鳳鳴灘一把大火，甚至比不得黃花林。可這一把大火的影響，卻遠非黃花林大火可相提並論。

對於紅澤人而言，羌胡之禍，猶甚於馬騰。馬騰雖然霸道，雖然驕橫，但畢竟是以農耕為主的生活習慣。而羌胡游牧，燒殺劫掠，根本沒有半點道理，也沒有任何規律可以尋找。哪怕是休屠各人駐紮西北牧原的時候，羌胡造成的威脅也非常巨大。

而今，三萬羌胡被鄧範一舉擊潰。唐蹄狼狽而逃，更使得馬家軍舉足不前。

上至竇蘭等各部落大人，下至那些牧民奴隸，無不感到了巨大壓力。

漢軍要來了！

朝廷，又回來了！

原本尚在抵抗紅澤部落整合的小部落，開始蠢蠢欲動。

當八千戶移民抵達紅水大營之後，那些小部落的大人們更是為之心動。鳳鳴灘一把大火，將他們的希望點燃：與其歸附紅澤，何不去歸附朝廷大軍呢？畢竟，紅澤人也是漢民後裔。

一連數日，紅水大營訪客絡繹不絕。

數個小部落的部落大人前來拜會，更有甚至舉族遷離原來的住所，在距離紅水大營不遠之處落腳。

你竇蘭不是厲害嗎？你們不是要吞併我們嗎？現在，我們要投奔朝廷！有本事，你們來吞併我們，你們出兵來紅水大營的駐地啊！

幾個月來，被紅澤十八部落壓制的快要喘不過氣來的小部落，終於做出了選擇。

曹朋沒有接待他們，而是交給了龐林和賈星負責。原因嘛……

賈星是姑臧人，也是涼州的一分子，能說得一口流利的西涼方言。

而龐林？你問龐林是誰？

知不知道鳳鳴灘大捷是誰一手策劃？

那是曹將軍帳下謀主，龐統龐士元，綽號鳳雛先生。龐林，就是鳳雛的兄弟！

如果說，之前人們並不知道鳳雛是何人的話，那麼現在，龐統的名號已為眾人所知曉。此人神機妙算，有鬼神莫測之能。唐蹄厲害不？還不是被他一下子坑了？

所以，有龐林出面足矣！

賈星是朝廷命官，在尚書府有登記。另一個，則是鳳雛之弟。兩人都是飽學之士，頗知禮數。

特別是賈星，懂得那些小部落大人的心思，招待時多以涼州方言詢問，令那些來訪者感到格外親切。

不過，也僅止於此！想見曹將軍？恐怕沒那麼容易。

曹將軍正忙於公務，無暇抽身。你們有什麼要求或者請求，告訴我們就可以，能解決的，我現在就可以給你解決；不能解決的，到時候我們會通知曹將軍，由他來決斷。總之，來的都是客，我們會熱情接待，但想要見曹將軍，可沒那麼容易。

今時不同往日！

當初曹朋來到紅澤時，所有人都懷有敵意。哪怕是那些小部落，也敢不尊紅水大營，這才會出現石魁襲掠漢軍的事情發生。

現在想套交情？晚了。

曹朋的確是忙，忙得有點不可開交。

八千戶移民抵達紅水大營，令原本空曠寬敞的紅水大營一下子變得擁擠起來。

「全部聚集在這裡，恐怕也不是一樁好事。」

孟建皺著眉頭，看著手中的紅水縣結構圖，對曹朋道：「將軍之所以要這麼多的漢民，說穿了就是為了平衡河西胡漢比例。說實話，如果把這八千戶漢民都集中在紅水縣，勢必會造成一個封閉的圈子，如此一來，只可能使胡漢對立更重。將軍當以上國之胸懷，容納各方百姓。匈奴人也好，羌胡也罷，鮮卑人也可以，何不令其混居一處，慢慢將其融合呢？」

曹朋撓撓鼻子，「那以公威之見，當如何為之？」

「今將軍設立廉堡，也需百姓入住。而士元火燒羌胡，在西北牧原立足已穩，可以酌情考慮，將西北牧原納入掌控。建以為，可遷徙五百戶漢民至廉堡，遷徙一千五百戶漢民往鳳鳴灘。如此一來，漢民人數增加，將進一步鞏固將軍在這兩處的掌控權，而後可向紅澤擴張。」

「諸君，以為如何？」

徐庶道：「公威所言極是。紅澤人立足紅澤百年，可一旦發生事情，卻孤立無援。此皆當初紅澤祖輩之過，他們占據了紅澤，卻把自己封鎖起來，形成了一個獨立於河西之地的群體。如此一來，在不知不覺間，便把自己和羌胡對立起來。今將軍鎮撫河西，紅澤祖輩之過當為前車之鑒，不可以再重蹈覆轍。」

步鷺等人也連連點頭，表示贊成。

「說起歸化，說實話我倒是以為，孫氏父子在江東做的極好。孫策立足江東之後，不斷對山越發動攻擊。在常人看來，孫策此舉是為了加強對江東六郡的統治。但我以為，孫策這樣做，其實是想要將山越歸化，徹底掌控江東。」

「孫權此人，和孫策大不相同。孫策以剛，而孫權以柔。偏偏在對待山越的問題上，此兩兄弟如出一轍。而且，自江東六郡為孫氏所有之後，山越之亂雖說依舊時常發生，可是其規模卻越來越小。這也說明，孫氏在江東的地位越發穩固。騭以為，公子督河西，可以參詳江東孫氏兄弟的那些做法。」

掠奪，馴服，歸化……這就是孫氏兄弟的方針策略。

歷史上，到三國末期，曾有一個人口調查。

曹魏人口五十八萬戶，江東人口五十二萬戶，而蜀漢僅止三十萬戶。

曹魏占居北方，人口基數龐大；蜀漢在三國初期，有四百餘萬人口，同樣令人嘆為觀止。反倒是江東，在最初時，人口並不算太多，可是到三國結束，居然能和曹魏的人口幾乎持平。

這固然有江東地勢險要，有長江天塹的因素。可是孫氏一家在江東對山越人口的掠奪，同樣是一個巨大因素。

三國初期，江東山越人數極多，整個揚州常為山越所亂，可是到後來，至少在揚州治下，山越之禍已越來越少。即便是偶有發生，也被限制在極小的規模裡。大部分山越被孫氏所歸化，不願歸化的山越人則向南遷徙，進入交州地區。到魏晉南北朝，江南的山越之禍已經非常稀少，主要集中在沿海地區。這其中，不可謂不是孫家一族的貢獻。

曹朋倒是記得，前世曾在某論壇上看到過一個觀點。說諸葛亮在西川，犯下了一個巨大的錯誤，那就是他未曾歸化當時的南蠻。

諸葛亮一心想要北伐，奪取關中，恢復漢室。但是，蜀漢人口雖然龐大，卻禁不起連年征戰。南蠻當時一直是蜀漢的一大心腹之患，哪怕是後來表示臣服，卻沒有給蜀漢太多的支援……如果諸葛亮能學習孫氏家族的做法，對南蠻擄掠人口、馴服歸化的話，也許到最後，蜀漢人口不會消耗的那麼厲害。

打仗打的是什麼？在三國時代，打仗打的就是人口！

徐庶等人，對步騭這番話深以為然。

曹朋同樣贊成！

河西地區，胡漢混雜，必須以包容之心，接納各方百姓。如果單純的將漢人聚集起來，築城而居，

八十章 雪花那個飄

和之前紅澤的情況並沒有太大區別。

「廉堡五百戶，怕有些少了。」

曹朋想了想，大筆一揮，「遷八百戶至廉堡定居，一千五百戶至鳳鳴灘，並在鳳鳴灘，置鳳鳴堡。不過，士元不適合繼續留在那裡，不如請公威出任鳳鳴長，如何？」

曹朋說罷，向孟建看去。

而孟建則是一怔，之後竟忍耐不住內心的激動，站起身來拱手道：「今公子如此看重孟建，建必為公子效死命。」

古人常言，士為知己者死。

孟公威就是士！

他得龐統之邀請，離開荊州，前來許都投奔曹朋。但可惜，當時曹朋不在許都，以至於孟建到了許都之後，頗有一種憋屈的感受。

而今方與曹朋見面，曹朋便把鳳鳴灘交給他。雖說鳳鳴堡將來最多就是一個下縣的規模，可在目前而言，無疑是曹朋給孟建的巨大信任。內心裡，已下意識的告訴自己：公子如此看重你，你莫要辜負。

曹朋笑了！

水鏡山莊四友，說實話，真正給曹朋留有印象的，也只有徐庶。

孟公威、崔州平還有石韜石廣元，究竟在歷史上達到了什麼樣的高度，曹朋不太清楚。可是，這人以類聚，物以群分。能夠和徐庶、龐統、諸葛亮混在一起的人，又豈是等閒之輩？之所以沒有留下偌大名聲，可能是他們非軍事人才，而長於政務。

重生三國之後，曹朋見到了太多的牛人，他們沒有領兵打仗，但是卻有非凡的貢獻。所以，曹朋決定讓孟建出任鳳鳴長，也不是沒有理由。

沒經驗又如何？反正鳳鳴堡現在也是一窮二白。且讓孟建白手起家，一邊建設，一邊積累經驗吧。

「不過，要想向紅澤擴張，也許沒那麼容易。」

曹朋沉吟片刻，輕聲道：「紅澤畢竟存在百年，哪怕現在面臨分崩離析，也需要一個名目，才可以出征。否則的話，咱們向紅澤擴張起來，也是師出無名啊。」

他目光，向徐庶看去。

卻見徐庶眉頭緊蹙，沉思不語，目光則透過帳篷的小窗，看著窗外……

曹朋一怔，順著他的目光向外看去，卻見外面不知何時紛紛揚揚的飄起了雪花。

下雪了！

章十九

是時候決定了！

建安八年十月，羌胡犯境。

鄧範、龐統於鳳鳴灘設計，全殲羌胡三萬大軍，斬殺蛾遮塞、燒戈兩大豪帥，俘虜豪帥雅丹。羌王唐蹄返回休屠澤之後，便一病不起，從此羌胡便陷入分裂。

馬家軍在紅澤以西，連續後撤，達百里之距。馬鐵進退兩難，陷入尷尬境地……

十月末，涼州大雪！

這是建安八年冬天的第一場雪，雪勢很大。

狂風呼嘯，捲裹雪花飛揚，漫天遍野，被這雪幕所籠罩，白皚皚一片蒼茫景象。

竇蘭端坐在廳堂裡，目光有些呆滯的盯著外面那飄揚紛落的雪花，久久不語。偌大的花廳，此時冷冷清清。除了竇虎和幾個心腹之外，再也沒有其他人。

深深吸了一口涼氣，竇蘭輕聲道：「各位大人，都回去了？」

「是！」

「諸君有何打算？」

幾名部落大人你看我、我看你，臉上露出尷尬之色。

好半天，只見秋奴站起身來拱手道：「老竇，非是我想走，而是這大雪一至，我部落中必然會出現各種問題。今羌胡已敗，馬騰撤兵百里，紅澤已無大礙……所以我想著，還是早些回去的好。聽說有不少人向紅水縣遷徙，如果我再不回去，只怕早先好不容易接手的那些個部落就會四分五裂，還請見諒。」

其他幾人也紛紛點頭。

竇蘭眉頭緊蹙，心裡也有些迷茫。他看得出來，隨著鳳鳴灘大捷，中原移民紛紛抵達河西，這局勢已有些控制不住了。

心散了，隊伍不好帶了！

各部落的部落大人，都懷有私心。這些天紛紛離開，說是返回部落，可實際上，肯定是想要儘早和紅水大營取得聯繫。

難道說，這紅澤歸漢，已無可挽回？

竇蘭對歸漢，並沒有太大的抗拒。可他還是希望，能保留著自己的權力歸漢，而不是兩手空空，成為他人手中的依附。

當年他祖先竇憲何等厲害，手握河西百萬之眾，精兵無數，悍將如雲。兵權未交出去的時候，漢帝對竇憲是敬畏如虎，可是回到雒陽，手中兵權一遞出去，緊跟著就被賜死，一命嗚呼，連半點反抗之力都沒有，子孫更被流放邊荒。

所以，竇蘭對權力的重視，遠遠超過了別人。

但目前的狀況非常清楚，曹朋逐漸表露出強悍之姿，絕不可能容忍別人分他的權柄。而竇蘭呢，同樣也不想就這麼放棄掉手中的權力，以至於局勢變得極為尷尬。

該如何是好？

是時候決定了！

竇蘭看了秋奴一眼，點點頭：「老秋說的倒也沒錯。如今紅澤人心惶惶，必須要穩定下來……各位，咱們世代交好，你我更是從小長大。今日之局勢，更需大家守望相助，齊心協力。竇某還請大家，多多保重。」

秋奴看了竇蘭一眼，嘴巴張了張，可話到嘴邊，還是嚥了回去。

「老竇，你也多保重。需要幫助，知會一聲，咱們這麼多年的交情，絕不可能隨隨便便就沒了。我……先告辭了！」

「告辭！」

「竇大人，告辭！」

幾位部落大人紛紛起身，拱手與竇蘭道別。

「爹，他們這是想跑啊。」待秋奴等人離去，竇虎長身而起。「一直以來，咱們待他們不薄，可是這關鍵時候……爹，難道就這麼放他們走？」

「不然怎麼辦？殺了他們？」竇蘭苦笑道：「殺了他們，只怕那些部落會立刻投向紅水縣。再說了，老秋說的也在理……他們的整合並未結束，這次要不是馬騰犯境，也不會率部趕來。現在羌胡敗了，馬騰也不成威脅，他們再不回去，只怕部落真的就亂了……這種時候，還是別計較那麼多。留一條路出來，日後也好相見。硬把他們留下，只能使這情分變得更薄。」

竇虎閉上了嘴巴，低下頭，不再出聲。

但看得出來，他心裡並不服氣，只是一時間找不到一個合適的反駁理由。

這孩子，什麼都好，就是心氣太高！若在以前，心氣高一點不算什麼，可是在目前的態勢下，心氣高卻容易丟了性命。

竇蘭怎麼也想不明白，這局勢在一個月前明明還掌控在他手裡，可這一眨眼的工夫，整個局勢便逆轉過來。當初曹朋需仰仗他的鼻息，而現在，他卻要看曹朋的臉色。當然了，如果能保留足夠的自主，竇蘭倒是可以考慮一下，但他也明白這『一山不容二虎』的道理。河西，一個聲音便已經足夠了！

無奈的一聲長嘆，竇蘭閉上了眼睛。

就在這時，花廳外傳來一陣騷亂喧譁。

「我要見竇伯父，我要見竇伯父！」

「什麼人喧譁？」竇蘭一蹙眉，站起身來就往外走。

竇虎緊隨竇蘭身後，父子二人走出花廳，就看見一個少年正披著一身的雪花，往花廳走。

「小鈞？」

竇蘭一眼認出，那少年就是耿慶次子，耿鈞。他連忙走出花廳來，喝止侍衛的阻攔。

「小鈞，你怎麼來了？」

「竇伯父，你快去勸勸我阿爹吧。」耿鈞一路小跑，途中還差一點滑倒，踉蹌著到了臺階下。

「你阿爹怎麼了？」

耿慶如今正駐守在李家牧場外，和李其聯手防備馬家軍的突然襲擊。耿鈞的突然到來，讓竇蘭陡然生出一種不祥之兆。他連忙跳下臺階，將耿鈞攙扶起來，急切的問道。

「竇伯父，我阿爹他……要回去。」

「回去？」竇蘭心裡咯登一下，「他要回哪兒去？」

「回紅水，他要回紅水！」

竇蘭眉頭一蹙，故作輕鬆道：「哦，原來是要回家，這也很正常嘛，有什麼大驚小怪。」

「不是，不是！」耿鈞急了，拚命的搖頭道：「我聽我阿爹的意思，是準備向曹家小兒低頭。」

竇蘭倒吸一口涼氣。還真是怕什麼，來什麼啊！

章十九
是時候決定了！

耿慶也算得上他的心腹，一直以來都堅定不移的支持他的決定。而今，他也要向曹朋低頭了嗎？最讓竇蘭心寒的，是耿慶準備不告而別。如果不是耿鈞跑過來報信，只怕耿慶就悄悄的返回營地。此前，李其命李丁前往鳳鳴灘勞軍，可是卻一去不回，竇蘭心裡雖然彆扭，但畢竟李其還駐守在李家牧場上，他也不好去責備李其。

而現在，耿慶居然要不聲不響的離開。他的用意也就不言而喻，是準備和曹朋進一步的接觸，很有可能會向曹朋臣服。

師出有名！

這就是師出有名的影響力。

不管怎麼說，曹朋都是朝廷命官，是正統。這對於那些人而言，無疑有著巨大的吸引力。若耿慶投靠了曹朋，勢必會產生一連串的動盪，整個紅澤將分崩離析。

可是，他能攔得住嗎？

紅澤歸漢，大勢所趨。

而今，曹朋已經把這個『勢』造好了！

竇蘭當然可以去阻攔耿慶，甚至可以出兵攻打。可問題在於，他打完了耿慶，還會有李慶、楊慶跳出來，難道要一個個的鎮壓嗎？若真的那樣，不用曹朋動作，紅澤自己就完了……竇蘭輕輕拍著額頭，冰涼的雪花落在身上，直冷到了他的心裡。

「小鈞，你是個好孩子。不過，你阿爹既然決定了，那麼一定有他的理由。就讓他去吧……伯父多謝你來告知。你，回去吧。」

「父親！」竇虎一聽就急了，「絕不能讓耿叔父回去。」

「那你想怎樣？讓我出兵攻打耿慶嗎？只要我敢動手，那曹家小兒就可以名正言順的對紅澤用兵。

現在，咱們不動作，曹家小兒還無計可施，缺少一個名頭。只要我敢有半點動作，紅水集勢必有滅頂之災。你以為，現在大家還會齊心協力？」

「可是……」

沒有可是！

竇蘭心裡暗自發苦。天要打雷，娘要嫁人，個人顧個人吧。

「伯父，我不回去。」耿鈞出人意料的對竇蘭道，臉上透著一股倔強，「我留下來，曹家小兒若敢用兵，姪兒願馬踏漢軍，取那曹家小兒首級！」

「好兄弟，果然是我的好兄弟。」竇虎興奮不已，連聲呼喊。

昔年紅澤三少，如今只剩他和耿鈞。李丁去了鳳鳴灘，沒有回來，竇虎就明白，李丁很可能不會再回來了……他心裡面一直有一絲恨意，若非曹朋，他與這些好友又豈會分道揚鑣？

可是竇蘭卻只是笑了笑，「小鈞有此心意，某亦知足了。你想要留下，且留下來吧。他日若是想回去了，告訴我一聲，我也不會攔阻你。」

「我絕不回去！」

竇蘭伸手，拍了拍耿鈞的肩膀。

其實，回不回去，結果恐怕也沒什麼分別。

他心裡面突然有一種莫名的感傷，更有一種英雄末路的彷徨——我，還要再堅持嗎？

雪，停了。可氣溫，卻越來越低。

滴水成冰……紅澤的這個冬天，出奇的冷。潑出去一瓢水，眨眼間就會凝結成冰。

紅水大營，熱火朝天。

曹賊　章十六

是時候決定了！

曹朋站在望樓之上，看著繁忙的工地，臉上洋溢著一抹燦爛的笑容：「元直，都準備好了嗎？」

「公子放心，都已經準備妥當。」徐庶微微一笑，拱手回答。

「那就好！」

曹朋轉過身，向西邊舉目眺望。

是時候，做個了結了！

大雪連天之時，河西大大小小的部落大人們都收到了一份極為特殊的禮物。

『河西太守，北中郎將曹朋，邀請河西部落大人，前來紅水議事。』

如果放在以前，根本不會有人理睬這份邀請。可是現在，隨著紅水大營聲勢越來越大，而鳳鳴灘、廉堡兩地，得到極大的補充後，已形成了紅水大營有力的支持。

特別是鳳鳴灘置縣，在意料之外，又在情理之中。

鳳鳴灘一戰之後，鄧範得羌胡俘虜萬餘人，而曹朋又從紅水大營調撥一千五百戶漢民，加上此前的漢軍，人口已超過兩萬。如此巨大的人口基數，在河西足以置縣。只不過，曹朋此前是借鳳鳴灘協助防守，而今一聲不響的便拿走置縣，令許多人感到心裡不舒服，同時又覺察到了曹朋的強勢，和無可改變的決心。

河西，乃朝廷治下。

我要在這裡置縣，乃奉朝廷所命，誰敢阻攔？

挾鳳鳴灘大勝之威，曹朋強奪鳳鳴灘，卻沒有一個人敢表示出任何不同的意見。

這就是曹朋的『勢』！

如今，曹朋召集各部落大人議事，更令人心中惶惶。有的人不屑一顧，可有的人卻膽戰心驚。

十月二十七日，紅水大營外，熱鬧非凡。前來參加議事的部落大人絡繹不絕，格外喧囂。

為了安撫各部落大人，曹朋命人在紅水大營以西紮下一個營寨，並派有專人負責招待。賈星自然義不容辭的擔當了這招待的事務。他說著流利的涼州話，不時還會用羌胡言語和匈奴語與各部落大人招呼寒暄，令人感到心裡非常舒服。

「紅沙崗，檀柘大人到！」

隨著軍士一聲喊喝，已經抵達營寨的部落大人們紛紛一振，連忙走出帳篷來。

檀柘，在河西的地位很高。除羌胡與紅澤之外，可算得上是第三大勢力。

而今，連檀柘都來了，那些部落大人心裡就算是不舒服，也都氣順了不少。

「連檀大人也不敢拒絕曹將軍的要求？」

「聽說，檀大人和曹將軍關係極好，而且還有非常密切的交易。此前紅澤的竇大人曾向檀大人請求援兵，可是檀大人始終不肯出手，就是礙於曹將軍的面子。」

「這麼說來，豈不是說，河西大局已定？」

「不好說，就看竇大人怎麼做了……否則的話，還是會有一番爭鬥。」

就在這時，又有軍卒高聲喊道：「紅澤，耿慶耿大人到！」

「紅澤，秋奴大人到！」

「……」

當數名紅澤部落的部落大人出現時，營寨裡又是一陣騷動。

不過，曹朋依舊沒有出現。負責安排這些部落大人的，是步騭步子山。夏侯蘭則率飛眊百騎相隨，那肅殺凝重的氣勢，使得營寨中的眾人膽戰心驚。

「曹將軍因公務，不能親自來招待諸公，不過他委託在下，向諸公問好。酒宴已經準備妥當，若有什麼需要，只管向賈戶曹提出。」

說罷，步騭上前與檀柘見禮，並與他耳語兩句，就見檀柘滿面春風，連連點頭。

離開時，步騭還向耿慶點頭問好，並且親切的詢問了耿慶的長子耿林。

「我家公子對大公子的學識，極為敬重。他交代我，要好生款待耿大人……明日待集會之時，再與耿大人好生暢飲一番。」

眾人看耿慶的目光有點不對了！

待步騭走後，秋奴一把拉住了耿慶的手臂，「老耿，你什麼時候和曹將軍搭上的關係？」

耿慶滿面紅光，臉上帶著幾分得意笑容，「我哪有這個資格與曹將軍說話，只是我那犬子……呵呵，你也知道，他平日裡就喜好讀書，而曹將軍更是中原極有名氣的名士，所以對犬子稍稍看重一些。」

一席話，令眾人紛紛點頭。

秋奴更讚道：「老耿啊，你確實養了個好兒子。」

以前，提起耿林，紅澤的部落大人們常是不屑一顧。在他們眼裡，能寫出自己的名字就足夠了，讀那麼多的書，又有什麼用處？這年月雖說還沒有百無一用是書生的說法，可是在塞北之地，讀書人的地位終究是比不得那些舞刀弄槍的豪勇戰士。不過現在看來，書讀得多了，似乎也有好處？

耿慶頓覺揚眉吐氣。

大帳裡熱鬧非凡，耿慶更成了除檀柘之外，最受追捧的人。

朝廷收回河西，已勢在必行。能夠和曹將軍打好關係，無疑對他們以後在河西的生活，有著極其關鍵的用途。看曹將軍的做派，似乎對羌胡、匈奴、鮮卑、氐人都不排斥，否則也不會和檀柘交往密切。

而且，看他的舉動，似乎也不是和以前那般，將漢民凝聚成一個獨立於河西之外的團體，而是打散開來，試圖與胡人和平相處。人常說，胡人好戰，可並不是每一個胡人都喜歡打打殺殺。如果能過上好日子的話，誰又願意拚死拚活呢？

一切，且看明日見分曉吧！

漢軍為與會的部落大人準備了特製的『曹家鍋』，也就是涮鍋。

成盤的羊肉，切成一片片薄薄的肉片端上來，在鍋裡一涮，沾上蘸料，令人頓感口齒生津。這就是中原的美食文化，卻又盡可能的符合了羌胡的飲食習慣。

眾人喝著酒，吃著涮肉，對曹朋在不知不覺中，又增添了幾分好奇。

這一夜，眾人盡興，各歸營帳歇息。

一夜無事，第二天天剛亮，就聽到遠處紅水大營傳來了一陣陣鼓聲。部落大人們穿好衣服，紛紛從營帳裡走出來，三五成群的聚在一起剛要閒聊，卻聽到有人一陣驚呼。

「快看！」

「發生了什麼事？」

眾人紛紛舉手眺望，這一看，卻讓人激靈靈打了個寒顫。

昨天來的時候，他們可是記得清清楚楚，那紅水大營的西岸只是用簡單的柵欄搭建起來。可是現在，那柵欄已經不見了！取而代之的，是一座巍峨高聳的城牆。那城牆高六丈，長約十八里，宛如一條長龍，俯伏在紅水河畔。陽光下，城牆晶瑩剔透，折射出五彩的毫光，熠熠生輝。

一座城池，在一夜間竟拔地而起，出現在眾人的面前。

神鬼乎？

天意乎？

耿慶站在營地裡，瞪大了眼睛，幾乎不敢相信他所看到的這一幕。城牆，居然出現了一座城牆！這

章十九
是時候決定了！

如果是建造而成也就罷了，可這一夜之間拔地而起，給他帶來的震撼卻是難以用言語表達。這，莫非是上天保佑曹將軍嗎？

「諸位，我家將軍已在城中設好酒宴，請諸公前往。」

賈星神色自如，似乎毫不奇怪。他領著人上前招呼，並催促大家進城議事。

「檀大人呢？」

「是啊，怎麼不見檀柘大人？」

賈星微微一笑，「檀大人昨夜已入城與我家公子商議妥當，今日一早已返回紅沙崗。」

「啊？」

耿慶、秋奴等人心裡一驚！

人言曹朋和檀柘關係密切，今日一見，果然不假。他二人居然提前見面，而檀柘不等大會召開，便提前告辭離去。這裡面，可是有很多門道……至少說明了，檀柘和曹朋已經達成了約定，雙方都獲得了足夠的利益。

耿慶面頰抽搐，暗道一聲：我還是晚了一步！

不過，這樣一來，對其他部落大人所造成的衝擊，顯然巨大。

羌胡敗了，紅澤散了……如果說，在這河西能夠和曹朋對抗的人，就只剩下檀柘。

昨天，從大家的態度裡，可以看出隱隱有以檀柘為首的意思。眾人內心裡，只要檀柘能點頭，大家團結一處，就可以和曹朋討價還價，爭取更多利益。已經接受了朝廷收復河西的命運，可是在私心下，還是希望能得到更多的利益，更多的好處。

能保留自家的自主權，那是最好；就算不能保住，也要爭取一些好處才行。

但是，檀柘竟然和曹朋率先達成約定，並提前退出。

如此一來，就好像是把眾人的主心骨一下子抽掉，很多人聽到這消息後，頓感茫然。

「老耿，怎麼辦？」秋奴靠上前來，輕聲問道。

紅澤諸大人自有他們的圈子。之前，大家以秋奴為首，可是隨著耿慶和曹朋關係密切的消息傳出，也使得紅澤諸大人開始看重耿慶的意見。

耿慶沉吟半晌後，輕聲道：「事到如今，走一步看一步。咱們和曹將軍並無太大的矛盾，當初在紅水集，還一起並肩作戰。想必曹將軍也不會太為難咱們這些人……畢竟，咱們都是漢民，曹將軍斷然不會虧待自己人。」

以前，紅澤人有紅澤，個個自豪。而今這紅澤，恐怕已經無法再成為他們驕傲的資本，幾乎被他們遺忘掉的漢人血統，重又被他們提起。

秋奴等人輕輕點頭，深吸一口氣，上馬隨賈星而走。

隨著那紅水大營的城牆越來越近，撲面而來的寒意，令眾人有一種心驚肉跳的感受。

這城牆，是用冰鑄造而成。

西北苦寒，最近又滴水成冰，似乎並不足為奇。

但越是靠近城牆，就越是能感受到城牆帶給他們的威壓。

城牆上，有軍卒值守，一個個盔甲鮮明，刀槍林立，閃爍寒光。城牆下，漢軍列隊整齊，軍容整肅。

當諸大人走近時，那股凜然殺意，令人膽戰心驚。

「諸位大人，請！」賈星肅手禮讓，臉上露出和煦笑容。

只是，在眾人眼裡，這笑容卻顯得是那般詭異……

章二十

河西攻略第三彈（上）

冰城內，一座巨型甌脫在正中央。

這座甌脫的面積，差不多占地兩千平方米，在整座城池中顯得格外惹人注意。甌脫外，是三百黑眊牙兵守護。

只看這些幾乎武裝到牙齒的牙兵裝備，就讓諸大人眼紅。

三百黑眊黑盔黑甲，挎刀執盾，肅立在甌脫大門外兩邊。一個個雄赳赳，氣昂昂，威風凜凜。

耿慶聽耿林說過，曹朋手下有一支三百人的親軍，名黑眊，號牙兵，個個有萬夫不擋之勇。之前耿慶沒有見過，還有些不太相信，可現在親眼看到，也不由得為黑眊那凜然殺氣所震撼。這絕對是一支可怕的隊伍，足以抵得上千軍萬馬。

天軍就是天軍！

曹朋只是曹操的族姪，就有如此雄壯親兵。可想而知，曹司空手下那支傳說中的『虎豹騎』，又會是怎生一種模樣？

曹朋當初在耿林面前，極度渲染虎豹騎的厲害。不過說實話，虎豹騎雖然凶悍，卻未必能抵得上曹朋的黑眊牙兵。且不說其人員和裝備，單只是那訓練的嚴苛程度，就算是虎豹騎過來，也會為之心驚膽寒。曹朋嚴格依照當年陷陣營的選拔方式，輔以一些後世的練兵之法，除此之外，黑眊的飲食也比常人好許多，只說那頓頓牛肉，就讓人不敢想像。要知道，曹操可是下令不許屠宰耕牛。

但對於曹朋而言，有錢，根本不會在乎這牛肉的問題。

虎豹騎的人數，數倍於黑眊。可是花費的錢帛，卻幾乎一樣多，甚至黑眊的費用，比虎豹騎猶高出一籌。

不過曹朋也清楚，黑眊不可能被普及。

在這個物資極度匱乏的年代，黑眊一年的花費，足以抵得上一郡開銷。而這也是曹朋不肯將黑眊擴大化的主要原因。他的確是有錢，可也只能做到這種程度。

甌脫裡，青狼皮鋪地，正中央有一條紅色走道。如果仔細看，這紅色走道，赫然是用河西特有的火狐狸皮製成，在中原價值千金。走道兩邊陳列兩排式樣奇特的大椅，正中央一張帥案，後面擺放著一張披著白老虎皮的太師椅。

若是在後世，這小小營帳裡的這些皮毛，就夠槍斃曹朋十次。不過在這個年代，似乎司空見慣。

甌脫裡有兩個鐵製的火爐，裡面燃燒著火炭。

一進來，撲面而來的暖意讓諸大人心情頓時一鬆，緊張的情緒也隨之消減不少。

就在眾人被這甌脫的裝飾所震驚時，忽聽有人在帳外喊道：「曹將軍到！」

隨著一聲呼喝，曹朋邁步走進甌脫。

只見他一身雪白的白狼皮裘衣，內罩黑漆軟甲，頭戴綸巾，手持一口長刀。在他身後，王雙、曹彰、牛剛、蔡迪緊緊跟隨。緊跟著是一排文武隨行，魚貫而入。

當眾人走進甌脫之後，韓德和一個敦實魁梧的黑臉漢子，抱胸站在大門內值守。

曹賊

章二十
河西攻略第三彈（上）

曹朋逕自走到帥案後，目光從眾人身上掃過，驀地展顏一笑。

「朋昨日公務繁忙，未能親自招待諸公，怠慢之處，還請諸公多多包涵。」說罷，他搭手朝著大帳中諸大人一禮。

諸大人哪敢怠慢，一個個忙躬身還禮。

「我且為諸公介紹。」

曹朋一指在他下首處的一個黑衣青年。此君看上去也就是在二十四、五的年紀，長得那叫一個醜啊……可是，他卻似乎很淡然，朝著諸大人微微一欠身，並未說話。

「這位就是龐統龐士元，鳳鳴灘一戰，由他出謀劃策，全殲了羌胡三萬大軍。」

甌脫中，傳來一陣陣低呼。

沒有人認得龐統，可是鳳雛之名，卻人盡皆知。此人在鳳鳴灘運籌帷幄，令整個河西都為之震動。原來，這奇醜的青年，就是龐士元。

「此步騭步子山，原司空府辭曹，是我的老兄弟。此次我奉命鎮撫河西，子山為我郡丞，日後少不得與諸公交道，還請多多擔待。」

郡丞是什麼人？

那些羌胡、氐人、匈奴人並不清楚。可有那明白的人聽到『郡丞』二字時，不由得激靈靈一個寒顫。這個『郡』，是指什麼？莫非，朝廷要在河西置郡？若如此的話，朝廷收復河西的決心已彰顯無遺，而曹朋置廉堡和鳳鳴堡，似乎也就變得順理成章。郡丞，這可是太守之下的第二人，掌管各種內政事務。

耿慶在來之前，曾被耿林惡補了一下朝廷的官制。他心裡一顫，頓時明白了曹朋今日召集大家前來的目的：這是要攤牌，要分割利益。

下意識，他向周圍看了一眼，卻發現許多部落大人並未前來。這其中也包括了竇蘭，還有紅澤各部落的大人。也就是說，在今天之後，這些人將會被驅逐出河西的利益集團。曹朋，已準備動手了！要對整個河西動手了！

耿慶心裡很不是滋味。因為他知道，從今天以後，許多老兄弟等於完了！

李其……對了，李其呢？

聽說李其和曹朋的關係很好，為什麼這次商議，李其竟沒有前來？是李其要下決心和竇蘭站在一起，還是……不可能，若李其要支持竇蘭，就不會讓李丁去鳳鳴灘。抑或說，李其在私下裡，和曹朋已有了秘密的約定？

想到這裡，耿慶激靈靈打了個寒顫，一股涼氣直沖尾椎骨。

如果是他所猜想的那樣，曹朋這傢伙的手段未免太厲害，竟暗自裡安排妥當？先有檀柘離去，後有李其，再加上他奉天鎮撫的正統之名，以及挾鳳鳴灘大勝之威，河西誰還能與其相爭？

耿慶突然覺得有些慶幸！本來他並不想來，可是禁不住耿林的勸說，最終還是來了。

如果沒有耿林，也許我耿家從此就要沒落。只是，也不知曹朋會給我什麼樣的利益？

一時間，耿慶的思緒變得極為混亂。

曹朋又依次向眾人介紹了徐庶、賈星、郝昭、夏侯蘭等人。

最後，他一指在韓德對面的黑面男子，「此乃潘文珪，也許諸公並不熟悉。某與文珪相識已久，曾協助我在曲陽鏖戰。他之前官拜頓丘都尉，而今則為征羌校尉，與鄧範鄧嚴法兩人，共同執掌河西軍事。郝伯道和夏侯子幽為河西司馬，徐元直乃河西主簿，韓德為河西兵曹掾。除在座幾人，還有廉長賈逵，廉尉尹奉，以及鳳鳴長孟建未到。這些人，就是我日後在河西的助手。初來乍到的，若有冒犯，還請諸公包涵則個。」

步騭等人起身，拱手道：「請諸公包涵。」

曹賊

章二十

河西攻略第三彈（上）

諸大人忙不迭起身還禮，一個個手忙腳亂。

曹朋將袞衣解開，王雙上前接過。他在虎皮大椅上坐下之後，從帥案上取來一卷書卷。

「來年開春，某將在紅沙崗建城，名為胡堡。」

「什麼？」

所有人聽到這個消息，頓時都驚了！

紅沙崗，那可是檀柘的地盤。曹朋在紅沙崗建城，豈不是說……他莫非想要和檀柘開戰？

曹朋將手中的書卷一揚，「諸公莫誤會。我已和檀大人達成約定，從即日起，檀大人即為朝廷所承認的平北校尉，護漢將軍，其麾下一應所缺，皆由朝廷劃撥。開春之後，檀大人就要出兵漠北，與河西相呼應。紅沙崗乃檀大人棲身之地，不忍廢棄，故而將此地送與曹某……」

不要臉，太不要臉了！

幾乎所有人心裡，都在暗自咒罵檀柘。

你走就走了，居然還把紅沙崗賣給了朝廷！沒錯，就是賣！若非如此，你豈能這般容易的讓出來！

本來，檀柘如果走了，其他部落大可以爭奪紅沙崗的所有權。可現在，直接歸於朝廷所有。誰要爭奪，那就是和朝廷作對，和曹朋作對。

你敢再不要臉一些嗎？

不過，為何我等就遇不到這樣的事情？

特別是生活在紅沙崗附近的幾個氐人部落首領，頓時有一種欲哭無淚的衝動。以前被檀柘壓制，好不容易這傢伙走了，卻來了一個比檀柘更狠的曹朋。

「哪一位是耿大人？」

耿慶正在消化這突如其來的消息，聽聞曹朋的呼喚，下意識的站起來，躬身道：「在下耿慶。」

「耿大人，開春後，請你讓出牧場吧。」

「啊？」耿慶一怔，眼睛瞪得溜圓，半晌沒有反應過來。

秋奴等人更是茫然不知所措。曹朋這究竟是什麼意思？居然要耿慶讓出他的地盤？不是說耿慶的兒子很得曹朋所重嗎？怎麼這就赤裸裸的，要驅趕耿慶？

耿慶更加糊塗，耳朵根子嗡嗡直響，腦袋裡一片空白……讓出牧場？曹朋這究竟是什麼意思？

「紅水來年置縣，耿大人家的牧場將被紅水縣所治，實不宜繼續留在這裡。」

曹朋看著臉色蒼白如紙的耿慶，忽然間笑了：「不過呢，曹某也不能就這麼讓你離開。這樣吧，來年胡堡建成之後，你便是胡長。我會為耿縣長向朝廷上奏，報備尚書府。只不過這樣一來，耿縣長需將你部曲交出，並登記造冊才可以……耿大人？耿大人？」

「啊……下官在。」

曹朋看著耿慶笑了，「耿大人，你放心。你今天既然來了，就是給我曹朋面子，是我的朋友。對朋友，曹朋一向不會虧待。當然了，如果你不願意的話，我也可以向你購買牧場，到時候你可自行安排。」

不等曹朋說完，耿慶脫口而出：「下官願聽從將軍安排。」

一個是偏荒之地，人口不過數千的部落大人。說是部落大人，其實還不是自己封的？紅澤的部落大人，甚至比不得匈奴、鮮卑一個小帥風光。每天面臨被吞併、被攻打的危險，出去之後還要被人看低。而另一個，是堂堂正正的朝廷命官。哪怕是一個還沒有建起的小縣長，可終究拿的是朝廷俸祿，在人前也有面子。

這個選擇題，幾乎沒有必要去糾結。

當曹朋說完之後，耿慶在第一時間就改了稱呼，自稱下官。偏偏曹朋還來了要購買的選擇……這怎麼可以！沒聽到我都自稱下官了嗎！

曹賊

章二十

河西攻略第三彈（上）

秋奴等人看著耿慶的目光裡，充滿了羨慕嫉妒恨。

剛才他們還在暗自偷笑，你耿慶有個好兒子又能如何？到頭來還不是要被曹朋收拾？連自家地盤都保不住了……可一眨眼的工夫，風雲突變。這耿慶居然要變成朝廷命官，而且還是一縣之長。這讓秋奴等人又情何以堪？簡直快瘋了！

當年紅澤三十六部成立時，只有少數人是官宦世家。其中最顯赫的，莫過於竇蘭的祖先，大將軍、冠軍侯竇憲的後裔；再往下，就是後來入贅過來的李其，官拜校尉之職；其餘各部落大人，也就是芝麻綠豆大的官位。這些人靠著當初一點點權力，聚集了一幫人，形成了一個獨立部落。

乃至於到今天，對朝廷的冊封，人們還是非常嚮往。

而今耿慶一躍成為那子虛烏有的胡堡縣縣長，傳出去，不知道會被多少人羨慕。

曹朋笑了！

「既然耿縣長同意我的方案，那就這麼定下來。請耿縣長將部曲名冊儘快呈上，而後待開春，可前往紅沙崗監督新城的建造。」

「下官，多謝將軍提攜。」

坐下之後，耿慶仍有些不敢相信，自己居然成了朝廷命官。

腦袋暈乎乎的，腳底下有點發軟，好像踩著雲彩，以至於秋奴等人向他道賀時，他也只是傻乎乎的發笑，連句完整的話都說不出來。畢竟，他不是竇蘭那種有著顯赫門楣的子弟，更不是什麼官宦世家，一下子當了官，連他自己都有些暈乎。

曹朋咳嗽了一聲，召回了眾人的注意力。

「朝廷已有詔令，將在河西置郡。不過，若治下不足五縣，不足以置郡。今河西紅水縣已經開始營建，廉堡更接近完工，之後還有鳳鳴堡和胡堡兩地在來年破土，已有四縣之地，尚缺一縣，還須斟酌。

某本欲在紅水集的基礎上置武堡，以緬懷當年河西屯軍赫赫武功。可惜，竇將軍沒有來，只怕是不肯同意，此事也只好暫放置一邊，日後再說。」

「今天請大家來的第二件事，是關於日後河西的發展事宜。某在來年開春，將正式兼任河西郡太守之職。所以做出了一個簡單的計畫，與諸公商議。」

王雙、蔡迪兩人立刻上前，將一份份準備好的書卷，放在諸大人的身邊。

步鷺輕輕咳嗽了一聲，站起身道：「就由我來為大家宣讀一下這份計畫的內容。」

整個計畫，共分為三個部分——

其一，人口普查。

無論是漢民還是胡人，都必須要統一造冊，登記名錄。

這項事務，必須要在年末前結束，若來年開春時，仍未遞交名冊的部落將視為謀逆，曹朋會出兵征討。到時候，可就不會像現在這樣客客氣氣的說話了。

這其二，便是屯田令的推廣。

來年開春，將會在紅水縣和廉堡兩地，率先推行屯田令。

不過與此前屯田不同，河西屯田更注重兵屯，也就是曹朋一直在考慮的兵農合一、兵牧合一制度。並在紅水縣和廉堡兩地設立軍府，主管屯田事宜。這已經屬於府兵制的範疇。不過很多具體的規章制度還不完善，需要在推行中摸索。

在推行屯田令和畜牧路之時，河西郡將會提出許多優惠的政策。

除了一如在中原的屯田令政策之外，還有開荒令以及植林令。每開一畝荒地，須種植十株林木。後世西北黃土高坡荒涼景象，曹朋記憶猶新。在開墾土地的同時，他也必須要考慮植被的問題。不管怎樣，他不希望眼前這片綠色的土地、塞上的江南，因他的緣故變成一片荒土。

曹賊

十二章

河西攻略第三彈（上）

在設立植林令的時候，許多人不太明白。事實上，歷史上河西地區的荒涼，是在數百年乃至近千年後才發生，可曹朋還是極為倔強的堅持了這植林令的設置。

對於屯田令，河西人並不陌生。早在漢武帝時期，就曾有河西屯田的舉措。而紅澤諸大人的祖先，更是當年的屯民。雖說曹朋的府兵制屯田和眾人所知曉的屯田，有不小的區別，不過大家還算是能夠認可。

第三項，出乎所有人的意料之外。

曹朋將會在河西，組建河西郡商會。這個商會，隸屬於官府名下，屬於官府的一個分支機構。這個機構的作用，就是協調胡漢之間的各種交易。

自有漢以來，胡漢敵對，同時又往來頻繁。中原的物資，透過行商坐賈輸送到塞外，而塞外的牛羊皮毛等物品，也源源不斷的販賣到中原。不過，由於種種原因，塞外的牛羊往往得不到足夠的利潤，而中原的絲綢等物品又極為昂貴，使得塞外胡人無力購買。

商會就是調節和平衡這其中的矛盾，一方面增加胡人的利潤，另一方面吸引更多的中原商賈，前來河西與胡人交易。

諸胡部落首領聽聞之後也不禁大感興趣。

「但不知，這商會如何設置？」

「商會設大行首一人，另根據具體情況，設立有六位小行首，負責處理具體的事務。不過，所有河西郡商賈，必須要在商會登記造冊。若無登記造冊，擅自擾亂河西郡集市者，格殺勿論。同時，商會也會盡力保證諸位的利益，若你們的利益受到侵害，可以向商會提交，若可以仲裁解決，則盡量解決；若不能私下達成和解，則提交官府，由官府出面負責解決糾紛。」

「總之，成立這個商會的主要目的，就是為了給諸公解決麻煩。商會的最終決議，神聖不可侵犯。

若有人膽敢觸犯商會利益，視為官府之敵、全河西之敵，輕則驅逐，重則征伐。」

話音落下，甌脫內一陣寂靜。

所有人都在盤算著這其中的利害關係。如果能夠正常的進行交易，進行買賣，得到所需要的各種物資，倒也不是一樁壞事。

「那商會的大行首何人？六小行首如何安排？」

「大行首人選，曹將軍已有安排。不過諸公放心，此人與塞上頗有些人脈和威望，斷然不會令大家感到失望。除此之外，六小行首由諸公選出之後，由商會提交報備。若通過官府認可，既能夠出任小行首之職，並可領取相應的俸祿。」

「由我們推選？」

諸大人一驚，頓時喜出望外。

「這個推選，會在官府的監督下，本著公開、公平、公正的原則進行推選，諸公大可放心。」

一時間，甌脫中議論紛紛，眾人交頭接耳。

所有人都意識到，這小行首的位子，將會給各自帶來何等巨大的利益。

耿慶倒是一臉的輕鬆，沒有參與討論。

他已經滿足了！得胡長之職，已出乎他的預料之外。至於小行首之職，似乎沒必要再去參與其中。人當知足！如果他再加入小行首的推選，勢必會被眾人所敵視，他只需要做好胡長便足矣。至於那些商賈之事，還是不要再去碰觸的為好。

他心裡，充滿了對曹朋的感激。同時又暗自擔心，曹朋雖說過，武堡之事日後再說，可是竇蘭沒有參加這次會議，曹朋絕不會善罷甘休。紅水集，早晚會有兵禍……而他的兒子耿鈞還在紅水集，豈不是要有麻煩？

章二十
河西攻略第三彈（上）

耿慶突然後悔，當時從李家牧場撤離時，不該放任耿鈞離開。早知道這樣子，綁也要把那小子給綁回來。

他偷偷看了曹朋一眼，卻見曹朋神色淡然，和龐統等人說笑。

「諸公，此事非一日可定。這人選問題可慢慢討論，當務之急是登錄名冊，儘早完成對河西的人口清算。」

曹朋咳嗽一聲，「事情就是這麼個事情，情況就是這麼個情況。同意的，在你們面前的協議裡簽字畫押，不同意的現在就可以離去，請諸公選擇。」

說罷，曹朋起身，向甌脫外行去。諸將也紛紛跟隨，魚貫而出。

眨眼間，偌大的甌脫，除了諸大人之外，只剩下步騭、賈星和龐林三人留下。

這也進一步表明了曹朋的態度：順我者昌，逆我者亡。

合作的，大家一起發財；不合作，就是我的敵人！

對曹朋這雷厲風行的舉動，諸大人面面相覷。半晌後，秋奴提筆，率先在契約上簽下名字。

「日後，還請各位先生多多照拂。」

他這一動，立刻帶動了許多人。紅澤來的幾個部落大人紛紛簽名，而後遞交到龐林手中。有那猶豫不決的人，見秋奴等人做出選擇，也紛紛下了決心。

這，恐怕也是曹朋的最後一次通牒吧……

甌脫外，冰城在陽光下閃爍晶瑩光彩，極為動人。

曹朋伸了一個懶腰，扭頭道：「十天後，出兵紅水集！這次士元就不用去了，留在家中好生歇息。元直，此次還須你多多費心才是啊。」

龐統無所謂的一笑，點頭應下。

而徐庶則拱手道：「固所願也，不敢請耳！」

建安八年的冬天，局勢驟然間變得平靜下來。

河北二袁之爭，因曹操出兵相助，使得袁譚、袁尚全都偃旗息鼓。袁尚部將呂曠和呂翔二人，歸順曹操，迫使袁尚不得不返回鄴城。不過，袁譚並不老實，在穩住陣腳之後，竟私刻將軍印綬於二呂，試圖拉攏二人。但呂曠和呂翔兩人也不傻，立刻將此事報知曹操。曹操得知消息後，只是冷笑一聲，便不再過問這件事。

十月初，曹操下令，修建白溝，以通糧道。

這白溝是一條小河，位於後世河南省浚縣以西，發源處靠近淇水（古黃河支流），向東北流下，接清河（古水名，源出河南省內黃南）。曹操使人作堰截淇水入白溝，以加大水量，如此一來，便可以通航運糧。待白溝修好後，會接通淇水和清河兩條河流，成為河北地區的水運幹道。由此也可以看出，曹操已迫不及待的決定要儘快蕩平河北。

至於這原因，有多方面，其中就有來自荊州的壓力。

建安八年六月，劉備駐紮新野。隨即，他在新野縣招兵買馬，更招攬了不少強力人物。

更有不少荊襄世族，因諸葛亮的緣故，開始向劉備示好。如果說，單憑一個諸葛亮，或許還沒有這麼大的能量，但隨著龐統堂兄龐山民的出仕，還有諸葛亮迎娶了蔡氏女之後，諸葛亮在荊州的地位隨之穩固下來，並為許多人接受。

加之劉表身邊不少山陽老臣，如伊籍等，對劉備表示了好感。

劉備在荊州的環境，也隨之寬鬆許多……

八月，諸葛亮正式為劉備軍師，為劉備獻計獻策。期間，張繡曾試圖攻打新野，卻被諸葛亮設計慘

章二十

河西攻略第三彈(上)

敗，大大提高了他在劉備手下的地位。

這也使得劉表對劉備更加放心。

從目前的狀況來看，劉備在新野，可以使荊州南面無虞。當然了，劉表也不可能給劉備太大的權力，在某些方面還是予以壓制。劉備的能力越大，劉表在放心的同時，也會越發擔心。

轉眼間，已進入十一月。一場冬雨過後，荊州氣溫陡寒。

江南的冬天，不似北方那般看上去的寒冷，可實際上，卻比北方更加難熬……

劉表和蔡夫人在後花園的兩廡下，正逗弄著幼子劉琮。

他本有長子劉琦，今已二十有五……劉琦長得很像劉表，所以之前甚得劉表所看重。只是，隨著幼子劉琮的出生，加上蔡夫人的挑撥，使得劉表開始疏遠劉琦。

「伯玉近來，與劉皇叔往來頗有些頻繁啊。」

蔡夫人突如其來的一句話，令劉表一怔。再看過去時，卻發現蔡夫人已扭過頭，逗弄劉琮。

小劉琮已八歲，生得粉雕玉琢，頗似母親的模樣。見劉表看過來，他頗為乖巧的端著酒杯上前，奶聲奶氣的說：「父親，請飲酒。」

「好，好，好！」劉表不禁大樂，接過銅爵後，將劉琮抱在懷中。

「夫人，妳剛才說，伯玉和玄德往來頻繁？」

「啊？」蔡夫人一臉茫然，旋即笑道：「我也只是聽人這麼說，倒不是特別清楚。」

「唔。」劉表抿了一口酒，眼中閃過一抹戾色。

蔡夫人好像沒有注意，但是卻暗地裡一直關注劉表。

「對了，孔明這傢伙在新野可好？」

「尚好……只是，他夫妻方才成親，就被劉備叫去新野，留我那姪女兒獨守空閨……劉玄德也恁不曉道理，壞人好事。我想讓孔明回來，夫君以為可還妥帖？」

「這有什麼不妥帖。」

「只恐玄德不放人啊……」

劉表一蹙眉，「既然如此，那我派人過去知會一聲便是。」

你劉玄德不肯放人，那我找你要人，你放還是不放？

對於諸葛亮選擇輔佐劉備，劉表心裡一直不太痛快……怎麼說你諸葛亮和我也是一家人，怎棄我而投劉備？

一想到這些，劉表臉色就沉了下來。

蔡夫人沒有繼續煽風點火，只是小心翼翼的溫酒。

有些事情，點到即可。

若非蔡瑁告訴她，劉琦和劉備走得頻繁，恐怕蔡夫人也不會說今天這些言語。

劉表畢竟老了！他日若走了，你劉備幫著劉琦奪荊州之主的位子，又當如何是好？你自己找不自在，那就休怪我對你不客氣。孔明也是個不曉事的，早知如此，就不該讓劉備去新野。

想到這裡，蔡夫人心裡陡升殺意。

中原，對曹朋而言，似乎有些遙遠。

劉備和諸葛亮，更已經許久沒有出現在他的腦海中。

建安八年十一月初八，曹朋突然傳告河西：紅水集不聽教化，不服天威。今以天子之名，討伐之。

曹朋，終於要對紅水集動手了！

對這樣一個結果，河西人似乎早有預料，並未有任何的詫異。

曹賊

十二章

河西攻略第三彈（上）

從十天前，曹朋在紅水大營會盟，而竇蘭不曾參加就能看得出，出兵是早晚的事情。曹朋與河西諸部落簽訂契約，令無數人感到震驚。且不說檀柘歸附朝廷，單只是曹朋在會盟上所說的那些事情，就足以令人思索。

這並不是一個狹隘的中原名士，其人頗有胸懷，也不是一味的排斥胡人。而且，他似乎願意幫助胡人過更好的生活，獲得更多的利益。雖說手段有點強硬，但就目前看來，似乎也不算太過。

有贊成的，也有反對的……總之，衍生出各種各樣的看法。

不過，所有人都可以感覺得出來，這會盟只是曹朋的第一步而已。中原人常說，先禮後兵。禮數已經有了，接下來就是用兵了……至於如何用兵？所有人都在觀望。

十一月初十，曹朋在紅水大營點兵出征。

以征羌都尉潘璋為先鋒，牛剛為副將，令三千大軍出擊。同時，曹朋在紅水大營征五千兵馬。其中胡漢混雜，凡願從軍者，可去胡奴之身。

這兩個月來，曹朋從檀柘手中先後購買了超過三千胡奴，加上他原有的八千漢奴，足足有一萬多人。隨後步騭和潘璋到來，帶來了八千兵馬，曹朋命人將其打散後，又徵召了五千兵卒，共一萬三千人。這一萬三千人分設兩校，由夏侯蘭和潘璋各領一校，曹朋自領一校，餘下三千人馬則由郝昭一手執掌。

此時的漢軍兵力，已非同等閒。如果再算上廉堡和鳳鳴灘兩處，幾近兩萬人。

曹朋此次出動兩校兵馬，浩浩蕩蕩，向紅水集進發。

「今公子用兵，非為征戰，實震懾耳。」

徐庶為軍師司馬，隨行出征。

在出征之前，徐庶對曹朋道：「紅水集，不足為慮。哪怕李其想出兵相助，也會有鄧校尉和公威在鳳鳴灘予以牽制，難有大用途。所以，公子這一戰的目的，是要讓河西之地所有人知道公子的實力。唯有這般，方能不戰而屈人。於公子而言，鎮撫河西，關鍵在撫，而非征伐。」

曹朋深以為然。

說實話，他還真不把紅水集放在眼中。

先有鳳雛初鳴，而今又有『單福先生』隨行。紅水集這一戰，要打得狠，打得快，打得讓那些還心存幻想的人，一個個老老實實臣服。這才是此戰真正的目的。

所以，曹朋親自督軍，夏侯蘭為副將。

離開紅水大營後，大軍長驅直入。

耿慶第一個率部歸附，並將名冊盡數交給了曹朋。而後，他帶著族人和家眷一同前往紅水大營，並很快就定居下來。

耿慶現在毫無壓力，只待來年開春，檀柘撤離紅沙崗後，他就可以接手紅沙崗建城，做他的胡長。至於幕僚，他都想好了，就讓長子耿林擔任……唯一牽掛的，就是那紅水集的次子耿鈞。好在曹朋向他保證，絕對不會害耿鈞性命，會把他平安的帶回紅水大營。

耿慶的歸附，也昭示著紅水盟誓，徹底解除。

在耿慶歸附的第三天，秋奴率部來投。五千部曲盡數交付曹朋，而秋奴則帶著家眷進入冰城。秋奴之後，又有三部大人歸附。十八部落，眨眼間就少了五個。

至於其他部落，也都惶惶然不知何去何從。不久前歸附他們的部落，紛紛逃離他們的控制，向紅水大營投去。而他們現在，對此也無心去過問太多。

「曹家小兒，欺人太甚！」

紅水集，此刻已不復當初曹朋初至時的繁華和喧囂。城裡的胡人紛紛逃離，而漢民則驚慌失措。整個紅水集，被恐慌的氣氛所籠罩，每一個人都帶著茫然的表情。

此前，不是和紅水大營關係挺好的嗎?還聯手退敵來著……怎麼這一眨眼的工夫，就刀兵相向?究竟是怎麼回事!為什麼之前紅水大營的會盟，竇將軍不去呢?

竇蘭可以清楚的感受到，部曲心中的茫然和抱怨。

他也只能暗自叫苦：原本想等到開春，各部整合完畢後，能夠向曹朋爭取更大利益。哪知道曹朋居然二話不說，便要動兵?

在竇蘭看，曹朋剛接收了中原移民，肯定要忙碌一陣。

哪知道，曹朋接受移民之後，迅速分撥出兩千三百戶到廉堡和鳳鳴灘，緩解了一部分的壓力。之後，他和檀柘神不知鬼不覺的達成協議，兵不刃血得到紅沙崗，使得整個河西都為之恐慌。而那座一夜拔地而起的冰城，更是神來之筆。

至少在普通人眼裡，這曹朋是得了上天眷顧……

「父親休要緊張，孩兒有一計，定能令曹家小兒無功而返!」竇虎自信滿滿的說道。

【曹賊　第二部卷四　榮耀即吾命也　完】

狂狷文庫014

曹賊(第二部) 04- 榮耀即吾命也

出版者■典藏閣
作　者■庚新（風回）　繪　者■超合金叉雞飯
總編輯■歐綾纖

製作團隊■不思議工作室

郵撥帳號■50017206 采舍國際有限公司（郵撥購買，請另付一成郵資）
台灣出版中心■新北市中和區中山路2段366巷10號10樓
電　話■(02)2248-7896　傳　真■(02)2248-7758
物流中心■新北市中和區中山路2段366巷10號3樓
電　話■(02)8245-8786　傳　真■(02)8245-8718
ISBN■978-986-271-336-5
出版日期■2013年4月

全球華文國際市場總代理／采舍國際
地　址■新北市中和區中山路2段366巷10號3樓
電　話■(02)8245-8786　傳　真■(02)8245-8718

新絲路網路書店
地　址■新北市中和區中山路2段366巷10號10樓
網　址■www.silkbook.com
電　話■(02)8245-9896
傳　真■(02)8245-8819

曹賊. 第二部 / 庚新作. -- 初版. -- 新北市 :
華文網，2013.01-
冊；　公分. --(狂狷文庫系列)
ISBN 978-986-271-322-8(第2冊 : 平裝). --
ISBN 978-986-271-328-0(第3冊 : 平裝)
ISBN 978-986-271-336-5(第4冊 : 平裝)
857.7　　101024773

☞您在什麼地方購買本書？☜

☐便利商店__________ ☐博客來 ☐金石堂 ☐金石堂網路書店 ☐新絲路網路書店

☐其他網路平台__________ ☐書店__________市／縣__________書店

姓名：__________ 地址：______________________________

聯絡電話：__________ 電子郵箱：______________________________

您的性別：☐男 ☐女

您的生日：__________年__________月__________日

（請務必填妥基本資料，以利贈品寄送）

您的職業：☐上班族 ☐學生 ☐服務業 ☐軍警公教 ☐資訊業 ☐娛樂相關產業

☐自由業 ☐其他__________

您的學歷：☐高中（含高中以下） ☐專科、大學 ☐研究所以上

☞購買前☜

您從何處得知本書：☐逛書店 ☐網路廣告（網站：__________） ☐親友介紹

（可複選） ☐出版書訊 ☐銷售人員推薦 ☐其他

本書吸引您的原因：☐書名很好 ☐封面精美 ☐書腰文字 ☐封底文字 ☐欣賞作家

（可複選） ☐喜歡畫家 ☐價格合理 ☐題材有趣 ☐廣告印象深刻

☐其他__________

☞購買後☜

您滿意的部份：☐書名 ☐封面 ☐故事內容 ☐版面編排 ☐價格 ☐贈品

（可複選） ☐其他

不滿意的部份：☐書名 ☐封面 ☐故事內容 ☐版面編排 ☐價格 ☐贈品

（可複選） ☐其他

您對本書以及典藏閣的建議______________________________

____

____

✌未來您是否願意收到相關書訊？☐是 ☐否

✌感謝您寶貴的意見✌

✌From__________@__________

♦請務必填寫有效e-mail郵箱，以利通知相關訊息，謝謝♦

印刷品

$3.5
請貼
3.5元
郵票
不思議信箱
FUSIGI POST

235 新北市中和區中山路二段366巷10號10樓

華文網出版集團　收

（典藏閣－不思議工作室）

三國風雲之

曹賊

第二部
卷之肆

榮耀即吾命也

庚新（風回）著
超合金叉雞飯 繪